A CORTE DE LUZ

A CORTE DE LUZ

RICHELLE MEAD

Tradução
Andréia Barboza

OUTRO Planeta

Título original: *The Glittering Court*

Preparação: Roberta Pantoja
Revisão: Caio Soares e Laura Folgueira
Diagramação: Futura
Capa: adaptada do projeto gráfico original de Lindsey Andrews
Imagens de capa: Amber Gray

CIP-BRASIL. CATALOGAÇÃO NA PUBLICAÇÃO
SINDICATO NACIONAL DOS EDITORES DE LIVROS, RJ

M431cs
Mead, Richelle
A corte de luz / Richelle Mead; tradução Andréia Barboza. - 1. ed. - São Paulo: Planeta, 2017.

Tradução de: The glittering court
ISBN 978-85-422-1095-8

1. Ficção americana. I. Barboza, Andreia. II. Título.

17-43479 CDD: 813
CDU: 821.111(73)-3

2017

EDITORA PLANETA DO BRASIL LTDA.
Rua Padre João Manuel, 100 – 21º andar
Ed. Horsa II – Cerqueira César
01411-000 – São Paulo-SP
www.planetadelivros.com.br
atendimento@editoraplaneta.com.br

Para Jay.
Parece que eu decifrei o código.

1

Jamais planejei roubar a vida de outra pessoa. Na verdade, olhando rapidamente, você não imaginaria que houvesse qualquer coisa de errado com a minha antiga vida. Eu era jovem e saudável. Gostava de pensar que era inteligente. Pertencia a uma das famílias mais nobres de Osfrid, e podia rastrear nossa linhagem desde os fundadores do país. Claro, meu título poderia ter sido mais prestigioso se a fortuna da minha família não tivesse evaporado, mas isso seria fácil de corrigir: tudo que eu precisava fazer era me casar bem.

E foi aí que meus problemas começaram.

A maioria dos nobres admirava uma descendente de Rupert, o primeiro conde de Rothford, grande herói de Osfrid. Há séculos, ele ajudou a arrancar essa terra dos selvagens, formando a grande nação de que desfrutamos hoje. Mas poucos nobres admiravam a minha falta de recursos, especialmente nestes tempos. Outras famílias estavam lutando contra suas próprias crises financeiras, e um rosto bonito com um título exaltado já não tinha o apelo que tivera no passado.

Eu precisava de um milagre, e rápido.

— Querida, um milagre aconteceu.

Eu estava olhando para o papel de parede de veludo em relevo do salão de baile enquanto pensamentos sombrios rondavam minha mente. Piscando, voltei minha atenção para a festa barulhenta e me concentrei na aproximação da minha avó. Embora seu rosto tivesse rugas e seu cabelo estivesse completamente branco, as pessoas sempre comentavam sobre a bela mulher que era lady Alice Witmore. Eu concordava, embora não pudesse deixar de notar que ela parecia ter envelhecido mais desde que meus pais haviam morrido. Mas, naquele momento, seu rosto estava iluminado de uma forma que eu não via há algum tempo.

— Como é, vovó?

— Temos uma oferta. *Uma oferta*. Ele é tudo que esperávamos. Jovem. Com uma fortuna considerável. A família dele tem tanto prestígio quanto a sua.

A última parte me pegou de surpresa. A abençoada linhagem de Rupert era algo difícil de se igualar.

— Tem certeza?

— Certamente. Ele é seu... primo.

Não era frequente que me faltassem palavras. Por alguns momentos, tudo em que eu consegui pensar foi meu primo Peter. Ele tinha o dobro da minha idade – e era casado. De acordo com as regras de descendência, seria o herdeiro do título de Rothford se eu morresse sem ter filhos. Sempre que estava na cidade, ele parava para me perguntar como eu estava me sentindo.

— Qual? — finalmente perguntei, relaxando um pouco. O termo "primo" às vezes era usado de forma vaga, e se alguém procurasse o bastante nas árvores genealógicas da família, descobriria que metade da nobreza osfridiana estava relacionada com a outra. Ela poderia estar se referindo a diversos homens.

— Lionel Belshire, o barão de Ashby.

Balancei a cabeça. Não era alguém que eu conhecia.

Ela entrelaçou o braço no meu e me puxou para o outro lado do salão de baile, abrindo caminho entre algumas das pessoas mais poderosas da cidade. Elas estavam envoltas em seda e veludo adornados com pérolas e pedras preciosas. Acima de nós, os candelabros de cristal cobriam todo o teto, como se nossos anfitriões estivessem tentando brilhar mais que as estrelas. Assim era a vida da nobreza de Osfro.

— A avó dele e eu fomos ladies do círculo da duquesa de Samford no passado. Ele é apenas um barão. — Ela se aproximou de mim para falar mais baixo. Notei a touca cravejada de pérolas que usava, bem conservada, mas fora de moda há, pelo menos, dois anos. Minha avó tinha gastado nosso dinheiro com roupas para mim. — Mas o sangue dele ainda é bom. Sua linhagem vem de um dos filhos de menos prestígio de Rupert, embora tenha havido certo escândalo sobre Rupert não ter sido realmente seu pai. No entanto, a mãe era nobre, portanto estamos seguras.

Eu ainda estava tentando processar isso quando paramos abruptamente na frente de uma janela que ia do chão ao teto e que tinha vista para Harlington Green. Um jovem conversava em voz baixa com uma mulher da idade da minha avó. Ao chegarmos, os dois nos olharam com grande interesse.

Minha avó soltou minha mão.

— Minha neta, a condessa de Rothford. Querida, este é o barão Belshire e sua avó, lady Dorothy.

Lionel se inclinou e beijou minha mão enquanto sua avó fazia uma reverência, com respeito visível. Seus olhos afiados analisaram cada parte minha. Se o decoro permitisse, acho que teria examinado meus dentes.

Virei-me para Lionel enquanto ele se endireitava. Era *ele* quem eu deveria avaliar.

— Condessa, é um prazer conhecê-la. É uma pena que isso não tenha acontecido antes, visto que somos da mesma família. Descendentes de earl Rupert e tudo o mais.

Pelo canto do olho, vi minha avó arquear uma sobrancelha em sinal de ceticismo.

Dei-lhe um sorriso recatado, sem demonstrar atenção demais a ponto de rebaixar minha posição superior, mas o suficiente para fazê-lo pensar que seu charme havia me perturbado. Mas esse charme, é claro, ainda precisava ser avaliado. Em um relance, podia ser tudo o que ele tinha a seu favor. Seu rosto era longo e pontudo; a pele, pálida. Eu teria esperado que ele, pelo menos, estivesse corado, considerando a aglomeração de pessoas no salão. A curvatura de seus ombros estreitos passava a impressão de que Lionel estava prestes a cair sobre si mesmo. Mas nada disso importava. Somente a logística matrimonial. Eu nunca esperei me casar por amor.

— Estamos definitivamente atrasados para um encontro — concordei. — Realmente, nós deveríamos ter reuniões regulares dos Rupert, como uma homenagem ao nosso progenitor. Reunir todos e promover piqueniques no jardim. Poderíamos fazer corridas de três pernas, como os camponeses. Tenho certeza de que seria possível com as saias.

Ele me olhou sem piscar e coçou o pulso.

— Existem descendentes de earl Rupert espalhados por toda Osfrid, portanto, não acho que uma reunião desse tipo seria viável. E não é apenas impróprio para a nobreza fazer essas corridas de três pernas; eu não permito que os arrendatários em minhas propriedades façam tais coisas. O grande deus Uros nos deu duas pernas, não três. Sugerir outra coisa é uma abominação. — Ele fez uma pausa. — E também não aprovo corridas em sacos de batata.

— Você está certo, é claro — respondi, mantendo o sorriso fixo no rosto.

Ao meu lado, minha avó limpou a garganta.

— O barão tem tido muito sucesso com a produção de cevada — disse, com um elogio forçado. — Possivelmente, o mais bem-sucedido do país.

Lionel coçou a orelha esquerda.

— Meus arrendatários converteram mais de oitenta por cento da terra em campos de cevada. Recentemente, compramos uma nova propriedade, e essas terras agora também têm uma colheita em expansão. Cevada até onde os olhos podem ver. Muitos hectares. Até mesmo os empregados da minha casa, em ambas as propriedades, a comem todas as manhãs. Para elevar o moral.

— Isso é... muita cevada — falei. Estava começando a sentir pena dos arrendatários. — Bem, espero que você os deixe variar de vez em quando. Aveia. Centeio, se você estiver se sentindo exótico.

Aquele olhar perplexo de antes voltou ao seu rosto enquanto ele coçava a orelha direita.

— Por que eu faria isso? Cevada é o nosso meio de vida. É bom que eles se lembrem disso. Eu mantenho o mesmo padrão – maior, na verdade, já que me certifico de incluir cevada em *todas* as minhas refeições. Sou um bom exemplo.

— Você é um homem do povo — retruquei. Olhei para a janela atrás dele, me perguntando se poderia escapar por ela.

Fez-se um silêncio constrangedor, e lady Dorothy tentou preenchê-lo:

— Falando em propriedades, chegou ao meu conhecimento que você acabou de vender a última. — Aqui estava, um lembrete da nossa situação financeira. Minha avó foi rápida para defender nossa honra.

— Não a estávamos usando — disse, e ergueu o queixo. — Não sou tola de desperdiçar dinheiro em uma casa vazia, e arrendatários costumam ser preguiçosos quando não são supervisionados. Nossa casa, aqui na cidade, é muito mais confortável e nos mantém próximas à sociedade. Fomos convidadas para a corte três vezes neste inverno, sabe.

— Inverno, é claro — respondeu lady Dorothy com desdém. — Mas, certamente, os verões na cidade são enfadonhos. Especialmente com tantos membros da nobreza em suas propriedades. Quando se casar com Lionel, você viverá na propriedade dele em Northshire – onde moro – e terá tudo de que precisa. Poderá organizar tantos encontros sociais quanto desejar. Sob minha supervisão, é claro. É uma ótima oportunidade para você. Sem querer ofender, condessa, lady Alice. Vocês se mantêm tão bem que ninguém poderia adivinhar sua verdadeira situação. Mas tenho certeza de que será um alívio estabelecer-se em melhores circunstâncias.

— Melhores circunstâncias para mim. Um título melhor para ele — mumurei.

Enquanto falávamos, Lionel coçou a testa e, em seguida, a parte interna do braço. Essa segunda crise continuou por algum tempo, e eu tentei não olhar fixamente para ele. O que estava acontecendo? Por que ele se coçava tanto? E por que isso estava acontecendo no corpo todo? Eu não podia ver quaisquer erupções aparentes. Pior, quanto mais o observava, mais sentia vontade de me coçar também. Tive de apertar as mãos para me impedir.

A conversa excruciante prosseguiu por mais alguns minutos enquanto nossas avós faziam planos para as núpcias das quais eu acabara de saber. Lionel continuou a se coçar. Quando finalmente nos afastamos, esperei trinta segundos completos antes de expressar minha opinião à minha avó.

— Não — falei.

— Silêncio. — Ela sorriu para vários convidados que conhecíamos enquanto caminhávamos para a saída do salão e ordenou a um dos criados da casa que chamasse a nossa carruagem. Segurei minhas palavras até que estivéssemos sozinhas e em segurança.

— Não — repeti, afundando contra o assento de veludo da carruagem. — Absolutamente, não.

— Não seja tão dramática.

— Não estou sendo dramática! Estou agindo de forma sã. Não posso acreditar que você aceitou essa oferta sem me consultar.

— Bem, certamente foi difícil escolher entre essa e as diversas outras ofertas. — Ela encontrou meu olhar calmamente. — Sim, querida, você não é a única por aqui que pode ser atrevida. É, entretanto, a única que pode nos salvar da eventual ruína.

— Quem está sendo dramática agora? Lady Branson a levaria para a casa da filha. Você viveria muito bem lá.

— E o que acontece com você enquanto estou vivendo muito bem?

— Não sei. Vou encontrar outra pessoa. — Pensei na grande quantidade de convidados que conheci na festa aquela noite. — E o comerciante que estava lá? Donald Crosby? Ouvi dizer que acumulou uma grande fortuna.

— Humpf. — Minha avó esfregou as têmporas. — Por favor, pare de falar sobre o *nouveau riche*. Você sabe como isso me dá dor de cabeça.

Zombei:

— O que há de errado com ele? Seu negócio está crescendo. E ele riu de todas as minhas piadas, o que é mais do que se pode dizer de Lionel.

— Você sabe o que há de errado com o *senhor* Crosby. Ele nunca deveria ter estado naquela festa. Não sei em que lorde Gilman estava pensando quando o convidou. — Ela fez uma pausa enquanto um buraco particularmente grande na rua de paralelepípedos sacudia nossa carruagem. — Como você acha que seu exaltado ancestral Rupert se sentiria ao vê-la misturando sua linhagem com sangue tão comum?

Suspirei. Parecia que, ultimamente, não conseguíamos ter uma conversa sem invocar o nome de Rupert.

— Acho que alguém que seguiu seu lorde através do canal para criar um império se empenharia em manter o amor próprio. Nada de vendê-lo para um primo chato e sua avó tirana. Você contou quantas vezes ela disse "sob minha supervisão" quando estávamos falando sobre o futuro? Eu contei. Cinco. O que contabiliza sete vezes menos do que Lionel coçou alguma parte do corpo.

A expressão de minha avó era de cansaço.

— Você acha que é a primeira garota a ter um casamento arranjado? Acha que é a primeira a se ressentir disso? A literatura e a música estão repletas de contos de pobres donzelas presas em tais circunstâncias que escapam para um futuro glorioso. Mas são *apenas* histórias. A realidade é que a maioria das garotas na sua situação... se conforma. Não há mais nada que você possa fazer. Não há nenhum outro lugar para onde possa ir. É o preço que pagamos por este mundo em que vivemos.

— Meus pais nunca exigiriam que eu me conformasse — resmunguei.

Os olhos dela fixaram em mim.

— Seus pais, bem como os investimentos frívolos deles, são a razão pela qual estamos nesta situação. Estamos sem dinheiro. Vender a propriedade Bentley nos permitiu manter o mesmo padrão de sempre. Mas isso vai mudar. E você não vai gostar quando acontecer. — Como continuei com meu olhar obstinado, ela acrescentou: — Você terá pessoas fazendo escolhas por você durante toda a sua vida. Acostume-se com isso.

Nossa casa ficava localizada em um distrito diferente – mas igualmente elegante – da cidade que o da festa. Ao chegarmos, os criados rapidamente vieram nos receber. Nos ajudaram a sair da carruagem e pegaram nossos xales e nossas mantas de viagem. Eu tinha o meu próprio grupo de criadas, que me acompanharam até a suíte para que eu me despisse do traje formal. Observei-as enquanto alisavam o sobretudo de veludo vermelho, com mangas boca de sino e bordados de ouro. Elas o penduraram junto a inúmeros outros vestidos extravagantes, e me peguei olhando para a cômoda depois que saíram. Grande parte da riqueza da nossa família fora gasta em roupas que deveriam me ajudar a conseguir uma oportunidade de mudar minha vida para melhor.

Minha vida estava certamente prestes a mudar, mas seria para melhor? Eu estava cética quanto a isso.

E assim, tratei a situação como se não fosse real. Da mesma forma que lidei com a morte dos meus pais. Eu me recusava a acreditar que eles haviam partido, mesmo quando confrontada com a prova tangível que eram seus túmulos. Não era possível que alguém que você amava tanto, que enchia o seu coração, pudesse não existir mais no mundo. Tentei me convencer de que eles entrariam pela porta algum dia. E quando não consegui mais me fazer acreditar nisso, simplesmente parei de pensar a respeito.

Foi assim que lidei com Lionel. Eu o tirei da cabeça e continuei com a minha vida como se nada naquela festa tivesse acontecido.

Até que um dia chegou uma carta de lady Dorothy e finalmente tive que reconhecer a sua existência novamente. Ela queria confirmar uma data para o casamento, o que era de se esperar. Mas o que eu não esperava era sua diretriz para que reduzíssemos nossa quantidade de criados pela metade e nos livrássemos da maioria das nossas posses. *Vocês não precisarão delas quando chegarem a Northshire*, ela escreveu. *A equipe e os itens de que vocês precisarão serão fornecidos sob minha supervisão.*

— Ah, doce Uros — exclamei quando acabei de ler.

— Não diga o nome de Deus em vão — retrucou minha avó. Apesar das suas palavras afiadas, podia ver sua expressão tensa. Viver sob as ordens de outra pessoa também não seria fácil para ela. — Ah. E Lionel lhe enviou um presente.

O "presente" era um recipiente com uma mistura de cereais da cevada que ele produzia e comia todas as manhãs, com um bilhete dizendo que era um gostinho do que estava por vir. Eu queria acreditar que o trocadilho havia sido intencional, mas era pouco provável.

Minha avó começou a se preocupar em como dividir a casa enquanto eu saía da sala. E continuei andando. Saí e atravessei o pátio da frente. Caminhei direto para o portão que separava nossa propriedade da rua principal, ganhando um olhar intrigado do criado que estava tomando conta do local.

— Milady? Há algo em que possa ajudar?

Acenei em sua direção quando ele começou a se levantar.

— Não — respondi. Ele olhou ao redor, sem saber o que fazer. O homem nunca havia me visto deixar nossa propriedade sozinha. Ninguém, aliás, jamais havia presenciado aquela cena. Eu nunca havia feito tal coisa.

Sua confusão o manteve no lugar, e eu logo me encontrei cercada pelo fluxo de pedestres. Não era a nobreza, é claro. Criados, comerciantes, mensageiros... Todas as pessoas cujo trabalho ajudava os ricos da cidade a sobreviver. Caminhei na mesma direção que eles, sem saber para onde estava indo.

Alguma parte maluca de mim pensou que, talvez, eu devesse ir até Donald Crosby fazer um apelo. Afinal, ele pareceu gostar de mim o suficiente naquela nossa conversa de poucos minutos. Ou talvez eu pudesse pedir uma passagem para algum lugar. Quem sabe ir para o continente jogar charme para alguns nobres belsianos. Também poderia me perder na multidão – seria mais um rosto anônimo misturado às massas da cidade.

— Posso ajudá-la, milady? Você se separou dos seus criados?

Aparentemente, não tão anônimo.

Havia parado no limite de um dos muitos distritos comerciais da cidade. O interlocutor era um homem mais velho, carregando nas costas embrulhos que pareciam pesados demais para seu corpo magro.

— Como você sabe que sou uma lady? — questionei.

Ele sorriu, revelando ter perdido alguns dentes.

— Não existem muitas moças vestidas como você andando sozinhas.

Olhei ao redor e percebi que ele estava certo. Meu vestido em *jacquard* violeta era casual para mim, mas fazia com que eu me destacasse naquele mar de trajes monótonos. Havia outras pessoas de classes mais altas que tinham ido às compras, mas estavam cercadas por criados obedientes, prontos para protegê-las de quaisquer elementos desagradáveis.

— Estou bem — falei, passando por ele. Mas não fui muito longe antes que alguém me detivesse: um jovem de rosto corado, do tipo que ganhava a vida entregando mensagens.

— Precisa que eu a acompanhe, milady? — ele perguntou. — Três cobres, e a tiro de tudo isso.

— Não, eu... — Deixei minhas palavras morrerem quando algo me ocorreu. — Não tenho nenhum dinheiro. Não aqui, comigo. — Ele começou a se afastar, e eu o chamei. — Espere. Aqui. — Tirei o bracelete de pérolas e ofereci a ele. — Você pode me levar para a igreja do glorioso Vaiel?

Seus olhos se arregalaram ao ver as pérolas, mas ele hesitou.

— Isso é demais, milady. A igreja fica logo ali, na Cunningham Street.

Empurrei o bracelete em sua mão.

— Não faço ideia de onde é isso. Leve-me.

O lugar ficava a apenas três quarteirões de onde estávamos. Eu conhecia as principais áreas de Osfro, mas sabia pouco sobre como transitar entre elas. Nunca tive necessidade de saber.

Não havia missa naquele dia, mas as portas principais estavam ligeiramente abertas, acolhendo as almas que precisavam de conselhos. Passei pela igreja elegante e caminhei em direção ao cemitério. Cruzei a área comum, segui pela mais agradável até, finalmente, chegar à área nobre. Havia um portão de ferro forjado que a cercava, e o local estava repleto de monumentos e mausoléus, em vez de lápides comuns.

Eu podia não saber o caminho para onde levavam as ruas de Osfro, mas sabia exatamente onde estava o mausoléu da minha família. Meu guia aguardou perto do portão de ferro enquanto eu caminhava para a bela construção de pedra onde estava inscrito "Witmore". Não era a maior do lugar, mas eu a achava uma das mais bonitas. Meu pai amava todos os tipos de arte, e havia encomendado esculturas elegantes dos seis anjos gloriosos para todas as paredes externas.

Não tinha como entrar – não sem combinar previamente com a igreja –, então simplesmente me sentei nos degraus. Passei os dedos sobre os nomes esculpidos entre aqueles listados na placa de pedra: lord Roger Witmore, décimo sexto conde de Rothford, e lady Amelia Rothford. Acima deles, o nome do meu avô estava sozinho: lord Augustus Witmore, décimo quinto conde de Rothford. O nome da minha avó se juntaria a ele um dia, e então o mausoléu ficaria cheio.

— Você terá que encontrar seu próprio lugar — falara minha avó durante o funeral de meu pai.

Minha mãe morreu primeiro, contraindo uma das muitas doenças que corriam desenfreadas nas partes mais pobres da cidade. Meus pais haviam se interessado muito em investir em instituições de caridade para os menos afortunados, e isso lhes custou a vida: minha mãe ficando doente em um verão, meu pai, no seguinte. Depois disso, suas instituições foram desfeitas. Alguns diziam que eles foram santos. A maioria, que foram tolos.

Olhei para a grande porta de pedra que continha uma escultura do anjo glorioso Ariniel, a guardiã da entrada de Uros. O trabalho era lindo, mas sempre achei que Ariniel era a menos interessante dos anjos. Tudo o que ela fazia era abrir o caminho e facilitar a viagem para os outros. Havia algum lugar onde ela preferiria estar? Algo mais que ela preferiria fazer? Ariniel estava satisfeita em somente existir para que outros pudessem alcançar seus objetivos? Minha avó havia dito que alguém sempre escolheria por mim. Seria assim tanto para os humanos como para os anjos? As escrituras nunca abordaram tais questões. Provavelmente eram blasfêmias.

— Milady!

Virei-me. Afastando-me daquele rosto sereno, vi um alvoroço de cores no portão. Três das minhas damas de companhia se apressavam em minha direção. Muito além delas, perto da entrada da igreja, vi nossa carruagem à espera. Imediatamente, eu estava cercada.

— Ah, milady, no que estava pensando? — gritou Vanessa. — Aquele menino se comportou de maneira inadequada?

— Você deve estar congelando! — Ada jogou um casaco mais pesado sobre meus ombros.

— Deixe-me limpar a sujeira da sua bainha — disse Thea.

— Não, não — respondi à última. — Estou bem. Como vocês me acharam?

Todas começaram a falar ao mesmo tempo, mas, em resumo, elas haviam percebido meu desaparecimento e questionado o garoto no portão da nossa casa e praticamente todas as pessoas por quem eu havia passado durante minha excursão. Aparentemente, eu havia impressionado.

— Sua avó ainda não sabe — disse Vanessa, me apressando. Ela era a mais inteligente. — Vamos voltar depressa.

Antes de me afastar, olhei de volta para o anjo e, em seguida, para os nomes dos meus pais.

— *Coisas ruins sempre vão acontecer* — tinha dito meu pai em seu último ano. — *Não há como evitar isso. Nosso controle vem de como as enfrentamos. Será que vamos deixá-las nos derrubar, nos deixando desanimados? Iremos enfrentá-las com firmeza e suportar a dor? Seremos mais espertos do que as coisas ruins?* — Eu havia perguntado o que significava ser mais esperto que uma coisa ruim. — *Você saberá quando chegar a hora. E quando isso acontecer, precisará agir rapidamente.*

Já estávamos a caminho de casa, mas ainda assim as criadas não conseguiam se acalmar.

— Milady, se queria ir até lá, deveria ter nos deixado arranjar uma visita apropriada com um padre — disse Thea.

— Eu não estava pensando — murmurei. Não iria explicar sobre como a carta de lady Dorothy quase havia me provocado um colapso nervoso. — Queria pegar um ar. Decidi caminhar sozinha.

— Você não pode fazer isso — disse Ada. — Não pode fazer isso sozinha. Você... Você não pode fazer nada por conta própria.

— Por que não? — retruquei, me sentindo um pouco má quando ela se encolheu. — Sou uma mulher nobre do reino. O nome da minha família impõe respeito em todos os lugares. Então, por que eu não poderia ser livre para ir a qualquer lugar? Para escolher fazer o que eu quiser?

Nenhuma delas falou imediatamente, e não fiquei surpresa que fosse Vanessa quem finalmente o fizesse:

— Porque você é a condessa de Rothford. Alguém com um nome como esse não pode caminhar por entre os sem-nome. E quando se trata de quem você é, milady... Bem, isso é algo sobre o que nunca temos escolha.

2

Percebi então que estava dando o primeiro passo para essa "coisa ruim" com Lionel: eu estava me deixando esmagar. Assim, decidi que escolheria a abordagem mais nobre e determinada, ou seja, suportaria a dor.

Nas semanas seguintes, eu sorri, fiz brincadeiras e agi como se a nossa casa não estivesse sendo despedaçada. Enquanto os criados trabalhavam e se preocupavam com o futuro, me envolvi calmamente em tarefas apropriadas para jovens nobres, como pintar quadros e planejar meu traje de casamento. Quando visitantes vinham nos desejar boa sorte, me sentava com eles e simulava excitação. Mais de uma vez, ouvi se referirem ao arranjo como um "jogo inteligente". Isso fez com que me lembrasse de quando tinha seis anos, na ocasião em que minha mãe e eu assistimos ao cortejo de casamento da princesa Margrete.

A princesa estava sentada em uma carruagem, acenando e sorrindo rigidamente enquanto segurava as mãos de um duque lorandiano que ela só conhecera na semana anterior.

— Ela parece um pouco verde — falei.

— Bobagem. E se tiver sorte — respondeu minha mãe —, você fará um matrimônio tão inteligente quanto este.

Será que ela teria permitido isso se ainda estivesse viva? Será que teria sido diferente? É provável que sim. Muitas coisas seriam diferentes se meus pais ainda estivessem vivos.

— Milady?

Tirei os olhos da tela que estava pintando, um campo de papoulas roxas e rosas, copiado de um dos grandes mestres da National Gallery.

Um pajem estava na minha frente. Pelo tom da voz, poderia dizer que não era a primeira vez que falava comigo...

— Sim? — perguntei, mais ríspida do que pretendia. Havia discutido com minha avó naquela manhã sobre a demissão da minha cozinheira favorita, e isso ainda estava me incomodando.

Ele se curvou, aliviado por finalmente ser notado.

— Há um cavalheiro visitante aqui. Ele está... fazendo Ada chorar.

Pisquei, me perguntando se havia ouvido mal.

— Desculpe-me, o quê?

Thea e Vanessa estavam sentadas ao meu lado, ocupadas com a costura. As duas desviaram os olhos do trabalho, igualmente perplexas.

O pajem mudou de posição, desconfortável.

— Eu realmente não entendo isso, milady. É uma espécie de encontro organizado por lady Branson. Acho que ela deveria estar aqui para supervisionar, mas se atrasou por conta dos negócios. Acomodei-os no salão oeste, e quando voltei para verificar, Ada estava bastante histérica. Pensei que a senhorita gostaria de saber.

— Sim, certamente.

E eu que tinha pensado que aquele seria um dia tedioso.

As outras damas começaram a se levantar comigo, mas as pedi que ficassem onde estavam. Enquanto seguia o pajem pela casa, perguntei:

— Você tem alguma ideia do que esse cavalheiro está buscando aqui?

— Outra posição, creio eu.

Senti uma pequena pontada de culpa. As dispensas de serviçais haviam começado, e Ada era uma das damas da minha comitiva que estava sendo demitida. Só fui capaz de manter uma. Lady Dorothy me garantiu que as substitutas que haviam sido selecionadas sob sua supervisão eram exemplares, mas eu tinha certeza de que a principal função delas era me espionar.

Enquanto seguia para o salão, ponderei o que poderia ter causado aquele drama inesperado da manhã. Lady Branson era a governanta da minha avó. Se ela havia conseguido uma posição para Ada, eu só podia imaginar que seria algo respeitável, e não digno de nervosismo.

— Não eram lágrimas de alegria? — perguntei ao pajem, apenas para esclarecer.

— Não, milady.

Entramos na sala, e ali estava a pobre Ada sentada em um sofá, soluçando e com as mãos cobrindo o rosto. Um homem, de costas para mim, estava inclinado tentando, desajeitadamente, confortá-la batendo em seu ombro. Meu coração endureceu imediatamente enquanto eu me perguntava que tipo de monstro poderia ter provocado aquilo.

— Lady Witmore, a condessa de Rothford — anunciou o serviçal.

Isso assustou tanto Ada como seu convidado. Ela ergueu o rosto, ainda fungando, e conseguiu se levantar para fazer uma pequena reverência. O homem também se endireitou e se virou para me olhar. Quando se ergueu, a imagem de um velho desagradável, que eu havia formado em minha cabeça, desapareceu.

Bem, talvez ele fosse um canalha, mas quem era eu para dizer? Quanto ao resto... Meus olhos queimaram ao vê-lo. Cabelos castanhos-avermelhados presos em um rabo de cavalo curto e elegante revelavam um rosto de traços limpos e maçãs salientes. Seus olhos eram de um azul acinzentado intenso que contrastava com a pele bronzeada por ficar ao ar livre. Isso não estava na moda entre os nobres, e eu deduziria há quilômetros de distância que ele não era um de nós.

— Sua senhoria — disse, fazendo uma reverência apropriada. — É um prazer conhecê-la.

Gesticulei para o pajem e me sentei, sinalizando para que os dois me acompanhassem.

— Não sei se posso dizer o mesmo, visto que você deixou minha dama de companhia histérica.

Uma expressão mortificada cruzou seu rosto bonito.

— Bem, essa não era a minha intenção. Estou tão surpreso quanto você. Tive a impressão de que lady Branson havia resolvido as coisas.

— Ela resolveu — exclamou Ada. Eu podia ver novos soluços borbulhando dentro dela. — Mas eu só... só não sei se quero ir!

Ele abriu um sorriso tão confiante e sedutor que tive certeza de que o usava regularmente para conseguir o que desejava.

— Bem, o nervosismo é compreensível. Mas quando você vir como as outras garotas vivem na Corte de Luz...

— Espere — interrompi. — O que é a Corte de Luz? — Soava vagamente como um nome de bordel, mas sendo arranjado por lady Branson isso parecia algo improvável.

— Eu ficaria feliz em explicar, milady. Supondo que você não ache a logística tediosa.

Olhei para ele.

— Acredite, não há absolutamente nada nesta situação que eu ache tedioso.

Ele virou aquele sorriso galante para mim, sem dúvida esperando que isso me conquistasse como acontecia com os outros. E meio que conquistou.

— A Corte de Luz é uma oportunidade emocionante para jovens damas como Ada, oportunidade essa que vai transformar suas vidas e...

— Espere mais uma vez — falei. — Qual é o seu nome?

Ele se levantou e se curvou novamente.

— Cedric Thorn, a seu dispor.

Sem título, mas, novamente, isso não me surpreendeu. Quanto mais eu o observava, mais intrigada ficava. Ele usava um paletó marrom de lã leve que terminava quase próximo ao joelho, mais comprido do que as tendências atuais. O colete marrom bordado que estava sob o paletó capturou a luz. Era uma roupa séria e respeitável, que um comerciante próspero poderia usar, mas um alfinete âmbar no chapéu que segurava me dizia que ele não era tão discreto assim.

— Milady? — ele perguntou.

Percebi que estava olhando fixamente e fiz um aceno efusivo com a mão.

— Por favor, continue me explicando sobre essa sua Corte Reluzente.

— *De luz*, milady. E como eu estava dizendo, é uma oportunidade emocionante para as jovens damas conquistarem o mundo. Ada é exatamente o tipo de garota brilhante e promissora que estamos procurando.

Ergui uma sobrancelha. Ada era de longe a minha criada mais desinteressante. Ela era bonita, o que era sinônimo, descobri, de "brilhante e promissora" para a maioria dos homens.

Cedric se lançou no que devia ser um discurso bem ensaiado.

— A Corte de Luz é uma iniciativa altamente respeitada em ambos os lados do oceano. Meu pai e meu tio a fundaram há dez anos, depois de descobrirem como o número de mulheres em Adoria era pequeno.

Adoria? Era disso que se tratava? Quase me inclinei para frente, mas me controlei. Ainda assim, era difícil não ficar interessada. Adoria.

O país descoberto do outro lado do mar Sunset. Adoria. O próprio som inspirava aventura e emoção. Era um mundo novo, muito distante daquele onde eu era obrigada a me casar com meu primo que não parava de se coçar – mas também um mundo sem galerias, teatros... e sem a nobreza vestida de maneira luxuosa.

— Há muitas mulheres Icoris lá — comentei, sentindo necessidade de dizer alguma coisa.

O sorriso de Cedric se alargou, aquecendo suas feições. Os cílios dele eram mais compridos do que os meus? Isso, certamente, parecia injusto.

— Sim, mas nossos colonos não estão à procura de esposas Icoris selvagens que usam *kilts* e roupas xadrez. Bem — ele acrescentou —, a maioria dos nossos colonos não está procurando esposas selvagens. Imagino que sempre haja alguém que ache isso atraente.

Quase perguntei o que ele achava atraente, mas em seguida me lembrei novamente de que eu era uma lady de posição elevada.

— A *maioria* dos nossos colonos está procurando esposas gentis da cultura osfridiana, principalmente os homens que fizeram fortuna lá. Grande parte deles foi para Adoria com nada mais que as roupas do corpo e acabou prosperando como comerciantes e donos de plantações. Eles se tornaram verdadeiros pilares da comunidade, homens de prestígio. — Cedric ergueu as mãos, fazendo um gesto grandioso, como um artista no palco. — Desejam esposas adequadas para começarem suas famílias. Sua Majestade quer isso também. Ele ordenou a fundação de várias colônias e a expansão das atuais, mas é muito difícil quando os homens osfridianos superam, em números, as mulheres. A proporção é de três para um. Quando as mulheres vão para lá, geralmente são garotas comuns, da classe trabalhadora, que já estão casadas. Não é isso que a nova nobreza está procurando.

— *Nova nobreza*? — perguntei. Eu estava sendo sugada por seu discurso. Era uma experiência diferente ter outra pessoa usando seus poderes de persuasão sobre mim.

— A nova nobreza. É como chamamos esses homens comuns que encontraram a grandeza extraordinária no Novo Mundo.

— É muito cativante. Foi você que teve essa ideia?

Ele pareceu surpreso com a pergunta.

— Não, milady. Foi meu pai. Ele é um mestre da publicidade e da persuasão. Muito mais do que eu.

— Acho isso incrível. Por favor, continue com sua nova nobreza.

Cedric me analisou por um momento, e havia algo em seus olhos. Um cálculo, ou talvez uma reavaliação.

— A nova nobreza. Eles não precisam de título ou do direito de nascimento para reivindicar poder e prestígio. Ganharam-nos com trabalho duro, transformando-se em nobreza – um tipo dela – e agora precisam de esposas adequadamente "nobres". Mas, uma vez que as mulheres da sua posição não estão exatamente fazendo fila para embarcar nisso, a Corte de Luz tomou para si a responsabilidade de criar uma corte de mulheres jovens dispostas a se transformar. Escolhemos garotas adoráveis, como Ada, garotas de nascimento comum, que não têm família – ou, talvez, tenham família demais – e as treinamos para a nobreza.

Ele sorriu brevemente quando fez o comentário sobre mulheres nobres fazendo fila, como se fosse uma piada entre nós. Senti uma pontada no coração. Mal sabia Cedric que, naquele momento, diante de uma vida amarrada a um primo mal-humorado e uma avó autoritária, eu teria abandonado em um instante meu mundo régio para navegar em direção às colônias, sendo as condições selvagens ou não. Não que pudesse chegar às docas sem que dezenas de pessoas tentassem me levar de volta para a minha própria esfera da sociedade.

Ada fungou, me fazendo lembrar de que ela ainda estava ali. Eu a conhecia há anos e mal havia prestado atenção nela. Agora, pela primeira vez, sentia inveja. Ela possuía um mundo – um novo mundo – de potencial e aventura se abrindo diante de si.

— Então você vai levar Ada para Adoria — falei. Foi difícil manter o tom leve para não demonstrar minha inveja.

— Não imediatamente — disse Cedric. — Primeiro, precisaremos nos certificar de que ela está preparada para os padrões da Corte de Luz. Tenho certeza de que recebeu alguma educação em seu serviço... mas nada correspondente à sua. Ela vai passar um ano em uma das casas senhoriais do meu tio, com outras garotas da idade dela, aprendendo todos os tipos de coisas para compensar isso. Ela vai...

— Espere — interrompi. Minha avó teria ficado horrorizada com o jeito completamente desordenado com que eu estava gerenciando aquela conversa, mas toda a situação era estranha demais para que eu ficasse presa a formalidades. — Você está me dizendo que ela terá uma educação que vai corresponder à minha. Em um ano?

— Não exatamente corresponder. Mas ela será capaz de circular pelas classes superiores – talvez até se assemelhando à nobreza depois desse tempo.

Conhecendo Ada, novamente eu estava cética, mas pedi que ele fosse adiante.

— Continue.

— Vamos começar polindo sua educação básica em leitura e contabilidade e, em seguida, expandir para outras áreas mais distintas. Como gerenciar um lar e orientar criados. Aulas de música. Como organizar e o que falar em compromissos sociais. Arte, História, Filosofia. Língua estrangeira, se houver tempo.

— Isso é muito extenso — falei, lançando um olhar curioso para Ada.

— É por isso que leva um ano — explicou Cedric. — Ela vai viver em uma das mansões do meu tio, aprendendo todas essas coisas e então velejará para Adoria com todas as garotas das outras mansões. Se ela optar por ir.

Neste momento, Ada finalmente voltou à vida. Sua cabeça se elevou bruscamente.

— Eu não tenho que ir?

— Bem, não — respondeu Cedric, um pouco surpreso com a pergunta. Ele puxou um rolo de papel do paletó – com certo floreio, se eu não estivesse enganada. — No final de um ano, seu contrato indica que você pode optar por ir a Adoria para ter um casamento arranjado ou pode deixar a Corte de Luz. Neste caso, entraremos em um acordo de trabalho adequado para que nos reembolse pela sua educação.

Ada pareceu imensamente mais alegre, e percebi que ela, provavelmente, pensou que o arranjo envolveria um trabalho semelhante ao que tinha agora.

— Acho que ele quer dizer um reformatório ou uma fábrica — falei.

Suas feições demonstraram espanto.

— Ah. Mas ainda ficaria aqui. Em Osfrid.

— Sim — disse Cedric. — Se você quiser ficar. Mas, honestamente? Quem escolheria longas horas de trabalho tendo a chance de estar nos braços de um marido rico e amoroso que te cobrirá com sedas e joias?

— Eu não poderia escolhê-lo — argumentou.

— Isso não é totalmente verdade. Quando chegarem a Adoria, você e as outras garotas terão um período de três meses durante os quais serão apresentadas a homens elegíveis e que demonstraram interesse em nossas *joias* – que é como o meu tio chama as garotas da Corte de Luz. — Ele abriu seu sorriso mais deslumbrante, tentando tranquilizá-la. — Você vai adorar o local. Os homens das colônias ficam loucos quando trazemos novas garotas. É uma temporada de festas e outros compromissos sociais, e você terá um guarda-roupa inteiramente novo para tudo isso – a moda adoriana é um pouco diferente da nossa. Se mais de um homem fizer uma oferta por você, então poderá escolher quem prefere.

Mais uma vez, me vi cheia de inveja, mas Ada ainda parecia incerta. Sem dúvida, ela ouvira histórias de perigo e selvageria em Adoria. E, sendo justa, algumas não eram infundadas. Quando colonos de Osfrid e de outros países desembarcaram em Adoria, houve um terrível derramamento de sangue entre eles e os clãs Icoris que já viviam lá. Muitos dos Icoris foram expulsos, mas ainda ouvíamos histórias de outras tragédias: doenças, tempestades e animais selvagens, para citar algumas.

Mas o que eram essas coisas se comparadas com as riquezas e a grandeza que Adoria oferecia? E não havia perigo em toda parte? Queria colocar juízo na cabeça de Ada, dizer-lhe que deveria aproveitar a oportunidade e nunca olhar para trás. Certamente, não poderia haver maior aventura do que aquela. Mas Ada nunca teve senso de aventura, nunca havia vislumbrado sequer a promessa de ter *uma* chance para fazer algo diferente do que conhecia. E isso era parte do motivo de não tê-la escolhido para vir comigo para a casa de Lionel.

Depois de muita deliberação, ela se virou para mim.

— O que acha que devo fazer, milady?

A pergunta me pegou desprevenida e, de repente, tudo em que conseguia pensar era nas palavras de minha avó: *você terá pessoas fazendo escolhas por você durante toda a sua vida. Acostume-se a isso.*

Tentei suavizar.

— Você tem que fazer suas próprias escolhas, especialmente uma vez que estará por conta própria quando deixar meu cortejo. — Olhei para Cedric e, pela primeira vez, vi intranquilidade em seus traços marcantes. Ele estava com medo de que Ada optasse por não ir. Será que na Corte de Luz havia cotas a serem cumpridas? Ele tinha uma meta a alcançar?

— O senhor Thorn fez tudo parecer muito encantador — respondeu. — Mas eu me sinto um pouco como uma bugiganga sendo comprada e vendida.

— As mulheres sempre se sentem assim — falei.

No final, Ada aceitou a oferta de Cedric de qualquer maneira porque, como ela percebeu, não tinha para onde ir. Por cima de seu ombro, examinei o contrato, que trazia uma explicação mais formal daquela que Cedric nos dera. Logo que Ada o assinou, fiz uma cópia.

— Esse é o seu nome completo? — perguntei. — Adelaide? Por que você não o usa?

Ela deu de ombros.

— Muitas letras. Levei anos para aprender a soletrá-lo. — Cedric pareceu se esforçar para manter uma expressão séria. Eu me perguntava se ele estava começando a questionar esta escolha, e se Ada realmente poderia ser treinada para fazer parte da sua "nova nobreza".

Com o contrato em mãos, ele se levantou e se curvou diante de mim. Para ela, disse:

— Tenho outros contratos para entregar esta tarde e algumas incumbências para cumprir na universidade. Você pode tirar o dia para embalar suas coisas, e nossa carruagem virá buscá-la esta noite para levá-la até a sua mansão. Meu pai e eu vamos acompanhá-la ao longo do caminho.

— Onde fica essa mansão? — perguntei.

— Não sei para onde ela será designada — admitiu. — Saberei hoje à noite. Meu tio mantém quatro para a Corte de Luz, com dez garotas em cada. Uma fica em Medfordshire. Duas em Donley, e outra, em Fairhope.

Colocando cada local em um mapa mental, notei que eram verdadeiras casas de campo. Cada uma ficava há, pelo menos, meio dia de onde estávamos em Osfro.

Ele deu mais algumas instruções de última hora antes de fazer menção de partir. Ofereci-me para acompanhá-lo até lá fora, o que era pouco ortodoxo, e o levei para o jardim onde estive mais cedo.

— Universidade. Então você é estudante, senhor Thorn.

— Sim. Você não parece surpresa com isso.

— Está nas suas maneiras. E em seu paletó. Só um aluno poderia definir seus próprios padrões de moda.

Ele riu.

— Não o defini. É realmente a moda adoriana. Tenho que parecer fazer parte quando vou com as garotas.

— Você também tem que ir? — De alguma forma, isso tornou a coisa toda ainda mais agonizante. — Já esteve lá antes?

— Não em anos, mas...

Ele se curvou quando viramos a esquina e ouvimos alguém fungando. A cozinheira, a velha Doris, estava andando em direção à cozinha, tentando não chorar enquanto caminhava.

— Não interprete isso de um modo errado — começou Cedric —, mas há muitas lágrimas em sua casa.

Dei-lhe um olhar irônico.

— Estão ocorrendo muitas mudanças. Doris também não irá conosco. Ela está cega de um olho, e meu primo não a quer. — Ele se virou para me estudar, e eu desviei o olhar, não querendo que ele visse o quanto essa decisão havia doído em mim. Em seu estado, Doris não encontraria trabalho com facilidade. Era outra discussão que a minha avó havia vencido. Eu estava perdendo minha vantagem.

— Ela é boa? — Cedric perguntou.

— Muito.

— Com licença! — ele gritou para ela.

Doris virou-se surpresa.

— Milord? — Nenhum de nós se preocupou em corrigir seu erro.

— É verdade que seus serviços estão disponíveis? Posso entender se alguém já a contratou.

Ela piscou, seu único olho bom focando nele.

— Não, milord.

— Há uma vaga aberta em uma das cozinhas da universidade. Quatro pratas por mês, alojamento e alimentação. Se estiver interessada, é sua. Porém, se o pensamento de cozinhar para tantas pessoas for assustador...

— Milord — ela o interrompeu, ajeitando a postura, apesar da pouca altura. — Supervisionei jantares de sete pratos, recebendo cem nobres. Posso lidar com rapazes arrogantes.

A expressão de Cedric permaneceu digna.

— Fico feliz em ouvir isso. Vá ao escritório norte da universidade amanhã e diga-lhes seu nome. Eles lhe darão mais informações.

A velha Doris abriu a boca e olhou para mim como se estivesse precisando de uma confirmação. Concordei, encorajando-a.

— Sim, sim, senhor! Vou logo depois que o café da manhã for servido. Obrigada, muito obrigada.

— Bem, isso que é sorte — disse a ele, uma vez que estávamos sozinhos novamente. Eu certamente não diria isso, mas achei incrivelmente amável da parte dele oferecer tal coisa, e mais ainda notá-la. A maioria não notaria. — Sorte que havia uma vaga aberta.

— Não há, na verdade — disse. — Mas vou conversar na administração hoje. A vaga estará aberta.

— Senhor Thorn, algo me diz que você poderia vender a salvação a um padre.

Ele sorriu ante o velho ditado.

— O que a faz pensar que já não o fiz?

Chegamos ao jardim e nos aproximamos da saída quando ele parou novamente. Uma expressão de descrença cruzou seu rosto, e me virei para ver o que chamou sua atenção. Minha pintura das papoulas.

— Isso é... *Papoulas*, de Peter Cosingford. Eu a vi na National Gallery. Exceto... — Ele parou, sua expressão repleta de confusão quando observou a tela e os pigmentos ao lado.

— É uma cópia. Minha tentativa de copiá-la. Tenho outras. Faço apenas por diversão.

— Você faz cópias de grandes obras para se divertir? Milady?

— Não, senhor Thorn. Isso é o que você faz.

O sorriso em seu rosto era genuíno, e pensei que preferia esse ao da apresentação.

— Bem, tenho certeza de que eu nunca poderia copiá-la.

Havíamos chegado ao portão da frente, e suas palavras me fizeram parar. Tinha menos a ver com o seu significado do que com o modo como ele havia dito. O tom. O calor. Tentei pensar em uma resposta espirituosa, mas minha mente, normalmente ágil, havia congelado.

— E se você não se sentir ofendida por eu falar abertamente... — acrescentou de forma rápida.

— Ficaria desapontada se você não falasse.

— É que... bem, estou um pouco decepcionado, provavelmente, não terei a chance de vê-la novamente. — Talvez percebendo que havia falado demais, fez uma reverência precipitadamente. — Adeus, e boa sorte para você, milady.

Um dos guardas do lado de fora do portão o destrancou, e eu observei Cedric sair, admirando o modo como o paletó de veludo abraçava seu corpo.

— Mas você vai me ver novamente — murmurei. — Apenas espere um pouco.

3

O plano vinha se formando na minha cabeça desde que Ada assinara, às lágrimas, seu contrato. Era minha chance de superar as coisas ruins que se aproximavam de mim. E, como meu pai havia me aconselhado, precisava agir com rapidez. À medida que os detalhes se tornavam mais claros, minha animação crescia, e era nisso que eu me apoiava para não gritar aos céus.

Controlando-me, caminhei depressa – mas calmamente – para fora do jardim, e voltei ao salão, onde Ada estava sentada de uma forma melancólica. Desviei de dois empregados que arrastavam a *chaise longue* da minha avó e fiquei feliz por Cedric não ter visto aquilo. Parecia que estávamos sendo saqueados.

— Bem, você deve estar animada — falei, com alegria, para Ada. — Uma oportunidade tão excitante à sua frente.

Ela apoiou o queixo nas mãos.

— Se você diz, milady.

Sentei-me ao lado dela, fingindo espanto.

— É uma coisa formidável para você.

— Eu sei, eu sei. — Ela suspirou. — É só que... só que... — Suas tentativas de autocontrole falharam completamente, e as lágrimas deslizaram por suas bochechas. Ofereci-lhe um lenço de seda. — Não quero ir para uma terra estranha! Não quero navegar pelo mar Sunset! Não quero me casar!

— Então, não vá — falei. — Faça outra coisa quando vovó e eu partirmos. Encontre outro emprego.

Ela balançou a cabeça.

— Assinei o contrato. E o que posso fazer? Não sou como você, milady. Não posso simplesmente ir embora. Não tenho meios, e nenhuma outra família nobre está empregando... pelo menos não neste nível. Eu procurei.

Ir embora? Será que ela realmente achava que eu poderia? Ada olhava para minha ascendência e riqueza como sinônimos de poder, mas na realidade, um plebeu tinha mais liberdade que eu. E era por isso que, talvez, eu precisasse me tornar um.

"Você é a condessa de Rothford. Alguém com um nome como esse não pode caminhar entre os sem-nome."

— O que você faria? Se tivesse meios?

— Se eu não estivesse trabalhando aqui? — Ela fez uma pausa para limpar o nariz. — Me encontraria com a minha família, em Hadaworth. Tenho primos lá. Eles têm uma boa fazenda de laticínios.

— Hadaworth se localiza ao norte e fica muito longe — lembrei a ela. — Também não é uma viagem fácil.

— Mas não há oceano! — exclamou. — Ainda fica em Osfrid. E não há selvagens lá.

— Você prefere trabalhar em uma fazenda leiteira a se casar com um adventista adoriano? — Certamente, isso se encaixava em meus planos melhor do que eu esperava. Mas parecia tão cômico que não pude deixar de perguntar: — Como você acabou sendo encaminhada para essa Corte de Luz?

— O filho de lady Branson, John, frequenta a universidade com o mestre Cedric. Lord John o ouviu falar que precisava de garotas bonitas para alguma tarefa que seu pai lhe havia atribuído. Ele sabia que você estava desmontando a casa e perguntou à mãe dele se havia garotas que precisavam de um lugar para ir. Quando ela me abordou... bem, o que eu poderia fazer?

Segurei sua mão, em uma exibição incomum de informalidade entre nós.

— Você vai para Hadaworth. É isso o que você vai fazer.

Ada ficou boquiaberta, e eu a levei até meu quarto, onde outras criadas estavam arrumando as roupas. Mandei-as executar novas tarefas e, em seguida, peguei um par de brincos de topázio da minha caixa de joias.

— Aqui — falei, entregando-os a Ada. — Venda-os. É mais do que suficiente para comprar a passagem com um grupo respeitável que viajará para Hadaworth. — Eu esperava que ela tivesse um sonho maior, que eu não pudesse realizar. Aquilo havia sido uma pechincha.

Seus olhos se arregalaram.

— Milady... eu... não posso. Não posso aceitá-los.

— Pode, sim — insisti, meu coração acelerado. — Eu, bem... não posso suportar a ideia de te ver infeliz. Quero que esteja com a sua família e encontre a felicidade. Você merece. — Isso não era inteiramente mentira... mas minhas verdadeiras motivações não eram tão altruístas.

Ela pegou os brincos, e a esperança começou a florescer em seu rosto.

— Eu... não. Não posso. Esse contrato! Isso é obrigatório. Eles vão me encontrar e...

— Vou cuidar disso, não precisa se preocupar. Vou te tirar dessa situação. Eu posso fazer esse tipo de coisas, você sabe. Mas para ter certeza de que tudo vai funcionar, você precisa ir embora agora. Imediatamente. Já passa do meio-dia. A maioria dos comerciantes que viaja estará terminando os negócios e indo logo para o norte. E você precisa negar qualquer conhecimento sobre a Corte de Luz. Nunca, jamais diga a alguém que eles abordaram você.

Seus olhos ficaram arregalados.

— Não vou dizer, milady. Não vou. Jamais direi uma palavra. E vou agora... Assim que arrumar as malas.

— Não, não. Quero dizer, não leve muita coisa. Apenas o essencial. Não pode parecer que você está indo embora para sempre. Aja como se estivesse saindo em uma missão. — Eu não queria que ninguém notasse sua partida e possivelmente a interrompesse e fizesse perguntas.

Ela assentiu para a sabedoria das minhas palavras.

— Você está certa, milady. Claro que está. Além disso, com eles, posso comprar roupas novas quando chegar a Hadaworth.

Mediante meu conselho, ela recolheu apenas algumas coisas pequenas: uma muda de roupa, um medalhão da família e um pacote de cartões de Deanzan. Ela corou ao notar minha sobrancelha erguendo após ver último item.

— É apenas uma brincadeira, milady. Nós lemos os cartões para nos divertir. As pessoas sempre o fizeram.

— Até que os alanzanos os tornaram uma parte fundamental da sua religião. Os sacerdotes os queimam hoje em dia. Não vá parar na prisão por heresia.

Seus olhos se arregalaram.

— Eu não venero demônios! Nem árvores!

Ada deixou todo o resto para trás. A casa estava tão ocupada com os preparativos para a mudança que ninguém percebeu quando nos movíamos furtivamente em nossas tarefas. Peguei seus últimos pertences – que não eram muitos, apenas alguns itens de vestuário –, os levei para o meu quarto e os escondi enquanto a via sair secretamente. Ela me assustou com um abraço rápido e altamente inapropriado, as lágrimas brilhando em seus olhos.

— Obrigada, milady. Obrigada. Você me salvou de um destino terrível.

E você pode ter feito o mesmo por mim, pensei.

Seguindo minhas instruções, ela saiu casualmente pelo portão da frente, como se estivesse indo ao mercado. O sentinela de plantão provavelmente não percebeu sua partida. Ela era invisível, algo que eu não podia compreender... ainda. Assim que Ada partiu, voltei à minha pintura no jardim, tentando transparecer que estava passando o tempo enquanto o restante da família trabalhava.

Quando conversava com outros empregados, mencionava casualmente que Ada tinha ido embora para uma nova posição e como era maravilhoso que isso tivesse sido arranjado para ela. Todos sabiam que alguém havia vindo perguntar a respeito dela anteriormente, mas ninguém sabia os detalhes dessa conversa. Muitos outros criados já haviam se mudado, de modo que sua partida não era novidade.

Com o avançar do dia, chegou a notícia de que minha avó e lady Branson haviam sido convidadas para jantar enquanto visitavam uma amiga. Esse convite não poderia ter me servido melhor, embora eu tenha pensado duas vezes quando percebi que poderia nunca mais vê-la novamente. Trocamos palavras duras naquela manhã, mas isso não diminuía meu amor por ela... nem o dela por mim. Tudo o que minha avó havia feito naquela confusão com Lionel fora para me beneficiar, e haveria uma enorme briga quando tudo se desintegrasse.

Não hesite agora, disse a mim mesma. Respirei fundo, me forçando a manter a calma. *Minha avó pode lidar com o que quer que aconteça. E quando tudo isso passar, ela viverá com lady Branson e sua filha. Será muito mais feliz lá do que sob a supervisão de lady Dorothy.*

Mesmo que estivéssemos separadas, ainda existia a chance de a minha avó cruzar a minha porta algum dia. Mas, ah, como ela se preocuparia comigo. Eu esperava que se – não, quando – nos encontrássemos novamente, ela entendesse o motivo de ter feito aquilo. Eu não poderia me casar para viver uma vida de luxo se isso significasse deixar meu verdadeiro eu para trás.

Depois do jantar, me queixei de dor de cabeça e me retirei para o meu quarto. Era a única razão pela qual poderia ficar sozinha, e nem isso era fácil. Assim que afugentei minhas criadas atenciosas, troquei o belo vestido de seda que usara para o jantar e vesti um de linho, mais simples, de Ada – o que fiz com certa dificuldade. Geralmente contava com empregadas para me ajudar a entrar e sair das roupas, não estava acostumada a abotoar nada sem mãos extras. O vestido era azul escuro, sem ornamentação. A camisa branca que vesti por baixo era igualmente simples. Até então, nunca havia notado realmente como as roupas das minhas criadas eram monótonas. Ainda assim, ajudaria a me esconder, tal como o manto com capuz cinza que coloquei sobre o vestido. Enfiei o resto das roupas de Ada em uma pequena sacola e, em seguida, desci rapidamente por uma escada estreita de empregados que era pouco usada àquela hora da noite. Depois de verificar que não havia ninguém por perto, passei por uma porta nos fundos.

A porta me levaria ao pátio, mas para chegar lá teria que passar por nossos estábulos, escurecidos pelas sombras do crepúsculo. Criados circulavam por ali ao longo da noite, e ninguém reparou em mim enquanto me esgueirava na escuridão. Esta era a parte mais perigosa do plano, a parte em que tudo poderia desmoronar se alguém me desse uma boa olhada. Precisava atravessar o pátio para chegar até os portões traseiros do estábulo. A temperatura da primavera havia diminuído consideravelmente, e eu não era a única que usava um capuz. Apenas rezava para que ninguém olhasse para o meu rosto enquanto caminhava.

O garoto do estábulo que vigiava o portão estava ocupado esculpindo madeira, com a atenção voltada para quem tentasse entrar, não sair. Se ele me notasse, veria somente as costas de uma das criadas que entravam e saíam para cumprir suas tarefas domésticas. Uma vez que já havia chegado ao lado de fora, virei a esquina da nossa casa e corri em direção à avenida movimentada que passava em frente. O trânsito havia diminuído desde o início do dia, mas, pelo anoitecer, ainda havia alvoroço de cavalos e pedestres, seus passos ecoando na rua de paralelepípedos. A maioria sequer reparou em mim. Eu era a dama de companhia de uma lady, não a própria.

Um sacerdote errante de Uros estava em um canto pregando contra os hereges de Alanzan. Ele apontou para mim de maneira acusatória, tocando meu rosto com seu dedo direito.

— Você não veneraria o Sol e a Lua, não é, garota? — Havia um brilho fanático e febril em seus olhos, e fiquei tão surpresa que congelei. — Você! Fique aí mesmo!

Ofeguei quando dois sentinelas da cidade vieram correndo em minha direção. Eu havia conseguido chegar somente até a frente da minha casa! Como eles sabiam que deveriam me alcançar?

Mas não era a mim que procuravam, e sim ao sacerdote. Enquanto um segurou o sujeito, o outro amarrou seus pulsos.

— Como se atrevem a pôr as mãos em um dos escolhidos de Uros? — berrou o homem.

Um dos sentinelas bufou.

— Você não é um verdadeiro seguidor de Uros. Veremos se sua fé é mesmo forte depois de algumas noites na prisão.

Ele arrastou o sacerdote, que continuava gritando, enquanto o outro sentinela se virou para mim. Olhei para baixo rapidamente, fingindo timidez, assim, ele não veria meu rosto.

— Tudo bem, senhorita? Ele te machucou?

— Estou bem. Obrigada.

Ele balançou a cabeça em sinal de desgosto.

— Não sei no que o mundo vai se transformar com esses hereges andando pela rua. É melhor você voltar para a casa do seu mestre antes que escureça mais.

Balancei a cabeça e me afastei rapidamente. A atmosfera religiosa de Osfrid estava perigosa nos últimos tempos. Aqueles sacerdotes andarilhos e radicais podiam alegar venerar o único deus, Uros, mas suas práticas desafiavam a Igreja quase tanto quanto as dos alanzanos e seus anjos caídos. Os padres ortodoxos e os oficiais já não eram mais tão tolerantes, então não era preciso muito para que alguém se tornasse suspeito.

Foi um alívio quando cheguei à carruagem da Corte de Luz. Ela estava a duas quadras na direção oposta, exatamente como Cedric dissera a Ada.

Era toda preta, lustrosa e brilhante, com o selo da Corte no exterior: um círculo de corrente dourada com pequenas joias intercaladas entre os elos. Seu tamanho era modesto, não tão grande quanto a que minha avó e eu usávamos, mas supus que seria extraordinária para uma garota que não conhecia nada diferente. Caminhei até a parte da frente da carruagem, onde um cocheiro esperava com quatro cavalos brancos. Fiz uma saudação, alta o suficiente para fazê-lo ouvir minha voz sobre o barulho da rua, mas esperando que não o suficiente para atrair a atenção do casarão que ficava ao lado.

— Você está aqui para me buscar. Meu nome é Adelaide.

Havia decidido isso no momento em que tracei o plano. Eu tinha feito Ada desaparecer e recebido sua promessa de que não mencionaria nada, e até onde os oficiais da Corte de Luz saberiam, eles estariam com a garota certa. Usar o nome de Ada não parecia correto. Minhas decisões já me faziam sentir como se estivesse roubando algo, mas, certamente, não poderia partir usando o meu próprio nome. Então, usaria o belo nome que Ada havia recebido quando nasceu, aquele que ela tinha problemas para soletrar. Senti que eu merecia, assim como merecia também aceitar essa oportunidade que a aterrorizava.

O cocheiro deu um curto aceno de cabeça.

— Sim, bem, entre. Vamos nos encontrar com o mestre Jasper e o mestre Cedric ao longo do caminho.

Mestre Cedric.

Por mais que eu gostasse de olhar para ele, vê-lo agora poderia ser uma complicação no plano perfeito que eu havia criado... Mas só teria que lidar com isso mais tarde. Por enquanto, meus problemas eram outros.

— Entrar? — perguntei, colocando as mãos nos quadris. — Você não vai descer e abrir a porta para mim?

O homem arquejou de maneira divertida.

— Olhe só para você, já agindo como uma lady. Você ainda não é uma "joia", senhorita. Agora, entre. Temos mais duas paradas para fazer, e uma é no distrito sirminicano. Não quero chegar lá mais tarde do que preciso. Eles podem roubá-la se você não ficar de olho.

Atrapalhei-me com a maçaneta, mas finalmente descobri como abri-la. Sem graça, praticamente caí no interior da carruagem. Era a primeira vez que eu fazia aquilo sem o auxílio de um banquinho ou uma almofada oferecidos por um criado. O interior era escuro, iluminado apenas pela luz que entrava pelas janelas enfumaçadas. Quando meus olhos se ajustaram, pude ver que o assento almofadado era feito de um veludo marrom de qualidade mediana.

Sem se preocupar em saber se eu estava confortável, o condutor colocou os cavalos em movimento, me arremessando para frente. Segurei nas paredes da carruagem para me apoiar, olhando para fora enquanto as luzes da casa da minha família ficavam cada vez mais distantes. Prendi a respiração enquanto a observava ao longe, esperando que um grupo de criados viesse correndo a qualquer momento, parasse a carruagem e me tirasse dali. Mas ninguém veio. Todos estavam ocupados com seus afazeres noturnos e logo a casa desapareceu na noite. Ou talvez fosse *eu* quem estivesse sumindo. Talvez eu fosse rapidamente esquecida, meu rosto e minha voz se esvaindo da mente daqueles que eu conhecia. Essa constatação me deixou mais triste do que eu esperava, então voltei o foco para meu plano.

Presumindo que ninguém pensaria em verificar a minha dor de cabeça naquela noite, eu teria até a manhã do dia seguinte para que minha ausência fosse descoberta, momento em que eu esperava já estar em um lugar bem longe no país. Supondo, é claro, que Ada não se arrependesse e voltasse – se é que ela realmente tinha deixado a cidade. Se tudo estivesse conforme o planejado, ela já teria comprado sua passagem com algum grupo de viajantes e estaria a caminho do norte.

Havia diversos "se" naquele plano, e várias coisas que poderiam dar errado.

Sacolejando, a carruagem abriu caminho pela cidade, passando por lugares que eu nunca havia visto. Estava terrivelmente curiosa a respeito de tudo, mas à medida que a noite se aprofundava, podia ver cada vez menos o brilho das lâmpadas a gás que iluminavam as ruas. A carruagem finalmente parou, e ouvi uma conversa abafada. Momentos depois, a porta se abriu, e uma moça da minha idade apareceu na porta, os cabelos vermelhos brilhantes cintilando até mesmo no crepúsculo. Ela me lançou um olhar calculista e então, como eu, subiu sem o auxílio de um banquinho. Mas ela se saiu melhor. Fechou a porta, e a carruagem seguiu sua viagem desajeitada.

Sentadas ali, nos observávamos em silêncio enquanto seguíamos pelas ruas de paralelepípedos. A luz instável das lâmpadas da rua criava sombras do lado de dentro da carruagem. Quando a iluminação intermitente entrou, pude ver que seu vestido era ainda mais simples que o meu, e estava esfarrapado em alguns lugares. Por fim, ela falou, com um leve sotaque tingindo sua voz de classe trabalhadora:

— Como você conseguiu arrumar seu cabelo assim? Com todos esses cachos penteados desse jeito?

Não era o tipo de pergunta que eu esperava. Ela pareceu muito franca, até eu perceber que ela imaginava que pertencíamos à mesma posição social.

— É naturalmente ondulado — respondi.

Ela acenou com a cabeça, impaciente:

— Sim, sim. Posso ver, mas a forma como esses cachos estão arrumados tão perfeitos... Tentei fazer isso sozinha, como fazem as damas bem-nascidas. Acho que precisaria de meia dúzia de mãos pra conseguir.

Quase disse que *tinha* meia dúzia de mãos me ajudando, mas engoli as palavras. Havia me achado muito inteligente por ter colocado o vestido de Ada, mas acabei saindo para a aventura com o mesmo penteado elaborado daquela manhã – que minhas criadas haviam ajudado a enrolar e pentear, caindo em cascatas ao redor dos meus ombros. Dei um sorriso tenso para a minha companheira.

— Alguém me ajudou — falei. Pensei no passado de Ada e tentei torná-lo meu. — Já que é uma, hum, ocasião especial. Trabalhei como criada de uma lady, sabe, então tenho amigas realmente boas nesse tipo de coisa.

— Uma criada? Bem, isso é que é ter sorte pra cacete. Eu não gostaria de deixar essa posição. Isso explica por que você fala tão bem... Isso vai te dar vantagem sobre o resto de nós. — Ela parecia impressionada... e também com um pouco de inveja.

— Não é uma competição — falei rapidamente.

Outro *flash* fugaz de luz vindo do lado de fora revelou uma expressão irônica em seu rosto.

— Claro que é. O que fazemos e o quanto aprendemos influencia quando escolherem a quem seremos oferecidas como esposas. Serei a esposa de um banqueiro. Ou de um estadista. Não de algum fazendeiro. — Ela fez uma pausa para reconsiderar. — A menos que ele seja um fazendeiro obscenamente rico e que eu possa dar ordens aos empregados e na casa. Mas uma esposa de fazendeiro comum? Varrer pisos e fazer queijo? Não, obrigada. Não que qualquer velho fazendeiro pudesse pagar por uma de nós. Minha mãe ouviu de um dos seus amigos que a Corte de Luz cobrava quatrocentos dólares de ouro pelo casamento de uma das suas garotas. Você consegue imaginar essa quantidade de dinheiro?

Lembrei-me vagamente de Cedric falando sobre pretendentes fazendo “ofertas”. O contrato explicava ainda mais detalhadamente como os agentes da Corte de Luz ganhavam uma comissão pelo preço do casamento de cada garota. Cedric podia ter falado maravilhosamente bem sobre sua nova nobreza, oferecendo um serviço ao Novo Mundo, mas era óbvio que isso era um enorme empreendimento para a família Thorn.

A outra garota estava me olhando de forma estranha, esperando por uma resposta.

— Sinto muito... você precisa me perdoar se eu soar dispersa. Isso tudo foi um tanto de última hora — expliquei. — A família para a qual eu trabalhava estava demitindo a maior parte da sua equipe, e então quando Ced... o mestre Cedric estava procurando moças, alguém me indicou.

— Ah, você é uma das dele, né? Ouvi sobre isso também — disse a minha companheira. — Ele nunca recrutou antes, sabe? O pai dele é um dos melhores recrutadores, e o mestre Cedric fez uma grande campanha sobre como ele poderia ser igualmente bom, então seu pai deixou que ele escolhesse algumas garotas. Foi uma grande agitação na família.

— Você sabe muito — falei. Aparentemente, ela havia recebido informações mais extensas do que Ada e eu.

— Eu entregava roupa lavada na casa dele — ela explicou. — Minha mãe é lavadeira, e eu a ajudava. Não mais. — Ela ergueu as mãos e as estudou, mas não consegui dar uma boa olhada. — Não tenho a intenção de ser lavadeira. Nunca mais lavarei as malditas roupas de alguém.

Sua ambição irradiava. Eu não tinha certeza se esse tipo de iniciativa seria útil para mim ou não, mas, na dúvida, achava que a amizade geralmente era o melhor plano de ação.

— Eu sou Adelaide — disse a ela, calorosamente. — É muito bom conhecê-la, senhorita..?

Ela hesitou, como se estivesse decidindo se eu valia a próxima informação.

— Wright. Tamsin Wright.

A carruagem diminuiu a velocidade, nos levando à nossa próxima parada. Deixamos a conversa morrer enquanto esperávamos para ver quem entraria em seguida. Quando a porta se abriu e revelou uma garota parada do lado de fora, Tamsin ofegou. A princípio, pensei que a iluminação ruim estivesse distorcendo a aparência da recém-chegada. Então percebi que a tonalidade morena da sua pele era natural. Era quase como caramelo. Lembrei-me do motorista dizendo que íamos para perto do bairro sirminicano. Era um dos lugares mais pobres da capital, e eu podia identificar apenas alguns edifícios sujos e degradados à distância. Sabia, pela reputação, que estava cheio de refugiados de Sirminica, que vivia uma guerra civil nos últimos anos. Já havia sido uma grande nação, e sua monarquia tinha se unido à nossa através do casamento. Os rebeldes haviam recentemente derrubado a família real, e agora o país era evitado por ser conhecido como uma zona de guerra caótica. Aquela garota, que esperava junto à porta da carruagem com uma pele encantadora e o cabelo preto luxuoso, exibia todos os sinais de ser uma refugiada.

Além disso, ela era espetacular e incrivelmente bela.

O motorista havia descido para recebê-la, olhando-a com cautela quando ela avançou. A garota se ergueu com dignidade e, depois de olhar para Tamsin e para mim, se instalou ao meu lado na carruagem. Seu vestido era ainda mais desgastado do que o de Tamsin, mas o xale que usava em volta dos ombros, costurado com bordados intrincados, era excepcional.

Recordando seus insultos, eu me perguntava se o cocheiro havia descido para garantir que ela não nos roubaria. Quando ele continuou esperando com a porta aberta, percebi que algo mais estava acontecendo. Logo, duas vozes masculinas chegaram aos meus ouvidos. Reconheci uma delas.

— ...bem bonita, mas suponho que você não tenha ideia de como será difícil vender uma sirminicana.

— Isso não terá importância... Não lá.

— Você não conhece "lá" como eu. — Veio a resposta mordaz. — Jogou fora a sua comissão.

— Isso não é...

As palavras foram abruptamente interrompidas quando os dois homens chegaram à porta da carruagem. Um deles, um homem de mais de quarenta anos, tinha o cabelo castanho levemente grisalho. Ele possuía uma aparência arrojada e semelhança suficiente com Cedric Thorn para me fazer perceber que deveria ser seu pai, Jasper.

O outro homem que se juntou a nós era, naturalmente, o próprio Cedric Thorn. Minha boca ficou seca enquanto nossos olhares se cruzaram. Mesmo sendo repreendido pelo pai, Cedric seguiu de forma arrogante até a carruagem com a mesma facilidade e autoconfiança que eu havia visto anteriormente. Ele parou tão repentinamente que quase tropeçou nos próprios pés. Encarou-me como se eu fosse uma aparição. Sua boca se abriu para falar, mas depois se fechou rapidamente, como se talvez não confiasse em si mesmo.

Jasper sorriu quando viu Tamsin, alheio ao drama silencioso que ocorria entre Cedric e eu.

— Que prazer ver você de novo, minha querida. Espero que o trajeto tenha sido bom.

Os modos calculistas e cautelosos que Tamsin demonstrara anteriormente desapareceram quando ela sorriu de volta.

— Oh, tudo está adorável, senhor Thorn. A carruagem é linda, e já fiz uma nova amiga.

Seus olhos caíram sobre mim, e precisei desviar do olhar fixo de Cedric. Notei que Jasper, pelo menos, me olhava com aprovação.

— E você deve ser a nossa adorável companheira. Ada, certo? — Jasper estendeu a mão para mim e, depois de alguns segundos de estranheza, percebi que ele esperava que eu a apertasse. Eu o fiz, torcendo para que minha falta de familiaridade com o gesto não se revelasse. — Não tenho dúvidas de que você fará com que uma fila de homens bata em nossa porta em Adoria.

Umedeci os lábios, sentindo dificuldade em encontrar minha voz.

— O-obrigada, senhor. E pode me chamar de Adelaide.

De alguma forma, esse comentário pareceu tirar Cedric do seu atordoamento.

— Ah. É assim que você está se chamando agora?

— É uma melhoria — falei, intencionalmente. — Não acha?

Quando Cedric não respondeu, Jasper o cutucou.

— Pare de nos atrasar. Precisamos ir.

Cedric me observou mais uma vez; senti como se ambos estivéssemos em um precipício. E ele seria o único que determinaria por qual caminho seguiríamos.

— Sim — disse, finalmente. — Vamos.

Jasper entrou na frente de Cedric e se sentou ao lado de Tamsin, ocupando a maior parte do assento daquele lado. De uma maneira amável, a garota sirminicana deslizou para o nosso lado, abrindo espaço extra. Reconhecendo a sugestão, me movi também. Depois de uma ligeira hesitação, Cedric se sentou ao meu lado. Ficamos muito próximos, nossos braços e pernas encostando uns nos outros. Minha avó teria ficado escandalizada. Ele mal se mexeu, e eu podia sentir que seu corpo estava tão rígido quanto o meu. Estávamos muito tensos enquanto aceitávamos esta nova situação.

A maior parte da conversa que se seguiu foi entre Jasper e Tamsin. Descobri que a garota sirminicana se chamava Mira, mas ela falou tão pouco quanto Cedric e eu. Comentei sobre a beleza do seu xale, e ela o puxou para mais perto.

— Era da minha mãe — disse suavemente, as palavras revelando o sotaque sirminicano. Havia uma tristeza em sua voz que eu entendia. *Aquilo* que havia despertado uma dor em meu peito e que nunca havia desaparecido completamente. Sem saber mais nada sobre ela, senti instantaneamente uma conexão e não a questionei mais.

Quando a carruagem parou completamente, após cerca de vinte minutos, Jasper olhou para cima com satisfação.

— Finalmente. Os portões. Uma vez que estivermos fora da cidade, poderemos andar rápido de verdade. — Podíamos ouvir uma agitação de vozes do lado de fora da carruagem e, como continuávamos parados, Jasper ficou irritado. — O que está demorando tanto? — Ele abriu a porta e se inclinou, chamando o cocheiro.

O homem correu para a porta, dois guardas atrás dele.

— Desculpe, senhor Thorn. Estão verificando todos que estão partindo. Procurando uma garota.

— Não é uma garota — corrigiu firmemente um dos guardas. — Uma jovem nobre. Dezessete anos. Uma condessa.

Parei de respirar.

— Quem são essas garotas? — perguntou o outro guarda, olhando para dentro.

Jasper relaxou.

— Certamente não são condessas. Estamos a caminho da Corte de Luz. São garotas comuns, indo para Adoria.

O guarda estava desconfiado, observando cada uma de nós. Desejei ter pensado em mudar o penteado.

— Como é essa garota? — perguntou Jasper.

— Cabelos castanhos e olhos azuis — disse um dos guardas, seu olhar persistente sobre mim. — Da mesma idade que este grupo. Fugiu no início da noite. Há uma recompensa.

Quase me senti indignada, já que gostava de pensar que meu cabelo era mais dourado. Mas era uma descrição bastante comum que poderia ser aplicada à metade das garotas da cidade. Quanto mais vago, melhor.

— Bem, temos uma sirminicana, uma lavadeira e uma criada — disse Jasper. — Se a recompensa for grande o suficiente e você quiser fazer com que uma delas se passe por condessa, fique à vontade, mas eu lhe asseguro, nós vimos de onde elas vêm. Condições sem nem um pouco de luxo... Porém, Cedric, você não esteve na casa de um nobre hoje? Não foi onde conversou com Adelaide? Você ouviu alguma coisa?

O primeiro guarda olhou fixamente para Cedric.

— Senhor? Onde você esteve?

Cedric olhava fixamente para frente, talvez esperando que a falta de contato visual o tornasse invisível.

— Senhor? — perguntou o guarda.

O mundo pareceu se mover em câmera lenta, e tudo que eu pude ouvir foi o martelar do meu próprio coração. Lembrei-me do precipício de novo, mas agora era eu quem estava perdendo o equilíbrio. Bastaria uma palavra, uma palavra de Cedric para que eu voltasse para a minha avó e Lionel. Não duvido que ele fosse inteligente o suficiente para conduzir a situação de modo a parecer inocente. E, até onde eu sabia, ele poderia pensar que ganhar uma recompensa agora seria mais fácil do que ganhar uma comissão em Adoria.

Cedric respirou fundo e, como se tivesse colocado uma máscara, se transformou no jovem arrogante de antes.

— Vi o lord John Branson — disse ele e acenou para mim. — Ela estava consertando algumas roupas da sua lady na casa quando a encontrei. Isso conta?

— Isso não é uma brincadeira — disse o guarda.

Mas eu podia ver que ele já estava perdendo o interesse em nós, pronto para seguir em frente. Provavelmente, havia muitos viajantes tentando sair antes do toque de recolher, e eles não iam querer se atrasar por conta de uma carruagem qualquer. Uma nobre deveria estar tentando fugir, e não sentada com comerciantes respeitáveis.

— Podem ir — disse o outro guarda. — Obrigado pelo seu tempo.

Cedric, ainda bancando o simpático, sorriu de volta.

— Sem problemas. Espero que a encontrem.

A porta se fechou e a carruagem começou a avançar, finalmente andando em um ritmo constante, agora que tínhamos terminado as paradas na cidade. Exalei, sentindo toda a tensão dentro de mim enquanto eu afundava no assento. Ousei um breve olhar para Cedric, mas não consegui ler sua expressão nem suas intenções. Só poderia torcer para que, talvez, finalmente eu estivesse livre.

4

A viagem durou a noite toda, e eu dormi e acordei várias vezes. Meu corpo queria descansar, mas minha mente estava muito tensa, com medo de ouvir cavalos e gritos atrás de nós. Mas a noite passou tranquilamente, o balanço da carruagem me acalmou mais do que um sono de verdade. Já estava completamente acordada quando ouvi Jasper dizer:

— Ah, aqui estamos.

A marcha firme da carruagem começou a diminuir. Levantei a cabeça, assustada e envergonhada ao perceber que estava descansando no ombro de Cedric. Sua colônia cheirava a *patchouli*.

As reações das minhas companheiras eram as mais diversas. O rosto de Tamsin estava ansioso, pronto para assumir a nova aventura e aproveitar o que ela via como seu destino. Mira estava mais apreensiva, com a expressão de alguém que já tinha visto muitas coisas e sabia que não deveria confiar nas aparências iniciais. Jasper nos ajudou a sair da carruagem e, enquanto eu esperava a minha vez, tive um *flash* de pânico momentâneo com medo do que eu poderia encontrar. Havia me envolvido em um problema grande na noite passada, ambicionando um destino fundamentado mais nas minhas próprias fantasias do que em qualquer fato concreto. O discurso de Cedric para Ada havia me encantando, mas existia uma chance muito real de eu estar prestes a entrar em uma situação muito pior do que uma vida regada a cevada com Lionel. Poderia estar entrando em uma vida de sordidez e perigo.

Jasper pegou na minha mão, e pude dar a primeira boa olhada em Blue Spring Manor. Para meu alívio imediato, não parecia nem sórdido, nem perigoso do lado de fora. Blue Spring Manor era uma propriedade rural construída em território mouro, sem aldeia ou outra comunidade à vista.

Ninguém procurando por mim passaria casualmente por ali. Não era tão grande como algumas das antigas terras arrendadas da minha família, mas ainda era ancestral e impressionante. O sol da manhã subia logo acima do telhado, iluminando os rostos admirados de Tamsin e Mira.

Uma mulher de meia-idade, vestida de preto, nos encontrou na porta.

— Bem, aqui estão elas, as últimas. Estava preocupada que não fossem aparecer.

— Tivemos alguns imprevistos — explicou Jasper, olhando para Mira. — E algumas surpresas.

— Tenho certeza de que elas se instalarão logo. — A mulher se virou para nós com uma expressão severa. — Sou a senhora Masterson. Eu cuido da casa e vou gerenciar as coisas do dia a dia de vocês. Também sou encarregada de ensiná-las etiqueta, no que espero que se destaquem. Temos um quarto que vai acomodá-las muito bem. Podem colocar suas coisas lá e, em seguida, juntar-se às outras meninas para o café da manhã. Elas acabaram de se sentar.

Ela perguntou se os Thorn também queriam o desjejum, mas eu mal ouvi a resposta. Estava ocupada demais processando o comentário da senhora Masterson sobre nós três compartilharmos um quarto. Jamais dividi meus quartos. Não importa em qual residência minha família tenha se hospedado, sempre tive uma suíte só para mim. No máximo, tinha uma criada dormindo do lado de fora ou em um quarto adjacente para atender a qualquer pedido meu.

Cedric me lançou um olhar penetrante, e me perguntei se talvez estivesse transparecendo assombro em minha expressão. Rapidamente, voltei a exibir um semblante neutro e segui a senhora Masterson para dentro. Ela nos levou até uma escada em espiral que, eu precisava admitir, era elegante. Pinturas exuberantes estavam alinhadas nas paredes da casa – alguns retratos de membros da família Thorn e outras expostas simplesmente pela beleza. Reconheci alguns dos artistas e quase desacelerei para estudá-las mais detalhadamente antes de lembrar que precisava me conter.

O quarto para o qual a senhora Masterson nos levou era decorado de forma decente, com cortinas de renda emoldurando uma janela que ficava de frente para o terreno da casa de campo. Também tinha três camas com dossel e armários combinando – mas não era grande o suficiente para nada disso, muito menos para três ocupantes. Os olhos arregalados de Tamsin e Mira sugeriam o contrário.

— É grande pra cacete — exclamou Tamsin.

— Linguagem, por favor. — O rosto formal da senhora Masterson suavizou um pouco enquanto ela nos olhava. — Você logo vai se acostumar com isso, e se tiver sorte e estudar muito, provavelmente terá um quarto deste tamanho para si mesma quando se casar no Novo Mundo.

Mira passou a ponta dos dedos de leve pelo papel de parede florido.

— Nunca vi nada assim.

A senhora Masterson se encheu de orgulho.

— Quase todos os nossos quartos são decorados. Tentamos manter padrões altos, tão bons quanto os da capital. Deixe-me levá-las para junto das outras garotas. Vocês podem se familiarizar com elas enquanto converso com o mestre Jasper e seu filho.

Deixamos nossos parcos pertences no quarto e a seguimos de volta pela escada. Os demais corredores da mansão tinham a mesma decoração, com retratos antigos e vasos elegantes espalhados. Entramos na sala de jantar, também decorada lindamente, ostentando papel de parede listrado e tapetes verde-escuros. A mesa estava coberta com um pano de linho com erva-de-vieira, porcelana e prata. Tamsin havia tentado manter uma expressão neutra quando entramos, mas vacilou ao vê-la.

Imediatamente, concentrei minha atenção nas ocupantes da mesa, composta por sete meninas que ficaram em silêncio com a nossa chegada. Elas pareciam ter a mesma idade que nós e eram todas muito atraentes. A Corte de Luz podia alegar que buscava garotas que pudessem aprender a se comportar como as classes mais nobres, mas era claro que a aparência era parte importante dos critérios que nos trouxeram até ali.

— Senhoritas — disse a senhora Masterson —, estas são Tamsin, Adelaide e Mirabel. Elas vão se juntar à nossa casa. — Para nós, ela acrescentou: — Todo mundo chegou na semana passada. Agora que vocês estão aqui, vamos formalizar o cronograma e, é claro, trabalhar na reforma de todos os guarda-roupas. Vocês se vestirão melhor do que nunca e aprenderão a se arrumar como convém às classes superiores. — Ela fez uma pausa e olhou para mim. — Embora seu cabelo já esteja bem bonito, Adelaide.

Ela nos pediu para nos acomodarmos e depois se afastou para falar com Jasper e Cedric. O silêncio continuou enquanto todas se analisavam ou continuavam comendo. Eu estava com muita fome e me perguntei quando um criado entraria. Depois de alguns minutos, percebi que ninguém viria.

Estendi a mão para pegar um bule que estava próximo e pela primeira vez tive a experiência de me servir.

O café da manhã tinha uma seleção de frutas e doces delicados. Os modos calculistas de Tamsin e a apreensão de Mira não resistiram a um arranjo como aquele, e elas pegaram os pratos ansiosas para se servirem. Eu me perguntava se alguma vez elas já haviam comido coisas assim. As duas eram magras. Talvez elas nunca tivessem comido muito de qualquer coisa.

Escolhi uma torta de figo e amêndoa, algo que exigia pouco esforço. Tradicionalmente, era comida cortando-se pedaços pequenos e de tamanho igual, e usei nosso atraso como desculpa para observar minhas companheiras. A primeira coisa que notei foi que suas roupas eram parecidas. Claro, os vestidos variavam em escolhas de cor e tecido, mas meu palpite era que todas haviam passado pelo processo de melhoria no guarda-roupas do qual a senhora Masterson havia falado. Os vestidos eram bonitos e fluidos, ao contrário daquele que eu herdara de Ada. A qualidade do tecido pelo menos era boa, se não melhor. O traje de Mira e Tamsin sequer justificava comparação com o resto de nós, embora eu presumisse que a maioria das garotas havia chegado em um estado semelhante.

As outras também já pareciam ter recebido algumas das lições básicas de etiqueta que estavam tentando implementar, com variados graus de sucesso. Elas podiam estar vestidas e enfeitadas de maneira decente, mas eram filhas de trabalhadores e comerciantes. Duas meninas conseguiam usar o jogo de talheres de dez peças de prata razoavelmente bem. Outras não fizeram qualquer esforço e comeram, na maior parte do tempo, com as mãos. A maioria ficava no meio, lutando para descobrir qual utensílio usar, sem dúvida tentando se lembrar do que a senhora Masterson havia ensinado no pouco tempo que estavam aqui. De repente, percebi que Tamsin estava comendo torta de figo e amêndoa também. Ao contrário das outras meninas que estavam simplesmente pegando e mordendo, ela cortou a sua perfeitamente, com os talheres corretos. Então, percebi que seus olhos estavam vidrados em meu prato, imitando tudo o que eu fazia.

— De onde vocês são? — uma menina perguntou, corajosamente. — Myrikosi? Vinizian? Certamente não são... sirminicanas.

Não havia dúvida a respeito de quem ela estava falando, e todos os olhos se voltaram para Mira, que levou um tempo para erguer seu olhar. A garota estava cortando muito bem um rocambole de limão, mas usava o garfo e a faca errados. Ninguém mais sabia que aquilo não estava correto, e eu, certamente, não apontaria isso.

— Nasci na cidade da Luz Sagrada, sim.

Santa Luz. A maior e mais antiga cidade de Sirminica. Havia aprendido sobre isso nas aulas de História com minha governanta. Ela me explicou como a cidade havia sido construída pelos antigos Ruvans, séculos atrás. Filósofos e reis viveram e governaram ali, e seus monumentos eram lendários. Ou foram pelo menos, até a revolução devastar o país.

Uma garota do outro lado da mesa olhava para Mira sem disfarçar a ironia.

— De jeito nenhum você vai se livrar desse sotaque em um ano. — Ela olhou para as outras garotas que estavam ao redor. — Tenho certeza de que precisam de criados no Novo Mundo. Você não precisará falar muito se estiver ocupada esfregando pisos.

O comentário provocou risadinhas em algumas e olhares desconfortáveis em outras.

— Clara — advertiu uma menina, inquieta.

Baixei cuidadosamente o garfo e a faca, cruzando-as em um X perfeito, como fazia uma lady quando interrompia sua refeição. Olhando fixamente para a garota – Clara – sentada ao final da mesa, perguntei:

— Quem fez a sua maquiagem hoje?

Surpreendida por minha pergunta, ela, que estava sorrindo para a garota ao lado, se virou para mim e me estudou com curiosidade.

— Fui eu.

Assenti, com satisfação.

— Obviamente.

Clara franziu o cenho.

— Obviamente?

— Bem, eu sabia que não poderia ter sido a senhora Masterson.

Uma garota ao meu lado disse, hesitante:

— Não estamos aqui há muito tempo. A maquiagem não fez parte ainda do curríc... curríc...

— Currículo — falei, ajudando-a com a palavra desconhecida. Olhei novamente para Clara antes de voltar para minha torta.

— É óbvio que não.

— Por que você continua dizendo isso? — exigiu.

Afastei a tensão, comendo outro pedaço antes de responder.

— Porque a senhora Masterson nunca a teria orientado a usar maquiagem *assim*. Lábios vermelhos não estão mais na moda em Osfro. Todas as ladies bem-nascidas estão usando coral e rosa escuro. E você aplicou o *rouge* no lugar errado – ele deve ser aplicado mais para cima, nas maçãs do rosto. — Pelo menos foi o que ouvi. Nunca havia feito a minha própria maquiagem. — Na região em que você o aplicou, faz parecer que está com caxumba. Você tem uma mão firme no *kohl*, mas todo mundo sabe que precisa esfumar para obter o efeito adequado. Caso contrário, seus olhos parecem redondos. E tudo – *tudo* – que você aplicou está muito escuro. Um toque sutil funciona melhor. A forma como você está se vestindo agora te faz parecer... como devo dizer... bem, uma dama de moral questionável.

Duas manchas vermelhas apareceram na bochecha da garota, fazendo com que ela corasse.

— O quê?

— Uma prostituta. Essa é outra palavra para "vadia", caso você não esteja familiarizada com o vocabulário — expliquei, usando um tom tão formal quanto minha ex-governanta usaria enquanto ensinava gramática Ruvan. — É alguém que vende seu corpo para...

— Eu sei o que isso significa! — exclamou a moça, ficando ainda mais vermelha.

— Mas — adicionei —, se servir de consolo, você se parece com uma de alta classe. Como alguém que trabalharia em um daqueles bordéis mais caros. Onde as meninas dançam e cantam, não como as que trabalham pelo cais. Essas pobrezinhas não têm acesso aos cosméticos de verdade, então precisam se contentar com o que podem conseguir. Fique grata por não ter chegado tão baixo. — Fiz uma pausa. — Ah. E a propósito, você está usando o garfo errado.

A moça olhou para mim com a boca aberta, e eu me preparei para uma reação. Não seria mais do que eu merecia, mas com certeza ela também tinha merecido a minha depreciação. Eu não conhecia bem Mira, mas algo nela ressoou em mim – uma mistura de tristeza protegida pelo orgulho. Clara parecia ser alguém que atacava os outros com frequência. Eu conhecia esse tipo de garota. Aparentemente, elas existiam nas classes alta e baixa, então não senti remorso pelo que havia feito.

Até que seus olhos – e todos os outros na mesa – se ergueram para algo além de mim. Uma sensação de frio se acumulou na boca do meu estômago, e eu me virei lentamente, sem me surpreender ao ver a senhora Masterson e os Thorn de pé, na entrada da sala de jantar. Não tinha certeza do quanto eles haviam ouvido, mas suas expressões chocadas me disseram que tinha sido o suficiente.

Porém, quando Cedric e Jasper se juntaram a nós na mesa, ninguém mencionou nada a respeito. Na verdade, ninguém falou muito enquanto a refeição progredia. Queria me encolher na cadeira, mas me lembrei de que uma dama deveria se sentar sempre ereta. A tensão antes era forte, mas agora, eu podia senti-la pressionando meus ombros. Lamentei terminar a torta, porque então não teria nada com que me ocupar ou onde fixar o olhar. Servi-me de outra xícara de chá, mexendo-a sem parar até que os Thorn se levantaram para ir embora, e a senhora Masterson nos dispensou formalmente para nossos quartos.

Fui uma das primeiras a sair, esperando que se eu escapasse do olhar da senhora Masterson, ela acabaria esquecendo a cena que testemunhara. Certamente, havia coisas melhores com que se preocupar. As outras meninas se voltaram para a escada em espiral, mas quando eu estava prestes a subir, um *flash* colorido chamou minha atenção para o lado oposto ao vestíbulo. Todas estavam preocupadas, seguindo seu próprio caminho e prestando pouca atenção quando me virei. Na ponta do grande salão, onde ficava a entrada para a sala de estar, pendia um quadro de beleza incomparável.

Reconheci o artista quando me aproximei. Florencio. A National Gallery em Osfro também tinha uma das suas pinturas, e eu a havia estudado muitas vezes. Ele era sirminicano, famoso por pintar paisagens do seu próprio país, e fiquei surpresa ao encontrar uma das suas obras naquela mansão rural. Uma análise mais minuciosa me fez pensar que se tratava de um dos trabalhos anteriores do artista. Certas técnicas não eram tão refinadas quanto as que se observavam no retrato que estava na galeria. Ainda era requintada, mas os detalhes imprecisos poderiam explicar como a pintura havia parado na casa.

Admirei um pouco mais, tentando decifrar alguns dos seus métodos, e depois me virei para voltar para a escada. Para meu espanto, vi Jasper e Cedric vindo em minha direção pelo corredor. Não haviam me notado ainda, muito absortos na própria conversa. Rapidamente fui para o lado, me encolhendo em um recanto na entrada da sala de estar que estava fora de vista do salão principal.

— ...sabia que era bom demais para ser verdade — Jasper estava dizendo. — Você teve duas chances. Duas chances e estragou as duas.

— Você não acha que está sendo um pouco exagerado? — perguntou Cedric. Seu tom era leve, lacônico mesmo, mas eu podia sentir a tensão sob ele.

— Você ouviu a insolência daquela garota? — indagou Jasper. — Abominável.

— Na verdade, não. Ela foi muito educada a respeito de tudo. Não usou linguagem imprópria. — Cedric hesitou. — E sua gramática e dicção são excelentes.

— Não é tanto a linguagem, mas a atitude. Ela é ousada e impertinente. Os homens em Adoria não querem víboras como esposas. Eles querem uma mulher meiga e obediente.

— Não tão meigas se irão sobreviver em Adoria — retrucou Cedric. — E ela estava defendendo a Mira. Achei que foi nobre. — Bem, aquilo respondeu à pergunta. Afinal de contas, tinham ouvido toda a conversa.

Jasper suspirou.

— Ah, sim. Defendendo a sirminicana, o que justifica tudo. *Essa daí* vai ter que se acostumar a ser colocada para baixo. Clara não será a única a fazê-lo.

— Não acho que Mira seja do tipo que se acostuma a isso — disse Cedric. Pensei no brilho escuro dos olhos dela e me senti inclinada a concordar com ele.

— Seja como for, você jogou fora as duas comissões. Terá sorte se conseguir qualquer coisa para elas em Adoria, a menos que faça Adelaide fechar a boca por tempo suficiente para arranjarmos um marido para ela. Ela é bonita o bastante para enganar um tolo. A sirminicana também é — acrescentou, quase com má vontade. — Você tem um olhar bom, tenho que admitir. É com o restante que me preocupo. Deixá-lo abordá-las este ano foi uma ideia ruim. Devia ter ficado aqui, com suas aulas. Talvez mais alguns anos lhe ensinassem algo.

— O que está feito está feito — disse Cedric.

— Suponho que sim. Bem, preciso terminar alguns documentos e depois vou encontrá-lo na carruagem. Precisamos verificar Swan Ridge.

Ouvi o som dos passos de Jasper se afastando e esperei que Cedric fizesse o mesmo. Em vez disso, ele avançou, entrando em meu campo de visão enquanto olhava para a mesma pintura que eu havia admirado antes.

Congelei, rezando para que ele não olhasse para o lado. Depois de alguns momentos, Cedric suspirou e se virou para seguir o pai. E quando o fez, me viu pelo seu olhar periférico. Antes que eu pudesse respirar novamente, entrou em meu esconderijo, me prendendo entre ele e a parede.

— Você! Em nome de Ozhiel, o que você fez? — sibilou, baixando a voz. — O que está fazendo aqui?

— Hum, me preparando para fazer parte da nova nobreza.

— Estou falando sério! Onde está Ada? — perguntou.

— Longe — falei, dando de ombros. — Acho que você terá que ficar comigo. Além disso, pensei que você quisesse me ver de novo.

— Quando disse isso, estava me referindo a querer... — Ele parou o pensamento, parecendo um pouco agitado enquanto incontáveis possibilidades não verbalizadas permaneciam no ar entre nós de maneira tentadora. Sua compostura estava de volta em instantes. — Milady, isto não é um jogo. Você não tem nada a fazer aqui! Eu deveria buscar a Ada.

— E eu estou dizendo, ela está muito longe. Dei dinheiro a ela e a mandei embora. Em breve, ela estará feliz ordenhando vacas. — Minhas palavras foram atrevidas – impertinentes, como Jasper diria, sem dúvida –, mas por dentro, eu estava em pânico. Cedric havia me protegido em Osfro, mas o caso não estava encerrado. — Ajudei você ao vir para cá. Provavelmente, Ada teria fugido sozinha. Você não teria problemas se aparecesse com uma garota a menos?

— Sabe quantos problemas posso ter por contrabandear uma condessa? Eles vão me aprisionar! Presumindo que o seu futuro marido não me mate. — Vendo a minha surpresa, ele disse: — Sim, eu sei sobre o seu noivado, milady. Eu leio os jornais da sociedade.

— Então você deve saber que não corre perigo com Lionel. Ele não é do tipo violento. A menos que você seja uma coceira.

— Você acha que o meu futuro é uma piada? Isso tudo é uma brincadeira para você?

Encontrei seu olhar, observando, sem piscar, aqueles olhos azuis acinzentados.

— Na verdade, isso é tudo menos uma piada. Este é o meu futuro também. Minha chance de ser livre e fazer minhas próprias escolhas.

Ele balançou a cabeça.

— Você não percebe o que fez... o que você pode me custar. Tenho muito dependendo disso, mais do que você pode saber.

— Não te custei nada. Ajude-me com isso, não me traia, e ficarei lhe devendo um favor. Você nunca soube, em seu coração, que precisava fazer alguma coisa ou estar em algum lugar? É assim que me sinto em relação a isto aqui. Tenho que fazer isso. Ajude-me e, juro, vou compensá-lo algum dia.

Um sorriso fugaz tocou seus lábios.

— A condessa de Rothford poderia ter feito muito mais por mim do que uma simples garota vinda para Adoria.

— Você ficaria surpreso. A condessa de Rothford não podia fazer muito por si mesma, quanto mais por outra pessoa. — Olhei para ele. — E não pense que sou simples.

Ele não deu nenhuma resposta e, em vez disso, me estudou por um longo tempo. Estávamos muito próximos, o que conferiu ao meu comentário uma sensação desconcertante e íntima.

— Isso vai ser mais difícil do que você pensa — disse ele, finalmente.

— Duvido — desafiei, colocando as mãos nos quadris. — Todas essas coisas que você está ensinando às outras meninas? Eu já as conheço. Poderia até ensiná-las aqui.

— Sim. Esse é exatamente o problema. Você sabe demais. Suas maneiras, sua dicção... até mesmo seu cabelo.

— Eu queria que todos parassem de falar sobre o meu cabelo — murmurei.

— Você se destaca, milady. Este é um mundo que você não entende, onde não pode usar o privilégio que conheceu. Onde seu título não vai trazer benefícios, nem fazê-la ser levada a sério em alguns lugares. E há muitas coisas que as outras garotas sabem que você não sabe. Consegue acender a lareira? Consegue se vestir sozinha?

— Vesti isso sozinha — disse a ele. — Quer dizer, levei algum tempo para entender como os botões funcionavam, mas vesti.

Ele parecia estar a ponto de revirar os olhos.

— Milady, você não tem ideia do quê...

— *Adelaide* — corrigi. — Se vamos fazer isso, você deve me chamar assim. Nada de títulos.

— Bem, então, Adelaide, deixe-me lhe dar um conselho. Não seja boa demais em nada se não quiser atrair atenção extra. Pense duas vezes antes de corrigir alguém, mesmo que seja a Clara. — Seu tom, enquanto dizia o nome dela, me fez pensar que ele realmente não havia se importado com o fato de eu tê-la colocado em seu lugar. — E, acima de tudo, fique atenta às outras garotas. Cuidado com seus maneirismos. Ouça o modo como falam. Cada pequeno detalhe. Um deslize e nossas vidas serão arruinadas. Você vai se entregar e sequer vai perceber.

Com essas palavras, tive um súbito lampejo do quanto já havia errado nas últimas vinte e quatro horas. A porta da carruagem. A torta. O discurso sobre cosméticos. E sim, o cabelo.

Você vai se entregar e sequer vai perceber.

— Não vou — falei, feroz. — Vou fazer isso, você verá. Vou fazer as coisas certas. Vou receber uma dúzia de ofertas adorianas e lhe dar a maior comissão de todas.

— Não... não se destaque. — Ele fez uma pausa, e uma pitada daquele sorriso de flerte voltou a aparecer. — Bem, tanto quanto você puder evitar.

— Você disse que tem muita coisa dependendo disso. O quê? Mais do que a comissão?

Ele voltou a ficar sério.

— Não é nada para você se preocupar. Basta chegar a Adoria sem ser descoberta, e nós dois poderemos sobreviver a isso. — Ele olhou ao redor. — Precisamos ir, vão sentir nossa falta.

Pensei na maneira dura com que Jasper falara com ele, na forma como havia dispensado os esforços de Cedric. Meu lado sábio tinha certeza de que não deveria comentar a respeito. Em vez disso, perguntei:

— Alguma outra palavra de sabedoria antes de você partir?

Ele se virou para trás, olhando para mim de uma forma que pareceu estranhamente pessoal. Mas não me perturbou tanto desta vez. Nem nossa proximidade.

— Sim — disse, estendendo a mão e enrolando um dos cachos em seu dedo e, inadvertidamente, tocando a minha bochecha no processo. — Faça algo com esse cabelo. Bagunce-o. Prenda-o. Qualquer coisa para torná-lo um pouco mais desgrenhado e menos como se estivesse sendo apresentada à corte.

Levantei meu queixo.

— Primeiramente, este não é um estilo da corte, o que você saberia, se tivesse passado algum tempo com a antiga nobreza. E, em segundo lugar, posso ignorar muitas lições de etiqueta como você gosta, mas... ficar despenteada? Não sei se posso fazer isso.

O sorriso voltou, mais quente e mais largo do que antes.

— Por algum motivo, não estou surpreso. — Ele esboçou uma reverência, quase uma caricatura da que havia feito em nosso primeiro encontro. — Até a próxima, mi... Adelaide.

Ele se virou e, depois de uma rápida olhada ao redor, caminhou de volta para o grande salão. Esperei um tempo apropriado e fiz o mesmo. Esperava vê-lo, mas ele já estava fora do meu campo de visão. Tudo correu bem. Afastando-o da minha mente, subi a escada para a minha nova vida na Corte de Luz.

5

Voltei para o meu quarto, sem saber o que esperar. Ainda estava tremendo pelo encontro com Cedric e por quase ter feito tudo desmoronar ao meu redor. Respirando fundo, empurrei os ombros para trás e abri a porta.

Calma e silêncio me encontraram. Minhas duas companheiras de quarto estavam sentadas em suas respectivas camas. Mira estava com as pernas encolhidas, criando uma mesa improvisada enquanto lia um livro maltratado. Tamsin estava sentada de pernas cruzadas, e escrevia furiosamente o que parecia ser uma carta. Ao me ver, dobrou rapidamente o papel. Não sabia se era coincidência ou não, mas as camas que elas haviam escolhido ficavam em lados opostos do quarto.

— Espero que você não se importe com a cama perto da janela — disse Mira. — Tamsin ficou preocupada que fosse ruim para sua pele.

Tamsin tocou levemente a bochecha.

— Você não tem ideia do que a luz do sol pode fazer com as sardas. Mas isso não importa agora. O que aconteceu lá embaixo? Eles não te expulsaram, né?

Sentei-me na beirada da cama que ficava entre as delas, aquela que era ruim para as sardas.

— Ainda não. — Quase contei que a senhora Masterson não tinha me castigado, mas depois pensei melhor. Dessa forma, não precisaria explicar o que eu realmente estava fazendo. — Foi apenas, hum, uma conversa séria.

— Bem, você teve sorte — disse Tamsin. — Mas esse tipo de coisa muda tudo. Não sei o que fazer com você agora.

Levei um momento para entender.

— Vai me punir também?

— Não. Quero dizer, sim. Não sei. Só não tenho certeza de que estar associada a duas encrenqueiras vai me ajudar por aqui.

Mira olhou assustada.

— O que eu fiz?

— Nada ainda. — Tamsin *quase* pareceu angustiada. — Mas você viu como as coisas desandaram depois de apenas cinco minutos. Pessoas como a Clara não vão desistir de você.

— Então você quer se associar a alguém como a Clara?

— De jeito nenhum. Mas tenho que planejar minha estratégia aqui. Não posso falhar. — Sua voz tremeu levemente na última frase, revelando mais vulnerabilidade do que arrogância. Mira percebeu também.

— Você não vai falhar — disse ela, gentilmente. — Apenas continue agindo normalmente. Cedric disse que uma vez que a gente marque pontos durante a admissão, conseguiremos ir para Adoria. — O fato de ela usar o primeiro nome dele, sem um título, não passou despercebido por mim.

— Tenho que fazer mais do que simplesmente passar. — Tamsin olhou para o papel dobrado entre as mãos e depois para cima, com renovada determinação. Seu punho cerrou ao lado dela. — Tenho que ser a melhor. A melhor em nossa mansão. A melhor em todas as outras mansões. E tenho que fazer o que for preciso para conseguir o melhor casamento em Adoria – o homem mais rico que eu possa encontrar, alguém que faça qualquer coisa por mim. Isso significa ser destruidora aqui? Que assim seja.

— Quem precisa de destruição quando você tem a mim? Se o que você quer é estar no topo, então eu sou sua melhor aposta. Já sei metade de tudo isso por ter vindo da casa de uma grande lady. Fique comigo, e terá sucesso garantido. Fique com nós duas — acrescentei, olhando para Mira.

Eu ainda não sabia nada sobre ela, mas aquela conexão permaneceu. Também não sabia muito sobre Tamsin além da sua vontade de se tornar "destruidora" – que não veio exatamente como uma surpresa após nossa breve apresentação. Mas as palavras de Cedric pesavam sobre mim, sobre o quanto era importante que eu não estragasse as coisas e me entregasse. Então seria mais provável conseguir isso se tivesse apoio.

Mas seriam essas duas o melhor apoio que eu poderia escolher? Não estava claro. Por enquanto, como minhas companheiras de quarto para o próximo ano, elas eram as melhores candidatas.

— É provável que você não seja a única aqui a desejar a posição de "destruidora" — continuei. Minhas habilidades de persuasão não eram exatamente de alto nível, mas depois de trazer Cedric para o meu lado, estava começando a me sentir confiante novamente. — Você sabe que as outras serão implacáveis... especialmente se você for a melhor.

— Não há "se" — retrucou Tamsin.

— Certo. Bem, então, com certeza alguém como a Clara irá elegê-la como alvo. E você sabe que ela vai se cercar de amigas também. Ela terá olhos e ouvidos em todos os lugares, portanto, é melhor que você os tenha também. Talvez ela esteja inclinada a te sabotar. E você pode achar que sou encrenqueira, mas também sou uma encrenqueira que sabe a diferença entre vinho *sec, demi-sec* e *doux*.

— Demi... o quê? — perguntou Tamsin.

Cruzei os braços sobre o peito, triunfante.

— Exatamente.

— Então você tem informações privilegiadas. Obviamente, sou a líder. — Os olhos de Tamsin caíram sobre Mira. — O que *você* tem a oferecer?

Quando Mira simplesmente a olhou sem piscar, falei:

— Bem, aparentemente, ela sobreviveu a uma zona de guerra. De alguma forma, duvido que *isto* seja mais difícil.

Tamsin parecia estar tentando deliberar sobre o assunto. Antes que a conversa pudesse continuar, uma batida soou na porta. A senhora Masterson entrou com a roupa pendurada sobre um braço.

— Aqui estão alguns vestidos de dia para vocês usarem hoje. Podemos fazer ajustes mais tarde. Coloque-os, lavem seus rostos e desçam em quinze minutos. — Ela dirigiu-se a mim. — E, Adelaide, espero que não haja mais explosões de... sinceridade da sua parte. Os Thorns me empregam para transformá-las em jovens exemplares. Não preciso desta casa inteira destruída na sua primeira hora aqui.

— Sim, claro. — Ela olhou para mim com expectativa, e acrescentei: — Madame. — Como isso ainda não parecia o bastante, tentei: — Ahn, me desculpe? — Eu raramente tinha que me desculpar em minha posição e não estava totalmente certa do processo.

Exasperada, a senhora Masterson colocou os vestidos e as camisas sobre uma cadeira.

— Por favor, pense antes de falar da próxima vez.

Isso eu entendi. Era um conselho que minha avó vinha me dando há anos.

Quando a senhora Masterson se foi, Tamsin atacou os vestidos e começou a examinar cada um. Mira, no entanto, apenas me observou.

— Achei que você tinha dito que ela já havia lhe repreendido.

Abri um sorriso irônico.

— Acho que ela queria ter certeza de que eu tinha entendido a mensagem. Ou me envergonhar na frente de vocês.

Um gemido de Tamsin atraiu nossa atenção.

— Droga. Este é muito longo.

Ela estava segurando um vestido de cor creme, estampado com flores verdes, na frente do corpo. Levantei-me e analisei o restante das roupas.

— Vista este. É mais curto.

Tamsin deu ao algodão um olhar de desprezo.

— Esta cor não combina comigo. Acho que qualquer tipo de criada de uma lady apropriada saberia que laranja não combina com cabelo vermelho.

— Sei que usar um vestido que não cabe em você vai ficar muito pior. Desleixada, inclusive.

Ela vacilou por um momento e de repente pegou o vestido da minha mão, jogando o verde para trás. Era longo demais para mim também, então o entreguei a Mira, a mais alta de nós. Acabei ficando com um vestido cinza-listrado de lã leve.

Enquanto as outras começavam a se despir, recuei, me sentindo repentinamente autoconsciente. Era bobo, supus, considerando que tive pessoas me vestindo a vida toda. Mas isso era o trabalho das minhas criadas. Trocar de roupa agora, na companhia de outras garotas, era um lembrete da nova falta de privacidade. O quarto subitamente pareceu pequeno, como se estivesse se fechando ao meu redor.

Virei de costas para elas e comecei a trabalhar com todos aqueles botões que tinham me rendido tantos problemas pouco tempo antes. Desabotoá-los foi um pouco mais fácil, mas as casas estavam muito perto da borda do tecido, o que exigia alguma destreza. E, misericórdia, por que precisava de tantos deles? Quando finalmente terminei, olhei para trás e vi Tamsin e Mira olhando para mim, atônitas. As duas já estavam completamente vestidas.

— Nossa melhor aposta, hein? — perguntou Tamsin.

— É mais difícil do que parece — retruquei. — Um novo estilo. A que não estou acostumada. — Afastei-me delas novamente e pelo menos consegui me vestir mais rápido. A camisa de Ada era de melhor qualidade do que a nova, mas eu a removi também e coloquei todo o conjunto.

— Esses vestidos estão rasgados? — perguntou Mira, estudando uma de suas mangas.

Estava claro que nenhuma das meninas jamais usara uma camisa como outra coisa senão uma roupa de baixo básica. Na verdade, estava certa de que Mira sequer tinha uma camisa. Esses vestidos novos tinham o mesmo estilo de muitos que eu já havia usado – embora os meus fossem feitos de tecidos mais caros –, nos quais a camisa fazia parte do vestido. Eu sabia como deveria ficar, mas não estava inteiramente certa de como fazê-lo. Tentei o melhor que pude para explicar, e depois de um bom tempo puxando e endireitando, todas nós finalmente conseguimos parecer elegantes. O tecido branco delicado da minha camisa estava puxado e afofado através de barras nos braços do vestido, criando um contraste de cor. O laço do decote da camisa caía sobre o corpete.

Toda a nossa manobra extra havia tomado tempo, por isso, fomos as últimas a chegar no térreo. Não estávamos exatamente atrasadas, mas os olhos afiados da senhora Masterson eram um aviso de que não deveríamos abusar. Mas, analisando a nossa aparência, sua expressão se transformou em aprovação.

— Vocês três arrumaram as camisas muito bem. Tenho tentado ensinar as outras durante toda a semana, mas elas continuam embolando o tecido.

Dei a ela o meu sorriso mais doce.

— Obrigada, senhora. Ficaremos felizes em ajudar as outras garotas se elas continuarem tendo problemas. Vejo que a da Clara está *realmente* embolada nas costas. Posso ajudá-la depois das aulas de hoje.

Clara lançou um olhar assassino para mim, e notei que muito da sua maquiagem havia sido removida.

— Isso é muito gentil da sua parte — respondeu a senhora Masterson. — E uma atitude muito revigorante. A maioria das garotas quando chega aqui age de maneira tão... destruidora. Mira, há algo errado?

Mira tinha uma mão na boca, tentando cobrir a risada.

— Não, senhora. Apenas uma tosse.

A senhora Masterson lançou-lhe um olhar cauteloso e depois fez um sinal para que todas nós a seguíssemos até o conservatório. Mira e Tamsin caminharam comigo, uma de cada lado.

— Isso foi excessivo — alertou Tamsin. Mas ela também estava sorrindo, e, desta vez, sem qualquer sinal de exibição ou ambição.

Sorri de volta.

— Melhor. Aposta.

E assim, minha vida como plebeia começou. Os dias passaram mais rápido do que eu esperava.

Cedric não precisaria se preocupar que meu cabelo me denunciasse. Jamais o tinha penteado por conta própria e, depois da primeira lavagem em Blue Spring, de jeito algum conseguiria refazer o penteado que estava usando no primeiro dia. Ninguém exigia esse nível de detalhe regularmente e, na maior parte do tempo, esperavam no máximo que usássemos nossos cabelos presos de forma cuidadosa em coques ou tranças. Eu também não era muito boa nisso. Estar despenteada se tornou parte do meu cotidiano.

Mas Cedric estava certo sobre as outras coisas. Embora estivéssemos sendo treinadas para nos encaixar nas classes altas, dispensando as meninas de muitos dos trabalhos que elas cresceram realizando, ainda havia muitas habilidades dadas como certas que eu não conseguia realizar. Fiz o que ele aconselhou, observando as outras garotas com avidez e imitando-as o melhor que pude. Tive sucesso, mas com diferentes graus de sorte.

— Não misture! — exclamou Tamsin. Ela correu pela cozinha, arrancando uma colher da minha mão.

Estávamos hospedadas em Blue Spring há um mês e seguíamos uma rotina regular de aulas e atividades. Apontei para o livro de cozinha aberto sobre o balcão.

— Diz para partir a manteiga na farinha.

— Isso não é o mesmo que misturar. Essa coisa vai ficar tão densa quanto a cabeça de um depravado.

Dei de ombros, sem entender, e ela me cutucou para assumir. Habilidades culinárias não eram algo que eu esperava aprender naquele lugar. A esperança era que a maioria de nós fosse ter criados ou, pelo menos, um cozinheiro para preparar as refeições em Adoria. Mas, ainda assim, era esperado da senhora de uma grande casa que supervisionasse o que estava sendo servido, o que significava aprender sobre a preparação de alimentos mais finos. Os pratos que fazíamos em Blue Spring estavam muito além do que a maioria das garotas já havia comido, mas muitos dos princípios básicos ainda eram familiares para minhas companheiras de casa. Eu? Eu nunca havia cozinhado nada, nem precisado supervisionar qualquer coisa. Sempre tive criados para supervisionar meus outros criados.

Observei como Tamsin cortou habilmente a manteiga e a colocou em pedaços na farinha.

— Me deixe tentar — ofereci.

— Não, você vai estragar tudo. Nós ainda lembramos do que aconteceu quando você "alvejou" os aspargos.

— Veja bem, "branquear" e "alvejar" são coisas muito semelhantes — respondi, com os dentes cerrados.

Tamsin balançou a cabeça.

— Só não quero estragar o nosso primeiro teste de culinária, especialmente depois que o grupo da Clara tirou notas tão boas ontem. Vá medir as groselhas. Mira, você pode esquentar o creme?

Mira deslizou a tigela de passas, trocando um olhar divertido comigo. Minhas companheiras de quarto e eu tínhamos assumido nossos papéis confortavelmente, para não mencionar uma crescente proximidade. Apesar das proclamações iniciais de Tamsin, acabei sendo vista como a líder não oficial – embora geralmente deixássemos que ela ditasse nossas ações. Era mais fácil do que ir contra. Todas nós queríamos ter sucesso, mas sua ambição sincera e seu foco afiado manteve Mira e eu trabalhando em um ritmo que, de outra forma, poderíamos ter perdido. Era útil tê-la ao meu lado, mas sua preocupação excessiva me deixava nervosa às vezes. Ela raramente deixava algo passar.

— Como você conseguiu sobreviver na casa da sua lady? — ela perguntou, observando a manteiga e a farinha com satisfação. Não era a primeira vez que me faziam essa pergunta. Além de ser a líder não oficial, suspeitei que eu também servia como entretenimento regular para elas, tanto pela minha inteligência como pelos meus equívocos.

Dei de ombros.

— Nunca precisei cozinhar. Havia outros para fazer isso. — Aquilo não era mentira. Ada talvez tenha cozinhado na casa da mãe quando criança, mas nunca precisou fazer isso na minha. — Eu costurava e remendava. Vestia a minha lady. Arrumava seu cabelo.

Mira e Tamsin ergueram uma sobrancelha. Elas viram meus esforços com o cabelo.

Desviei daquilo com sucesso quando vi Tamsin pegar um prato de cerâmica para colocar o nosso doce.

— Não, use de vidro — disse a ela.

— Por que diabos... quero dizer, por que faríamos isso? — Tamsin fizera muitos progressos no vocabulário no último mês, mas ainda cometia alguns deslizes.

— É como estão servindo agora. Em vidro, decorado com açúcar e groselha.

Eu podia ter dificuldades com atividades comuns, mas sabia desses pequenos detalhes luxuosos – coisas que nossas instrutoras, muitas vezes, ainda não haviam abordado durante a nossa educação. Como as camisas.

Vi os olhos de Tamsin semicerrarem, gravando aquela informação imediatamente. Era por isso que, com frequência, ela me enxergava além das minhas inadequações – reais e artificiais. Essas pequenas coisas nos davam certa vantagem, e mais tarde, quando a instrutora de cozinha veio examinar o nosso trabalho, tivemos a comprovação.

— Isso é adorável — disse ela, estudando os engenhosos redemoinhos de açúcar que eu tinha feito no prato de vidro. — Nenhuma das outras garotas se concentrou muito na estética, mas é isso tão importante quanto a qualidade da comida. O apelo visual é parte do apelo do sabor, vocês sabem.

Não conseguimos ver o que ela escreveu em seu papel, mas sua expressão satisfeita era um bom sinal. Tamsin mal conseguia conter a presunção.

— Vai ser difícil conviver com ela agora — disse Mira, enquanto caminhávamos para a nossa aula de dança. Ela acenou com a cabeça para onde Tamsin estava contando animadamente para outra garota sobre nossas excelentes avaliações. — Ela está fazendo isso por despeito, porque sabe que vai chegar na Clara.

— Você está dizendo que a Clara não merece se ressentir um pouco? — Clara continuava a dificultar a vida para Mira, embora houvesse recuado um pouco quando percebeu que enfrentá-la significava também enfrentar Tamsin e eu.

— Estou apenas dizendo que não precisamos mais de pequenas rivalidades quando já há tanto mal pare enfrentarmos no mundo.

Ela podia não ter a energia frenética de Tamsin, mas era uma aliada – e uma amiga – que passei a apreciar. Havia uma calma e uma força nela que me acalmavam e irritavam Tamsin. Mira era a pedra em que podíamos nos apoiar. Ela passava a impressão de que, depois de testemunhar os estragos e os efeitos da guerra no gueto sirminicano de Osfrid, a política e o drama da casa não lhe importavam. Seu comentário sobre os males do mundo era uma rara alusão ao seu passado, mas não insisti na questão quando ela não falou mais no assunto.

Em vez disso, entrelacei meu braço ao dela enquanto entrávamos no salão de baile.

— Você deveria ter sido freira com essa atitude diplomática. Se esconder em algum convento e meditar.

— Não dá para combater o mal com meditação — respondeu. Eu não ficaria surpresa se ela estivesse citando um trecho de um de seus pertences mais preciosos: um velho livro de histórias heroicas, contrabandeado de Sirminica.

Uma professora de dança se revezava entre as diferentes mansões a cada semana, e essa era uma área em que eu precisava disfarçar minhas habilidades. Tive aulas de dança formal desde a infância. As outras meninas nunca haviam tido nenhuma, e a maioria ainda lutava para aprender depois de um mês. Cedric havia me alertado que possivelmente eu me destacaria em dança, então eu tentava agir de modo excessivamente cauteloso, para não atrair a atenção da senhorita Hayworth – a ponto de parecer quase irremediavelmente inapta.

— Adelaide — disse, cansada. — Você está dançando a parte do cavalheiro?

Estávamos no meio de uma progressão de fila complicada, em que era comum alternarmos o papel para o sexo oposto.

— Sim, senhora — falei. — Achei que deveríamos nos revezar.

Ela ergueu as mãos.

— Sim, mas é sua vez de dançar a parte da dama, a parte que você estará fazendo em Adoria. Você está atropelando os pés da Sylvia.

— Ah. Isso explica tudo. — Abri um enorme sorriso, e ela seguiu em frente. Cedric poderia ser capaz de vender a salvação a um padre, mas eu conseguia fazer com que meus instrutores me achassem atraente, apesar do meu frustrante progresso.

Fizemos mais algumas rodadas e, em seguida, paramos para responder a um dos questionários infames da senhorita Hayworth. Foquei a atenção rapidamente. Não podia me sair mal dessa vez. Quem tivesse uma avaliação ruim seria alocada para o serviço de limpeza.

— Caroline, quantas passadas há em um giro lorandiano de dois passos?

Caroline – a principal companheira de Clara – hesitou.

— Três?

— Correto.

A senhorita Hayworth se virou para a próxima garota, seguindo a fila. Quando chegou a minha vez, respondi pronta e perfeitamente, ganhando seu olhar intrigado – a pergunta havia sido sobre a dança que eu tinha acabado de estragar. Ela passou por mim.

— Mira, em que círculo o rodopio é executado no circuito *allegro*?

Vi o rosto de Mira ficar branco. Ela tinha um instinto natural para os movimentos e se saía bem nos passos, mas esses questionários a perturbavam. Mira sempre ralou mais do que o resto de nós, tendo que tirar o atraso em coisas que muitas já conhecíamos como osfridianas, principalmente a linguagem. Ela passou tanto tempo trabalhando em seu discurso que as informações técnicas de dança simplesmente não eram prioridades.

A senhorita Hayworth estava de costas para mim, e eu chamei a atenção de Mira com um pequeno gesto, erguendo quatro dedos.

— Quarto, senhorita Hayworth. — Embora seu sotaque ainda fosse notável, a dedicação de Mira para melhorar seu osfridiano já era aparente.

— Correto.

A professora seguiu em frente, e Mira acenou em agradecimento. Balancei a cabeça, feliz por ter ajudado. A lição terminou conosco fazendo passos repetitivos em uma nova dança. Naturalmente, fingi não saber fazê-los direito.

— Eu vi o que você fez — sibilou Clara, se sentando ao meu lado enquanto a atenção da senhorita Hayworth estava voltada para outro lugar. — Você deu a resposta a ela. Faz isso o tempo todo. Assim que tiver provas, vou acabar com você e aquela vagabunda sirminicana.

— Não a chame assim — falei.

O rosto de Clara assumiu uma expressão triunfante. Tinha me tornado muito boa em ignorar seus golpes, e fazia um bom tempo que ela não conseguia me abalar. Alguém tão desagradável quanto ela vivia para esse tipo de coisa.

— Por que não? — perguntou. — É verdade e você sabe. Não estou inventando.

— Claro que está — respondi. — Mira é uma das garotas mais decentes daqui, algo que você saberia se não fosse tão intolerante.

Clara balançou a cabeça.

— Como você acha que ela chegou até aqui? Como acha que uma refugiada sirminicana conseguiu se infiltrar em um estabelecimento como este... cujo objetivo é treinar garotas osfridianas para a elite?

— Cedric Thorn viu potencial nela.

Clara sorriu com malícia.

— Ah, ele viu muito mais do que isso.

Não tive que fingir meu próximo tropeço.

— Você é uma mentirosa. Eu devia denunciá-la por calúnia.

— Sou? Você já viu como ele a olha quando nos visita? A maneira como ele desafiou o pai para pegá-la e arriscou sua comissão? Eles fizeram um acordo. Ela foi para a cama com ele em troca de um lugar aqui. Já ouvi outras pessoas falando sobre isso.

— Quem? — perguntei. — Suas amigas bajuladoras?

— Diga o que quiser, mas não há como negar a verdade. Sua amiga sirminicana é uma pessoa suja, sem vergonha...

Não pensei duas vezes. Clara se aproximou de mim para manter a voz baixa, então usei a proximidade para erguer meu pé e golpeá-la no tornozelo. O resultado foi espetacular, desequilibrando nós duas. Contratempos não eram incomuns para mim, mas Clara era uma das melhores dançarinas. Fui derrubada pelo meu próprio movimento, caindo para trás e atingindo uma escrivaninha de forma dolorosa. Valeu a pena ver Clara se espalhar no chão, fazendo com que toda a turma ficasse paralisada.

— Meninas! — exclamou a senhorita Hayworth. — Qual é o significado disto?

Fiquei de pé, alisando meu vestido, que havia ficado preso nas maçanetas da escrivaninha.

— Sinto muito, senhorita Hayworth. Isso foi culpa minha... Da minha falta de jeito.

Ela parecia compreensivelmente exasperada.

— Como você pode entender os princípios tão bem e não executá-los? E, oh, veja... você rasgou seu vestido. Nós duas teremos problemas com a senhora Masterson por isso.

Olhei para baixo e lamentavelmente percebi que ela estava certa. Esses vestidos talvez não fossem as sedas e os veludos que já eu havia usado, mas eram um investimento substancial da Corte de Luz. O respeito por eles havia sido arraigado em nós. O constrangimento de Clara poderia ter um custo maior do que eu esperava.

— Bem — disse a senhorita Hayworth, inclinando-se —, felizmente parece algo bastante simples de se consertar. Pode sair mais cedo para cuidar disso.

Olhei para ela, confusa.

— Cuidar disso?

— Sim, sim. É um remendo rápido. Vá agora, e provavelmente não vai se atrasar para a lição do senhor Bricker.

Permaneci no mesmo lugar por alguns instantes, enquanto absorvia o impacto das suas palavras.

— Um remendo rápido — repeti.

O aborrecimento tomou suas feições.

— Sim, agora, vá!

Impelida pelo seu comando, saí apressada da sala de aula, levando apenas uma pequena satisfação pela indignação de Clara. Sozinha no grande salão, examinei o rasgo na saia e senti o desespero tomar conta de mim. Para qualquer outra, este provavelmente seria um remendo fácil – a menos que você nunca tivesse consertado nada. Ocasionalmente, eu fazia bordados muito finos, e se ela quisesse que bordasse flores no vestido, poderia conseguir. Mas não tinha ideia de como consertar algo assim. Pedi emprestado um dos kits de costura da mansão e fui para o meu quarto.

Lá, encontrei uma criada limpando. Recuei, não queria que ela visse minha inaptidão, e preferi trabalhar no conservatório. Estava desocupado, a professora de música estaria ausente por dois dias. Tirei o vestido e me sentei em um pequeno sofá. Afastei-me da roupa volumosa e espalhei o tecido sobre meus joelhos. Era uma lã clara, cor-de-rosa, apropriada para a temperatura de fim da primavera. Era mais grossa que as sedas finas que eu bordava, então escolhi aleatoriamente uma agulha maior e comecei a trabalhar.

Minhas criadas sempre enfiavam as agulhas de bordar para mim, de modo que levei tempo. E uma vez que comecei a costurar, vi que seria impossível. Eu não sabia como fazer aquilo. Meus pontos saíam irregulares e mal espaçados, criando pregas óbvias no tecido. Fiz uma pausa e olhei fixamente para ele, de maneira melancólica. Minha desculpa regular sobre ser criada de uma dama não me tiraria daquela situação. Talvez eu pudesse inventar uma história sobre como eu havia sido dispensada por minhas abissais habilidades de costura.

O som da porta do conservatório se abrindo me tirou dos meus pensamentos. Temi que alguém tivesse vindo me verificar, mas, para meu espanto, foi Cedric quem entrou. Lembrando que eu estava só de camisa, prontamente exclamei:

— Saia!

Assustado, ele saltou para trás e quase me obedeceu. Mas a curiosidade falou mais alto.

— Espere. Adelaide? O que você está fazendo? Você está... você está...

— Seminua? — Coloquei o vestido sobre mim. — Sim. Sim, estou.

Ele fechou a porta, parecendo mais curioso do que escandalizado.

— Na verdade, eu ia perguntar... Você está costurando? Com uma agulha e tudo?

Suspirei, a irritação superando minha vergonha. O que ele estava fazendo ali? Cedric havia passado na mansão apenas uma vez desde a minha chegada.

— Você pode sair antes que essa situação fique pior?

Ele se aproximou, lançando um olhar hesitante para o vestido que eu estava segurando contra mim. A parte rasgada da saia pendia perto do meu joelho, e ele se ajoelhou para ver melhor.

— Você está de fato costurando. Bem, isso é algo parecido com costurar.

O comentário seco foi suficiente para que eu ignorasse sua proximidade da minha perna. Puxei a saia rasgada para longe dele.

— Como se você pudesse fazer algo melhor.

Ele se endireitou e se sentou no sofá ao meu lado.

— Na verdade, eu posso. Deixe-me ver.

Hesitei, incerta sobre desistir da minha cobertura – ou revelar minha inaptidão – e, em seguida, finalmente entreguei o vestido. A camisa que usava por baixo dele era de um azul profundo, mas ainda mais fino do que a modéstia permitia.

Cruzei os braços sobre o peito, me afastando o máximo que pude enquanto ainda conseguia observá-lo.

— Esta é uma agulha de estofamento — disse, desmanchando meus pontos. — Você tem sorte de não ter feito buracos nele. — Substituiu a agulha por uma pequena e a enfiou em uma fração do tempo que eu tinha levado. Cedric se inclinou sobre o tecido rasgado e começou a costurar com pontos uniformes.

— Onde você aprendeu a fazer isso? — perguntei com relutância.

— Não há criadas na universidade. Temos que aprender a fazer nossos próprios consertos.

— Por que você não está lá hoje?

Ele fez uma pausa e olhou para cima, cuidadosamente mantendo seus olhos treinados acima do meu pescoço.

— Não tenho aulas. Meu pai me mandou pegar os relatórios de acompanhamento daqui e de Dunford Manor.

— Bem, tenho certeza de que você terá muito a dizer sobre meu progresso.

Sua resposta foi um sorriso quando ele voltou ao trabalho. Seu cabelo estava solto, emoldurando o rosto em suaves ondas castanhas.

— Tenho medo de perguntar como isso aconteceu.

— Defendendo a honra de Mira novamente.

Enquanto eu falava, percebi, com uma pontada, a seriedade da acusação, e o papel dele nela. Tive que desviar os olhos por um instante antes de me voltar para ele.

— Clara, como sempre, estava sendo cruel.

Cedric fez mais uma pausa e olhou para cima com a cara fechada.

— Elas ainda a perseguem?

— Menos do que antes, mas ainda acontece. Mas ela leva numa boa.

— Tenho certeza de que sim — disse ele. — Ela tem um espírito forte. Não é fácil quebrar.

Uma sensação estranha se instalou no meu estômago quando ele voltou ao trabalho. Não havia nenhuma falta de respeito em sua voz. Nem mesmo uma pequena alteração. Meu estômago se afundou ainda mais quando ele acrescentou:

— Espero que você continue ajudando-a. Vou me preocupar muito menos se souber que ela tem uma defensora forte. Só um tolo atravessaria seu caminho. Certamente, eu não o faria.

Eu não podia aceitar o elogio. Um pensamento terrível se apoderou de mim.

Clara tinha razão?

Mira havia chegado lá dormindo com Cedric?

Com certeza, ele não a tratava com a indiferença que se poderia ter em relação a uma aquisição. Ele a admirava e se preocupava com ela. E Clara estava certa de que trazê-la tinha sido um risco para ele. Eu não queria acreditar nessas coisas sobre a Mira quieta e resiliente, que expressava tanto orgulho e força em cada uma de suas ações.

E, definitivamente, não queria acreditar que Cedric seria capaz disso.

Estudando seu perfil, as bochechas finas e os lábios suavemente curvados, senti o mal-estar se espalhar pelo estômago, apertando meu peito. Tive um *flash* súbito daqueles lábios na minha amiga, daqueles dedos habilidosos deslizando pelo cabelo dela. Engoli em seco, tentando afastar o desânimo inexplicável.

Ele ergueu os olhos de novo, sua expressão suavizando ao meu olhar.

— Ei, vai ficar tudo bem. Está quase pronto. Ninguém vai saber.

Ele devia ter visto minhas emoções e tinha interpretado mal. Baixei o olhar, murmurando um agradecimento formal, diferente dos costumeiros comentários afiados que trocávamos com frequência.

— Pronto — disse, alguns minutos depois, segurando o vestido. — Está como novo.

Olhando para ele, vi que tinha razão. Os pontos quase não eram visíveis, a menos que que alguém os olhasse bem de perto. Enfim, seria o bastante para fugir da advertência da senhora Masterson. Peguei o vestido, me afastando de Cedric enquanto o puxava sobre a cabeça. Fiquei surpresa pelo fato de o tecido, em tão pouco tempo, já estar com o perfume do *patchouli* que ele usava.

Levei alguns minutos para me arrumar, fechando todos os botões de pérolas no corpete e alisando a anágua para ficar baixa. Então, naturalmente, veio o processo tedioso de arrumar a camisa até que ficasse correta. Quando finalmente me virei, Cedric me observava com diversão.

— Você estava olhando eu me vestir? — questionei.

— Não se preocupe, não vi nada — disse. — Exceto o quanto você progrediu em vestir suas próprias roupas. Acho que esta escola de aperfeiçoamento está realmente valendo a pena.

— Alguém deveria mandar *você* para uma escola de aperfeiçoamento — respondi enquanto ele se movia para a porta. — Você não tem senso de decência.

— Diz a garota que me deixou entrar.

— Eu disse para você ir embora! Foi você quem me ignorou e entrou, apesar do estado em que eu estava.

Aquele sorriso natural e confiante voltou.

— Não se preocupe, será facilmente esquecido.

— Bem — falei de forma ofensiva —, não deveria ser *tão* fácil de esquecer.

— Você ia gostar mais se eu dissesse que acabaria esquecendo, mas não sem muita luta e tormento?

— Sim.

— Feito.

Saímos de lá e me dirigi para a sala de estar, onde o senhor Bricker nos dava lições sobre história e atualidades. A porta estava entreaberta, e eu permaneci lá fora, relutante em entrar. Não queria que me chamassem a atenção por estar atrasada. Também não queria assistir à aula. Ele estava explicando a heresia de Alanzan e sua crescente preocupação com a igreja osfridiana. Todas as pessoas boas e temerosas a Uros sabiam que seis anjos gloriosos haviam servido ao deus desde o início da criação e que outros seis, rebeldes, haviam caído e se tornado demônios. Os alanzanos adoravam todos os doze anjos, sombrios e leves, colocando-os quase no mesmo nível do grande Deus em rituais sanguinários e sórdidos.

Eu sabia muito sobre isso, já que era um tema em voga nas salas de estar da nobreza – assunto para ser admirado e depois descartado como algo que outras pessoas faziam. Comecei a abrir a porta, mas parei quando avistei Mira escutando com avidez, seus olhos focados no senhor Bricker. Os alanzanos eram uma grande facção em Sirminica.

Mas em vez de ponderar se ela já os tinha encontrado, me vi admirando seu belo perfil. Era impossível não fazê-lo. Seu jeito calmo e destemido a tornava misteriosa e sedutora, de um modo que poucas podiam ser. Eu, certamente, não podia. Aqueles olhos penetrantes esconderiam algum segredo obscuro? Teria sido ela amante de Cedric?

Aquele sentimento desagradável começou a crescer dentro de mim novamente, e eu o eliminei assim que abri a porta e entrei. Sentei-me, esperando que o perfume de *patchouli* logo desaparecesse do meu vestido.

6

Quase não vi Cedric nos meses que se seguiram. Com tantas outras coisas para me manter ocupada, era fácil deixá-lo no fundo da minha mente. Coloquei outras coisas lá – como as lembranças dos meus pais, e o quanto a minha avó deveria estar preocupada comigo – e fiz questão de visitar esse lugar na minha cabeça o mínimo possível. Apenas em algumas noites ocasionais, quando estava deitada na cama, inquieta, me permitia dar uma olhada nos cantos sombrios da minha mente.

Meu período na Corte de Luz logo se tornou o período mais feliz da minha vida, exceto pela época em que meus pais estavam vivos. Apesar do horário regrado, dos exercícios e das aulas intermináveis, sentia uma liberdade que jamais tinha vivido. Eu me movia pela mansão com uma leveza no peito, emocionada com a sensação de que eu poderia fazer qualquer coisa e tinha o mundo na palma das mãos. Certamente, era observada, mas em nenhum momento nos mesmos níveis de Osfro.

Isso não queria dizer que ainda não enfrentava alguns desafios.

— Ei, você está pronta para... o que você fez?

Olhei para cima enquanto Tamsin e Mira entravam na cozinha. Mesmo que já tivéssemos passado quase oito meses aprendendo as maneiras das damas da alta classe, a senhora Masterson queria que nós – ou algumas de nós – nos lembrássemos das nossas raízes humildes. Isso significava cumprir tarefas domésticas ocasionais, como os pratos que eu estava lavando.

Elas correram para o meu lado, espiando a chaleira de cobre que eu estava tentando lavar.

— Isso é lixívia? Isso é lixívia! Posso sentir o cheiro.

Sem esperar por uma resposta, Tamsin pegou a chaleira e despejou seu conteúdo em uma cuba de águas residuais.

— Em que estava pensando?

— Algo se queimou nela, e esfregar não estava funcionando. Vi você usar lixívia para tirar aquela mancha do seu vestido no outro dia, então eu pensei...

— Pare — disse Tamsin. — Não quero ouvir mais nada. Não consigo ouvir mais nada.

Mira pegou um pano e esfregou o interior da chaleira.

— A mancha saiu, e a lixívia não ficou tempo suficiente para causar um estrago.

Senti-me triunfante.

— Então funcionou.

— Embeber em água e depois esfregar com limão teria o mesmo efeito, com muito menos risco. — Tamsin pegou uma das minhas mãos e levantou-a. Um lado estava vermelho da lixívia. — Mas que inferno. Vá enxaguá-las. Você tem as melhores mãos de todas nós. Não arruíne isso.

As mãos de Tamsin revelavam as marcas de quem havia lavado roupas desde a infância, e isso a incomodava. Ela estava constantemente aplicando hidratantes, em um esforço para desfazer – ou pelo menos minimizar – aqueles danos.

Mira pegou meu avental e o pendurou enquanto Tamsin me inspecionava rapidamente.

— Não houve mais nenhum outro prejuízo. O vestido está intacto, e ouso dizer que é o coque mais bonito que já vi você fazer. Alguém te ajudou?

Dei um tapinha em meu cabelo, ofendida por seu tom desconfiado.

— Dividimos o mesmo quarto. Você acha que alguém entrou e me ajudou?

— Não fui eu — defendeu-se Mira ao perceber o olhar de Tamsin caindo sobre ela. — Adelaide percorreu um longo caminho. Eu a vi dobrar um cobertor outro dia, e quase não havia vincos nele.

Abri a porta da cozinha, e as duas me seguiram.

— Ah, vocês duas, parem. É o nosso dia de folga. Não importaria se eu estivesse com os cabelos despenteados.

Tamsin semicerrou os olhos, pensativa.

— Não, algo está acontecendo. A senhora Masterson não teria ordenado que fôssemos para o salão de baile. Normalmente, é o dia em que o limpam.

Minha lentidão para lavar a louça fez com que fôssemos as últimas a chegar, mas não estávamos atrasadas ainda. Mesmo se estivéssemos, não acho que ela teria notado. Ela estava ocupada orientando uma das criadas da casa a montar mesas grandes do outro lado da sala. No meio do salão de baile, fomos recebidas com a visão surpreendente de nossas colegas de casa sentadas sobre cobertores espalhados pelo chão.

— O que está acontecendo? — perguntei a Rosamunde.

Ela nos olhou de sua coberta de flores azuis.

— Não faço ideia. A senhora Masterson nos disse para sentar e esperar.

Perplexas, minhas amigas e eu atravessamos a sala em direção a um cobertor enorme e felpudo com listras vermelhas e amarelas que estava desocupado. Ao nosso redor, se ouvia a conversa das outras meninas que também se perguntavam o que estava acontecendo. Tamsin gemeu:

— Maldição. Eu sabia que deveria ter usado o meu vestido da igreja.

— Você acha que teremos um serviço religioso aqui? — perguntei.

— Não. Mas acho que isso é um teste. Um teste surpresa. Talvez para testar se conseguimos conduzir uma reunião em curto prazo. — Tamsin apontou para a entrada. — Veja. Aí vem a comida.

Três homens, com roupas simples de trabalhadores, entraram carregando grandes pratos que a senhora Masterson encaminhava para as mesas. Quando ela os descobriu, eu consegui ver, mesmo de longe, que eles continham sanduíches e frutas. Os criados partiram e voltaram com uma segunda leva de comida, bem como pratos e guardanapos de linho. Achei que Tamsin estava paranoica, mas não havia dúvida de que tínhamos muito mais comida do que o nosso pequeno grupo precisava. Assim que as mesas ficaram cheias, os criados saíram e não retornaram. A senhora Masterson estava junto à porta, com uma expressão de expectativa no rosto.

— Maldição — repetiu Tamsin. Ela respirou fundo. Seus olhos endureceram tanto quanto os de um general se preparando para a batalha. — Sem problemas. Podemos fazer isso. Podemos fazer melhor do que as outras, porque nenhuma delas percebeu o que está acontecendo. Temos uma vantagem. Vamos pensar em nossas lições sobre cumprimentar estranhos em uma festa. Todos os tópicos aceitáveis. Clima. Próximos feriados. Animais. Nada de religião. Nada de política, a menos que seja em apoio ao rei e às últimas medidas adotadas. Sempre pareça digna. Quem sabe que tipo de convidados elegantes a velha senhora desenterrou? Mantenha sua postura e...

O semblante astuto se dissolveu em descrença, e Tamsin soltou um grito muito indigno. Em um piscar de olhos, ela estava de pé, correndo pelo salão. E ela não era a única garota a fazer aquilo. Outras também estavam em movimento, e o zumbido se transformou em uma cacofonia absoluta de caos e excitação. Voltando meu olhar para a entrada, vi estranhos entrando, estranhos que dificilmente poderiam ser chamados de elegantes. Minhas companheiras se perderam na multidão, envoltas em uma enxurrada de abraços e lágrimas.

— As famílias — disse Mira, em voz baixa.

Nós éramos as únicas que ainda estávamos sentadas. Um sorriso se espalhou por seu rosto quando vimos Tamsin se jogar contra o peito de um homem grande e corpulento com uma barba vermelha. Uma mulher mais magra estava sorrindo ao lado dele, e três crianças ruivas pairavam perto. Dois, uma menina e um menino, pareciam estar chegando à adolescência. A terceira era uma menina pequena. Tamsin pegou-a nos braços como se ela não pesasse nada e, em seguida, tentou atrair os outros dois para um abraço, resultando em risos e confusão. Não havia malícia no rosto da nossa amiga. Nada de astúcia ou de analisar a situação. O controle tenso que ela sempre mantinha havia desaparecido, suas emoções eram puras e cruas. Havia uma leveza sobre ela que me fez perceber que, até aquele momento, eu nunca havia realmente compreendido o quanto de peso ela carregava.

— Alguém da sua família virá? — perguntei a Mira.

Ela balançou a cabeça.

— Não. Ninguém da família veio comigo de Sirminica. Mas me pergunto o que meus pais pensariam de tudo isso se pudessem ver. Eles ficariam chocados.

Não pude deixar de rir, embora não me sentisse muito alegre.

— Os meus também.

Mas, surpreendentemente, não era o pensamento dos meus pais que fazia meu coração doer. Era a minha avó. Ela havia cuidado de mim nos últimos anos, trabalhando muito duro para salvar nossa situação. Eu ainda estava firme em minha decisão inicial de ir embora, mas quando a empolgação inicial diminuiu, tive mais tempo para considerar as consequências do que tinha feito – e me sentir culpada. Cedric havia me dado um recorte de jornal da sociedade, mencionando o casamento de Lionel com alguma nobre inferior apenas algumas semanas depois do meu desaparecimento.

Cedric rabiscou nele: *Um casamento muito apressado. Provavelmente, a única maneira de o pobre homem se consolar depois de uma perda tão grande.* Isso encerrava aquele capítulo, mas ainda deixava muitas outras perguntas sem resposta.

Falei, sem pensar.

— Gostaria de poder ver minha avó.

Mira me olhou com uma leve surpresa.

— Você nunca a mencionou antes... não acredito. Eles estão aqui! — Ela se levantou lentamente, seus olhos se arregalaram enquanto olhava para o outro lado da sala, onde estava um casal de sirminicanos. — Pablo e Fernanda. Eles vieram comigo na viagem de casa. Com licença.

Ela se afastou sem olhar para trás, e, embora eu estivesse contente em vê-la abraçar o pequeno homem idoso e a mulher, a dor em meu coração só se intensificou. A maioria das outras meninas estava muito ocupada com seus próprios entes queridos, mas algumas lançaram olhares curiosos em minha direção. Eu estava preparada para me destacar de outras maneiras, mas nunca esta. Mesmo aquelas sem parentes de sangue, pelo menos, tinham amigos visitando-as. Eu era a única sozinha. A única sem família. Sem um passado.

Ou talvez não.

— Adelaide está ali, atrás da família da Sylvia. — Ouvi a senhora Masterson dizer. — Sentada no cobertor listrado.

Uma mulher rodeou a multidão de pessoas, parecendo radiante quando me viu.

— Minha Adelaide!

Eu a encarei. Jamais a havia visto na vida. Ela parecia ter o dobro da minha idade e sua figura voluptuosa era reforçada – mais do que deveria – por um vestido vermelho desbotado pequeno demais. Um *kohl* generoso delineava seus olhos, e um chapéu de palha com flores falsas estava sobre os cabelos embaraçados.

— Então? — ela perguntou, de pé com as mãos nos quadris. — Não vai dar um abraço na sua tia Sally?

Além dela, vi a senhora Masterson observando com curiosidade. Não querendo chamar ainda mais atenção, me levantei, abracei a mulher estranha e fui inundada com seu cheiro enjoativo de chá de rosas.

— Apenas me acompanhe — sussurrou em meu ouvido.

Nos afastamos e forcei um sorriso com o qual esperava esconder o quanto estava desiludida. A senhora Masterson assentiu com aprovação e depois seguiu em frente.

"Tia Sally" relaxou, mas manteve a voz baixa enquanto falava comigo.

— Meu nome é Rhonda Gables, grande estrela de algumas das maiores produções teatrais em Osfro. Você provavelmente já ouviu falar de mim.

Balancei a cabeça negativamente.

— Bem, uma garota da sua posição provavelmente não vai muito ao teatro, então isso é compreensível.

Minha família possuía camarotes e havíamos assistido a todos os espetáculos importantes na capital. Estava certa de que me lembraria se Rhonda tivesse participado de qualquer um deles.

— O que você está fazendo aqui? — perguntei.

Ela olhou ao redor de forma conspiratória.

— Estou aqui para interpretar sua tia. Fui contratada por... bem, nunca soube seu nome, mas ele pagou em prata. Jovem bonito. Cabelo castanho. Belas maçãs do rosto. Se eu fosse vinte anos mais jovem, gostaria de...

— Sim — interrompi. — Acho que conheço o jovem em questão. Sabe por que você está aqui?

— Só sei que deveria vir para *só Uros sabe onde,* no meio dos pântanos, com o restante deste grupo. A carruagem nos buscou na cidade e nos disseram que seríamos alimentados, e quem sou eu para recusar uma refeição grátis? Ali está o homem que organizou minha vinda. — Ela apontou para o outro lado da sala quando Jasper entrou. — Sabe se eles servirão vinho?

Jasper bateu palmas para chamar a atenção, e o ruído cessou quando nos aproximamos para ouvi-lo. Ele estava completamente no modo *apresentador.*

— Em primeiro lugar, deixe-me lhes dar as boas-vindas a Blue Spring Manor. Vocês são nossos convidados, e estamos todos ao seu dispor. Depois, quero agradecer pelo sacrifício que sei que vocês devem ter feito nos últimos oito meses ao nos emprestar suas filhas. — Jasper fez uma pausa para fazer contato visual com pessoas aleatórias, balançando a cabeça e sorrindo. — Mas para nós foi um privilégio e uma honra tê-las aqui para ajudá-las a desenvolver o potencial que vocês, certamente, sabiam que elas tinham desde o início. Hoje, vocês terão um vislumbre do mundo em que elas entraram, um mundo que será ofuscado pelas riquezas e pelo esplendor de quando elas se casarem em Adoria.

Essa última parte atingiu em cheio o objetivo. Quase todos os visitantes estavam admirados com o salão de baile, com seu candelabro de cristal e papel de parede dourado. A ideia de que mais riqueza do que isso poderia estar esperando pelas garotas era simplesmente incompreensível.

— Normalmente, convidamos amigos e família na época da primavera para que possamos fazer um piquenique em condições mais favoráveis. — Jasper sorriu de forma conspiratória, acenando com a cabeça em direção a uma grande janela coberta por cristais de gelo. — Mas, como podem ver, isso não será possível hoje. Então, vamos ter um piquenique coberto. Encham seus pratos e copos, encontrem um lugar e descubram o quanto o futuro das suas filhas realmente brilha.

Tentei não revirar os olhos. Era difícil levar a sério suas belas palavras, quando me lembrava de como havia sido grosseiro ao falar com Cedric em particular, mas todo mundo ficou encantado. Famílias se aglomeraram e abriram caminho para o bufê. Rhonda percebeu que havia rum e já estava se aproximado daquela área da mesa. Corri atrás dela, bloqueada por entes queridos caminhando e botando o papo em dia. Enquanto esperava pela avó de Caroline, ouvi Jasper falar com a senhora Masterson.

— Essas reuniões são sempre um equilíbrio muito delicado — disse ele, em voz baixa. — Nunca se sabe se algumas delas podem ficar com saudade de casa. Mas uma vez que a viagem para Adoria se torna oficial, acho que o risco de fuga é realmente maior. Se elas são estimuladas por seus entes queridos, deslumbrados por tudo que estão vendo, ficam mais propensas a querer deixá-los orgulhosos. — Franzi a testa quando me encontrei com Rhonda. Se não soubesse que os desembarques para Adoria aconteciam sempre na primavera e no verão, teria achado que o seu tom sugeria algo mais imediato.

Rhonda tomou um copo de ponche e emendou no segundo. Afastei-a de lá enquanto a mãe de Clara observava a cena com ar de reprovação.

— Agora chega, tia Sally. Só depois de almoçar. Lembre-se do que aconteceu na festa do inverno do ano passado.

Felizmente, Rhonda ficou satisfeita em se servir de comida, e nós levamos pratos de sanduíches de pepino, frango frito e peras fatiadas para o cobertor listrado. Mira se sentou na extremidade com Pablo, falando rapidamente em sirminicano. Tamsin, radiante de alegria, estava animada demais para comer. Sua família compartilhava essa felicidade, mas dificilmente poderia recusar tal refeição. Os irmãos adolescentes – gêmeos, descobri – se chamavam Jonathan e Olivia e se aconchegaram um de cada lado de Tamsin, comendo e conversando ao mesmo tempo. A menina menor, apresentada como Merry, se sentou no colo de Tamsin, comendo alegremente uma pera. Todos tinham o mesmo cabelo ruivo.

— Olhe para suas mãos — exclamou a mãe de Tamsin. — Você nunca mais será capaz de lavar uma trouxa de roupas novamente.

Tamsin sorriu. As mãos que ela considerava brutas perto das minhas eram lisas e delicadas em comparação com as de sua mãe, que eram grossas e ásperas – o resultado de uma vida inteira esfregando roupas em água escaldante.

— Não pretendo fazer mais isso — respondeu Tamsin. — E quando eu me casar com o homem mais rico de Adoria, você também não vai precisar.

Seu pai soltou uma risada estridente que nos fez rir também.

— Minha sonhadora. Precisa chegar lá primeiro.

— Ela não está errada — disse Jasper, se aproximando de nós. Eu havia notado que ele estava rondando as outras famílias também. — Tamsin é conhecida aqui por sua ambição... por sua determinação em não aceitar menos que a perfeição. Eu estava conversando com nossa professora de música outro dia, e ela não conseguia parar de discursar sobre o notável progresso de Tamsin no piano.

Sua mãe se virou para ela, atônita.

— Você sabe tocar piano? — Talvez tenha sido a coisa mais incrível que Jasper poderia ter mencionado. Nos círculos de onde Tamsin tinha vindo, tocar piano era como falar uma língua estrangeira.

Ela corou de prazer.

— Ainda estou aprendendo, mas sei tocar algumas notas básicas. Se meu marido tiver um piano, posso continuar praticando.

Jasper piscou para ela.

— E se não tiver, tenho certeza de que você pode conversar com ele a respeito de comprarem um.

Ele se virou para mim, e me perguntei de qual trivialidade falaria. Sinceramente, eu duvidava que ele tivesse falado com a nossa professora de música. Estava supondo que ele tinha feito um curso intensivo sobre cada um dos nossos pontos fortes com a senhora Masterson naquela manhã.

Em suas visitas anteriores, Jasper havia apenas se informado sobre coisas superficiais a nosso respeito e falado de negócios com ela. O comentário mais pessoal que ouvira fazê-lo havia sido para Caroline, para que reduzisse o número de doces que comia todas as manhãs no desjejum.

— Adelaide tem tanto equilíbrio e elegância, é como se tivesse feito isso a vida toda — disse. Não me surpreendi pelo fato de Jasper mencionar algo sobre minha aparência, já que eu sempre errava de propósito ou provocava acidentes durante meus estudos. — E com sua beleza, sabemos que teremos homens batendo em nossa porta.

Rhonda assentiu enquanto bebia outro copo de ponche, que, aliás, eu não tinha ideia de como ela havia conseguido.

— Nossa adorável garota sempre foi assim. Desde pequena. Garotos faziam fila nas ruas. Na nossa porta. Em nossa casa. Se Adelaide estivesse por perto, com certeza haveria um garoto com ela.

Um silêncio desconfortável pairou entre nós, e tentei soltar uma leve risada que soou mais como se eu estivesse sufocando. Jasper se virou misericordiosamente para Mira. Tamsin se inclinou sobre Merry e sussurrou para mim:

— Posso ver por que você nunca a mencionou.

— E Mira. — Jasper ainda estava sorrindo, mas era difícil avaliar seus verdadeiros sentimentos. — Bem, Mira continua surpreendendo a todos nós. Tenho certeza de que ela também surpreenderá em Adoria.

— Você é o pai do senhor Thorn? — perguntou Pablo. — Senhor Cedric Thorn? Pensei que ele estaria aqui.

Mira podia ter problemas com seu sotaque, mas não era nada comparado ao dele. Levei vários momentos para entender o que ele dizia, e pude perceber que Jasper também.

— Ele voltou para Osfro para as provas finais. — Jasper franziu o cenho. — Como você conhece meu filho?

Pablo hesitou.

— Eu o conheci quando ele veio buscar a Mirabel. Parece um bom homem.

Eu esperava alguma observação de Jasper, mas ele nunca saía do personagem.

— Ele é. E tenho certeza de que você nunca teria deixado Mira ir com alguém que não fosse. Se me dão licença, preciso falar com os outros.

Jasper se endireitou e seguiu para o próximo grupo. Lembrei-me das suas palavras sobre aquilo tudo ser um show para garantir que iríamos para Adoria com as bênçãos da nossa família. Não conseguia afastar a sensação de que havia algo suspeito acontecendo.

Fernanda zombou quando ele se foi.

— Não podemos *deixar* que a Mirabel faça ou não faça nada. *Ela* faz o seu próprio caminho.

Voltei-me para eles e tentei me livrar das minhas preocupações.

— Vocês se conheciam em Sirminica?

— Enquanto as facções lutavam entre si, a maioria das pessoas comuns só queria ficar fora do caminho. E quando isso não era mais possível, começaram a fugir — explicou Mira. Fez um gesto para Pablo e Fernanda. — Nós estávamos com o mesmo grupo de refugiados tentando chegar à fronteira. As estradas não eram seguras, e provavelmente ainda não são. Às vezes, havia segurança nos grupos. Às vezes. Mesmo em um grupo, uma garota solitária nem sempre estava segura. Tentei proteger os outros. Tentei.

A expressão de Mira se tornou sombria, e Fernanda apertou sua mão.

— Mira protegeu os outros. A guerra traz à tona os monstros entre a humanidade, e não há muito a fazer para... — Os olhos dela se voltaram para os meninos ruivos, que estavam atentos a cada palavra. — Bem. Como eu disse, Mira protegeu muita gente.

Rhonda apoiou seu copo vazio na coberta.

— Sabe, não tenho nenhum problema com os sirminicanos. Quero dizer, Osfrid está aberto a todos. Quem quiser vir e encontrar uma nova vida lá é bem-vindo. Tenho grande respeito por todos os povos. E alguns dos meus amigos mais queridos são sirminicanos. Há um cavalheiro que administra uma loja de tecidos na planície de Overland. Ele é meu amigo – mais do que um amigo, se entendem o que quero dizer. Ele faz alguns dos melhores crepes da cidade. E ele me faz...

— Eu sei qual é a loja que você está falando — disse a mãe de Tamsin. — E ele não é sirminicano. Ele é de Lorandy.

— Certamente, não é. Eu não conseguia entender uma palavra do que ele dizia. E o nome dele termina com "o", assim como o resto de vocês. — Rhonda acompanhou a última parte com um aceno para Mira e seus amigos.

— O nome dele é Jean Devereaux — insistiu a mãe de Tamsin. — Lavei a roupa dele. Ele fala lorandiano.

— E os crepes são de Lorandy — acrescentei.

Rhonda me lançou um olhar ofendido.

— Você também duvida de mim? E dizem que família vem em primeiro lugar... Bem, não importa. Sirminicano, lorandiano. Todos soam da mesma forma, e nós dois não falamos muito, se é que você me entende.

Senti-me culpada quando, algumas horas mais tarde, o piquenique familiar terminou, principalmente porque fiquei muito feliz com isso. Minhas companheiras de casa, não; e Tamsin, em particular, foi a que ficou mais abalada. Todo mundo estava se despedindo no *hall* da frente enquanto as carruagens se preparavam para levar os visitantes de volta para a cidade. Vi Tamsin entregar um enorme embrulho de papel para a mãe e percebi que eram as cartas que ela sempre escrevia. Eu havia notado que ela fazia isso diariamente, mas era surpreendente ver a quantidade total reunida.

No entanto, foi sua expressão que me abalou. A alegria de antes havia sido substituída por uma expressão devastada. Eu nunca tinha visto aquelas emoções em seu rosto. Aquela vulnerabilidade. Ela abraçou fortemente seus pais e, quando foi erguer Merry, senti que eu ia começar a chorar. Tive que afastar o olhar. Senti que era errado ficar atenta a esses momentos.

Rhonda estava ao meu lado. Eu havia perdido a noção de quantos copos de ponche ela consumira.

— Bem — disse ela, colocando um braço sobre meus ombros. —, espero que você reserve algum tempo para visitar sua velha tia Sally da próxima vez que estiver na capital. Sei que será uma grande dama e tudo mais, mas não se esqueça de onde veio, garota. Me ouviu?

Várias pessoas perto de nós a ouviram. Quanto mais ela bebia, mais problemas tinha para regular o volume. Eu não conseguia decidir se Cedric tinha me feito um favor em contratá-la ou não.

O condutor da carruagem chamou o primeiro grupo de passageiros, incluindo a família de Tamsin. Ela os observou ir embora, aflita. Assim que se foram, ela se virou e saiu do salão. Havia tanta comoção e burburinho dos outros visitantes que ainda esperavam por suas carruagens que ninguém além de mim percebeu sua partida. Até mesmo Mira estava distraída, falando com um dos criados. Serpenteando através dos visitantes, corri para encontrar Tamsin, ignorando os gritos de Rhonda para que não me esquecesse de visitá-la.

Encontrei Tamsin em nosso quarto, chorando na cama. Ela levantou a cabeça quando entrei, e limpou os olhos furiosamente.

— O que você está fazendo aqui? Não deveria estar se despedindo da sua tia?

Sentei-me ao seu lado.

— Ela vai ficar bem sem mim. Vim porque estava preocupada com você.

Ela fungou e enxugou os olhos novamente.

— Estou bem.

— Não há problema em ficar com saudades de casa — falei, gentilmente. — Você não tem que se envergonhar de sentir falta deles.

— Não tenho vergonha... mas não posso deixar que elas, as outras, me vejam assim. Não posso mostrar fraqueza.

— Amar a sua família não é fraqueza.

— Não... mas aqui? Tenho que ser forte. O tempo todo. Sempre seguindo em frente. — Aquele olhar familiar e determinado brilhou em seus olhos novamente. — Não posso deixar que nada me impeça de conseguir o que quero. O que preciso. — Não falei nada, apenas coloquei minha mão sobre a dela; depois de um momento, ela a apertou. — Sei que todo mundo pensa que sou fria e sem sentimento. Que sou cruel com as pessoas.

— Você nunca me tratou assim.

Ela olhou para cima.

— Bem, claro que não. Como vou aprender aquela maldita valsa belsiana se você não praticar comigo? Tenho que manter você ao meu lado. Mas de verdade, — Ela se afastou e apertou as mãos na frente do corpo. — você tem que entender que não estou fazendo tudo isso só porque sou uma pessoa má. Há uma razão para isso, para continuar me esforçando para ser a melhor e conseguir o melhor em Adoria. Se você soubesse o que eu tinha, o que me aguardava...

— Então me diga — implorei. — Diga-me, e talvez eu possa ajudá-la.

— Não. — Tamsin afastou algumas lágrimas mais rebeldes. — Se você soubesse, nunca me olharia da mesma forma.

— Você é minha amiga. Nada vai mudar o que eu sinto por você.

No entanto, enquanto eu falava, me perguntava se eu acreditaria tão facilmente nisso se alguém quisesse arrancar meus segredos de mim. Eu tinha certeza de que nem Tamsin nem Mira agiriam da mesma forma se soubessem que estavam compartilhando um quarto com uma das poderosas descendentes de Rupert.

— Não posso — disse ela. — Não posso arriscar.

— Tudo bem. Não precisa me dizer se não quiser. Mas estou sempre aqui. Você sabe que estou.

Seu sorriso era cansado, mas sincero.

— Eu sei.

A porta se abriu e Mira entrou.

— Aí está você. Vocês duas... Está tudo bem?

Tamsin se levantou.

— Tudo bem. O que está acontecendo?

Mira olhou para mim, pedindo uma confirmação, e dei a ela um pequeno aceno de cabeça. Ela estudou Tamsin por mais alguns momentos, preocupada, antes de continuar.

— Todo mundo se foi.... Jasper está nos chamando no salão de baile.

A última explosão emocional de Tamsin desapareceu. Ela olhou-se rapidamente no espelho e seguiu Mira.

— Eu sabia. Sabia que algo estava acontecendo.

Voltamos correndo e encontramos todos no salão de baile. Tamsin não era, de modo algum, a única que sofria com a partida dos seus entes queridos, e eu tinha que me perguntar se o plano de Jasper realmente teria o resultado que ele esperava.

A senhora Masterson nos chamou a atenção enquanto Jasper avançava para falar.

— Espero que vocês tenham gostado do dia. Foi um verdadeiro prazer para mim conhecer as pessoas maravilhosas que ajudaram a criar vocês. Mas a visita não é a única surpresa que vocês terão hoje.

Ele esperou, aumentando a tensão na sala. Embora estivesse animado, a expressão tensa da senhora Masterson me dizia que não estava tudo bem. O mau presságio então retornou.

— Espero que vocês estejam animadas sobre Adoria, porque vamos para lá... dois meses antes do planejado.

7

Ninguém abriu a boca. Todas nós estávamos chocadas demais para isso. Mas foi a declaração seguinte de Jasper que causou o verdadeiro choque.

— Como resultado, vocês também farão seus exames mais cedo. Eles começarão em uma semana.

Ao meu lado, Tamsin ofegou e colocou uma das mãos no peito. Outras garotas, de olhos arregalados, se viraram umas para as outras, alarmadas, e começaram a sussurrar.

— Quietas — advertiu a senhora Masterson. — O senhor Thorn não terminou de falar.

— Sei que essa mudança de planos é inesperada — continuou Jasper. — Mas na realidade, é um reflexo do progresso notável de vocês, o que nos fez sentir confiantes em levá-las antes para Adoria. Em poucos meses, vocês estarão em um mundo totalmente novo, sendo adoradas e cobiçadas como as joias que são. Sei que meu irmão ficará estupefato quando vir a turma deste ano.

Charles Thorn, o principal financiador da Corte de Luz, alternava as aquisições com Jasper a cada ano. Ele estava em Adoria e voltaria para Osfrid na primavera para recrutar o próximo grupo de garotas, enquanto Jasper supervisionaria nosso progresso em Adoria.

— Não tenho dúvidas de que todas vocês terão um desempenho excelente em seus exames — continuou Jasper. — Eu adoraria ficar mais, mas preciso visitar as outras mansões também. No entanto, Cedric virá em breve para supervisioná-las durante os exames e oferecer apoio moral.

Limpei a garganta e dei um passo à frente.

— Não é perigoso?

Jasper franziu o cenho.

— Cedric oferecer apoio moral?

— Não. Fazermos a travessia no final do inverno. Ainda não estaremos em época de tempestades?

— Gosto de pensar nisso mais como o início da primavera. Eu mesmo dificilmente faria a viagem se achasse que estaríamos em perigo. Será, Adelaide, que você tem conhecimentos náuticos que desconheço? A ponto de superar os meus e dos capitães do navio que concordaram em nos levar?

Era uma pergunta ridícula para se responder, então fiquei quieta. É claro que eu não tinha nenhum conhecimento a respeito de viagens marítimas, mas havia lido os inúmeros livros sobre a história de Adoria que faziam parte do currículo da mansão. E havia muitos relatos sobre os primeiros colonos aprenderem, da maneira mais difícil, que realizar aquela viagem durante o inverno não era aconselhado.

Fomos dispensadas para os nossos quartos e, como eu esperava, Tamsin tinha muito a dizer. Ela se deitou na cama sem se preocupar em amassar o vestido de algodão.

— Pode acreditar nisso? Eles adiantaram nossos exames! Para a *semana que vem*.

Mira também parecia desconfortável, e me lembrei de parecer adequadamente preocupada. Poderíamos tê-los feitos hoje, e isso não faria diferença para mim.

— Não há muito tempo para estudar — disse Mira.

— Eu *sei*! — lamentou Tamsin. — Mas quando saímos, ouvi a senhora Masterson dizer que, neste momento, ou sabemos as coisas ou não.

— Ela está certa — falei, sentindo os olhares espantados das duas. — Vamos lá, vocês não acham que todas nós podemos passar com boas notas em todos os assuntos? Nenhuma de nós será cortada.

Uma garota teria que falhar em vários assuntos ser fosse retirada da viagem da Corte de Luz para Adoria, e qualquer uma que fosse tão mal assim já teria sido afastada do grupo há muito tempo.

— Não quero só conseguir uma nota para ser aprovada — disse Tamsin. Quero tirar as melhores notas. Quero ser o diamante.

— O quê? — Mira e eu perguntamos em uníssono. Eu tinha ouvido falar sobre excelência muitas vezes, mas nunca sobre diamantes.

Tamsin inclinou-se para frente, e seus olhos castanhos se iluminaram.

— É o tema deste ano. Quando fazem as apresentações em Adoria, eles sempre escolhem algum tipo de tema. Eles adaptam nossos guarda-roupas de acordo com o tema e atribuem a cada uma de nós papéis equivalentes à nossa pontuação. No ano passado foram flores, e a garota que estava no topo foi uma orquídea. A seguinte, uma rosa. Depois, um lírio. Acho que no ano anterior, foram pássaros. Este ano, são joias.

— E a garota mais bem colocada é um diamante — adivinhei.

— Sim. As três melhores garotas de todas as mansões são convidadas para a maioria das festas em Adoria e conseguem apresentações especiais para os homens mais elegíveis. Quer dizer, tecnicamente, somos todas excepcionais, mas Jasper e Charles constroem um forte misticismo em torno dessas três. Isso cria demanda e aumenta as taxas do casamento. E, consequentemente, a reserva de dinheiro que conseguimos para nós mesmas.

Isso não era motivo de preocupação para mim. Eu me certificaria de tirar uma pontuação razoável, como sempre fiz. Tamsin, sem dúvida, seria a melhor em Blue Spring, e eu não poderia acreditar que haveria qualquer garota nas outras mansões que estivesse mais motivada.

À medida que os exames se aproximavam, a semana seguinte se transformou em uma enxurrada de atividades. Nossas aulas regulares foram canceladas para que pudéssemos nos dedicar a estudar as áreas em que precisávamos trabalhar mais. Os instrutores passavam com mais frequência nas mansões, oferecendo tutoria àquelas que os solicitavam. Blue Spring estava em movimento ininterrupto.

Quanto a mim, tive que inventar áreas de estudo para parecer ocupada. Tamsin se afastou, cercando-se de livros, e fiquei surpresa com o quanto eu sentia falta da sua energia frenética. Mira sequer precisava de mim para treinar linguagem. Ela mantinha seu sotaque durante as conversas casuais, mas, quando solicitada, quase não se podia distinguir seu osfridiano do de um nativo. Na verdade, era melhor do que o de algumas das outras garotas que haviam chegado com dialetos terríveis da classe baixa. Às vezes, Mira até praticava os sotaques de outras línguas para se divertir.

Como eu precisava passar a impressão de que estava fazendo alguma coisa, usei meu tempo para reler um livro chamado delicadamente pela senhora Masterson de *Estudos femininos*. Além dos detalhes sobre gravidez e parto, também incluía informações sobre o que levava a essas condições.

— Uma esposa agradável também é agradável no quarto. Seu carinho e afeição assegurarão um marido feliz — dizia a senhora Masterson em nossas lições, muitas vezes naquela que talvez fosse a voz menos calorosa possível.

Era praticamente a única área de estudo que não fazia parte da minha vida anterior. A maioria das garotas ficara mortificada quando tivemos aquelas palestras, mas não pude deixar de sentir um fascínio misturado com certa culpa.

— Não é a terceira vez que você lê isso? — provocou Mira, um dia antes dos exames. Ela estava na cama com livros de idiomas enquanto Tamsin, em uma rara pausa, escrevia outra carta.

Ruborizando, fechei o livro.

— Acho que é mais intrigante do que quase todo o resto, é só por isso.

Mira olhou de volta para os papéis.

— Não sei. Acredito que vai ser automático quando chegar a hora.

— Imagino que sim — falei, pela primeira vez, sem me perguntar se era uma área na qual ela já tinha experiência. Seu semblante frio não dizia nada.

— Não há nada a saber — disse Tamsin, sem sequer se preocupar em tirar os olhos da carta. — Exceto que precisamos esperar até a noite de núpcias e depois deixar que nossos maridos nos ensinem o que eles querem.

Mira afastou o livro e recostou-se na cabeceira da cama.

— Não gosto disso. A ideia de que tudo depende deles. Que eles estão no controle. Não deveríamos ter o direito de descobrir o que queremos também?

Isso finalmente atraiu a atenção de Tamsin.

— E como você faria isso? Conheci uma menina que deu sua virtude a um homem que prometeu se casar com ela. E sabe o que aconteceu? Ele não se casou. Ele estava prometido a outra e lhe disse que tudo tinha sido um mal-entendido. Isso a arruinou. Então, *não* tenha outra ideia maluca.

— Outra? — perguntei.

— Outro dia, ela estava pensando em pagar sua própria taxa de casamento — respondeu Tamsin.

— Eu não disse que faria isso com certeza — corrigiu Mira. — Só que era possível. Os contratos não afirmam que temos que nos casar, apenas que nossas taxas têm que ser pagas. Se você tiver o dinheiro, poderia comprar a si mesma e ser livre.

— Você quer ir para uma das casas de trabalho? — indaguei.

Lembrei-me daquele primeiro dia com Ada, quando Cedric explicou que as garotas que não quisessem cumprir seus contratos seriam enviadas para outro emprego menos desejável.

— Não, não. — Mira suspirou. — Mas quero dizer que se você pudesse encontrar outra maneira de conseguir o dinheiro enquanto encontra pretendentes em Adoria, poderia simplesmente pagar em seus próprios termos. É só isso.

— E como você conseguiria todo esse dinheiro? — perguntou Tamsin. — O preço mínimo para qualquer uma de nós é de cem ouros. Às vezes, mais.

— Só estou dizendo que é possível, só isso.

Sorri e voltei para o meu livro escandaloso. Às vezes, Mira passava a impressão de que podia facilmente desistir ou deixar a Corte de Luz. Não era de se estranhar que ela houvesse tido tal ideia – embora Tamsin tivesse razão: seria difícil colocá-la em prática.

Quando chegou o primeiro dia do exame, fomos todas convidadas para uma reunião no grande salão. Nossa entrada foi muito diferente da confusão inicial em nossos primeiros dias. Descemos a grande escadaria uma a uma, em um ritmo suave e gracioso que permitia que fôssemos admiradas pelos que estavam lá embaixo. Seguindo o meu caminho, vi Cedric de pé com os nossos instrutores, e me senti mais constrangida do que o normal.

Ainda assim, completei a jornada perfeitamente e me alinhei com as outras garotas, em uma pose elegante que fora ensinada exaustivamente a cada uma de nós. A senhora Masterson nos inspecionou e, quando ela passou, olhei para cima e vi Cedric me observando. Ele encontrou meus olhos e então desviou o olhar para Mira.

A senhora Masterson deu algumas instruções sobre como o dia prosseguiria e, em seguida, virou-se para Cedric.

— Alguma palavra inspiradora?

Ele abriu seu sorriso pretencioso.

— Nada a dizer, exceto "boa sorte"... Não que eu ache que qualquer uma de vocês vá precisar. Observei vocês nos últimos oito meses. Todas foram excepcionais.

Ao contrário do pai, Cedric estava dizendo a verdade a respeito do nosso progresso. Ele sempre conversava com todas as garotas quando nos visitava, realmente interessado em saber mais.

Enquanto nos dispersávamos para os exames, ele segurou minha manga.

— Como foi a visita da tia Sally?

Revirei os olhos.

— Honestamente, foi o melhor que você conseguiu? Acho que eu teria ficado melhor sozinha e patética.

— Não é verdade. Você é muito amável para que alguém acredite que não tem, pelo menos, um amigo que apareça para apoiá-la. E eu não tinha muito tempo para encontrar alguém. Só ouvi falar da mudança de cronograma no último minuto.

— E *por que* mudou?

— Junto com as garotas, meu pai transporta todo tipo de mercadorias para o comércio com as colônias. Se ele puder chegar lá antes dos outros navios da primavera, conseguirá garantir um lucro melhor. Então, quando ele finalmente conseguiu alguns navios dispostos a antecipar a viagem, agarrou a oportunidade — explicou Cedric. — E, por isso, precisei encontrar uma atriz para você.

— Não qualquer atriz. Uma grande estrela de algumas das maiores produções teatrais em Osfro. Ou algo assim.

Cedric ergueu uma sobrancelha.

— Confie em mim, eu não a encontrei estrelando uma grande produção teatral. Mas era melhor que as pessoas notassem sua parente louca do que se perguntassem se você não tinha ninguém no mundo.

— Suponho que seja verdade. — A contragosto, acrescentei: — Obrigada.

— Estou sempre a seu dispor. Agora é melhor que vá, antes que se atrase. Espero que se saia bem.

— Não. Vou fazer apenas o suficiente.

Mantive isso em mente enquanto os exames começavam. Todas as informações que havíamos aprendido nos últimos oito meses de repente foram condensadas em três dias. Alguns dos exames foram escritos. Outros, como o de dança, precisavam ser práticos. Foi exaustivo, mesmo para mim, principalmente porque tinha que escolher em quais áreas ter sucesso e em quais ir mal. Certamente, isso exigia equilíbrio, mas eu tinha certeza de que conseguiria ficar confortavelmente no meio. Cumpriria a promessa que havia feito a Cedric de não atrair atenção desnecessária.

— Adelaide, querida — chamou a senhorita Hayworth, no meio do meu exame de dança. — O que você está fazendo?

— A valsa? — ofereci.

Ela balançou a cabeça, fazendo algumas anotações em seus papéis.

— Não entendo. Você executou isso perfeitamente na semana passada e estragou completamente o novo *rigaudon*. Hoje, fez exatamente o contrário.

Tentei me manter inexpressiva.

— O nervosismo faz isso, senhora.

— Continue — disse ela, acenando para nós e exibindo um olhar exasperado, muitas vezes causado por mim.

Perto dali, vi o sorriso irônico de Clara. Ela havia se destacado tanto que a senhorita Hayworth acabou sugerindo que liderasse as danças iniciais em Adoria. Além disso, ela precisava dessas pontuações para compensar o desempenho abissal nas áreas acadêmicas – e eu não me importava com o que ela pensava, de qualquer maneira.

Os pensamentos de Tamsin, entretanto, me interessavam profundamente. Mais adiante, eu a flagrei me observando com um olhar intrigado. Ela logo voltou ao ritmo da dança, mas eu não deveria ter feito essa confusão. Alternar excelência e falha era fácil, mas manter o controle de em quais áreas eu supostamente era deficiente era mais difícil. Esta não era a primeira vez que eu misturava as coisas – e esta não era a primeira vez que Tamsin percebia isso.

Testes escritos se seguiram à dança, algo que me deixou muito mais confortável. Ninguém, exceto os instrutores, perceberia se eu confundisse algo. Mas cometi outro deslize no segundo dia, durante o exame de música. Embora não se esperasse que fôssemos especialistas em qualquer instrumento, deveríamos ter algum conhecimento sobre cada um deles. Em vez de nos questionar sobre todos eles para o nosso exame final, a nossa instrutora simplesmente selecionou três e baseou a nossa pontuação nisso. Eu não havia previsto que seria assim. Os dois primeiros, flauta e harpa, eram aqueles que eu sempre executava mal. Supus que o último instrumento que ela escolheria seria um cravo ou alaúde – nos quais eu sempre mostrava minha verdadeira proficiência. No lugar disso, ela escolheu o violino. Não era muito tocado por mulheres em Adoria, assim, sempre o considerei uma escolha segura para falhar. Mas, naquele momento, percebi que para ter uma pontuação decente em música precisava ser boa em algo. E então, para espanto da instrutora e das minhas colegas, toquei uma melodia perfeita no violino.

— Bem, olhe isso — disse a senhora Bosworth, radiante. — Você tem praticado.

— Você *não* tem praticado — sussurrou Tamsin mais tarde, uma vez que o exame terminou e estávamos no intervalo para jantar. — Onde você aprendeu a fazer isso?

Dei de ombros.

— Com ela.

— A última vez que ela trouxe o violino, você não conseguia sequer segurar o arco reto!

— Tamsin, não sei. Às vezes, fico ansiosa e confundo as coisas. Qual o problema? Você está indo muito bem.

Como esperado, isso a distraiu.

— Estou mesmo — assumiu ela, com orgulho. — Respondi perfeitamente a todos os ensaios religiosos e políticos para o senhor Bricker. E sei que tenho domínio quase total sobre a cultura adoriana e o teste de sociedade também. Esse é um dos mais importantes, sabe.

Sorri, genuinamente feliz por ela.

— Você vai conseguir atingir a classificação diamante.

— *Se* eu puder superar as garotas nas outras mansões. Sei que sou a melhor daqui — disse isso como um fato, sem se gabar. — Mas quem sabe sobre as outras três casas?

Eu não estava preocupada com Tamsin, especialmente depois dos demais dias de exame. Aquele zelo e a intensa resolução que eu tinha visto desde o primeiro dia foram totalmente ativados, e ela se entregou totalmente em cada teste. Quando retornava ao nosso quarto todas as noites, lutava contra seu esgotamento e estudava mais.

Depois que os testes terminaram, no terceiro e último dia, estávamos todas desgastadas, mesmo aquelas que não tinham estudado tanto quanto Tamsin. Todas nós estávamos exaustas, e eu fui para a cama assim que fomos dispensadas do jantar, muito grata por poder descansar. Nem minhas colegas de quarto, nem eu dissemos muita coisa, preferindo dormir aliviadas.

A manhã seguinte foi diferente. Descansadas e livres dos exames, nos demos conta de que havíamos conseguido. Completamos nosso objetivo de quando nos juntamos à Corte de Luz. Não tínhamos recebido os resultados ainda, mas o triunfo da nossa realização era embriagante. A senhora Masterson nos deu o dia de folga, com planos para a nossa primeira grande celebração naquela noite, em honra ao dia de Vaiel, o maior dos feriados de inverno. Todas nós havíamos sido designadas para tarefas específicas para nos preparar para a festa, e ninguém se importava em aplicar nossas habilidades duramente conquistadas.

— Adoro o dia de Vaiel — disse Tamsin enquanto nos vestíamos. — A comida. Os cheiros. As decorações. É uma pena que estejamos fazendo tudo isso no último minuto.

Ela estava certa. Normalmente, as festividades de inverno começavam semanas antes do dia sagrado do anjo da sabedoria, permitindo que a atmosfera alegre durasse a maior parte do mês.

— Bem, se Jasper não tivesse adiantado a nossa viagem, nossas celebrações não teriam sido deixadas de lado em benefício de seu lucro — lembrei.

— Pelo menos, teremos algum tipo de celebração. Sabe aqueles pobres hereges de Uros, os sacerdotes descalços? Eles não comemoram nada. Dizem que é idolatria. Mas talvez nada seja melhor do que o que os alanzanos fazem. Quem gostaria de estar lá fora adorando as árvores com este tempo?

— *Entre* as árvores — corrigiu Mira. — O dia de Vaiel é o solstício do inverno para eles... a noite mais longa do ano. Os alanzanos rezam ao ar livre de Deanziel pela capacidade de discernimento, e darão graças para Alanziel amanhã pelo retorno do sol e pelos dias mais longos.

Eu a olhei com alguma surpresa. Era raro ela trazer um fato que eu não soubesse, mas era provável que conhecesse algum alanzano de verdade. Como tantas áreas, suas crenças religiosas eram algo que eu nunca havia questionado. Ela assistia às celebrações ortodoxas para Uros com a gente, que era o que realmente importava.

— Não importa o que eles cultuam. É tudo superstição pagã. — Satisfeita com sua aparência, Tamsin se virou para a porta. — Bem, hora de começar a trabalhar. Mal posso esperar até que tenhamos outras pessoas para fazer isso para nós.

A maioria das garotas – como Tamsin – tinha sido designada para cozinhar o formidável banquete que a senhora Masterson planejara. Algumas estavam encarregadas dos jogos e da música, e eu deveria cuidar da decoração com Clara, dentre todas as pessoas. Nós organizamos a tarefa dividindo os cômodos e ficando longe uma da outra.

Quando chegou a hora de decorar o salão, fiquei surpresa ao encontrar Cedric conversando com Mira. Afinal, ele se mantivera afastado durante os exames.

— Você está respeitável hoje. Voltou a ser um adoriano respeitável — falei.

Ele estava vestido daquele modo em nossa primeira reunião, mas muitas vezes, nas ocasiões formais, usava o estilo osfridiano. Seu sobretudo, feito de um pesado tecido azul com bordas de ouro, pendia quase na altura dos joelhos, ao contrário dos mais curtos, que eram mais comuns aqui. Suas botas também eram mais altas do que as usadas nas tendências de moda continental. Ele não parecia apenas adequado. Estava deslumbrante – não que eu fosse lhe dizer isso. — É como se você tivesse ido para uma escola de aperfeiçoamento.

— Bem, algumas pessoas podem ter dificuldade para se vestir, mas eu, não — disse. — Estaremos a caminho em um mês, então achei que deveria parecer parte disso. Meu pai e eu precisamos ser quase, mas não exatamente, tão grandiosos quanto vocês se vamos mostrar que somos corretores legítimos. É tudo questão de imagem, ou pelo menos é o que diz meu tio.

Nos meses que tinham se passado, pensei pouco nas acusações maliciosas de Clara sobre Cedric e Mira. Mas naquele instante, ao ver os dois conversando, minha curiosidade acabou sendo aguçada.

— Está distraindo Mira das suas tarefas? — perguntei, mantendo meu tom claro.

Mira trocou um sorriso com ele.

— Cedric está explicando um jogo chamado *hexbones* para mim. A senhora Masterson me colocou no comando do entretenimento, mas não conheço muitos jogos osfridianos.

— *Hexbones*? — perguntei incrédula. — Isso é um jogo de dados que apenas garotos de estábulos e mensageiros jogam. — Engoli as outras palavras quando Cedric me lançou um olhar penetrante.

— É jogado por *muitas pessoas* — ele emendou. — A maioria das garotas daqui cresceu jogando. A elite não joga, é verdade, e é inteligente da sua parte pensar a frente. Mas tenho certeza de que podemos relaxar um pouco por uma noite.

— Sim, claro — falei. Fazia tempo que eu não cometia um deslize como aquele. — Mas onde vai conseguir os dados? Será que a senhora Masterson tem alguns guardados?

— Ah, acho que Nancy Masterson pode ser mais rebelde do que pensamos. — Embora ele ainda sorrisse, estava com um ar incomum naquela noite. Eu não conseguia decifrar, mas Cedric parecia quase melancólico – certamente, não o tipo de humor que eu geralmente associava a ele.

— Me chamaram?

A senhora Masterson enfiou a cabeça na entrada da sala.

— Ah, não — disse Cedric. Mira e eu tentamos não rir. — Adelaide estava apenas discutindo seus planos para a sala e esperando que você os aprovasse.

A senhora Masterson olhou para mim com expectativa, e tentei não censurar Cedric com o olhar por desviar o foco para mim. Rapidamente, armei um plano.

— Hum... velas em todas as janelas, e aqueles caminhos azuis com bordas douradas para as mesas. Se eu mover esse sofá para lá, abriremos esse canto para conversa. Seria bom ter um pouco daquele incenso temperado também.

A senhora Masterson concordou com a cabeça.

— Parece que você tem tudo sob controle, querida.

— E azevinhos — falei de repente, olhando para a cornija. — Deveríamos ter azevinhos para fazer ramos. Costumávamos fazer isso para as festas de inverno na capital.

— Teria sido bom — concordou. — Nem consegui pensar sobre isso, com tudo que está acontecendo. Mas é tarde demais, o sol está quase se pondo. — Ela acenou para uma janela escura e, vendo minha expressão decepcionada, acrescentou: — Não se preocupe, Clara pensou em buscar hera fresca e fazer algumas guirlandas. É quase tão bom quanto a sua ideia.

Saber que Clara havia me superado só piorava as coisas. A senhora Masterson partiu, e Mira olhou para a janela por um longo momento antes de se virar para Cedric.

— Você não precisava cuidar de algo?

— Sim... eu deveria fazer isso logo.

Quando ele não fez nenhum movimento para sair, Mira acrescentou:

— Você terá muito tempo antes da festa. Todo mundo está ocupado agora.

— Sim... sim. — Seu sorriso retornou, mas eu podia ver uma tensão por trás dele, reforçando a estranha sensação que eu havia tido. — Vou cuidar disso agora.

Antes de sair da sala, Cedric parou junto a mim.

— Aqui. — Sorri, enquanto ele colocava um conjunto de dados na minha mão.

— Claro. Claro que você tem um conjunto.

— Na verdade, é meu conjunto de reserva. Jogamos o tempo todo na universidade.

— Você é bom? — perguntei. — Esqueça. Já sei que é. É um jogo que envolve ler as pessoas e manipulá-las.

— Exatamente — disse ele. — Você se sairia bem.

Apesar dessa brincadeira, ele ainda parecia tenso.

— Ele está agindo de forma estranha — eu disse a Mira quando ele se foi.

— Está? Não o conheço o suficiente para saber.

— Não? — perguntei.

Seu rosto demonstrava completa inocência enquanto ela balançava a cabeça.

— Tenho certeza de que está tudo bem. Quer que eu te ajude a mover o sofá antes de ir?

Nós duas atravessamos a sala, nos surpreendendo com o peso do móvel.

— Estou começando a concordar com Tamsin — falei. — Vai ser bom ter um grupo de criados para fazer isso por nós.

Mira sorriu de volta.

— Veremos. Não sei se fiz pontos o suficiente para conseguir um marido com criados, muito menos com um grupo deles.

— Não como Tamsin — falei.

— Não como Tamsin. — Riu. Seu rosto ficou sério logo em seguida. — Mas espero ter feito o suficiente para conseguir... não sei. Uma escolha. Ou pelo menos alguém que eu possa respeitar.

— Ainda quer comprar seu casamento?

Ela me ajudou a endireitar o sofá.

— Acho que Tamsin estava certa sobre isso. Eu precisaria de algum tipo de trabalho paralelo... e acho que isso não é permitido.

— Hum, sim. Jasper provavelmente olharia torto para esse tipo de coisa. Mas não importa. Sei que você poderá escolher homens incríveis. E se está preocupada com sua pontuação, sempre pode refazer os testes.

— Claro. Foram tão divertidos da última vez. — Ela deu um passo para trás e se juntou a mim para examinar o nosso trabalho com o sofá. — Precisa de mais alguma coisa antes que eu vá?

— Não, a menos que você possa fazer algum azevinho se materializar — respondi, melancólica. — É que não me sinto no inverno sem eles.

— Eu não saberia. Nós não temos azevinhos em Sirminica. Mas acho que esta sala vai ficar bonita mesmo sem eles.

Depois que ela saiu, seu comentário fez com que eu me sentisse pior, como se devesse conseguir azevinhos para que ela tivesse uma verdadeira experiência osfridiana.

Assim que terminei de arrumar a sala de estar, a senhora Masterson me liberou dos meus deveres para que eu fosse me preparar para a festa. Nem Tamsin, nem Mira haviam voltado. Vesti o meu melhor vestido, cheio de bordados azul-celeste e estampado com flores cor-de-rosa. Uma camisa rosa era usada por baixo, ficando aparente através das mangas cortadas e em torno do corpete. Enquanto o amarrava, pensei em como seria quando tivéssemos que nos adaptar à moda adoriana. As saias eram mais finas e mais maleáveis, e os corpetes, menos estruturados.

Desci, procurando maneiras de ajudar. Ninguém precisava de mim, e Cedric havia ido embora – eu teria gostado de me gabar por ter abotoado o vestido em menos de um minuto. Então, me ocupei com meu trabalho de decoração, mas não encontrei falhas nele – exceto a ausência de azevinhos. Uma rápida olhada no relógio me avisou que eu tinha uma hora até o jantar, então tomei uma decisão de última hora.

Troquei meus delicados sapatos de festa por botas resistentes e vesti um casaco de lã. Mesmo assim, eu não estava preparada para a explosão de frio que me atingiu quando fui para fora, atravessando uma das portas dos fundos. Questionei minha decisão por um momento, notando como minha respiração saía formando nuvens geladas, e então segui em frente.

Eu sabia o que a senhora Masterson teria dito sobre o fato de eu estar passeando sozinha pelos bosques àquela hora do dia. Minha avó teria dito a mesma coisa. Mas já tinha visitado toda a propriedade de Blue Spring, fazendo passeios e piqueniques com as outras garotas. Nenhum animal perigoso havia surgido no terreno, e estávamos longe demais para que aparecesse qualquer desconhecido. A única pessoa que eu poderia encontrar era o idoso e amável jardineiro.

Era o dia mais curto do ano, e o sol se pôs cedo. A luz quase desaparecera do horizonte, e as estrelas já brilhavam no céu. Uma lua crescente e minha própria lembrança do caminho para as árvores de azevinho facilitavam o percurso. O frio era o meu maior obstáculo, e lamentei não ter trazido luvas. Uma fina crosta de neve foi suavemente triturada quando passei por cima dela.

Encontrei as árvores de azevinho exatamente onde eu me lembrava de tê-las visto, na extremidade mais distante da propriedade. Ali, o terreno dera lugar ao que restava da floresta mais selvagem e primitiva. Aqueles que construíram Blue Spring há muito tempo já haviam derrubado as árvores ao redor da casa, substituindo-as por vastos gramados bem cuidados e plantação de espécimes ornamentais. Era uma prática comum entre propriedades da moda, e esses tipos de madeiras selvagens estavam se tornando escassos.

Fui esperta o suficiente para levar uma faca, então comecei a cortar os ramos de azevinho. Eu não seria capaz de transformá-los em uma verdadeira coroa de flores, mas teria o suficiente para fazer alguns arranjos bonitos para as cornijas, que certamente superariam as heras de Clara. Assim que terminei, notei algo pela minha visão periférica.

No começo, pensei que meus olhos estavam me pregando peças. Eu tinha uma boa visão de onde estava. A lua refletida sobre a neve, e as estrelas espalhadas pelo céu. Olhando de soslaio para o que me chamou a atenção, fiquei imaginando se eu estava vendo apenas mais um reflexo. Mas não – não era a luz pálida e prateada da lua e da neve. Era algo mais quente. A luz dourada de uma chama.

Vinha de dentro dos antigos bosques, no meio de uma plantação de avelãs e carvalhos. Segui em frente para investigar. Provavelmente, era o jardineiro. Se fosse algum invasor, eu poderia facilmente escapar sem ser vista e ainda avisar aos responsáveis sobre aquilo. Sabia que a senhora Masterson e a minha avó teriam muito a dizer sobre esse raciocínio, mas não me importava.

Segurando os galhos de azevinho e a faca, segui em frente, me mantendo nas sombras e escondida atrás das árvores. Quando me aproximei, vi que na realidade eram doze luzes: lampiões minúsculos na neve, dispostos em forma de diamante em uma clareira coberta pelos ramos esqueléticos de árvores antigas. Em pé, no centro do diamante, de frente para o mais respeitável dos carvalhos, estava um homem usando um grande casaco que brilhava em tom escarlate na luz da lanterna. Ele se ajoelhou de frente para o ponto mais à direita do diamante e se curvou para ele, murmurando algo que eu não conseguia entender. Então, se ajoelhou em direção ao sul e repetiu o ritual.

O terror atingiu meu estômago quando percebi o que estava acontecendo. Eu ignorava os comentários brincalhões de Tamsin sobre alanzanos e o solstício do inverno, mas ali, diante dos meus olhos, havia um daqueles hereges, realizando algum ritual misterioso durante a noite. Talvez eu não soubesse tanto sobre eles quanto Mira, mas havia aprendido o suficiente, ouvindo conversas sussurradas em Osfro, para saber que o diamante feito de doze pontos era sagrado para os alanzanos. Representava os doze anjos, seis de luz e seis sombrios.

Um herege está usando nossas terras! Eu precisava voltar e avisar.

Em silêncio, comecei a recuar, ao mesmo tempo que ele se virou para o ponto mais ao norte – de frente para mim. Seu rosto se iluminou, revelando características que eu conhecia. Traços que eu tinha visto há menos de uma hora. Feições que passei muito tempo contemplando.

Cedric.

8

Com o choque, o azevinho escorregou dos meus braços. Tentei recuperá-lo discretamente, mas era tarde demais. Eu já tinha feito muito barulho e o alertei da minha presença. Cedric se levantou e pensei em correr, mas sabia que não iria longe com aquela saia. Em um instante, ele estava diante de mim, olhando para baixo sem acreditar no que estava vendo.

— Adelaide? O que está fazendo aqui fora?

— Eu? O que *você* está... não importa. Sei o que você está fazendo! — disse, balançando a pequena faca. — Fique longe de mim!

— Abaixe isso antes que machuque alguém. — Sua expressão estava tensa, mas não de raiva... apenas... resignada. — Não é o que você está pensando.

Suas palavras eram tão ridículas que me fizeram sair de onde estava escondida.

— Como? Está dizendo que não está no meio de um ritual herege de solstício de inverno?

Ele suspirou.

— Não. Estou dizendo que os alanzanos não são as criaturas sedentas por sangue que dizem que somos.

O uso do "nós" não passou despercebido por mim.

— Mas... mas você está dizendo que é um deles?

Ele levou um bom tempo para responder. Um vento frio soprou, deixando meus cabelos revoltos e congelando a minha pele.

— Sim.

O mundo parecia balançar ao meu redor. Cedric Thorn acabara de admitir que era um herege.

Ele estendeu a mão em minha direção.

— Pode, por favor, abaixar isso?

— Não me toque! — falei, brandindo mais alto a faca.

Atrás dele, uma luz sinistra brilhava nos lampiões, e de repente me perguntei se ele não iria jogar alguma maldição alanzana sobre mim. Ouvira falar muito sobre eles, mas jamais esperei ser vítima de um. Mas também nunca estive nesta situação com alguém que *achava* que conhecia. Eu me perguntava se alguém na casa me ouviria se eu gritasse.

— *Não* grite — disse Cedric, se antecipando. — Eu juro, não há nada a temer. Nada mudou. Eu sou o mesmo.

Balancei a cabeça e senti a faca tremer na minha mão.

— Isso não é verdade. Você acredita em comungar com demônios...

— Acredito que os seis anjos rebeldes são tão santos quanto os seis gloriosos. Eles não são demônios. E acredito que a divindade está ao nosso redor no mundo, disponível para qualquer um — disse, calmamente. — Não é algo acessível apenas através dos sacerdotes em suas igrejas.

Soou menos sinistro quando colocado assim, mas eu tinha muitas desconfianças impregnadas em mim.

— Adelaide, você me conhece. Te dei cobertura quando você fugiu. Arrumei um emprego para sua antiga cozinheira. Você realmente acha que sou um servo das trevas?

— Não — respondi, finalmente baixando a faca. — Mas... mas... você está confuso. Precisa parar com isso. Pare... hum, de ser um herege.

— Não é algo que eu possa simplesmente deixar de ser. É parte de mim.

— Podem te matar se você for pego!

— Eu sei. Acredite, estou bem ciente disso. E é algo que já aceitei há muito tempo. — Tremi quando outro vento gelado passou por nós. Ele olhou para mim, seu rosto incrédulo. — Vamos lá, vamos conversar em algum lugar mais quente antes que você tenha uma hipotermia.

— Como a sala de estar? — perguntei. — Tenho certeza de que suas crenças perigosas e ilegais serão tema de uma conversa muito interessante na festa! Não vamos a lugar algum até que eu entenda o que está acontecendo. Estou bem. Estou usando um manto.

— Então por que você está ficando azul?

— Você não está enxergando bem aqui fora!

— Esse manto só serve para você se cobrir em uma viagem breve de carruagem até uma festa, e não para caminhar na noite mais longa do ano. Se não vai entrar, pelo menos vá para lá.

Ao lado da clareira, havia um pequeno alpendre, usado para armazenar ferramentas e madeira. Me espremi lá dentro e constatei que realmente bloqueava um pouco do vento. Cedric se juntou a mim, e eu comecei a me encolher conforme ele se aproximava, ainda assustada com sua imagem no diamante iluminado pelo fogo, vivendo as histórias de horror que eu tanto havia escutado.

Para minha surpresa, ele desabotoou seu casaco escarlate e me puxou para perto, me envolvendo nas dobras do tecido pesado. O calor que a roupa oferecia aliviou meu medo. Eu sentia o cheiro da colônia familiar que tanto gostava e, agora que estávamos mais perto, podia distinguir, ao luar, quase todos os detalhes do seu rosto . Por necessidade, me aproximei daquele calor e percebi que ele havia falado a verdade. Era apenas ele, o mesmo Cedric que conhecia há quase um ano. E isso tornou a situação ainda mais aterrorizante.

— Poderiam te matar — repeti, o peso daquilo me atingindo.

Os tribunais eclesiásticos osfridianos aplicavam sanções mais suaves às mulheres ou aos estrangeiros que fossem pegos praticando a fé de Alanzan. Prisão. Multas. Mas um cidadão osfridiano – um homem? Isso, na maioria das vezes, resultava em execução. Os sacerdotes eram zelosos na manutenção da *pureza* de Osfrid. Além disso, uma religião que defendia que cada membro tivesse sua própria voz, em vez de um líder todo-poderoso, era algo inadmissível para o rei.

— E é por isso que você precisa ir para Adoria — percebi de repente, falando em voz alta. — É por isso que você brigou tanto com seu pai e suspendeu suas aulas, não é? Assim, poderia praticar com segurança em Cape Triumph. — Embora as colônias osfridianas ainda fossem submetidas à lei da coroa, algumas delas tinham uma legislação que abria certas exceções e liberdades. Religião, por exemplo, era uma que aparecia muito. Enviar hereges para outro local era mais fácil do que tentar matá-los em sua pátria, contanto que isso resultasse no retorno de impostos e bens comerciais.

— Não é legal em Cape Triumph — disse ele. — Nenhuma colônia sanciona a adoração de Alanzan. Ainda não.

Inclinei a cabeça, tendo que fazer uma manobra complicada para olhá-lo de frente enquanto ainda permanecia protegida por seu casaco. Naquele momento, compreendi o motivo de aqueles casacos serem tão populares nas condições duras de Adoria.

— E será que em alguma isso vai acontecer?

— Talvez, e não só para Alanzan. Há uma legislação a ser elaborada para uma colônia chamada Westhaven que permitiria a liberdade de religião para todos os que vivam lá. Nós, os padres errantes e os herdeiros de Uros... bom, aqueles que ainda não foram para o norte, pelo menos.

— Então, você pode ir para lá e ficar seguro — falei, surpresa ao sentir alívio por ele.

— Está em estágios muito iniciais — disse. Um pouco daquela melancolia anterior ressaltava suas palavras: — Os limites e as leis ainda estão sendo estabelecidos. Não está aberta a todos os colonos ainda, somente àqueles que comprarem uma participação no início da companhia. É uma grande oportunidade ser um dos primeiros investidores, há muito potencial para a liderança e segurança imediata se for possível conseguir a adesão. Mas não é barato.

— E é por isso que você nos recrutou, não é? — perguntei. — Não era simplesmente para conseguir entrar nos negócios da família em Adoria. Você precisava do seu próprio dinheiro.

— Sim. Mas vou receber pouco.

Eu tremi.

— Porque você recrutou uma sirminicana e uma impostora que vão lhe render comissões medíocres.

— Você só é impostora quando se trata de costurar e "branquear" legumes.

Bati no peito dele, aborrecida demais para questionar como ele sabia sobre o incidente com os aspargos.

— Isso é sério! Você precisa sair de Osfrid. Precisa ir para esse lugar seguro... se é que existe tal coisa para alguém como você.

Eu não poderia afirmar com absoluta certeza, mas tive a impressão de que ele se encolheu quando falei "alguém como você".

— Não se trata apenas de segurança, diz respeito à liberdade. Liberdade para ser quem eu sou sem precisar fingir para as outras pessoas. — Ele gesticulou para o diamante. — Sem ter que me esconder.

Suas palavras ecoaram as minhas, ditas há alguns meses, quando havia implorado para que ele encobrisse minha mentira. Compreendi seu anseio pela liberdade, mesmo que não compreendesse a motivação por trás disso.

Eu havia lutado arduamente para seguir um caminho que me permitiria tomar o controle da minha vida, e ele havia me ajudado.

— Bem, você não tem essa liberdade ainda. Então, por que cultuar no terreno da Corte de Luz?

— Não esperava que alguém aparecesse aqui — disse ele. — Se a escolha fosse minha, não teria vindo para a mansão hoje. Estaria fora, cultuando com os outros em vez de fazer um ritual solitário. Você está comemorando o fim dos seus exames, mas, para mim, esta é uma das noites mais sagradas do ano. Tive que oferecer minhas preces antes da festa começar.

Era difícil conciliar o Cedric brincalhão que eu pensava conhecer com este que estava discutindo sérios assuntos espirituais – assuntos que pareciam absurdos para alguém criada no culto monoteísta e ortodoxo do deus Uros, que ocorria dentro de igrejas com serviços religiosos muito organizados. Olhei para longe e permaneci em silêncio, então Cedric comentou com suavidade:

— É engraçado... Eu sabia que, quando isso fosse descoberto, as pessoas me olhariam de uma forma diferente, me rejeitariam. Eu me preparei para isso. Mas, por algum motivo, não esperava que me incomodasse tanto saber que você pensa menos de mim...

Olhei para ele, absorta pelo tom da sua voz. O que vi em seu rosto me confundiu, especialmente quando ele puxou o casaco com mais firmeza ao nosso redor. Engoli em seco e mudei para um tópico um pouco mais seguro.

— Existe alguma outra forma de conseguir o dinheiro para investir na colônia? Não pode pedir ao seu pai ou seu tio?

— Você conhece o meu pai — Cedric zombou. — Ele não faz ideia de que faço parte disso, e provavelmente me entregaria se soubesse. Descobri os alanzanos quando entrei na universidade, há alguns anos, e, finalmente, algo fez sentido para mim no mundo. Me sentia muito bem, mas sabia que não deveria contar a ninguém, mesmo aos meus parentes. Meu tio também não ajudaria... ele apenas segue a liderança do meu pai. Quanto a outros fundos... Eu poderia encontrar algum tipo de trabalho lá, mas levaria um tempo para ganhar o dinheiro necessário para a colônia, especialmente se eu não terminar a universidade aqui. Provavelmente acabaria como um trabalhador, indo para lá quando a colônia fosse aberta a todos os outros, mas isso não vai acontecer imediatamente. Pessoas além dos membros fundadores provavelmente não conseguirão cidadania até o próximo ano.

— Bem, você não pode ficar aqui para terminar seus estudos — falei com firmeza. — Certamente, deve haver outras maneiras de ganhar dinheiro rapidamente.

Ele riu.

— Se existissem, acha que a sua família estaria na luta? Quero dizer, sim, há uma abundância de esquemas para ficar rico rapidamente no Novo Mundo, e alguns deles funcionam. Mas, na verdade, a Corte de Luz é um dos melhores. Levar qualquer tipo de bens de luxo, mesmo jovens mulheres, pode gerar um grande retorno lá. Eles não têm acesso ao tipo de coisas que fazemos aqui.

— Que tipo de bens de luxo? — perguntei, tentando ignorar o meu crescente arrepio.

— Especiarias, joias, louça, vidro. — Ele fez uma pausa para pensar. — Meu pai faz uma fortuna vendendo tecido. Ele traz essas coisas com as garotas, e isso cobre todos os custos com seus guarda-roupas, que ele revende uma vez que elas estão casadas para obter mais lucro. Uma série de outras coisas são valiosas também. Mobiliários antigos. Arte.

Aquilo me chamou atenção.

— Arte? Que tipo de arte?

— Qualquer tipo. Não há galerias nem grandes mestres lá. E poucas pessoas aqui se dão ao trabalho de enviar pinturas raras ou esculturas para o outro lado do oceano para vender lá. É muito complicado. Muito arriscado. Mas, se o fizessem, haveria um enorme lucro. Droga, posso ouvir seus dentes batendo. Precisamos ir.

Ele começou a me levar de volta para a mansão, mas o segurei, nos mantendo onde estávamos.

— Então... se você pudesse vender uma pintura, isso o ajudaria a ganhar o dinheiro.

Ele balançou a cabeça.

— Se eu pudesse vender o tipo certo de pintura para o comprador certo, isso cobriria mais do que a minha participação em Westhaven.

— Então você precisa pegar uma pintura.

— Não há nenhuma pintura valiosa por aí. Quer dizer, estão nas mansões do meu tio, mas não vou roubar da minha própria família.

— Você não teria que roubar se pudesse fazer a sua própria — falei, com animação.

— Não posso fazer nenhuma...

— Você, não. Eu. Não se lembra daquele dia em Osfro? A pintura de papoula?

Ele ficou em silêncio. Seus olhos estavam escondidos pelas sombras da pouca iluminação, me examinando, pensativos.

— Achei que era algum tipo de brincadeira.

— Não era. Bem, quero dizer, era... é difícil explicar. Mas posso fazer isso. Posso replicar todo o tipo de pinturas famosas. Ou, se você não quiser uma réplica exata, posso imitar o estilo de um artista e alegar que encontramos algum trabalho perdido. Aquele Florêncio pendurado na sala? Eu poderia fazer aquilo com facilidade, se tivesse tempo suficiente.

— Você quer vender uma pintura falsificada em Adoria? — ele perguntou, incrédulo.

— Você acha, honestamente, que eles sabem a diferença? — desafiei.

— Se formos pegos...

— Adicione isso à lista das outras coisas que poderiam nos deixar em apuros.

— Está se tornando uma longa lista. — A preocupação inicial estava dando lugar ao calor e entusiasmo que eu conhecia. O Cedric que eu conhecia – intrigante e vendedor. Ele olhou para mim por um longo momento enquanto o vento assobiava ao nosso redor. — Sabe no que você está se metendo ao fazer isso?

— Em nada mais do que você quando me protegeu naquela noite nos portões da cidade de Osfro. Eu disse que te devia um favor.

Eu podia sentir a decisão envolvê-lo.

— Está bem, então. Vamos fazer isso. Mas, primeiro, precisamos entrar.

Deixamos a escassa segurança do alpendre, ambos tremendo. Ele apagou os lampiões enquanto eu pegava meu azevinho. Observando-o, senti que a inquietação anterior começava a se agitar dentro de mim, enquanto todas as advertências dos severos sacerdotes passavam pela minha cabeça. Então, Cedric se virou para mim, com o rosto iluminado e ansioso pelo plano que se formou diante de nós, e todas as angústias sumiram. Ele fez o melhor que pôde para colocar o casaco ao meu redor enquanto caminhávamos aconchegados de volta para a mansão.

— Como no mundo — comentou, já se antecipando — vamos encontrar uma forma de você pintar essa obra-prima em segredo?

— Você terá que descobrir isso — desafiei. — Vou me concentrar em encontrar um marido para que você possa conseguir sua comissão medíocre.

— Certo. Não quero distraí-la disso. Vou pensar em algo.

As luzes da mansão brilharam diante de nós no meio da noite, e, apesar da minha confiança, não pude evitar um pouco de incerteza. Não a respeito da pintura, eu estava confiante de que poderia fazer aquilo. O problema seria a logística. Conseguir os materiais e um lugar isolado para pintar não seria fácil. Além disso, tinham os problemas potenciais para vendê-lo em Adoria, o que diminuía ainda mais as chances de Cedric conseguir o dinheiro que precisava.

Pouco antes de chegarmos à porta dos fundos, ele parou e seus olhos encontraram os meus.

— Falei sério quando disse que as histórias que você ouviu não são verdadeiras. Os alanzanos são pessoas comuns. Pessoas normais, com vocações e moral. Nós apenas temos uma visão diferente sobre como o mundo funciona.

— Cedric, não penso menos de você. Sempre senti... — Eu não podia terminar a frase e assumir um sentimento que nunca deveria ter começado. Virei-me, mas ele segurou meu braço e me puxou para si.

— Adelaide... — As palavras também escaparam dele, que me soltou. — Tudo bem. Vamos.

Nós entramos, recebendo olhares surpresos da senhora Masterson, nossas outras instrutoras e o restante das meninas que estavam se reunindo para o jantar. Eu sabia que meu rosto estava ruborizado, e meus cabelos, bagunçados pelo vento, mas Cedric foi rápido para me acobertar, como sempre.

— Adelaide não conseguiria descansar a não ser que tivesse seu azevinho, então me ofereci para sair com ela. — Seu sorriso como sempre, era agradável, de modo algum indicando que praticava uma religião controversa que poderia matá-lo.

A senhora Masterson estalou a língua para mim.

— Admiro a sua dedicação, querida, mas essas condições não são adequadas para ir lá fora... Obrigada por cuidar dela, mestre Cedric.

Mas quem cuidaria dele? A questão me atormentou durante o resto da noite. Passei pelos estágios do jantar, jogos e conversas, mas o tempo todo meus olhos se desviavam para Cedric. Ele também estava sendo sociável, mas eu podia perceber que se esforçava para interagir com os outros. Agora que sabia o que estava acontecendo, eu conseguia facilmente detectar a preocupação pesando sobre ele. Mais uma vez, me perguntava se minha pintura falsificada – se pudéssemos fazê-la – seria o suficiente para salvá-lo.

— Onde está a sua cabeça esta noite?

Tamsin caminhou até mim, do outro lado da sala de estar. Ela usava um vestido azul que ficava impressionante com seu cabelo avermelhado, embora ela ainda insistisse em dizer que o verde é que era a sua cor.

— Estou preocupada com os meus exames — menti.

— Está? — ela perguntou, surpresa. — Você sempre parece passar pelas aulas e estudar como se não fizesse qualquer diferença para você.

— Acho que a realidade está me alcançando agora.

Ela estudou meu rosto de perto.

— Imagino que sim. Bem, vá tomar uma dose extra de vinho enquanto a senhora Masterson não está olhando. Ou, se estiver realmente preocupada, pode refazê-los depois de receber sua pontuação.

— Refazê-los? — Havia sugerido aquilo a Mira, mas nunca pensado para mim.

— Claro — disse Tamsin. — Vou refazer o meu. Quero dizer, acho que fui muito bem, mas por que não me certificar disso? Não posso deixar nada ao acaso.

Suas palavras me atingiram como uma bofetada. Olhei para ela por um longo instante e depois me voltei para o salão lotado. Cedric estava perto da lareira, falando com o senhor Bricker, que não parava de gesticular, me fazendo suspeitar que havia tomado várias taças de vinho. Como se sentisse que eu o observava, Cedric olhou para mim e deu um sorrisinho antes de voltar para a conversa.

— Adelaide? Você está bem? — perguntou Tamsin.

Olhei para ela.

— Sim... sim. Só me dei conta de uma coisa que não tinha pensado antes.

— O quê? — perguntou.

— Não é importante. — Disfarcei e adotei uma expressão alegre. — Diga-me como você acha que cada uma aqui se classificará.

Era um tema que ela estava mais do que feliz em desenvolver, considerando que tinha passado muito tempo analisando nossas companheiras de casa. Quando Tamsin começou sua explicação, assenti e sorri adequadamente enquanto fazia planos para o que precisaria fazer em seguida.

Cedric precisava de dinheiro para chegar a Westhaven e permanecer vivo. Minha pintura falsificada poderia conseguir isso? Sim – se tudo desse certo. Mas e se não desse? Ele precisava de um plano alternativo. Pensei nisso durante toda a noite, me sentindo inútil. Eu não tinha poder para lhe *dar* dinheiro, mas percebi naquele momento que tinha, sim, um *poder*. Poderia garantir que ele fosse capaz de pagar a taxa inteira por sua participação em Westhaven? Não, mas poderia garantir que ele tivesse, pelo menos, um bom começo.

E a única maneira de fazer aquilo era ter certeza de que ele não recebesse uma comissão medíocre por mim.

9

Cedric partiu na manhã seguinte ao solstício de inverno e os resultados dos exames foram liberados poucos dias depois. Eles chegaram com Jasper e a senhora Garrison, uma das costureiras da Corte de Luz. Ela queria começar a projetar nossos guarda-roupas temáticos imediatamente. A senhora Masterson foi até a biblioteca, onde esperávamos com ansiedade em filas perfeitamente ordenadas. Ela apoiou a lista emoldurada na lareira e depois deu um passo para trás. Houve um momento de hesitação, e então saímos da fila para avançar e olhar.

A lista mostrava as pontuações de todas as garotas das quatro mansões. Imediatamente, encontrei meu nome, exatamente no meio, como havia esperado. Era uma boa pontuação, e isso só ajudava na propaganda da Corte de Luz em Adoria. Um homem próspero, fascinado pela aparência de uma garota, poderia não se importar com sua classificação nos exames, mas aquelas com as maiores pontuações teriam mais oportunidades de conhecer os ditos *cavalheiros*. Mira, de pé ao meu lado, soltou uma pequena exclamação de prazer.

Encontrei seu nome várias linhas acima do meu, em um respeitável sétimo lugar entre todas as mansões – e um ponto à frente de Clara.

— Pode acreditar nisso? — perguntou Mira. — Talvez, no fim das contas, eu não tenha que limpar o chão. — Ao nosso redor, a sala estava zumbindo com a conversa das outras garotas.

Eu a abracei.

— Claro que posso acreditar. Você ficou tão preocupada com o sotaque, mas se dedicou muito em todos os outros...

O gemido de uma voz familiar me atraiu. Imediatamente, olhei para Tamsin, de pé no lado oposto do grupo, seus olhos arregalados. Ela se virou para a senhora Masterson, incrédula:

— Como estou em terceiro lugar? As garotas acima de mim têm a mesma pontuação que eu! — Uma rápida olhada na lista mostrou duas garotas de outras mansões no primeiro e segundo lugares.

— Sim — concordou ela. — Vocês três empataram, foi muito impressionante. Na verdade, o que definiu foi a questão estética. — Ela acenou com a cabeça para a senhorita Garrison. — Winnifred, a primeira menina, ficaria muito linda na coloração do diamante. O rubi é a próxima pedra mais preciosa, e que, obviamente, não serviria para você com seu cabelo. Em terceiro, como a safira, parecia...

— Safira? — interrompeu Tamsin. — Safira? Todo mundo sabe que o verde é a minha melhor cor. A esmeralda não é mais rara do que a safira?

— Meu tecido verde ainda não chegou — respondeu a senhorita Garrison. — E provavelmente não deve chegar até cerca de uma semana antes de vocês embarcarem.

A senhora Masterson assentiu.

— E as categorias são flexíveis, estamos buscando mais de uma variação de pedras preciosas. Achamos que seria melhor usar a safira mesmo, para que ela pudesse começar o seu guarda-roupa. Caso contrário, teria que fazer tudo de última hora.

Tamsin encarou a costureira com um olhar afiado.

— Bem, talvez ela pudesse costurar um pouco mais rápido.

— Tamsin! — advertiu a senhora Masterson, voltando a agir como a severa instrutora que conhecíamos. — Está exagerando. Você será safira e ficará grata por estar entre as três primeiras. *E* tomará cuidado com a sua linguagem.

Eu podia ver que Tamsin ainda estava chateada, mas ela respirou fundo e se acalmou antes de falar novamente.

— Sim, senhora Masterson. Peço desculpas. Mas posso refazer os exames em que fui mal, certo?

— Sim, claro. Toda garota pode. Embora, serei honesta, com uma classificação de noventa e nove por cento, não há muito mais para alcançar.

— Perfeição — respondeu Tamsin.

A maioria das garotas estava satisfeita com suas notas. Mesmo a que teve a pior classificação ainda seria exibida em Adoria de forma deslumbrante, e refazer os longos exames não era uma ideia tão atraente.

A senhorita Garrison e suas assistentes começaram a tirar as medidas de todas, segurando amostras de tecido para que as outras pedras preciosas fossem decididas. Aproximei-me da senhora Masterson e perguntei se poderia refazer os exames.

— Certamente — respondeu, parecendo surpresa. A iniciativa deve ter sido bem inesperada, considerando o quanto sempre fui medíocre. — Qual você gostaria de refazer?

Mal olhei para a folha.

— Todos eles.

— Todos? — repetiu. — Isso quase nunca acontece.

Dei de ombros como resposta.

Ela apontou para algumas pontuações.

— Você foi muito bem nestas áreas. Duvido que seja necessário.

— Ainda assim, gostaria de refazê-los.

Ela hesitou e deu um curto aceno de cabeça.

— Vai ser preciso agendar com todos os instrutores para que você possa reencontrá-los, mas é direito de toda garota. E aqui entre nós, durante todo esse tempo que estou aqui, a maioria que refez os exames subiu apenas alguns pontos. A senhorita Garrison e eu a colocamos como ametista, e os tecidos roxos são lindos. É improvável que sua pontuação mude o suficiente para garantir um novo tema e, além disso, você realmente quer um?

— Quero refazê-los — reiterei.

— Muito bem. Entretanto, ainda vamos tirar suas medidas, assim a senhorita Garrison pode começar com o guarda-roupa ametista.

A senhora Masterson estava certa sobre os tecidos. De todos os que a costureira trouxera, os da ametista estavam entre os mais belos. Ela ergueu amostras de seda lavanda e veludo roxo, soltando gemidinhos de aprovação.

Mas uma garota ametista não daria a Cedric a comissão de que ele precisava.

— Você combina com qualquer cor — comentou. — Para algumas das outras meninas, as paletas originalmente planejadas não vão funcionar.

Mira era um desses casos. Elas haviam decidido que seu tema seria o topázio, mas depois de testar alguns dos tecidos, ficou claro que o âmbar simplesmente não combinava com ela.

— Vermelho profundo é o caminho a seguir — a senhorita Garrison disse à senhora Masterson. O olhar da costureira caiu sobre Clara. — Podemos trocá-las: dar a Mira o granada.

Jasper, observando a conversa, assentiu.

— É uma pedra um pouco mais comum, então pode ser apropriado.

Não tive a chance de ficar ofendida pelo insulto à minha amiga, porque a carranca de Clara me disse o quanto a mudança a perturbava. Isso compensou muito. Depois, a ouvi murmurar para Caroline:

— Odeio amarelo. Sempre me faz parecer doente.

Tamsin foi uma das últimas a completar os seus acessórios, em grande parte porque continuava a apontar como inaceitável o tecido azul. Quando ela finalmente terminou e foi para o quarto conosco, murmurou:

— Mal posso esperar até que os novos exames me coloquem no topo. Assim, elas verão a péssima escolha que fizeram. Eu ficaria tão bem de branco quanto de verde.

Tropecei na escada e tive que segurar no corrimão para me apoiar. No meu plano de refazer os exames, não havia considerado Tamsin, de forma alguma. Se eu conseguisse subir para o topo do ranking, onde isso a colocaria? Suas palavras me voltaram à cabeça: *tenho uma razão para isso*. Não sabia qual era a dela. Mas sabia qual era a de Cedric. Sua vida. Ainda que o motivo fosse terrível, será que Tamsin realmente tinha algo comparado a isso? E era realmente terrível? Seus sentimentos pareciam genuínos no dia da visita da família, mas eu a havia visto fazer muito drama durante o tempo que passamos juntas. Sua fixação em ser a melhor poderia ser apenas uma questão de orgulho? Um anseio por riquezas?

Eu precisaria escolher entre eles. Minha melhor amiga ou... o homem que ajudou a me salvar? Independentemente da classificação de Tamsin, ela teria um futuro próspero em Adoria. Minha colocação poderia afetar a vida de Cedric. Havia apenas uma escolha a fazer.

Contente com suas pontuações e seu tema, Mira conseguiu relaxar nos dias que se seguiram, gastando muito tempo absorta em seu amado livro de aventuras. Tamsin e eu, no entanto, suportamos o estresse de retomar nossos exames enquanto os diversos instrutores se revezavam entre todas as mansões. Assim como a senhora Masterson, ela estava confusa sobre o motivo para que eu refizesse todos os testes.

— Por que você vai fazer isso? —perguntou enquanto caminhávamos para o exame de dança. — Você acha que as coisas vão mudar? E por que quer mudar? Suas roupas ficaram ótimas em você. Ao contrário de *algumas* de nós.

Tive que desviar o olhar, ainda me sentindo culpada, apesar de determinada.

— Só preciso ver o que consigo fazer.

A senhora Hayworth se encontrou conosco e Caroline, a única além de nós que quis refazer o exame de dança, no salão de baile.

— O mesmo formato de antes. Vamos passar por cada dança e verificar se vocês melhoraram.

Tamsin havia progredido um pouco no passo que continuamente lhe causava problemas. Por alguma razão, as batidas a faziam tropeçar. Caroline não havia melhorado em nada. Na verdade, ela se saiu ainda pior, mas felizmente a senhora Masterson considerava a pontuação mais alta.

E eu? Bem, comigo as coisas foram completamente diferentes.

Era difícil dizer qual das três estava mais espantada. Executei perfeitamente todas as danças em níveis técnico e artístico, e foi um alívio deixar meu eu verdadeiro se mostrar. Passei a maior parte do último ano escondendo o que poderia fazer. Agora, todos os anos de instrução e festas formais haviam retornado, e eu realmente gostei do resultado.

Os outros exames tiveram resultados semelhantes. Como antes, os testes escritos me permitiram esconder as respostas das minhas companheiras de casa. Mas nos públicos, todas as minhas "novas" habilidades estavam em exibição para quem estivesse presente. Uma vez que nenhuma outra garota estava refazendo todos os exames, ninguém mais conseguiu ter uma noção completa de como me saí em cada teste.

Isso mudou tudo quando os resultados chegaram, na semana seguinte.

Não houve nenhuma lista desta vez, somente uma reunião no salão convocada pela senhora Masterson. Nos alinhamos em filas. Jasper Thorn estava com ela novamente, e a expressão de ambos não era grave, mas... perplexa. Quando ela estava prestes a falar, Cedric entrou correndo. Não havíamos nos visto nas últimas semanas, o que me deixou pensando em quais seriam seus planos para o nosso projeto de pintura.

Eu o vi murmurar algo parecido com um pedido de desculpas quando tomou seu lugar ao lado do pai. Jasper não disse nada, mantendo apenas aquela agradável máscara que sempre usava quando estava com o filho em público.

A senhora Masterson acenou com a cabeça para ele e depois se virou para falar conosco.

— Sei que algumas de vocês estão esperando os resultados dos exames refeitos, e ficarão satisfeitas. A maioria demonstrou melhora, pelo que estou particularmente orgulhosa. Mas não havia nada significativo o suficiente para justificar uma mudança de posição ou tema. — Ela fez uma pausa. — Com uma exceção.

Ao meu lado, Tamsin se endireitou, erguendo o queixo com orgulho. Eu podia senti-la tremer de excitação enquanto aguardava a notícia de que havia derrotado as duas garotas que a superaram na lista.

— Adelaide — disse a senhora Masterson, seu olhar caindo pesado sobre mim. — O progresso que você demonstrou foi... notável, para dizer o mínimo. Eu nunca, nunca vi uma garota dar um salto tão grande em pontuação. E... nunca vi uma garota conseguir uma pontuação global perfeita. — Ela deixou as palavras morrerem, e senti o olhar de todos na sala sobre mim. O de Tamsin era o mais arregalado de todos. — Raramente temos mudanças de tema baseadas nos exames refeitos, embora, é claro, isso aconteça. E neste caso, é absolutamente merecido.

Jasper deu um passo à frente, assumindo o controle da reunião. Ele estava alegre como sempre, mas de alguma forma, não parecia muito animado com a reviravolta dos acontecimentos.

— Adelaide, minha querida, você substituiu Winnifred, de Dunford Manor, como o nosso diamante. Todas as que pontuaram acima do seu último resultado cairão um pouco. As garotas manterão seus temas de pedra preciosa, mas haverá algumas exceções.

— Como o mestre Thorn disse, você será o diamante — explicou a senhora Masterson. — Você e Winnifred têm formas semelhantes, então a senhorita Garrison deverá ter pouca dificuldade para ajustar suas roupas. Como sua pontuação foi muito alta, não seria justo atribuir-lhe uma pedra semipreciosa como a ametista. Achamos que Winnifred ficará melhor como safira, e acabamos fazendo algumas alterações de última hora, o que significa, Tamsin, que você poderá ser esmeralda, no final das contas. A senhorita Garrison espera que o tecido verde chegue na próxima semana, e ela e suas assistentes trabalharão vinte e quatro horas por dia para ter certeza de que você estará devidamente equipada.

Tamsin ainda parecia chocada, como se a senhora Masterson estivesse falando em uma língua que ela não conhecia.

— Mas... se o ranking mudou, isso significa... que sou a quarta.

— Sim.

Em um momento raro, Tamsin ficou em silêncio, atordoada, e eu senti um nó na garganta. Jasper, vendo seu desânimo, deu-lhe um sorriso firme.

— Você os deslumbrará como uma esmeralda. Mesmo que você não seja convidada para todas as festas da elite, sei que estará em alta demanda. Estou orgulhoso de você. Tenho orgulho de todas as minhas garotas, embora pareça que meu filho conseguiu encontrar a melhor joia nesta temporada. — Jasper não parecia particularmente orgulhoso daquilo. As três primeiras haviam sido aquisições suas.

Com a súbita mudança dramática dos acontecimentos, quase esqueci de que Cedric estava no salão. Olhei para ele, que possivelmente era a pessoa mais chocada. Ele não conseguia sequer fingir um sorriso.

Jasper falou mais algumas palavras encorajadoras para todo o grupo, dizendo-nos como estava animado para nos levar a Adoria na próxima semana. Ele tinha negócios importantes para fechar e havia fretado dois navios para a viagem. Partiríamos com as garotas de Guthshire Manor. Swan Ridge e Dunford estariam no outro navio.

Quando fomos liberadas, uma enxurrada de animação estourou, e fui imediatamente cercada por garotas que queriam saber como eu havia conseguido tal façanha. Foi um alívio quando a senhora Masterson me puxou para discutir algumas questões logísticas.

— Foi realmente notável — disse ela na privacidade do escritório. — O mestre Jasper se perguntou se poderia haver algum engano, mas eu disse a ele que se você encontrou uma maneira de trapacear ao tocar harpa ou dançar o Lorandian de dois passos, isso merecia algum tipo de recompensa. Extraordinário.

Engoli em seco.

— Acho que não havia percebido o quanto aprendi. Muitas das lições do tempo em que era criada de uma lady voltaram à minha memória.

— Bem, vamos todos trabalhar duro para que esse avanço permaneça. Acho que vai conseguir com bastante facilidade. O traje do diamante é todo branco e prata, ficará muito belo em você também. Você vai ter que reservar algum tempo extra para a senhorita Garrison alterar suas roupas esta semana.

— Sem problemas — falei, ainda atordoada ao perceber como o meu plano tinha funcionado bem. — Me avisem quando precisarem de mim.

Cedric apareceu na entrada, seu choque anterior agora disfarçado por um sorriso jovial.

— Senhora Masterson, se importa se eu pedir Adelaide emprestada quando terminarem? Sei que essa mudança deve ser um pouco assustadora, então gostaria de oferecer-lhe algum encorajamento.

Ela sorriu.

— Sim, claro. Já terminamos.

O inverno continuava firme, mas o sol saíra o suficiente para tornar o dia agradável. Cedric sugeriu que caminhássemos para apreciar o clima, mas suspeitei que apenas queria garantir que não fôssemos ouvidos. Senti um pequeno alívio quando ele nos levou a um bosque de espinheiros, em vez da velha floresta onde havia realizado o ritual do solstício de inverno.

— O que você fez? Está completamente louca?

— *Salvei* você, foi o que fiz! — Eu esperava que ele ficasse surpresa, mas fiquei um pouco assustada com a sua veemência.

Ele passou a mão pelos cabelos, bagunçando-os onde estavam amarrados nas costas.

— Você não deveria atrair atenção. Eu te disse isso no primeiro dia! Você não ouviu a senhora Masterson? Ninguém faz isso. Ninguém tem uma mudança de pontuação significativa. Ninguém consegue uma pontuação perfeita! Ninguém.

— Eu...

— Você acha que todos vão ficar maravilhados com isso? — continuou, andando de um lado para o outro. — Você acha que eles vão apenas rir e balançar a cabeça? Alguém vai fazer perguntas! Alguém vai se perguntar como a criada da casa de uma condessa se comportou tão perfeitamente depois de meses de comportamento mediano! Alguém vai fazer a ligação de que talvez essa criada não seja realmente uma criada!

Caminhei até ele, as mãos nos quadris.

— E se fizerem? Melhor que eu seja pega como uma nobre fugitiva do que você seja expulso como um herege! Além disso, em algumas semanas, estaremos a caminho de Adoria. Nada disso vai importar.

— Não tenha tanta certeza — disse, de forma sombria. — Esse tipo de coisa pode segui-la em qualquer lugar.

— Qual a pior coisa que pode acontecer? Eles me levarem de volta para a minha avó? Prefiro isso a você na forca em Osfro!

— Você não acha que iriam me enforcar por sequestrar uma nobre do reino? —perguntou, inclinando-se para mim.

— Não. Eu me certificaria de que você fosse considerado inocente de qualquer envolvimento. Eu tomaria toda a culpa, mas isso não vai acontecer. Mesmo que alguém nos acompanhe até Adoria, eu me casarei antes que possam me reivindicar. E isso — acrescentei orgulhosamente — é o ponto principal. Essas pontuações são apenas o começo. Espere até eu estar lá. Vou deslumbrar todos eles. Haverá uma guerra de ofertas. Terei os homens comendo na minha mão.

— Não duvido disso — resmungou.

— Não zombe de mim — retornei. — Graças ao que fiz, você terá a maior comissão da temporada. Você pode até ficar com um pouco do meu dinheiro de reserva. Talvez não cubra todo o investimento de Westhaven, mas certamente facilitará as coisas se o plano da pintura não der certo.

Ele me olhou e declarou:

— Nada com você é fácil.

Fechei os punhos ao lado do corpo.

— As palavras que você está procurando são: "Obrigado por ter todo esse trabalho para me ajudar, Adelaide".

— O risco é muito grande. — Ele balançou a cabeça. — Você não deveria estar fazendo isso.

Enquanto eu falava, percebi que ele não estava se referindo ao risco para si mesmo. Cedric não estava realmente preocupado em ser envolvido no meu desaparecimento. O que ele queria mesmo evitar era que eu fosse exposta como uma fraude e que me levassem embora.

— Por que não deveria? Depois do que você fez por mim... Você me salvou, Cedric. Eu estava me afogando em Osfro, é claro que eu deveria fazer isso. E farei mais o que for necessário para mantê-lo vivo, mesmo que você não queira.

Ele estava me observando muito atentamente enquanto eu falava, como se não conseguisse acreditar em minhas palavras. Naquela última parte, seu rosto rompeu em um sorriso, finalmente aliviando a tensão.

— Mesmo que eu não queira?

— Bem, foi você quem escolheu complicar sua vida com heresia.

— Você não escolhe. É escolhido.

— Se você diz — falei. Mantive o desprezo na voz e o tom leve, mas por dentro eu estava aliviada por não estarmos mais brigando. — Como isso te escolheu de qualquer maneira? Não entenda errado o que irei dizer, mas... você realmente não parece o tipo de pessoa que pensaria muito sobre assuntos divinos.

Ele acenou para a casa, e eu acertei o passo com ele.

— Desde a infância, muitas coisas sobre o mundo me incomodavam. Meus pais são casados, mas poderiam muito bem não ser. Eles sempre viveram separados, e todos nós sempre tivemos que fingir que isso era normal. Reações emocionais a esse respeito não eram permitidas, ou, bem, a respeito de qualquer coisa. Era tudo dever e manter as aparências, assim como ensinam as igrejas tradicionais. Então, aprendi que os seis anjos rebeldes não são maus, eles apenas governam a emoção e o instinto, algo que os sacerdotes rígidos de Uros temem. Aprendi que não havia problema em abraçar esse meu lado emocional e aceitar a minha verdadeira natureza. Que estava tudo bem deixar minhas paixões assumirem o comando.

A ideia de Cedric e suas paixões o assumirem de forma selvagem foi suficiente para me fazer perder o controle sobre sua ardente explicação.

— E o resto da adoração dos alanzanos também fez sentido para mim — continuou. — Espiritualidade sem fronteiras. Todas as vozes ouvidas. Reverência ao mundo natural. Não precisamos assistir a serviços luxuosos pagos com taxas de oração e dízimos maciços... enquanto existem pessoas que moram na rua e outras morrendo de fome fora das catedrais. Não é justo que um grupo tenha tanta riqueza e outro não tenha quase nada para sobreviver.

— Vi suas escolhas de guarda-roupa. Você não é um devoto. E ironicamente está aqui, fazendo negócios com homens que são muito ricos no Novo Mundo.

— Mas há uma diferença entre construir a riqueza através de um negócio honesto e construí-la tirando-a daqueles que procuram por você em busca de esperança e orientação espiritual. Você não vê, Adelaide, que os padres ortodoxos estão pregando boa vontade para com todos os homens, mas estão na verdade acumulando...

— Não. — Levantei a mão. — Pare agora. Posso ver onde está querendo chegar com isso. Vou manter seus segredos, mas não tente me converter ao seu ritual pagão.

Ele riu.

— Não sonharia com isso. Mas é bom saber que você pensou nisso.

A casa se aproximava cada vez mais, e a leveza momentânea desapareceu.

— Eu realmente sinto muito se tornei as coisas mais complicadas — falei suavemente.

— Isso já era complicado. Tenha cuidado... ninguém estará seguro até que você tenha a aliança de um adoriano rico em seu dedo.

— Vai ser de diamante — disse a ele, ganhando um sorriso de volta.

Por dentro, fiquei aliviada ao ver que a maioria das outras garotas havia se recolhido aos aposentos ou estava ocupada em outras tarefas, me deixando livre de uma enxurrada de perguntas. Ou foi o que pensei...

Quando cheguei ao meu quarto, encontrei Tamsin e Mira. Estava claro que elas estavam esperando por mim. Tamsin se levantou.

— O que você fez? — ela gritou, do mesmo modo que Cedric.

— Não sei ao certo o que você quer dizer.

— Vai pro inferno! Até parece que não sabe! — Era um lapso do seu dialeto anterior que escandalizaria a senhora Masterson. — Isso tudo foi algum tipo de piada? Sendo desleixada o tempo todo para no final esmagar todo mundo?

Lembrei-me das acusações de Cedric quando cheguei a Blue Spring, de que eu estava personificando Ada como uma piada. Era assim que minhas ações seriam sempre percebidas pelas pessoas? Eu nunca seria levada a sério?

— Como você fez isso? — continuou Tamsin. — Como você tirou notas perfeitas em tudo?

— Aprendi muito quando trabalhei na casa da minha lady. Eu ficava perto da nobreza o tempo todo, e acho que acabei seguindo seus modos. Você sabe disso.

Tamsin não estava acreditando.

— Ah, é? E onde estavam esses modos nos últimos nove meses? Você errava as coisas continuamente, mas nem sempre as mesmas coisas! Ficou alternando, agindo perfeitamente em algumas coisas e depois falhando nas mais básicas. Que tipo de jogo é esse?

— Não é um jogo — respondi. — Meu nervosismo me prejudicou. As coisas finalmente deram certo durante os novos exames.

— Impossível — ela declarou. — Não entendo como ou por que você fez isso, mas sei que algo está acontecendo. E se você acha que pode arruinar minha vida e...

— Ah, espere — interrompi. — Sua vida está longe de ser arruinada.

A fúria encheu suas feições.

— Isso não é verdade. Eu tinha conseguido. Estava entre as três melhores, e aí você veio e tirou isso de mim. Você sabia como isso era importante, mas ainda assim seguiu em frente e destruiu tudo pelo que me esforcei.

Gesticulei freneticamente.

— Tamsin, chega! Acompanhei seus dramas por nove meses, mas isso está indo longe demais. Exatamente em que a sua vida foi destruída? Você pode conversar sobre política atual, comer uma refeição de sete pratos e tocar piano! Talvez você perca algumas festas, mas ainda vai se casar com algum homem rico e cheio de prestígio no Novo Mundo. Você percorreu um longo caminho por ser a filha de uma lavadeira e, se fosse minha amiga, ficaria feliz com o quanto eu também percorri.

— Essa é a questão — disse ela. — Não posso dizer o quanto você percorreu. Vivi com você todos esses meses, mas não sei nada a seu respeito. A única coisa de que tenho certeza é que você está mentindo para todas nós, e esse "triunfo" só prova isso!

As emoções se confundiam no meu peito. Raiva. Tristeza. Frustração. Eu odiava mentiras e subterfúgios. Queria contar a Tamsin e Mira sobre tudo. Meu título. Lionel. Ada. Cedric. Westhaven. Esses segredos queimavam dentro de mim, querendo – não, precisando – sair. Mas eu não podia permitir que escapassem. As consequências seriam enormes, e por isso tive de enterrá-los de novo e deixar aquele terrível ressentimento pairar no ar.

— Tamsin — disse Mira, finalmente. — Isso não é justo. O que há de errado com ela querer ir bem? É o que todas nós queremos. E ela disse a você, o nervosismo sempre leva a melhor...

— Essa é a maior mentira de todas. Ela tem sido destemida desde o primeiro dia, batendo de frente com a Clara e saindo sozinha à noite para buscar azevinho. As brincadeiras, o ar despreocupado... tudo foi um disfarce. — Ela apontou um dedo acusatório para mim. — O nervosismo não é o seu problema. Eu me recuso a ser sugada em sua teia de mentiras, e nunca mais quero ter nada a ver com você.

Essa declaração fez com que Mira agisse de forma diplomática.

— Isso não é um pouco extremo? Você está sendo irracional.

— *E* está agindo como criança — adicionei.

O estresse dos acontecimentos estava me atingindo. Entre o anúncio chocante, Cedric e agora isso, eu estava tendo dificuldade em permanecer calma.

Tamsin virou-se para Mira, me ignorando.

— Estou me recusando a deixá-la me manipular como tem feito com todos os outros. E se sabe o que é bom para você, fará o mesmo.

— Tamsin — implorou Mira. — Por favor, pare e converse sobre isso.

— Não. — Tamsin se aproximou da porta e fez uma pausa para me observar com um olhar pétreo. — Nunca mais vou falar com você.

Meu controle acabou.

— Será bem fácil, já que estaremos em diferentes círculos sociais em Adoria.

Tamsin sentiu aquilo como um golpe, mas se manteve firme em sua ameaça. Ela não falou mais nada, e a única resposta que recebi foi a porta se fechando, com minha primeira amiga de verdade indo embora para longe.

10

Honestamente, não acreditei nela. Depois de meses de emoções e muito drama, imaginei que Tamsin se acalmaria e o problema se resolveria. Mas isso nunca aconteceu.

As semanas seguintes foram um turbilhão de atividades. Os ajustes das roupas continuaram a um ritmo acelerado, com as costureiras trabalhando contra o relógio para terminar os nossos enxovais. Era uma tarefa difícil para a nossa casa, e eu sabia que também estavam muito ocupadas nas outras mansões. O tecido verde de Tamsin finalmente chegara, e eu a vi de relance em uma de suas provas de roupa: ela estava deslumbrante, e eu lhe disse isso, mas ela agiu como se não tivesse me ouvido.

Minhas roupas eram igualmente bonitas. Havia adorado o traje roxo, mas o novo conjunto superou até mesmo aquele. Alguns dos vestidos, sobretudo os diurnos, eram do mais puro branco, feitos de tecidos delicados que rivalizavam com aqueles que eu usara na minha vida anterior. Os vestidos noturnos e de baile eram peças radiantes de veludo e cetim, confeccionadas em prata brilhante e adornadas com joias e rendas metálicas.

Levaria certo tempo para me acostumar ao estilo adoriano. Embora as saias longas fossem cheias e em camadas, com anáguas como as nossas, não havia crinolinas extras para cobrir os quadris. Isso não me importava tanto, pois aquilo tornava os vestidos infinitamente mais maleáveis. As mangas adorianas chegavam quase até o cotovelo, com aplicações de renda ou outras decorações nos punhos, em vez de uma camisa se revelando através dos cortes nos braços. No entanto, foram os corpetes que mais me preocuparam. O corte era significativamente menor do que os osfridianos, com um decote profundo que poderia revelar muito se combinado com um espartilho especialmente ousado.

— É assim que elas usam — disse a senhorita Garrison quando comentei a respeito. — É um Novo Mundo, um mundo mais ousado, eles dizem. As pessoas de lá estão tentando não se prender aos nossos modos "conservadores". — Seu tom sugeria que ela não aprovava aquilo, mesmo que criar tais peças fizesse parte do seu trabalho. — Bem, pelo menos é assim em Cape Triumph, que é para onde você vai. Mas nas colônias do norte? Onde moram aqueles loucos herdeiros de Uros? Ouvi dizer que é outra história.

Concordei educadamente, mais preocupada com meu decote do que com um grupo conservador de devotos de Uros. Honestamente, com a ameaça pairando sobre Cedric por causa de sua fé alanzana, sinto que a minha vida seria muito mais simples se eu evitasse qualquer tipo de religião.

Se não fosse pela briga com Tamsin, toda essa preparação poderia ter sido um momento agradável.

— Ela vai voltar atrás — disse Mira. — Sei que vai. — Ela ainda estava agindo diplomaticamente, conversando insistentemente com nós duas na esperança de consertar a situação.

— Será? — perguntei. — Ela deu qualquer sinal disso?

Mira fez uma careta.

— Não. Mas isso não pode continuar, nem mesmo para ela. Quem sabe quando chegarmos lá, ela veja os pretendentes e deixe essas coisas de lado.

— Talvez — concordei.

Meu avanço inesperado ainda era assunto de muita especulação na casa, embora ninguém chegasse perto de adivinhar a verdade. Eu sabia que Mira estava entre aquelas que se perguntavam, mas ela era amiga o bastante para não me pressionar. Parecia que carregava seus próprios segredos e sabia respeitar os dos outros.

O golpe final na disputa com Tamsin veio no dia em que zarpamos. Havíamos viajado para a cidade portuária de Culver, no oeste de Osfrid, onde os dois navios comissionados de Jasper esperavam. Era um dia frio e agitado e, quando nos aconchegamos perto das docas, ouvi alguns marinheiros resmungando sobre a travessia no inverno. A senhora Masterson também mencionou isso a Jasper, e ele deu de ombros, dizendo que estávamos perto o suficiente da primavera para estarmos livres das tempestades. Se ele conseguisse se antecipar aos outros comerciantes, chegando na primavera, poderia obter um lucro maior para o resto dos bens que estava transportando.

A senhora Masterson e as demais preceptoras vieram conosco, embora nem todas fossem a Adoria.

— Vocês estarão nas mãos capazes da senhora Culpepper quando chegarem — disse a senhora Masterson. O vento frio do mar soprava ao nosso redor, e eu puxei meu manto para mais perto. — Ela comanda as coisas do lado adoriano e vai cuidar de vocês. — Apesar das palavras confiantes, eu podia ver sua preocupação. Ela nos instruía com um semblante empertigado – e muitas vezes rigoroso – mas a gentileza em seus traços agora mostrava seu afeto oculto.

— Ouçam o que será dito lá e lembrem-se do que aprenderam aqui — aconselhou a mentora de Swan Ridge.

— E não falem com os marinheiros — disse outra. — Tenham cuidado e sempre saiam em grupo quando deixarem seus aposentos.

Ela não precisava nos dizer isso. Os marinheiros que carregavam nossos pertences e a carga de Jasper eram um bando corpulento e rústico. Evitei o contato visual quando eles passaram por nós com as cargas. Entendi que haviam sido fortemente alertados contra a socialização conosco, mas não deixaria de ser cuidadosa. O olhar de Jasper estava sobre eles enquanto os direcionava aos navios que levariam os bens. Entre nós e seu ofício, ele achava que obteria um bom lucro com essa viagem. Era uma pena que não pudesse usar esse dinheiro para ajudar seu filho. Mas, pelo que eu havia observado, Cedric tinha razão em supor que o pai não endossaria crenças religiosas alternativas.

O próprio Cedric, obviamente atrasado, apareceu perto da hora do embarque. Àquela altura as mercadorias já estavam a bordo, e chegara a nossa vez. Jasper leu nossos nomes, indicando em qual navio iríamos. Nossa mansão viajaria no *Good Hope*, então foi um choque quando ouvi o nome de Tamsin lido para *Gray Gull*.

Até mesmo Mira ficou surpresa. Como eu, ela não acreditava que Tamsin levaria realmente nossa briga ao extremo.

— Tamsin... — disse, incrédula, observando enquanto nossa amiga passava por nós.

Mas Tamsin não olhou para trás, e sua única pausa foi para entregar uma pilha de cartas para a senhora Masterson e dizer:

— Obrigada por cuidar disso. — Tamsin seguiu em frente, e meu coração afundou quando ela embarcou no outro navio. Eu havia escolhido os interesses de Cedric sobre os dela e, às vezes – particularmente quando acordava no meio da noite – me perguntava se tinha feito a escolha certa.

— Ela vai voltar atrás — reiterou Mira enquanto caminhávamos até a doca, mas não parecia tão confiante quanto de costume. — *Tem* que voltar. Esta jornada lhe dará muito tempo para pensar.

Como era de se esperar, nossa cabine no *Good Hope* era pequena, com seis beliches estreitos. Mira e eu estávamos com três garotas de Blue Spring e outra chamada Martha, de Swan Ridge Manor. Era com ela que Tamsin havia trocado. Nosso quarto ficava próximo ao das demais garotas da Corte de Luz, bem como da senhorita Bradley, a mentora de *Dunford Manor*. Ela se encontrou conosco na pequena sala comum que usaríamos para as refeições, reiterando muito do que tínhamos ouvido nas docas sobre onde poderíamos ir e o que poderíamos fazer. As opções eram limitadas, e passar dois meses naqueles quartos apertados parecia um tempo muito longo.

Quando finalmente começamos a navegar, fomos observar a partida do alto do convés. Meu coração martelou no peito enquanto observava as filas se alinhando e os marinheiros trabalhando. Fiz muitas coisas como condessa de Rothford, mas nunca uma viagem daquela magnitude. Estive em um navio para Lorandy uma vez, quando criança, mas as recordações eram poucas; além disso, a viagem havia levado apenas um dia, através do estreito canal que separava Osfrid do seu vizinho continental. Ao nosso lado, o *Gray Gull* também estava zarpando, e eu podia distinguir os brilhantes cabelos de Tamsin entre as garotas.

— Você veio de Sirminica de navio? — perguntei a Mira, percebendo de repente que nunca havia feito esse questionamento a ela. Seus olhos estavam na costa de Osfrid, e eu me perguntava se ela se arrependia de ter deixado o país em que se refugiara.

— Em parte. É caro fazer toda a viagem de navio, e a maioria de nós, fugindo da guerra, não podia pagar. O grupo com que viajei fez uma trecho do trajeto por terra e depois pegou um navio de Belsia. — Sorriu, atingida por uma lembrança. — Se você acha que a nossa cabine é pequena, deveria ter visto aquele navio belsiano. Não possuíamos sequer uma cama, ficamos no porão de carga. Felizmente, a viagem durou apenas alguns dias.

Apertei seu braço, percebendo que nunca havia compreendido completamente tudo que ela havia passado.

— Deve ter sido horrível.

Ela encolheu os ombros.

— Foi o que tinha que ser. É passado.

— E você está a caminho de coisas melhores agora — disse Cedric, caminhando para o nosso lado.

Suas mãos estavam nos bolsos do casaco escarlate, lembrando-me da noite em que o encontrei no ritual alanzano. Nessa roupa, ele parecia um bom comerciante ou um estudante, mas o vento causando estragos em seu cabelo lhe conferia um aspecto indomável, o que me recordava seu discurso sobre deixar suas paixões o assumirem de forma selvagem. Estremeci.

— Espero que sim — disse Mira. — Que tipo de quarto você tem?

— Imagino que você esteja em uma cabine de luxo — brinquei.

— Isso é o meu pai. Eu estou em uma cabine como a sua, com outros passageiros. — Ele acenou com a cabeça para um grupo de homens do outro lado do convés, suas roupas e modos exibindo uma grande variedade de origens.

— Quem são eles? — perguntei, curiosa para saber quem mais estava indo para o Novo Mundo. Um homem, com o cabelo preto balançando ao vento, estava me observando. Se ele estivesse barbeado e vestido com roupas que não estivessem amassadas, poderia parecer atraente. Quando ele viu que eu o havia notado, acenou de forma cortês e desviou o olhar.

— Principalmente comerciantes. Alguns aventureiros. Aqueles com quem estou compartilhando a cabine são bastante agradáveis – terrivelmente curiosos sobre vocês, garotas, como se poderia imaginar.

— Algum pretendente em potencial? — perguntei. — Deveria estar usando meu charme?

— Não sabia que havia deixado de usá-lo. — Cedric observou os homens por alguns momentos e balançou a cabeça. — Bem, não acho que eles sejam tão bem-sucedidos ainda. Nenhum deles poderia pagar por qualquer uma de vocês.

Algumas garotas que estavam por perto ouviram nossa conversa e olharam de forma especulativa para o grupo de homens. Talvez eles não fossem bem-sucedidos, mas alguns pareciam estar se dando bem na vida. Eu podia adivinhar os pensamentos das minhas colegas. Para a maioria delas, que era de origem pobre, qualquer um daqueles cavalheiros seria um grande progresso no mundo. O que as aguardava, então, se os homens em Adoria superavam aqueles?

Depois que a emoção de nossa partida se desfez, a maioria das garotas se retirou para seus quartos. Não muito tempo depois, algumas retornaram para o convés, com enjoo. Eu me sentia um pouco enjoada de vez em quando, mas logo me recuperei. Mira não sentiu nada em nenhum momento.

A senhorita Bradley preferiu ficar no andar de baixo, mas não desencorajou nossos passeios, contanto que os fizéssemos em grupos. Sua maior preocupação parecia ser que aplicássemos hidratantes no rosto diariamente para que a água salgada não enrugasse nossa pele antes de chegarmos a Adoria. Mira estava particularmente inquieta, porque odiava ficar presa. Eu a acompanhava sempre que podia, embora soubesse que ela se esgueirava sozinha às vezes.

— O que você acha que a Tamsin está fazendo? — perguntei. Estávamos na balaustrada, observando o *Gray Gull*. Ele nunca ficou fora do nosso campo de visão, e eu apertei os olhos, esperando conseguir ver o cabelo vermelho.

— Fazendo planos — disse Mira. — Avaliando as outras garotas e descobrindo como ser melhor do que elas.

Sorri diante do pensamento, sabendo que ela estava certa.

— As rivais dela estão lá, não é? As garotas que a superaram?

Mira assentiu.

— Talvez tudo isso tenha sido um artifício para que ela pudesse espiar a competição.

— Gostaria que fosse. — Meu peito sempre doía quando observava o outro navio. Era surpreendente o quanto sentia falta da ambição de Tamsin, e o nosso rompimento parecia ofuscar qualquer prazer que eu pudesse ter na viagem.

Mira, corajosa como sempre, caminhou até a grade e olhou para a água. Isso me fez tremer, eu tinha um medo constante de ser puxada para fora. Desviando o olhar para outro ponto, estudei os limites distantes do mar azul-acinzentado. Não diferente dos olhos de Cedric, eu supunha.

— Tão lindo... — murmurei.

— Sua primeira viagem?

Virei e vi o homem que estava me observando naquele primeiro dia, aquele que precisava se barbear ou apenas deixar crescer uma barba adequada. Na verdade, quanto mais eu o estudava, mais eu desejava... bem, arrumá-lo. Sua roupa amarrotada era bastante respeitável, mas, como Cedric havia apontado, dificilmente da classe de alguém que poderia nos pagar.

— Desculpe-me — disse ele sorrindo. — Não devemos nos falar sem uma apresentação formal, certo?

— Bem, este não é um cenário muito formal — falei, enquanto Mira se colocava ao meu lado novamente. — Sou Adelaide Bailey, e esta é Mira Viana.

— Grant Elliott — respondeu ele. — Eu tiraria meu chapéu se tivesse, mas aprendi, há muito tempo, que não vale a pena usar um neste vento.

— Já esteve em Adoria antes? — perguntou Mira.

— Ano passado. Eu tenho uma participação em um estabelecimento que encontra pessoas para exploração e sobrevivência em regiões selvagens. Meu parceiro cuidou dele durante o inverno, e agora estou voltando.

Os olhos de Mira se iluminaram:

— Já explorou muito, senhor Elliott?

— Aqui e ali — respondeu, virando-se e se concentrando em mim. — Nada que vocês possam achar interessante. Agora, me ajudem a entender como sua organização funciona. Vocês estão classificadas por pedras preciosas, certo? E você é a primeira?

— O diamante — afirmei. — E Mira é uma granada.

— Então, isso significa que você vai ter que comparecer a todos os tipos de...

— Aí estão vocês. — Cedric caminhou até nós, sorrindo quando viu Grant. — Parece que vocês três já se conheceram. O senhor Elliott é um dos homens que compartilha a cabine comigo. Adelaide, preciso de você por um momento. — Ele acenou com a cabeça para outro grupo das nossas garotas a uma curta distância. — Mira, você pode descer com elas quando se forem? Acho que irão em breve.

— Claro — respondeu Mira. — E talvez o senhor Elliott possa me contar mais sobre seus negócios.

Grant balançou a cabeça.

— Eu adoraria, mas acabei de me lembrar de algo que preciso acompanhar.

Ele se afastou, e Mira perambulou até as outras garotas. Cedric me chamou para segui-lo, e eu esperava que nós simplesmente encontrássemos alguma parte privada do convés para conversar. Em vez disso, ele foi para a parte de baixo, me guiando através das passagens internas estreitas até chegar a um porão de carga repleto de caixas até o teto.

— O que estamos fazendo aqui? — perguntei enquanto ele fechava a porta atrás de nós.

Ele acenou para a frente, passando por várias fileiras de caixas, e depois fez um gesto grandioso.

— Seu estúdio de arte, madame.

Olhei para um espaço estreito, protegido por uma grande pilha de caixas, e encontrei uma tela e algumas tintas.

— Eu os contrabandeei e esperei até que pudesse encontrar um lugar raramente visitado — explicou, claramente orgulhoso da sua sagacidade.

Ajoelhei-me para olhar as tintas, espalhando a saia ao meu redor.

Examinei os potes um por um.

— Óleos.

— Isso faz diferença? — perguntou.

— Influencia no que posso fazer. Não posso reproduzir um Florencio. Seu estilo é diferente.

O orgulho anterior de Cedric vacilou.

— Não sabia. Você vai conseguir fazer *alguma coisa*?

— Claro. — Percorri uma lista mental de trabalhos de vários artistas que havia visto, incluindo os tipos de pigmentos e telas usadas. Eu tinha boa memória para detalhes. A questão seria escolher qual estilo estava dentro do meu conjunto de habilidades. — Thodoros — falei. — Um pintor myrikosi. Posso fazer um dos dele. Grande parte do seu comércio passa por Sirminica, e, com todo o caos lá agora, uma pintura sendo contrabandeada não seria tão extraordinário.

— Você pode fazê-lo em pouco menos de dois meses?

Hesitei.

— Suponho que sim... especialmente se eu conseguir algumas horas por dia.

— Vou me certificar disso — respondeu com firmeza. — Vamos fazer isso acontecer.

Ao vê-lo parado e me observando com expectativa, indaguei:

— O que, agora?

— Por que não? Estamos com pouco tempo.

— Não posso simplesmente começar um grande trabalho. Especialmente com você me encarando o tempo todo.

Ele se afastou, mas não muito.

— Bem, não posso te deixar. Preciso estar por perto caso alguém entre.

— Se alguém vier, não vai nos salvar de sermos pegos falsificando obras de arte — ironizei.

— Vai te salvar de algum marinheiro errante. Há mais alguma coisa de que você precise?

— Mais espaço. Mais tempo. Um navio que não esteja constantemente balançando. E talvez algo para comer que não seja seco e em conserva. Eu mataria por um bolo de mel. — Vendo seu olhar exasperado, falei: — Ei, eu estou tentando reproduzir um dos maiores artistas que existem. Quero ajudá-lo, mas preciso pensar.

Depois de refletir sobre as obras de Thodoros durante quase uma hora, finalmente decidi desenhar com carvão na tela e comecei a planejar a cena. Thodoros era famoso por uma série de quatro pinturas chamadas *A lady da fonte*. Cada uma tinha um número, eram de diferentes ângulos e poses de uma jovem mulher que estava perto de uma fonte, e tinha sido reproduzida em momentos diversos. Ocasionalmente, outra pessoa era incluída – um homem, uma criança. Esperava que fazer um quinto, recém-descoberto, fosse algo viável.

Meus traços foram hesitantes no início. O cenário bizarro não ajudava, tampouco o balanço constante do navio. Finalmente, decidi que uma visão da mulher de costas seria mais fácil, e precisava me lembrar da posição exata da fonte e do número de árvores ao redor dela. Com o passar do tempo, fiquei mais confiante e feliz em me perder no trabalho. Ele desviava minha mente da decepção em que eu estava imersa e daquela dor constante pela ausência de Tamsin.

Esqueci que Cedric estava lá e pulei de susto quando ele falou:

— Adelaide, temos que ir.

— Temos? Não terminei o esboço.

— Já ficamos mais do que deveríamos. É quase hora do jantar, e espero que a senhorita Bradley não esteja procurando por você.

Entreguei o carvão de forma relutante e observei como Cedric escondia tudo.

— Tenha cuidado — avisei. — Não rasgue a tela.

— Talvez isso apenas adicione autenticidade ao seu contrabando em condições perigosas.

— Talvez — falei, esticando meus músculos tensos. — Mas uma pintura intacta vai garantir um preço melhor para um pobre pagão sem dinheiro. Um comprador não questionará o milagre de ter algo em perfeito estado pendurado em sua casa.

— Bem, este pobre pagão sem dinheiro está grato por isso.

Deixamos o porão de carga, mas paramos novamente no corredor estreito, pouco antes de chegarmos ao conjunto de quartos da Corte de Luz. Ele baixou a voz.

— Onde você *aprendeu* a fazer isso? A pintura? Muita gente sabe pintar, mas não são muitos que podem fazer esse tipo de imitação.

Outra questão importante.

— Meu pai — falei, depois de um longo momento. — Era uma brincadeira nossa. Para testar minha memória.

Ele rapidamente notou minha mudança.

— Sinto muito, não queria tocar em um assunto delicado. Mas ele deve ter sido fantástico por depositar esse tipo de fé em você. Pelo que já vi, a maioria dos nobres só se preocupa em educar suas filhas e em casá-las bem.

— Ele estava interessado nessas coisas também. Mas não acho que o que estou prestes a fazer seria exatamente o casamento que ele tinha em mente. Você sabe sobre Rupert, o primeiro conde de Rothford?

— Claro. Todos os osfridianos sabem sobre ele. — Cedric me lançou um olhar significativo. — E sei quem são seus descendentes diretos.

— Durante toda a minha vida, sofri constantemente a imposição da importância disso. A responsabilidade desse título. — Me inclinei contra a parede de madeira rústica, pensando em minha avó. — Às vezes, me pergunto se não estou manchando essa herança. Eu não sei.

A expressão de Cedric suavizou.

— Bom, eu sei duas coisas. Você é uma condessa, o que significa que ele foi um dos raros progenitores a deixar seu título ser passado para uma descendente. A maioria não faz isso, ou seja, ele não era alguém que acreditava na obediência a regras arcaicas. Você deveria se orgulhar disso.

— Você não precisa me apresentar ao meu próprio antepassado. Qual é a outra coisa que você, supostamente, sabe?

— Não há "supostamente" nisso. Rupert deixou uma vida confortável no continente para navegar rumo ao oeste, uma terra selvagem que ele pouco conhecia. E ele não o fez porque era a escolha segura ou fácil. Fez porque era a escolha *certa*, porque sabia, dentro de si, que ficar na velha terra o estava consumindo enquanto ele precisava conquistar coisas maiores. Rupert não manchou sua herança. Ele foi corajoso e audaz. — Cedric olhou para mim significativamente. — Parece com alguém que conhecemos?

— Está falando de si mesmo?

Comecei a me virar antes que ele pudesse ver meu sorriso, mas ele segurou minha mão e me puxou de volta. Quando o olhei, senti minha alegria desaparecer. Havia algo desconcertante e sério em seu rosto. O *hall*, de repente, parecia muito pequeno e o espaço entre nós, ainda menor.

— Nunca subestime seu próprio valor — disse. — Eu, certamente, nunca subestimei.

Queria que ele sorrisse de novo ou fizesse uma piada e, quando isso não aconteceu, me afastei.

— Tenho que ir. Vejo você mais tarde. — Corri para o meu quarto, com medo do que veria se olhasse para trás.

11

Cedric estava nervoso naqueles primeiros dias. Ele esperava que eu pintasse a tela e começasse a criar pessoas e cenários instantaneamente. Essas coisas viriam, mas primeiro eu tinha que fazer o trabalho de base. Esbocei e usei as cores básicas e, pouco a pouco, o trabalho começou a ganhar vida. Cada vez que eu terminava uma sessão, sentia como se não tivesse tempo suficiente. Os minutos passavam, e eu sentia uma pontada de preocupação de que não seria capaz de terminar antes do fim da nossa viagem.

No entanto, fora do meu estúdio de arte improvisado, meu tempo de pintura era visivelmente longo.

— Aí está você — exclamou a senhorita Bradley uma noite. Eu não havia podido deixar o porão de cargas até conseguir arrumar algumas tintas da maneira adequada, e acabei me atrasando para o jantar na nossa área comum. Todas as outras garotas estavam sentadas, os olhos fixos em mim enquanto eu parava na porta. Em uma longa viagem como aquela, alguém ficar em apuros era um grande entretenimento.

— Sinto muito, senhora. — Apertei as mãos na frente do corpo e tentei parecer arrependida. — Eu estava dando uma caminhada no convés e, quando comecei a voltar, havia um grupo de marinheiros na escada fazendo algum tipo de reparo. Eu não queria ter que passar tão perto deles, então esperei, discretamente, até que terminassem. Achei que era a coisa certa a se fazer.

A mentora contestou.

— A coisa certa era não ter ido sozinha para o convés. — Pelo menos, eu não estava sozinha naquele delito. Algumas outras garotas com claustrofobia haviam sido punidas repetidas vezes também.

— Sinto muito — falei novamente. — Só precisava de ar. Às vezes, sinto náuseas aqui.

Ela me observou por mais um momento e então acenou com a cabeça para que eu me sentasse.

— Muito bem, mas não deixe que isso aconteça de novo. E minha advertência vale para todas vocês.

Todas concordaram humildemente, sabendo muito bem que isso provavelmente aconteceria outras vezes. Soltei um suspiro de alívio e me acomodei ao lado de Mira. Desde que o negócio com Cedric começou, eu não conseguia passar muito tempo com ela. No começo, ela comentou e tentou me incluir em passeios, mas acabou desistindo. Agora, quando eu não estava pintando, às vezes a encontrava sozinha em nosso quarto, relendo suas histórias de aventuras sirminicanas. Em outros momentos, não conseguia sequer vê-la.

— Outra refeição decadente — disse, me entregando um cesto de bolachas.

Peguei um dos biscoitos duros com uma careta e acrescentei o repolho em conserva que estava em uma travessa. Nossas aulas de jantares refinados e etiqueta não eram muito úteis enquanto sobrevivíamos com a alimentação daquele navio simples. A comida em si não me incomodava tanto quanto comer a mesma coisa todos os dias.

Levei a bolacha à boca quando Clara disse, de repente:

— Não está chovendo lá em cima? Por que você não está molhada, Adelaide?

Congelei quando, mais uma vez, todos os olhos se viraram em minha direção.

— Eu... fiquei embaixo da cobertura — disse, por fim. — Sabia que a senhorita Bradley não iria gostar que arruinássemos nossas roupas, ou mesmo nossos cabelos. Ainda que não estejamos em Adoria, devemos manter certos padrões. — Mais segura, sorri com doçura para Clara. — Posso compreender por que você não pensou nisso em uma viagem como esta. Mas como o diamante da nossa corte, acho que é algo com que devo me preocupar constantemente.

— Excelente ponto — elogiou a senhorita Bradley. — Só porque estamos em condições difíceis, não significa que devemos ser menos diligentes com nossos modos e aparência. Vocês precisarão estar em sua melhor forma no instante em que chegarmos a Adoria. Assim que a notícia da chegada do nosso navio se espalhar, haverá pretendentes nas docas para vê-las desembarcar e avaliar o grupo deste ano.

Aquelas palavras nos surpreenderam por um momento. Nada daquilo havia sido comentado antes, mas não deveria ter me surpreendido. Tudo o que havíamos feito fora analisado em Blue Spring Manor, e estávamos conscientes de que continuaríamos a ser observadas no Novo Mundo. Logo, por que não desde o primeiro momento em que pisaríamos na costa?

— Avaliadas como gado. — Mira baixou o tom de voz, mas a senhorita Bradley a ouviu.

— Existem moças que adorariam ter a oportunidade de se vestir e de "ser avaliadas". Elas estão implorando nas ruas de Osfrid — disse ela bruscamente. — Tenho certeza de que se você quiser se juntar a elas, os arranjos podem ser feitos para que retorne com os Thorns para Osfrid no fim do verão. — Embora a maioria da nossa mansão agora aceitasse Mira, era óbvio que a senhorita Bradley não havia se conformado em ter uma sirminicana em nossa corte.

— Claro que não, senhora — disse Mira. — Me perdoe. — Seu tom era tão apologético quanto o meu e, assim como eu, também não estava sendo sincera.

— Acredito que se Mira tivesse outra opção, não se casaria — falei a Cedric em nosso caminho para o porão de cargas, um dia. Longas semanas haviam se passado, e surpreendentemente, a viagem estava chegando ao fim. — Às vezes, sinto que ela está aqui porque não tem nada melhor para fazer.

Ele colocou a mão nas minhas costas para me guiar ao redor de uma pilha de redes que ocupava parte do salão. Desde que o projeto começara, havíamos nos tornado incrivelmente casuais um com o outro.

— Comparado com Sirminica, isto é provavelmente melhor — disse.

— Acredito que sim. Mas gostaria que ela estivesse mais aberta ao que o futuro lhe reserva. De qualquer forma, esta viagem termina com nossos casamentos em Adoria. Ela ficaria mais feliz se estivesse animada com isso, assim como o resto de nós.

Quando nos aproximamos do porão, vimos o capitão e um de seus homens correndo. Nos afastamos, deixando que passassem. Quando o fizeram, ouvi o marinheiro dizer:

— Não há problema, capitão. Dou conta disso.

— Tenho certeza de que sim — veio a resposta brusca. — Mas não gosto de como isso está acontecendo. Chegou muito rápido. Vou nos guiar pela próxima hora e depois não interfiro mais.

Uma vez que eles se afastaram de nós, Cedric parou.

— Ouviu isso? — ele perguntou.

— Qual parte exatamente?

— A parte sobre o capitão assumir o leme.

— E?

O rosto de Cedric estava muito animado.

— *E* isso significa que ele ficará fora da sua cabine por um tempo. Gostaria de acrescentar outro crime à nossa lista crescente de delitos?

Eu o olhei com cautela.

— Do que você está falando?

— Vamos. — Ele entrelaçou o braço ao meu e nos guiou em uma direção diferente do porão de carga. Logo, entramos na parte do navio usada principalmente pela tripulação. Isso me deixou desconfortável, mas Cedric caminhava com confiança. Parecia fazer com que os membros da tripulação assumissem que deveríamos estar lá e, de toda forma, a maioria deles estava apressada e preocupada com alguma coisa.

Chegamos a uma porta ornamentada que marcava a cabine do capitão. Depois de uma olhada furtiva ao redor, Cedric abriu e me fez entrar rapidamente.

— Estou surpresa por estar destrancada — falei.

— Geralmente, ele só tranca quando vai dormir. Durante o dia, a maioria da tripulação não teria coragem de entrar.

— E nós temos? — Mesmo assim, não pude deixar de ficar fascinada com o que estava vendo. A cabine do capitão era uma combinação de escritório e quarto e tinha duas vezes o tamanho do meu quarto em Blue Spring Manor. Uma mesa decorada atraía atenção imediata para o centro da sala, bem como a janela atrás dela. Eu não podia sequer acreditar que havia uma *janela* ali. O céu cinzento e um mar ainda mais acinzentado apareciam através dela. Um tecido bordado pendia de uma cama do outro lado do cômodo, e mais móveis elegantes também aqueciam o espaço: candelabros, livros de couro e muito mais. Era incrível acreditar que tal quarto existisse enquanto os outros viajavam espremidos em aposentos tão humildes.

Outra onda nos tirou o equilíbrio, e Cedric pôs a mão na mesa para se manter firme.

— Sei que você disse uma vez que eu poderia vender a salvação a um padre... mas há algumas coisas que nem mesmo eu posso conseguir barganhar com um capitão. Assim... podemos apenas... bem, pegá-las.

— Agora nós roubamos? — perguntei.

— Ele não vai sentir falta. Você vai entender logo. — Cedric caminhou até uma parede coberta de prateleiras, dirigindo seu olhar para um armário fechado até o teto. Ele olhou ao redor, a expressão se tornando perplexa. — Precisamos chegar até lá... mas a escada sumiu. Havia uma pequena aqui na última vez que meu pai e eu jantamos com ele.

Caminhei até a cadeira da escrivaninha, mas ela estava presa. Talvez eu devesse ter visto aquilo como um sinal de que precisávamos ir embora, mas estava muito intrigada. Precisava saber o que o faria roubar. Sem enxergar outras opções, voltei para o lado de Cedric.

— Está bem então. Me levante.

— Espere, o quê?

— Eu posso escalar aquelas prateleiras e usá-las como apoio. Só preciso que você me levante. A menos que tenha mudado de ideia.

— Bem, não... — A sugestão chocante pareceu paralisá-lo. — Mas você pode subir de vestido?

— Não seria a primeira vez — falei, pensando em minha infância, quando costumava ser repreendida por subir nas árvores da fazenda. — Eu poderia tirá-lo, mas você teria que lidar com o choque de me ver seminua de novo.

— Ainda estou me recuperando da primeira vez — disse, ironicamente. Ele ficou junto às prateleiras. — Certo, vamos lá. Sem risco, sem ganho.

Cedric colocou as mãos ao redor da minha cintura e me ajudou a levantar até que eu pudesse colocar os pés em uma prateleira e segurar outra, mais alta, com as mãos. Eu tinha certeza de que ele não conseguia enxergar por baixo da saia e da anágua, mas, em algum momento, ele foi capaz de se livrar do volume enquanto mantive meu apoio e subi devagar.

— Vou te segurar se você cair — disse de forma amável.

— Não vou cair. Você me confundiu com uma garota indefesa que se recusa a ter um comportamento desonesto.

— Meu erro.

Apesar das minhas palavras ousadas, quase perdi o equilíbrio quando o navio balançou bruscamente mais uma vez. Tínhamos navegado por águas relativamente calmas até então, e as condições climáticas daquele dia já haviam dificultado o movimento normal em torno do navio – ainda mais quando se está tentando subir, de vestido, em prateleiras.

Cheguei ao armário do alto e o abri, maravilhada com o que encontrei: comida. Mas não do tipo seco e sem sabor que consumíamos diariamente. Havia uma variedade de iguarias dentro de potes: passas secas, nozes, caramelo em barra, biscoitos de limão... Junto deles, misteriosas caixas e embalagens guardavam outras delícias.

— Está vendo uma latinha verde? — perguntou Cedric. — É isso o que queremos...

Depois de muito buscar, finalmente encontrei. Joguei a lata para ele e comecei a descida. Foi um pouco mais fácil, ciente dos meus pontos de apoio e com cada vez menos medo de me machucar conforme me aproximava do chão. Quando estava quase lá, Cedric segurou minha cintura novamente e me desceu.

— Fácil — declarei.

Ele começou a me soltar, mas outra onda nos tirou o equilíbrio. Cedric então me segurou com mais força, deslocando o seu peso para que ficássemos de pé. Alguns itens do quarto deslizaram com o movimento súbito, mas a maioria estava presa. Somente quando as coisas se acalmaram ele me soltou.

— Então? — perguntei. — Valeu a pena?

Ele abriu a lata.

— Me diga você.

— Bolos de mel! Como?

— O capitão gosta de doces, e depois que você disse que mataria por alguns, achei que seria melhor tomar medidas para a segurança de todos. Quer um?

— Não, quero todos — respondi. — Mas vamos voltar para o porão antes de sermos pegos aqui.

Verificamos o *hall*, mas, novamente, a maioria da tripulação mal nos notou. Eles se moviam rápida e habilmente sobre o piso laminado enquanto Cedric e eu tínhamos que parar algumas vezes para nos apoiar nas paredes. Quando finalmente concluímos o caminho até o porão, nos apressamos a voltar ao meu canto artístico para dividir nosso roubo.

— Você disse que queria todos — provocou Cedric quando ofereci a lata para ele.

— Você pode pegar alguns como uma espécie de comissão. Ainda que eu tenha feito todo o trabalho.

Peguei um e coloquei na boca, fechando os olhos quando a doçura me inundou.

— Eu comia isso o tempo todo em casa — falei depois que engoli. — Nunca pensei muito a respeito. Mas depois de todo aquele biscoito sem graça... juro, com certeza é a melhor coisa que já comi em toda a minha vida.

Rapidamente, terminamos a lata, e Cedric sugeriu que eu comesse o último.

— Eu deveria dar de presente para Mira — argumentei. — Ela é a única amiga que tenho agora.

Cedric olhou para cima.

— Ah, é?

— Bem, tenho certeza de que é isso que Tamsin diria.

— E nós dois somos apenas parceiros de crime.

— Nós dois somos apenas... oh. — Me senti tola. — Desculpe. Eu não estava pensando. Quero dizer, sim. Claro que você é meu amigo. Eu acho.

Foi difícil ler o sorriso de Cedric quando ele esticou os braços antes de se inclinar contra a parede ao meu lado.

— Não acho que isso me faça sentir melhor.

— Não, você é. Nunca pensei em homens como amigos. Em minha vida, eles sempre foram... um meio para um fim.

— Ainda não está me fazendo sentir melhor.

— Conquistas?

— Uma ligeira melhoria. Talvez não seja tão ruim ser sua conquista.

— Depois que você me ajudou naquele primeiro dia? Achei que você já era. — Olhei para ele e vi um pouco de mel perto dos seus lábios. Sem pensar, me inclinei e o limpei com gentileza.

Assim que os toquei com a ponta dos dedos, senti meu pulso acelerar e um rubor de calor me atingir. Incapaz de resistir, tracei as bordas de seus lábios, me perguntando se eles seriam tão doces como o mel.

Cedric segurou minha mão e entrelaçou os dedos aos meus. O calor em seu olhar me deixou inebriada, sua intensidade queimando através de mim. Ele não me soltou, e senti como se o mundo ao nosso redor estivesse desacelerando. Finalmente, consegui perguntar:

— E quanto a mim? Sou sua amiga?

Ele fechou os olhos por um momento, lutando contra algum grande dilema, e depois exalou.

— Você é...

Antes que ele pudesse terminar de responder, a porta do porão se abriu de repente. Nós dois pulamos. Um marinheiro apareceu – um homem mais velho com a cabeça raspada e uma cicatriz em diagonal na bochecha. Tinha certeza de que ele também não tinha dois dedos da mão esquerda. Parecia igualmente surpreso em nos ver, e Cedric imediatamente se endireitou, se inclinando entre a porta e eu. Ele colocou um braço protetor ao meu redor e pousou a outra mão no bolso do casaco. Pelo menos a pintura não estava à vista de onde o marinheiro estava.

— O que estão fazendo aqui? — perguntou. — Antes que qualquer um de nós pudesse responder, um sorriso cruzou o rosto do homem. — Ah. Sei como é. Ficando um pouco solitários, hein? Acho que as belezas de Thorn não são tão inocentes assim.

Levei um momento para entender, e então percebi o que aquilo estava parecendo. A proximidade e o braço de Cedric ao meu redor davam a entender que, no mínimo, estivemos nos acariciando. Compreendendo as implicações, eu realmente corei.

— Não estamos...

— Ela está com dúvidas sobre se casar em Adoria — disse Cedric, interrompendo minha indignação. — Está pensando em desistir e retornar para Osfrid. Se meu pai descobrir, eu é que vou me meter em problemas.

Entrei no personagem e cruzei os braços sobre o peito. Nervosismo seria muito mais fácil de explicar a Jasper do que um insulto à minha virtude.

— Eu te disse! Não há nada que você possa dizer para me fazer mudar de ideia.

Cedric suspirou dramaticamente.

— Por que você não ouve a razão?

Os olhos do marinheiro iam de um para o outro, e não gostei da forma como ele olhou para mim. Também não achava que ele tinha acreditado em nós.

Cedric tirou a mão do bolso e colocou na lateral oposta, puxando um pequeno saco. Ele retirou três moedas de prata e as ofereceu para o marinheiro.

— Tenho certeza de que você entende a necessidade de discrição até que eu possa falar com ela sobre isso. Não é preciso que mais ninguém saiba disso.

O marinheiro não hesitou em pegar as moedas. Eu estava certa sobre os dedos.

— Sim, senhor. Com certeza. Sou muito discreto. Você pode confiar no Esquerdinha aqui. Não vou contar a ninguém sobre suas, hum, dúvidas.

Ele balançou a cabeça com deferência e pegou uma pequena caixa antes de recuar. Nos deu uma última olhadela e então saiu, fechando a porta atrás de si.

Gemi e afundei contra a parede.

— Ótimo. Sabia que era apenas uma questão de tempo até que tudo isso desse errado.

— Não aconteceu nada disso — respondeu Cedric. — Ele não viu a pintura e, de qualquer forma, não vai falar nada.

— Mesmo? Você acha? Sinto muito, mas não posso me sentir segura em confiar o nosso destino a alguém chamado Esquerdinha. — Parei. — E por que ele se chama assim se é nesta mão que faltam os dedos? Por que não olhar pelo lado positivo e chamar de Direitinha?

— Ele não vai falar — reiterou Cedric. — A prata que ele recebeu garantirá isso... e a que vai receber também, já que tenho certeza de que se aproximará de mim mais tarde, querendo um bônus para manter a sua "discrição".

Arqueei uma sobrancelha.

— Não sabia que você tinha toda essa quantidade de prata para simplesmente jogar fora.

— Não tenho... mas algumas despesas são necessárias. E se tudo isso funcionar, não vai fazer diferença.

— Espero que sim. — Meu olhar caiu para o bolso de seu casaco. — O que tem aí? Por que você estava com a mão no bolso?

Cedric hesitou e tirou um punhal reluzente. O cabo era de prata, gravado com um intrincado padrão de árvore.

— Uma lâmina ritual. A lâmina do anjo Ozhiel. Essa é a Árvore da Vida que conecta todas as coisas vivas deste mundo ao próximo.

Fiquei surpresa demais para fazer uma piada sobre ele adorar árvores, afinal.

— Você iria... atacá-lo com isso?

— Se fosse necessário. Eu não sabia quais eram as intenções dele. — Cedric ficou pensativo por alguns momentos e então estendeu a adaga para mim. — Aqui.

— É bonita, mas não quero uma faca pagã.

— Esqueça as implicações religiosas. Guarde-a no caso de se encontrar em uma situação onde precise dela.

— Naquela noite que peguei o azevinho, você me disse para soltar a minha faca antes que eu machucasse alguém.

— Bem, eu estava preocupado que você *me* machucasse. Mas qualquer outro? É um jogo justo.

— Não sei como usar isso — falei pegando a arma, apesar de não gostar da ideia.

— Vai descobrir, você sempre foi boa em se defender. Mas aqui está uma dica para começar: se alguém te atacar, basta apontar a lâmina para a direção oposta à que você está e começar a desferir golpes.

— Entendo. Não sabia que você tinha um segundo emprego como mestre de armas.

De repente, sentimos o impacto da onda mais forte até aquele momento, que acabou nos jogando um contra o outro. Alguns objetos próximos saíram do lugar violentamente, e eu quase atingi Cedric.

— Provavelmente, não é uma boa ideia segurar isso com todas essas ondas — disse.

Afastei a lâmina de nós, sabendo que teria que escondê-la com cuidado entre os meus pertences para que não fosse pega com um artefato alanzano. Olhei ao redor enquanto o navio balançava.

— São apenas algumas ondas? Entramos nisto porque o capitão foi assumir o leme, lembra?

Eu podia ver Cedric considerando o ocorrido. Talvez devêssemos ter prestado mais atenção no motivo pelo qual a cabine que havíamos invadido tinha sido abandonada para começo de conversa.

— Tenho certeza de que é... — Outra sacudida nos fez cambalear, e uma caixa caiu, amassando ao nosso lado. — Acho que devemos ir — disse ele.

Eu o segui para fora do porão, depois que a onda poderosa nos desequilibrou. Sem formalidades e sem nos preocupar que alguém nos visse, ele me guiou com rapidez pelo corredor, me levando para a sala de estar da Corte de Luz. Pouco antes de entrar, eu o puxei de volta.

— Cedric... você não me falou. O que sou para você?

— Você é... — Começou a levantar a mão em direção ao meu rosto e depois a abaixou. — Algo que não posso ter.

Fechei os olhos por um instante quando deixei aquelas palavras queimarem em mim. Meu mundo balançou e não foi por causa da tempestade lá fora. Eu me virei, com medo de encontrar seus olhos, e entrei na sala. Lá, uma senhorita Bradley pálida andava de um lado para o outro, cercada pelas demais garotas.

— Graças a Uros vocês estão aqui — disse, ao nos ver. — Acabei de ouvir do mestre Jasper que estamos em algum tipo de tempestade. O capitão disse que veio do nada. Estamos condenados a ficar aqui embaixo.

— Preciso voltar — disse Cedric.

Eu estava prestes a me sentar, mas me levantei novamente.

— O quê? É perigoso! Agora não é hora de fazer algo estúpido.

— Adelaide — repreendeu a senhorita Bradley, obviamente sem perceber a informalidade entre Cedric e eu.

— Não farei nada mais estúpido que o normal — respondeu e desapareceu pela porta.

Olhei ao redor da sala, avaliando minhas companheiras de viagem. Algumas estavam sozinhas, lutando contra o medo. Outras se amontoavam em grupos, chorando e se lamentando. Fiz uma conta rápida e notei que estava faltando uma.

— Mira! Onde está a Mira?

A senhorita Bradley balançou a cabeça, claramente distraída por seu próprio pânico.

— Não sei. Só espero que ela se refugie em algum outro cômodo.

Um sentimento doentio – intensificado pelo balanço quase constante do navio – brotou dentro de mim. Mira não estava em outro cômodo, eu tinha certeza disso. Ela provavelmente estava em uma das suas excursões ilícitas pelo convés. Ela era engenhosa, mas seria capaz de descer com aquele tempo?

Caminhei até a porta, meu andar inseguro.

— Tenho que encontrá-la. Tenho que me certificar de que ela esteja segura. — Tentei fazer com que minha voz fosse ouvida acima do rangido do navio e do vento que uivava lá fora e parecia aumentar a cada minuto.

— Adelaide! — exclamou a senhorita Bradley. — Você definitivamente não vai! — Ela deu um passo na minha direção, mas uma onda a desequilibrou. Saí pela porta sem olhar para trás.

Atravessar o corredor foi uma provação terrível. O movimento do navio continuava a me jogar contra as paredes, e meu progresso era lento. Todo o meu mundo estava desordenado, e eu estava mais consciente do que nunca de estar em uma grande extensão de água em um pequeno gabinete de madeira. Eu nunca, nunca senti tanto medo, nem mesmo quando fugi de Osfro. Então arrisquei o maior castigo por ser humana: a ira da natureza.

Finalmente, cheguei a um dos alçapões que permitia o acesso para o convés. Subi, mas estava totalmente despreparada para o vento poderoso que me atingiu. Ele me empurrou para trás, afiado e frio, com granizo. O céu estava cinza-esverdeado, e tudo ao meu redor estava se movimentando. Os marinheiros corriam, seguindo as ordens que o capitão e o primeiro oficial gritavam, agarrando cordas e segurando objetos soltos. Fiquei encharcada em um instante e fui empurrada para um poste por outra rajada de vento. Uma onda que parecia chegar até o céu nos atingiu, quase fazendo com que o navio virasse. Agarrei-me firme ao poste, mas vi muitos marinheiros de pé, cambaleando, gritando e procurando desesperadamente algo em que se segurar – qualquer coisa.

Entre a neblina do granizo e o ardor dos meus olhos, mal pude ver. Mas então, através do convés, avistei uma forma familiar. Mira estava sentada lá, presa por uma grande viga que havia quebrado e caído sobre ela. Minha amiga estava perigosamente perto da borda do navio, me dando uma súbita sensação de *déjà vu* por todas as vezes em que me preocupei com ela. Sem hesitar, corri em sua direção – tão rápido quanto era possível em tais condições. A maioria dos marinheiros sequer me notou, tendo em vista a batalha frenética que travavam, mas recebi um segundo olhar quando passei pelo Esquerdinha.

— O que está fazendo, garota? — ele gritou. — Desça agora!

Apontei para Mira.

— Ajude! Você tem que tirar aquilo de cima dela.

— Tira *você* — respondeu. — Temos que impedir que este navio afunde!

Ele se afastou, e eu me movi rapidamente para o lado de Mira. Bem. Se dependesse de mim tirar aquilo, eu o faria. Ajoelhei-me e tentei afastar a viga, mas não consegui deslocá-la.

— É muito pesado! — ela gritou para mim. — Me deixe, e volte lá para baixo.

— Jamais — respondi, puxando a viga com força. Farpas entravam em meus dedos e meus músculos queimavam. Consegui deslocá-la um pouco, mas estava longe de libertá-la. Como era tão difícil movê-la, deduzi que aquilo significava que Mira não voaria para fora do navio, mas me sentiria melhor se ela estivesse lá em baixo com todas as outras. Fiz força novamente, jurando que conseguiria ajudá-la, sem me preocupar com o que aquilo custaria para mim. Quase chorando, assustei-me quando outro par de mãos se juntou a mim de repente. Era Grant Elliott. Eu não o havia visto durante a maior parte da viagem. Ele tinha feito mais algumas tentativas de conversar comigo durante a primeira semana a bordo, mas depois disso, quase desapareceu.

— Puxe comigo — gritou, em um tom muito diferente do que havia usado comigo anteriormente. Ele pareceu furioso quando a viga permaneceu intacta. — Maldição, você está tentando, garota?

— Claro que estou! — gritei de volta.

— Vocês dois precisam ir... — falou Mira.

— Fique quieta — gritou Grant. Para mim, ele disse: — Faremos isso no três. Coloque toda a força que tem e mais a que não imagina que existe dentro de você. Um, dois, três!

Nós puxamos, e fiz o que ele ordenou, me esforçando ao máximo. Senti como se meus braços estivessem sendo arrancados, mas Grant e eu finalmente afastamos a viga o suficiente para que Mira deslizasse e conseguisse se libertar. Ele a ajudou a ficar de pé.

— Você consegue caminhar? — Ela assentiu, mas quando se moveu para frente, era óbvio que seu tornozelo estava ferido. Grant e eu a seguramos pelos braços e a ajudamos, o que tornou nossa coordenação muito mais difícil. Os ventos gemiam ao nosso redor, misturando-se aos gritos dos marinheiros. Vários deles gritavam para que descêssemos, mas a maioria passava apressada, indiferente aos nossos destinos.

Finalmente, atravessamos o convés e chegamos a uma das entradas para a parte inferior do navio. Quando estávamos prestes a entrar, Mira apontou e gritou:

— Adelaide! — Olhei para onde ela indicava. Demorei um momento para enxergar o que Mira estava apontando, já que quase tudo era apenas um borrão na tempestade. Mas então, longe, nas águas escuras e na névoa do temporal, pude ver o que seus olhos afiados estavam vendo: o *Gray Gull*. Estava um pouco mais distante do que geralmente ficava de nós, e, dali, parecia estar sendo jogado sobre as ondas como um brinquedo de criança, balançando precariamente para frente e para trás. Algumas vezes, virava tanto que eu tinha certeza de que não haveria mais como se endireitar.

Tamsin. Tamsin estava a bordo.

Estaríamos assim para eles também? Estávamos nos agitando tanto? Eu não tinha muito tempo para pensar.

— Parem de ficar aí, boquiabertas. Vão! — Grant nos ordenou. — Rápido!

Nós descemos, mas tudo que ganhamos foi um indulto do granizo e do vento. O navio ainda balançava assustadoramente. Grant nos levou de volta para a sala de estar da Corte de Luz e se virou.

— Aonde você vai? — perguntou Mira.

Ele mal olhou para trás.

— Ver se outros tolos precisam de ajuda. — Mira o viu se afastar, seus olhos ardendo de raiva.

— Os homens conseguem fazer tudo.

— Quer voltar lá para fora?

— Prefiro fazer algo útil a me sentar e me preocupar se meu vestido está molhado.

A senhorita Bradley nos viu na entrada.

— Meninas! Entrem aqui! Graças a Uros vocês estão seguras.

Algumas garotas estavam orando. Outras passavam mal, mas isso era algo pequeno em comparação a todo o resto. Mira e eu encontramos um canto e nos sentamos, envolvendo nossos braços ao redor uma da outra.

— Tem certeza de que está bem? — perguntei.

Ela assentiu, tocando o tornozelo.

— Está dolorido, mas nada está quebrado. Uma entorse, no máximo. Tive sorte. A viga caiu de um jeito que me prendeu, mas não esmagou.

Eu a abracei mais apertado, tentando segurar minhas lágrimas.

— Você viu aquele navio. Tamsin está lá.

— Ela vai ficar bem — disse Mira, com ferocidade. — Ela é uma sobrevivente. Não deixará que uma tempestade a impeça de arranjar um marido rico.

Mas nenhuma de nós poderia encontrar qualquer humor no pensamento. E, na realidade, imaginei que deveríamos nos preocupar com nós mesmas enquanto o mar turbulento continuava a nos lançar para diversas direções. Ficamos agarradas por horas, as duas prendendo a respiração quando mais uma daquelas ondas assustadoras parecia que nos viraria. Devíamos já estar no meio da noite, mas não haveria maneira de que qualquer uma de nós dormisse.

De repente, houve uma trégua, me fazendo pensar que havíamos escapado, mas durou pouco antes que a tempestade nos atingisse novamente, nos fazendo mergulhar em outra vigília atroz. Quando o balanço diminuiu de novo, nos levando de volta a um ritmo mais calmo, desconfiei. Preparei-me para um retorno da tempestade, mas ela não veio. Mira levantou a cabeça do meu ombro e olhou para mim, as duas pensando a mesma coisa: seria possível que tivesse terminado?

Nossa resposta veio um pouco mais tarde, quando Cedric apareceu em nossa sala. Ele também estava pálido, obviamente abalado pelo que acabávamos de suportar. Examinou o local, observando Mira e eu, em particular, e depois se virou para a senhorita Bradley.

— Meu pai falou com o capitão, nos livramos da tempestade. Surpreendentemente, não perdemos ninguém, e não houve danos ao navio. O estado da carga não está claro, mas vamos descobrir isso mais tarde. — Ao meu redor, as garotas deram gritinhos de alívio. — Ainda é noite, e assim que as nuvens se dissiparem, o capitão poderá avaliar nossa posição. Enquanto isso, descansem o quanto puderem.

Ele se foi, e muitas das garotas aceitaram a sugestão. Mira e eu não conseguimos dormir. Ficamos juntas, a adrenalina se tornando exaustão. O mar permaneceu calmo e, por fim, consegui entrar em uma espécie de transe nebuloso. Mira, que devia estar mantendo a noção do tempo em sua cabeça, olhou para a senhorita Bradley. Nossa mentora não havia dormido.

— Deve ser de manhã, senhora — disse Mira. — Podemos subir para ver o que aconteceu?

Ela hesitou. Eu sabia que seu bom senso aconselhava que ficássemos ali, mas sua própria curiosidade venceu.

— Está bem — disse ela. — Se formos juntas. Pode ser que eles nos mandem voltar.

Ela guiou todas as meninas que estavam acordadas pelo corredor e, em seguida, até o convés. A luz cinzenta da manhã nos cumprimentou, e descobrimos que não éramos as únicas cuja curiosidade havia sido atiçada. Muitos de nossos companheiros passageiros, incluindo Jasper e Cedric, estavam olhando ao redor. Havia sinais de danos e desordem por toda parte, mas o navio avançava firme e forte. Os marinheiros corriam para fazer reparos e nos manter em movimento.

— Olhem — disse Grant, chegando ao nosso lado. Ele apontou para o oeste.

Mira e eu nos viramos, os queixos caindo quando vimos uma linha escura e esverdeada no horizonte distante.

— Eu poderia jurar que a tempestade tinha nos levado ao nono inferno, mas, se assim foi, parece que nos fez voltar — disse ele. — Esse é Cape Triumph.

— Adoria — sussurrei. Lentamente, uma explosão de alegria floresceu dentro de mim, penetrando no estado entorpecido em que estive desde a tempestade. Virei-me para Mira e vi minha animação refletida nela. — Adoria!

De alguma forma, pela graça de Uros, tínhamos sobrevivido à tempestade e estávamos chegando ao Novo Mundo. Ansiosa, olhei ao redor, esperando ver todas as minhas companheiras alegres e dançando. Algumas garotas compartilhavam de nossa empolgação, mas quase todos os outros estavam tristes. Arrasados mesmo. Isso incluía Cedric e seu pai.

Encarei Cedric e fiquei assustada com seu olhar assombrado.

— O que há de errado? — perguntei.

Ele acenou com a cabeça para um marinheiro que estava segurando um pedaço de madeira quebrada. Aproximei-me, tentando identificá-la. Parecia parte do rosto de uma mulher. Travei, sabendo onde eu havia visto aquilo. A estátua da proa de *Gray Gull*.

— Ele o tirou da água — disse.

— Não — falei. — Não. Não pode ser.

E foi quando notei que nosso navio-irmão estava longe de ser visto. Em todos os dias da viagem, estivera ao nosso redor. Às vezes à frente, às vezes atrás, mas sempre – sempre – por perto.

Mas não agora.

O primeiro oficial, de pé ali perto, acenou tristemente.

— Perdemos o *Gray Gull.*

12

Minhas lembranças da chegada a Adoria eram um borrão. Fiquei no convés com as outras garotas, observando enquanto a costa se aproximava. Notei que nunca havia visto tantas árvores na vida. Embora Cape Triumph fosse uma das mais antigas cidades osfridianas no Novo Mundo, estava claro que a região ainda não havia sido domesticada. E as árvores eram enormes, como sentinelas guardando aquela estranha costa. Mira estava ao meu lado, e estávamos de mãos dadas. Seu rosto, assim como o meu, refletia um olhar assombrado.

Eu deveria estar animada. Meu coração deveria ter acelerado em antecipação. Afinal, era o que estava esperando – o ponto culminante de todo o meu planejamento, iniciado no dia em que tinha mandado Ada embora. Mas eu não conseguia sentir qualquer alegria naquele momento. Havia um peso enorme dentro de mim, uma frieza que tinha certeza de que nunca iria embora.

— Levante a nossa bandeira — ordenou Jasper.

Seu comando vigoroso penetrou em minha névoa, e lentamente virei a cabeça. Ele ficou tão atordoado quanto o resto de nós ao descobrir os destroços do *Gray Gull*. Mas logo mudou para raiva, repreendendo o capitão do outro navio e a tripulação pela grande perda material e humana que havia acabado de sofrer. A cena terminou quando nosso capitão observou, de forma brusca, que se havia algum culpado era o próprio Jasper, por insistir numa travessia no final do inverno, nos colocando em risco de tempestades como a da noite passada.

E assim, a expressão indiferente de negociante logo retornou ao rosto de Jasper, quase como se a tempestade nunca tivesse acontecido. A tripulação levantou a bandeira da Corte de Luz, posicionando-a logo abaixo da grande bandeira osfridiana. Jasper a examinou com satisfação e depois se virou para a senhorita Bradley.

— Uma vez que descobrirem que chegamos, a notícia vai se espalhar como um incêndio. — Ele acenou com a cabeça em direção a nós. — Vamos chegar à costa em algumas horas. Certifique-se de que elas estejam prontas.

O rosto da senhorita Bradley estava pálido na luz cinza da manhã.

— Prontas, senhor?

— Metade dos nossos potenciais compradores estará lá embaixo, esperando para ver o que trouxemos. Preciso desse grupo arrumado da melhor forma, demonstrando tudo o que aprenderam no último ano. O que aconteceu com o *Gray Gull* não muda nada.

— Sim. Claro, senhor — respondeu, seu rosto empalidecendo ainda mais. — Meninas, vocês ouviram. Vamos descer e nos trocar. Vocês estão imundas.

As garotas começaram a se mover, acostumadas a seguir instruções, mas fiquei parada onde estava. Eu olhava incrédula para Jasper, ávida não por coragem, mas pelas palavras certas para expressar minha indignação.

— *Não muda nada*? Como pode dizer isso? Muda tudo! Todas aquelas pessoas dentro do navio estão mortas. Perdemos metade das nossas garotas. A minha melhor amiga. Você não se importa? Você realmente espera que simplesmente desembarquemos do navio e comecemos a flertar e sorrir?

Jasper me olhou sem piscar.

— Espero que você faça o que veio fazer aqui, para que este negócio seja vantajoso para nós dois. O *Gray Gull* foi uma grande perda. Estou perfeitamente ciente, e meu negócio vai sofrer um enorme golpe por causa disso. Mas vocês ainda são capazes de realizar nosso propósito. Vão vestir as roupas que comprei, e sair deste navio parecendo felizes por estar aqui.

Dei um passo em sua direção, sem temer seu tamanho ou seu status.

— Bem, eu não vou me trocar, e não estou feliz! Entendo que estou aqui para interpretar um papel, para ser uma boneca que você pode exibir para os licitantes mais poderosos. Mas nada no meu contrato diz que tenho que desligar meus sentimentos, que posso ignorar essa tragédia. Talvez você devesse ter adicionado a falta de coração ao nosso currículo, já que parece ser um especialista nesse quesito.

— Adelaide — disse a senhorita Bradley, horrorizada. — Como se atreve a falar assim com o senhor Thorn?

— Você, certamente, tem direito à sua opinião — me disse Jasper, friamente. — E Uros sabe que nunca hesitou em expressá-la. Mas assinou um contrato assumindo esse propósito, e ele está prestes a começar. Se você prefere ir embora e voltar para uma casa de trabalho em Osfrid, isso pode ser arranjado.

— Talvez eu vá.

Virei as costas para ele e me afastei, ignorando os protestos da senhorita Bradley. Não me importei para onde estava indo enquanto empurrava a tripulação assustada e os passageiros para abrir caminho. Cheguei a uma das entradas do interior do navio e andei pelas passagens labirínticas até me encontrar de volta ao porão de carga onde estava a pintura. Não havia percebido que estava me encaminhando para lá, mas não fiquei inteiramente surpresa por ser aquele o lugar para onde meu coração havia me levado. Aquele foi realmente o único local *meu* de verdade.

Sentei-me no chão contra a parede, enterrando o rosto nas mãos enquanto grandes soluços atormentavam meu corpo. Lágrimas de raiva se misturavam à tristeza enquanto eu me enfurecia com o mundo. Eu odiava o clima de inverno inconstante que nos havia levado àquele ponto. Odiava Jasper por nos fazer continuar como se tudo estivesse normal. E me odiava.

Me odiava mais do que tudo, porque se não fosse por mim, Tamsin nunca teria entrado naquele navio.

Não notei Cedric entrar até que o vi bem ao meu lado.

— Adelaide. — Quando não respondi nem olhei para cima, ele repetiu: — Adelaide.

Meus soluços diminuíram, mas eu ainda estava fungando quando finalmente levantei a cabeça.

— Estão todos procurando por você — disse, seu rosto grave. — A senhorita Bradley está fora de si. Ela acha que algum marinheiro te levou.

— Então, diga a ela que estou bem. Que eu precisava ficar sozinha.

— Mas você não está bem.

Aquela raiva anterior retornou e eu me levantei.

— Por quê? Por não poder continuar com essa farsa? Por querer chorar, como um ser humano sensível?

Ele se levantou para ficar diante de mim.

— Todo mundo quer chorar. Ninguém está ignorando o que aconteceu.

— Seu pai está — respondi.

Uma expressão dolorida passou pelo rosto de Cedric.

— Ele não é... totalmente insensível, mas é dominado pelo senso comercial. E esse senso está dizendo que precisamos fazer a mesma grande entrada que a Corte de Luz sempre faz. Eu o ouvi dizer à senhorita Bradley que, assim que chegarmos em casa, vamos ter um pouco mais de inatividade do que o habitual antes de a temporada começar.

— E então continuamos como se nada tivesse acontecido — falei. — Dançando. Sorrindo. Nos vestindo.

— Adelaide, o que você espera? Sim, meu pai é insensível, mas ele está certo ao dizer que estamos aqui por uma razão. Não podemos simplesmente cancelar tudo por causa do que aconteceu com o *Gray Gull*.

Inclinei-me contra a parede e fechei os olhos.

— A Tamsin estava naquele navio.

— Eu sei.

— Sabe por quê? — perguntei, me concentrando nele. — Por minha causa. Por causa do que eu fiz. Pelos meus truques naqueles exames.

— Adelaide...

— Não me arrependo de te ajudar — continuei. — Eu devia a você. Mas deveria ter contado a ela. Deveria ter contado sobre o meu passado e confiado que, como minha amiga, ela guardaria meus segredos. Mas eu era orgulhosa demais, teimosa demais e centrada em meu próprio umbigo. E agora ela está morta. Por minha causa.

Ele gentilmente pôs os braços ao meu redor e tentou me puxar para perto. Uma lembrança fugaz do nosso momento com os bolos de mel se agitou dentro de mim, e eu me afastei. Não conseguia lidar com isso, não agora.

— Você não pode pensar assim — disse ele. — Não é culpa sua.

— Sério? Então de quem é? De quem é a culpa por ela ter entrado naquele navio?

— Dela. Ela tomou essa decisão, e foi tão teimosa quanto você. Somos todos responsáveis por nossas próprias vidas, e precisamos viver com as consequências das escolhas que fazemos.

As lágrimas ameaçaram voltar, e eu pisquei, me recusando a deixar que me dominassem.

— Assim como fiz desde que troquei de lugar com Ada. E agora você está dizendo que preciso continuar o que comecei. Que preciso pegar meu marido rico.

— Eu estou dizendo... — Fez uma pausa, com o cenho franzido. — Estou dizendo que eu não quero que você vá para uma casa de trabalho.

— Nem eu — admiti. Aqui estava o precipício, e a escolha era exclusivamente minha: engolir a raiva e seguir adiante para Adoria ou voltar para Osfrid. — Certo. Vou entrar no jogo e me preparar.

Comecei a me virar para a porta, mas ele bloqueou meu caminho.

— Adelaide... sinto muito. Realmente sinto.

— Eu sei — falei. — Eu também. Mas isso não muda nada.

De volta à ala da Corte de Luz, encontrei as meninas correndo entre seus próprios quartos e a sala comum, todas ocupadas demais com cabelos e roupas para parar e falar comigo. Poucas fizeram contato visual, embora eu notasse várias me lançando olhares furtivos quando achavam que eu não estava vendo.

No meu quarto, encontrei Mira abotoando o vestido. Era feito de um rico cetim escarlate bordado com flores douradas. As anáguas de seda naquele mesmo tom de ouro cintilavam embaixo dele. Ela parecia exótica e misteriosa. Ao me ver, imediatamente parou o que estava fazendo e me puxou para seus braços. Inclinei-me contra ela e tive que lutar contra as lágrimas de novo.

— Você não se incomoda de fazer isso? — perguntei. Com sua independência nata, eu em parte esperava que ela se rebelasse também.

— Claro que sim — disse ela com naturalidade.

Enquanto eu a estudava mais de perto e percebia a emoção em seus olhos e nas linhas do seu rosto, percebi que seu tom calmo mascarava um inchaço de raiva e tristeza. Ela era apenas melhor em mantê-lo escondido do que eu. — Mas ser enviada de volta para Osfrid não vai resolver nada. Preciso ir em frente, chegar ao próximo estágio. E você também.

Afastei-me e balancei a cabeça.

— Eu sei. E, quer dizer... eu realmente sei o que assinei. *Quero* fazer isso. Mas Tamsin... — Comecei a ofegar, incapaz de continuar. Mira apertou minha mão.

— Eu sei — disse. — Eu me sinto da mesma forma. Mas não é culpa sua.

Cedric havia dito a mesma coisa, no entanto, eu não conseguia acreditar em nenhum dos dois.

Mas segui a atitude de Mira, tentando avançar para a próxima etapa. Peguei um vestido de veludo cinzento, usado com uma camisa e anáguas do mais puro branco. Arcos de prata brilhante decoravam as mangas e o corpete, e um xale de renda branca cobria meus ombros. O xale faria pouco contra o clima úmido e frio, mas Jasper fora inflexível com relação ao fato de que não deveríamos sair cobertas com casacos pesados.

Prendemos nossos cabelos em coques elaborados. O meu, ondulado, permitia que finos cachinhos emoldurassem meu rosto. A bordo do navio, o fogo era limitado, então, aquelas que não tinham o cabelo naturalmente encaracolado não conseguiam aquecer os modeladores de cachos que costumávamos usar. A senhorita Bradley nos garantiu que, ainda que não estivéssemos prontas da forma regular, com detalhes precisos, ainda éramos, de longe, bem mais do que normalmente chegava em terra na colônia de Denham.

Quando terminamos e nos encaminhamos para o convés, o *Good Hope* já estava quase chegando às docas. Os marinheiros e os outros passageiros pararam para nos olhar. Minha dor ainda pesava, mas mantive uma expressão calma enquanto avaliava a costa que se aproximava. Triumph Bay era uma imensa extensão de água cercada pela terra que "se curvava" ao redor dela. Cape Triumph ficava localizada no interior dessa curva. Grande parte da nossa educação focou-se na localização estratégica dessa grande cidade portuária, em uma área protegida das piores tempestades marítimas, criando águas seguras para embarcações que atracavam. O resto de Denham era acessível por terra ou navegando-se ao longo da costa. Em frente à cidade, do outro lado da baía, havia terras não colonizadas cuja costa rochosa dificultava que os barcos ancorassem.

Voltei a estudar as árvores grandes e altas, muitas ainda de pé, apesar de os colonos terem passado anos cortando a madeira para tornar as terras agricultáveis. A essa distância, eu conseguia ver algumas das construções da cidade, e não podia deixar de me sentir fascinada, apesar do meu desejo de permanecer indiferente. A atmosfera era *outra*, se comparada a Osfro. Lá, na capital de Osfrid, tudo era velho: castelos de pedra e igrejas que haviam sido construídas há séculos marcavam o horizonte, cercados por casas de madeira bem estabelecidas e lojas que, às vezes, eram reforçadas com pedra ou tijolo. É claro que havia novas construções e reformas ocorriam o tempo todo, mas a sensação geral de Osfro era de solidez e prestígio na antiguidade.

Cape Triumph era... nova. Dificilmente, qualquer construção teria aquela aura venerável. A maioria era feita de madeira, com tábuas de cor clara revelando sua tenra idade. Muito ainda estava em construção enquanto a cidade crescia em tamanho e importância. Nenhuma das construções, nem mesmo algumas das mais antigas, era muito alta. Não havia castelos para nos lembrar de eras passadas. A maior estrutura que eu podia ver era um forte em uma colina ao longe, feito em sua maior parte de madeiras novas. A falta de pedras e de desgaste fazia tudo parecer... muito jovem. Com tal novidade e instabilidade, a cidade parecia lutar ferozmente pela sua sobrevivência.

Uma multidão formada por homens havia se reunido ao longe, no cais. As docas também transmitiam a mesma sensação jovial, embora alguns aspectos fossem iguais aos dos portos de Osfrid. A água batia nos postes de madeira, escurecida pelo céu cinzento. O cheiro de peixe e refugo enchia o ar.

Os marinheiros amarraram nosso navio e o prenderam antes que fôssemos autorizadas a desembarcar. A essa altura, a multidão havia aumentado ainda mais. Eu via homens vestidos com elegância, que poderiam muito bem ser pretendentes legítimos, ao lado daqueles em roupas comuns que simplesmente vieram para assistir ao show. Todos usavam mantos pesados e casacos para protegê-los do mau tempo, e eu os observei com inveja quando um vento frio me atingiu.

Um grupo de homens corpulentos com armas de fogo se aproximou da doca, e Jasper andou até eles. Concluí, a partir do pouco que pude ouvir, que eram homens contratados por ele para nos manter em segurança. Eu estava acostumada a ser escoltada em Osfro, e ver aquele esquadrão de homens rudes e fortes me fez perceber o mundo diferente que estávamos adentrando. Havia sonhado com animação e aventura em Adoria, mas Cape Triumph ainda era um lugar perigoso e indomado.

Quando nos deram permissão para sair, a senhorita Bradley nos alinhou e me colocou no primeiro lugar da fila.

— Você é o diamante — explicou. — Deve ser a líder.

Eu a olhei, sem palavras. Não tinha medo da atenção, mas, depois de tudo o que havia acontecido, isso parecia demais. Antes que pudesse protestar, Mira perguntou:

— Por que está me colocando em terceiro?

A senhorita Bradley a encarou com um olhar duro e triste.

— Porque você é a terceira agora. Todas acima de você estavam no *Gray Gull.*

O mundo oscilava ao meu redor enquanto a lembrança de Tamsin e aquele navio balançando como um brinquedo tomava a minha mente.

— Adelaide — disse ela. — Você precisa ir. Agora.

Balancei a cabeça, imóvel no meu lugar, até que senti a presença estável de Cedric ao meu lado:

— Siga-me. Vamos direto para o meu pai, só isso. Mantenha seus olhos à frente.

Ele andou pela doca, e depois de respirar profundamente algumas vezes, fiz um esforço para segui-lo. Minhas pernas pareciam instáveis no início, acostumadas a semanas em um navio balançando. Terra firme havia se tornado uma coisa estranha. Mantive meus olhos focados nas costas de Cedric enquanto colocava um pé na frente do outro e tentava bloquear os curiosos ao meu redor. Mesmo sabendo que havia uma fila inteira de outras garotas me seguindo, eu me sentia sozinha e vulnerável. Jasper, do outro lado da multidão, poderia estar a quilômetros de distância. Seus homens tinham aberto um espaço onde a doca terminava, olhando de maneira ameaçadora a qualquer um que ousasse dar um passo para perto de nós.

Mas isso não impediu os assobios ou as vaias.

— Ei, garota, levante essa saia e mostre como é a verdadeira joia!

— Eles trouxeram sirminicanas para o resto de nós? Quando será a minha vez? — Foram apenas algumas das provocações. Um rubor de irritação me tomou, oferecendo um pouco de calor contra o frio. Minha raiva era direcionada não só para os homens rudes, mas também para Jasper. Certamente, havia maneiras muito melhores de adquirir maridos para nós do que nos fazer desfilar como animais, como Mira havia observado. Todo aquele treinamento e cultura, o suposto aperfeiçoamento das nossas mentes, não significava nada enquanto éramos expostas naquela terra selvagem e julgadas somente por nossas aparências.

No entanto, aquilo seria mesmo tão diferente de quando fui exibida nos grandes salões de baile de Osfro? Seria sempre esse o destino de uma mulher?

Senti um desejo de rasgar aquela roupa cara e desmanchar os cabelos cuidadosamente arrumados. Em vez disso, ergui a cabeça e segui o escarlate do casaco de Cedric. Desejei não ter empacotado seu punhal no meu baú, não porque pretendesse usá-lo, mas simplesmente porque sentir a lâmina fria contra minha pele seria reconfortante. *Sou melhor do que essas pessoas*, disse a mim mesma. *Não por minha linhagem, mas pelo meu caráter.*

Finalmente, depois de alguns minutos, cheguei até Jasper. Ele estava com mais alguns de seus homens e algumas carruagens, que felizmente eram fechadas. Ele assentiu em sinal de aprovação:

— Excelente, excelente — disse, acenando para as carruagens. — Já posso ver os potenciais compradores. Acho que ter metade do grupo pode elevar os preços.

Eu parei, meu queixo caindo. Mira me empurrou para dentro da carruagem.

— Como você pode ignorar isso? — indaguei enquanto tomávamos nossos assentos. Certamente, até mesmo seu controle firme tinha limites.

— Não estou ignorando — respondeu, esfregando o tornozelo. A fúria brilhava em seus olhos. — Mas escolho minhas batalhas. Nada pode mudar o que aconteceu. Nada vai mudar a natureza dele. Mas podemos controlar o nosso futuro. E é nisso que devemos nos concentrar.

Recostei-me contra o assento, passando os braços ao meu redor. Agora que havia acabado a tensão daquela procissão terrível, o frio estava me atingindo novamente. Esforcei-me para me manter tão calma quanto Mira, mas era difícil. Eu queria sair e gritar com Jasper, libertar todas as emoções tumultuadas que estavam presas dentro de mim.

Mas isso não traria Tamsin ou o *Gray Gull* de volta.

Então, me sentei em aparente complacência, enquanto meus sentimentos ferviam internamente. Duas garotas se juntaram a nós e a carruagem partiu. Eu havia notado a ausência de ruas de paralelepípedos, mesmo em uma parte movimentada da cidade. A tempestade que enfrentamos trouxera a chuva para Cape Triumph, e eu podia sentir a carruagem lutar contra as estradas irregulares e enlameadas. Em determinado momento, nosso cocheiro precisou parar e chamar um dos nossos acompanhantes para ajudar a liberar uma roda presa.

Já era tarde quando chegamos a nossas acomodações. Nossa casa temporária em Adoria se chamava Wisteria Hollow e parecia pequena e simples após a respeitável Blue Spring, mas me disseram que, para os padrões adorianos, era uma grande residência. Possuía raros três andares e janelas de vidro, que também eram incomuns em Adoria. A terra havia sido limpa, mas algumas macieiras cresciam lindamente perto da porta da frente, bem como a glicínia que dava o nome ao lugar. As vinhas de glicínia eram marrons e os brotos das macieiras eram quase imperceptíveis, ao contrário das mais cheias em Osfrid. O clima mais severo de Adoria fizera com que a primavera se atrasasse um pouco.

O calor nos atingiu dentro da casa, e finalmente nos ofereceram cobertores e mantas para afastar o frio. Uma mulher de meia-idade com cabelos escuros bem presos e um queixo pontiagudo esperava na sala, juntamente com um homem mais velho, bem-vestido e de óculos. Ele abraçou Jasper e Cedric, e me dei conta de que devia ser Charles Thorn. Ele sorriu para todas nós, até que Jasper murmurou algo em seu ouvido. Charles empalideceu, e percebi que ele estava sendo informado sobre o *Gray Gull*.

— É uma tragédia além das palavras.

Jasper assentiu, mas depois compartilhou seu comentário anterior.

— De fato. Isso aumentará a demanda por este grupo.

Cedric lançou um olhar fulminante ao pai, e se virou para Charles.

— Tio, nós dissemos às meninas que elas poderiam tirar algum tempo antes de começar sua temporada social.

— Sim, sim, certamente — disse Charles, balançando a cabeça. — Minhas pobres joias... é claro que vocês devem se recuperar. Mas vocês irão se divertir uma vez que a temporada começar! Sua exibição foi apenas uma prova das delícias que estão por vir.

Mira e eu trocamos olhares. Charles parecia totalmente sincero. Ele podia ser mais bondoso que o irmão, mas, obviamente, também era mais ingênuo a respeito da vida glamorosa que vivíamos. Eu conseguia entender por que Jasper era a força dominante do negócio.

— Esta é a senhora Culpepper — apresentou a senhorita Bradley, acenando para a mulher com o queixo pontiagudo. Tudo se parecia vagamente com a minha chegada à Blue Spring.

A nova mentora nos observou com um olhar crítico.

— Sem dúvidas, muitas de vocês acham que o Novo Mundo é um lugar mais livre, onde poderão agir de forma selvagem. Mas não enquanto eu estiver no comando desta casa. Vocês seguirão todas as regras que eu definir e aceitarão cada detalhe. Não haverá qualquer comportamento impróprio ou grosseiro sob o meu teto.

Eu a encarei. Será que ela nunca viu a procissão pelas docas? Será que ela realmente achava que éramos as únicas que poderiam ser grosseiras?

Os Thorn e alguns dos homens contratados se hospedariam em uma ala no andar inferior, nossos quartos ficavam nos andares superiores. Normalmente, nos dividiriam em três ou quatro para cada quarto, mas como estávamos em número reduzido, nos acomodaram em duas. Senti-me grata por ter privacidade com Mira, mas foi mais uma bofetada pelo destino de Tamsin.

— Se troquem e descansem — nos disse Charles, alegremente. — Vamos jantar em breve e depois as ajudaremos a se preparar para a temporada social. E então, minhas joias, terá início a *verdadeira* diversão.

13

Não sei se era intenção de Jasper, mas nosso período de luto acabou sendo bom para os negócios.

Nosso desaparecimento, depois daquela procissão inicial, deixou os futuros pretendentes em frenesi. Eles haviam nos visto uma vez e queriam mais. Jasper, percebendo a vantagem que isso representava, fez da notícia sobre o começo da nossa temporada um enigma. A aura de mistério e fascínio que nos envolvia aumentou, e os mensageiros vinham constantemente em nome de seus mestres buscando mais informações. E logo, os próprios mestres começaram a chegar.

Eu era uma das mais deprimidas com a perda do *Gray Gull*, mas ainda assim não conseguia controlar minha curiosidade. Os Thorn possuíam um escritório privado no piso inferior, mas se encontravam com clientes potenciais em uma luxuosa sala de estar com teto alto que tinha uma abertura em um dos lados para uma passarela acima. Ali, podíamos nos agachar escondidas nas sombras, atrás de uma grade de vigas, e observar os acontecimentos. Sem outro contato com o mundo exterior além das histórias estranhas sobre piratas e Icoris que nossos vigias nos contavam, aquilo se tornou um grande entretenimento para nós. Aproveitei as distrações, embora elas jamais pudessem afastar Tamsin dos meus pensamentos.

Alguns dos pretendentes vinham com perguntas gerais, e os Thorns assumiam seus melhores perfis de vendedores para sugerir possíveis correspondências para eles. Cedric era excelente nisso, e nem mesmo Jasper poderia culpá-lo. Ele lembrava o homem que conheci em nosso primeiro encontro, em vez do dissidente religioso que eu acabei conhecendo.

— Bem, senhor Collins, um magistrado como você precisa estar especialmente atento ao tipo de esposa que irá escolher — disse Cedric a um cavalheiro curioso, um dia. Várias de nós estavam no alto, tentando obter uma boa visão. Um magistrado era de particular interesse para nós.

— Eu adiei a escolha — admitiu o homem. Ele parecia mais velho que nós, por volta dos trinta anos, se eu tivesse que adivinhar. Cedric estava sozinho na reunião, como era comum. — Conversei com Harold Stone sobre a filha dele, mas aí vocês chegaram.

— Eu conheço o senhor Stone — disse Cedric. — Bom homem, pelo que ouço. Fazenda bem-sucedida, certo? E acho que a filha dele é uma garota agradável e respeitável, criada e educada em casa com bons valores.

—Sim... — respondeu cautelosamente, incerto de onde Cedric queria chegar.

— Mas a filha de um fazendeiro simpático vai realmente ajudá-lo a chegar onde você precisa?

— O que... o que você quer dizer? — perguntou o senhor Collins.

Cedric fez um gesto grandioso.

— Olhe para você. Um homem no auge da vida e com a carreira em ascensão. A magistratura é o máximo que você quer alcançar? Há certamente postos mais altos no governo aos quais você poderia concorrer, em Denham e em algumas das outras novas colônias onde necessitam de homens mais capazes. Um homem que espera crescer precisa se destacar. Ele precisa de todas as vantagens que puder conseguir – incluindo a escolha da esposa.

O magistrado ficou em silêncio por alguns instantes:

— E você tem alguém em mente que seria adequada para isso?

Cedric estava de costas para mim, mas eu podia imaginar seu sorriso vencedor.

— Tenho várias. — Ele pegou uma pilha de papéis e passou por elas. — Bem, esta é a Sylvia, uma *petite brunette* que encanta a todos que a conhecem. Recebeu pontuação muito alta em planejamento social – exatamente o tipo de mulher que você gostaria que organizasse jantares e festas para impressionar os amigos. E temos Rosamunde. Cabelo louro dourado. Excelente conhecimento em história e assuntos políticos. Ela pode manter qualquer tipo de conversa com as classes de elite – de uma forma gentil, como uma lady, é claro.

Sylvia e Rosamunde, sentadas perto de mim, se inclinaram ansiosas para frente .

— Eu gosto de louras — disse o senhor Collins de má vontade. — Ela é bonita?

— Senhor Collins, eu lhe asseguro, todas elas são bonitas. Lindas. Impressionantes. Os homens ainda estão balançados desde o dia em que chegaram a Cape Triumph.

— Eu não estava lá... mas ouvi as histórias. — O senhor Collins respirou fundo. — Quanto custaria alguém como esta Rosamunde?

— Bem — disse Cedric, examinando novamente os papéis. Eu sabia que era para se mostrar. Ele tinha todos os nossos dossiês memorizados e tendia a fazer recomendações com base nas garotas que simplesmente não haviam sido oferecidas para potenciais clientes, em um esforço de nos dar toda a exposição possível. Eu ainda não tinha sido sugerida. — Seu *preço inicial* seria de duzentos dólares de ouro.

— Duzentos! — exclamou o magistrado. — Ela custa dois quilos de ouro?

— Seu *preço inicial* se deve à sua classificação. Mas esse número pode facilmente subir se muitos cavalheiros fizerem lances e desejarem chamar sua atenção. Cá entre nós... — Cedric se inclinou para o outro homem de forma conspiratória. — Bem, tem havido muito interesse esta semana. Como você, muitos cavalheiros preferem as louras.

Eu não tinha ouvido Cedric oferecer Rosamunde como uma das principais opções, mas a ideia de que ela estava em demanda foi sedutora para o senhor Collins.

— É muito dinheiro — disse ele, incerto.

— É um investimento — corrigiu Cedric. Não pude deixar de sorrir. Ele era tão encantador, tão autoconfiante. Provavelmente, poderia ter vendido dez esposas ao senhor Collins. — Diga-me, quando o governador oferece um jantar formal e tem uma nova posição para preencher, o que sua esposa – a filha de um barão, ouvi dizer – irá relatar depois de conversar com a filha do senhor Stone? E se um dos embaixadores reais de Sua Majestade vier nos visitar para avaliar se o Novo Mundo está caminhando na mesma velocidade que o velho, o que ele vai dizer quando se encontrar com a filha de um fazendeiro? Ela será capaz de discutir artes e música? Estará bem informada sobre as complexidades da política de Denham? Você mesmo tem a educação de classe média, eu compreendo. Certamente, superou isso, mas imagino que uma jovem talentosa em termos aristocráticos possa ser muito útil enquanto você navega em águas políticas.

A linguagem corporal de Cedric me fez lembrar um animal predador, pronto para agarrar sua presa a qualquer sinal de distração. O senhor Collins ficou em silêncio mais uma vez. Por fim, perguntou:

— Posso vê-la?

— Claro, em nosso baile de abertura, com todos os outros. Vou me certificar de que você esteja na nossa lista de convidados quando o anunciarmos.

E foi assim que ele deixou a maior parte dos homens ansiosos, tentando-os com a ideia de que uma garota era *perfeita* para eles, mas que também interessava a muitos outros. Esses senhores se deixaram consumir por essa ideia, imaginando muito mais sobre nós do que Cedric jamais poderia descrever.

Estávamos lá há cerca de uma semana e meia quando Cedric finalmente encontrou uma chance de me puxar para uma conversa privada.

— A pintura e os suprimentos estão na grande adega. Você acha que pode encontrar uma maneira de se esgueirar e terminar? — A obra estava quase completa quando a tempestade nos atingiu, precisando apenas de alguns retoques.

— Se eu puder escapar da senhora Culpepper. Ela observa tudo o que fazemos, mais até do que a senhora Masterson.

Ele assentiu.

— Vou encontrar uma maneira de fazê-la sair uma tarde. Vou dizer que precisamos de um plano de emergência ou de suprimentos para alguém. Não é inteiramente difícil de acreditar, o baile de abertura será no final desta semana.

— É? — perguntei. Eu sabia que a trégua não poderia durar para sempre, mas ainda estava assustada.

— O anúncio será feito amanhã. Este lugar ficará um caos quando a senhora Culpepper começar a prepará-las. Deve ser fácil o suficiente para você escapar. Haverá problemas de guarda-roupa de última hora e mais homens virão fazer outra tentativa em reuniões privadas antes que todos as vejam.

Dei-lhe um olhar de esguelha.

— Por que você não me oferece?

— O quê?

— Assisti à maioria das suas reuniões. Você fala de todas as meninas, se certificando de que cada uma seja indicada a um pretendente ou outro. Mas nunca fala de mim.

— Tenho certeza de que ofereci — disse ele de forma despreocupada. — Provavelmente você perdeu essas reuniões particulares.

Achei isso improvável. Assisti a quase todas, e quando não estava, sempre havia alguma garota mais do que disposta a repassar cada detalhe da conversa. Antes que eu pudesse protestar, a senhora Culpepper veio correndo para a sala de jantar.

— Senhor Thorn, há um cavalheiro aqui para falar com você. — Foi a primeira vez que eu a vi parecer desconcertada.

Cedric ergueu uma sobrancelha.

— Não achei que tivéssemos qualquer compromisso esta tarde.

— Não, mas senhor, é... é o filho do governador. Warren Doyle.

Isso pegou até mesmo Cedric desprevenido.

— Bem, então. Acho que é melhor você levá-lo até a sala de estar. — Ela se apressou, e ele olhou para mim. — E acho que é melhor você correr para o seu posto de espionagem.

Abri um sorriso e saí da sala. Quando subi, avistei Jasper quase correndo pela casa. Aparentemente, a notícia da visita do filho do governador o alcançara. Em geral, ele não tinha qualquer problema em deixar Cedric lidar com as reuniões sozinho, mas claramente queria participar daquela.

Todas as garotas se reuniram na passarela, até mesmo Mira, que tendia a ignorar nossa espionagem. Esticamos o pescoço, esperando conseguir um vislumbre do pretendente que havia demandado total atenção de Cedric e Jasper.

— Nada mal — murmurou Clara. Eu tinha que concordar. Warren Doyle era apenas alguns anos mais velho que nós – uma espécie de alívio, já que muitos cavalheiros de cabelos grisalhos haviam batido em nossa porta. Mesmo da altura em que estávamos, eu podia ver um rosto com características fortes e bonitas, e cabelo preto da cor do azeviche preso em um rabo de cavalo curto que estava na moda nos dois lados do mar Sunset.

— Senhor Doyle — disse Jasper, apertando a mão do recém-chegado. — É uma honra.

— Me chamem de Warren, por favor. Podemos também deixar as formalidades de lado, já que pretendo ser bastante direto aqui. É como sou... e, bem, espero que me perdoem. Não sou bom com conversa fiada.

Jasper trocou o mais breve dos olhares com o filho e então voltou seu sorriso para Warren.

— Claro. Por favor, sente-se.

Warren se sentou, juntando as mãos no colo. Uma visita diurna teria permitido trajes mais casuais, mas ele estava vestido formalmente em um casaco castanho-avermelhado e um colete com bordados dourados. Ele poderia participar do nosso baile agora mesmo.

— Estou aqui por causa de uma das suas meninas. A líder, aquela que conduziu a procissão, com o vestido cinza.

Fiquei tensa.

— Você quer dizer a Adelaide? — perguntou Cedric, inseguro.

— Esse é o nome dela? — perguntou Warren, se animando. — Ela é a melhor, certo? Não é assim que funciona o seu ranking? Ela tinha cabelos castanhos... bem, um marrom dourado. Muito adorável.

Mira sorriu ao meu lado.

— Ele descreveu seu cabelo corretamente. Isso deveria te deixar feliz.

— "Melhor" é um termo subjetivo — disse Jasper, delicadamente. — Todas as nossas garotas...

Warren sorriu, gentilmente.

— Você não precisa usar as táticas costumeiras comigo. Não precisa tentar vendê-las para mim. Já estou convencido. Eu a quero. *Preciso* dela. Sabe, fui eleito governador da nova colônia de Hadisen.

Jasper sorriu, mas eu sabia como ele devia estar calculando.

— Parabéns. É uma conquista incrível para um homem da sua idade, se não se importa que eu diga isso.

— Obrigado — respondeu o jovem, acenando ansiosamente. — Sou muito, muito afortunado. E é por isso que é imperativo que eu tenha uma esposa exemplar. Ela será a primeira-dama da colônia. Mesmo nos primeiros estágios, todos olharão para ela como um exemplo. E quando estivermos verdadeiramente estabelecidos, ela será a encarregada de todos os assuntos sociais em minha casa. Preciso de alguém que se destaque em todas as áreas, alguém inteligente, culta e digna de admiração. Presumo que, como sua melhor garota...

— Nosso diamante — corrigiu Jasper. — Nós a chamamos de nosso diamante.

— Seu diamante, então. Presumo que ela deva ter ultrapassado todas nos testes. Se vou ter sucesso nesta aventura, preciso de uma lady incomparável.

Eu podia sentir os olhos das minhas colegas sobre mim, tentando avaliar a minha reação. Sobretudo, eu estava atordoada. Depois de não ouvir meu nome ser oferecido, fiquei chocada com a sucessão de acontecimentos. Não podia haver maior posição do que ser esposa de um governador. E não havia escapado o fato de que minhas qualidades interiores e aptidão haviam chamado sua atenção tanto quanto minha aparência. A maioria dos homens que passaram por lá tinha feito da beleza uma prioridade.

— Certamente, ela é incomparável — disse Jasper, conseguindo controlar seu sarcasmo. — E vou lhe contar um segredo: nosso baile de abertura será em breve, você só precisa aguardar alguns dias para conhecê-la.

— Não preciso conhecê-la — retrucou Warren. — Tenho certeza de que ela é excepcional. E gostaria de selar um contrato de casamento agora.

— Não é assim... que as coisas funcionam — disse Cedric com rigidez. — As meninas encontram todos os pretendentes em potencial na nossa temporada social. Então, elas escolhem.

Warren não se intimidou:

— Não quero correr o risco de perdê-la para alguém que poderia conquistá-la com muita ostentação e nenhuma substância. Pago um preço bom para fazer valer a pena deixá-la indisponível mais cedo. Um valor que eu não estaria disposto a pagar se tiver que esperar. Mil ouros se vocês fizerem o negócio agora.

Algumas das garotas perto de mim ofegaram. Nunca houve uma quantia como aquela oferecida na história da Corte de Luz. Era o dobro da minha oferta inicial.

Nem Jasper podia acreditar.

— É uma quantia muito generosa, senhor Doyle. Warren.

— Sei que o que estou pedindo é pouco ortodoxo — explicou Warren, quase tímido. — E é por isso que estou disposto a compensá-los por alterar a sua política.

— Compreensível — disse Jasper, praticamente lambendo os lábios. — E muito atencioso.

— Nossa política — declarou Cedric, lançando um olhar de advertência a seu pai — é que ela consiga ver suas opções e possa escolher. Não podemos simplesmente vendê-la às suas costas.

— Eu não sonharia com isso — disse Warren, um pouco surpreso com o tom de Cedric. — Posso encontrá-la hoje e depois selar nosso negócio.

— Seria uma violação da nossa política normal — disse Jasper. — Mas tenho certeza, dadas as circunstâncias, de que não haveria nenhum mal em ela, pelo menos, encontrá-lo agora e...

— Começar a ver suas opções e escolher — repetiu Cedric. — Está no contrato dela. Nenhum acordo de direito de preferência.

Eu conseguia ver que Jasper estava tendo muita dificuldade em manter seu autocontrole. Ele se virou para Warren.

— Me perdoe. É claro que este é um assunto que devemos discutir com mais detalhes. Vamos fazê-lo e entraremos em contato assim que tomarmos algumas decisões.

Warren parecia hesitante em sair sem nada definido, mas finalmente acenou de forma conciliatória.

— Muito bem então. Aguardo com expectativa a sua resposta – e um encontro *antes* do baile. Obrigado novamente e perdoem-me por minha abordagem pouco tradicional.

Assim que os Thorn o acompanharam, Jasper puxou Cedric para seu escritório particular e fechou a porta. Todas nós recuamos para nossa ala, onde fui imediatamente abordada com perguntas e comentários. Eu não tinha respostas para dar, e a conversa logo começou a fazer minha cabeça doer. Foi um alívio quando pude me fechar no meu quarto com Mira. Ela me deu um sorriso malicioso.

— Bem — ela disse. — Essa foi certamente uma emocionante reviravolta para o dia.

Deitei-me na cama, ainda cambaleando.

— Isso é um eufemismo.

— O que você vai fazer? — ela perguntou.

— Acho que não posso fazer nada. Os Thorn decidirão.

Ela se sentou ao meu lado.

— Se você descesse agora e dissesse que aceitaria o negócio, não haveria protestos. Nem mesmo de Cedric.

Eu me endireitei.

— Você acha que devo?

— Não é o que eu acho que importa. Mas sei que você está focada no topo. E isso é o mais alto que você pode conseguir.

— Certamente, seria bom para o meu futuro. Quero dizer, é para isso que estamos aqui. — Embora não tivéssemos que aceitar a oferta mais alta dos licitantes, um homem pagar um monte de dinheiro normalmente sugeria que ele possuía meios para prover sua esposa de forma generosa. Isso daria aos Thorn uma comissão mais alta e também aumentaria a reserva de garantia da noiva. — Apesar de que... foi um pouco presunçoso da parte dele vir aqui daquele jeito, querendo comprar "a melhor".

Mira riu.

— Certamente, foi – embora até ele parecesse reconhecer isso. Havia um charme descarado e trapalhão nele. Pelo menos, ele não era um dos que perguntavam se poderia comprar "a sirminicana" com desconto.

Apertei sua mão. Era uma oferta que tínhamos ouvido muitas vezes.

— Foi bom ele ter parecido mais preocupado com as minhas características do que com a minha aparência.

— Ele já a viu. Não precisa se preocupar com sua aparência.

— Mas você não aceitaria o negócio. Você ainda quer pagar seu próprio contrato.

Ela encolheu os ombros.

— Eu já disse, o que eu penso não importa. Mas não, eu faria como Cedric falou e veria o resto das minhas opções. Você ainda pode escolhê-lo mais tarde.

— Tamsin teria aceitado o negócio — falei, com tristeza.

— Ela teria chamado um padre e se oferecido para casar com ele aqui — disse Mira.

Meu coração afundou.

— Devia ter sido ela a receber essa oferta. Ela devia ter sido o diamante.

Soube mais tarde que Cedric vencera o pai. Eu não encontraria Warren até o baile. Suspeitava que Jasper tivesse cedido na esperança de que, ao me ver com outros homens, Warren pudesse acabar oferecendo mais por mim. Nos próximos dias, quando a casa foi levada ao frenesi que

Cedric havia previsto, descobri que tinha sentimentos confusos sobre os acontecimentos com Warren. Eu respeitava a opinião de Cedric. Por outro lado, me preocupava que poderia ter custado a ele a comissão da qual precisava. Realmente, o que mais havia para procurar? Casar-me com Warren me colocaria na posição mais próxima do meu antigo estilo de vida que eu poderia alcançar nas colônias. Hadisen não estava em perigo com os Icoris. Era simplesmente um conjunto de terras desordenadas que precisavam de uma sociedade para prosperar e trabalhar suas minas de ouro.

De alguma forma, em meio ao tumulto pré-baile, encontrei uma chance para terminar a pintura enquanto a senhora Culpepper estava fora. Uma pequena janela no porão oferecia uma luz notavelmente boa e, um dia mais cedo do que o previsto, fiquei espantada por ter realmente capturado o estilo de Thodoros. Era o meu maior trabalho. Um comprador inexperiente certamente não veria qualquer diferença. Um especialista em arte provavelmente não repararia.

A porta da adega se abriu, e me virei com um sobressalto, relaxando quando vi Cedric descer as escadas. Ele parou ao meu lado e olhou.

— É isso — disse ele.

— É isso.

— Surpreendente. Achei o *Papoulas* incrível no dia em que nos conhecemos, mas... isso vai completamente além das expectativas. — Ele continuou analisando, paralisado. — Vou contrabandear esta noite para o meu agente. Ele vai avaliá-lo e me informar quanto acha que vai conseguir, mas algo me diz que vai ser muito. O suficiente para cobrir minha ida para Westhaven.

— Você sabe o que mais poderia ter ajudado com seu investimento? — perguntei, com malícia. — Uma comissão de vinte por cento sobre mil ouros.

Cedric virou-se e encontrou meus olhos.

— Sério? Você percorreu todo esse caminho e se preparou para uma temporada de gala só para ignorar tudo e se casar com o primeiro homem que se interessou por você? Sem sequer conhecê-lo?

— Eu o conheceria mais cedo ou mais tarde — respondi. — E nunca disse que era isso o que eu queria. Só estou surpresa por você ter assumido tal posição. Achei que garantir uma oferta como essa era prioridade absoluta.

— Proteger seu respeito próprio é prioridade máxima. Eu não a trouxe para a Corte de Luz para que você fosse despachada para o primeiro homem que te exigisse.

— Ei! — retorqui. — *Eu* me trouxe para a Corte de Luz.

— Você está confirmando o meu ponto. Você é muito forte para se deixar levar pela primeira oferta. Você merece mais. Merece tê-los em fila na sua frente. Talvez você o queira depois de tudo, e isso é ótimo, mesmo que resulte em um pagamento mais baixo. Ou talvez você vá gostar de algum outro homem. Talvez de *alguns* outros homens. Quem sabe haja uma guerra de lances? Talvez alguém supere oferta dele.

— Talvez... mas acho que a última opção é improvável. E aposto que seu pai acha isso também.

Cedric suspirou.

— Ele acha. Considerando a soma substancial, ele achou que era melhor que você assinasse e fechasse o contrato antes de abrir a boca e arruinar suas chances. Palavras dele, não minhas.

— O quê? — questionei, sem me preocupar em esconder a indignação. — Vamos ver isso. Há muitos homens que gostam de uma mulher que fale o que lhe vem à cabeça.

— Concordo. Eu certamente gosto da sua boca. — Cedric de repente pareceu reconsiderar suas palavras. — Hum, não era isso que eu... Olha, só quero que você tenha todas as opções. Você merece isso.

— E eu quero que você permaneça vivo.

— Eu também. — Ele se virou para a pintura e suspirou. — E com isso, seus encantos e um pouco de sorte, poderemos conseguir tudo.

14

Os dias para o baile de abertura passaram muito depressa, e mesmo assim pareceram infinitamente longos.

Eu ainda sofria por Tamsin, mas o frenesi pré-baile me permitiu manter esses sentimentos sombrios guardados. Era por isso que eu estava na Corte de Luz. Não era incomum que as meninas fizessem acordos de casamento naquela primeira noite. Outras passariam a temporada avaliando e acumulando ofertas.

— Só quero sair desta casa — disse Mira, quando o dia finalmente chegou. — Estamos na maior e mais cosmopolita cidade do Novo Mundo, mas não vimos nada disso!

Pensei nas casas em ruínas e ruas enlameadas que havíamos visto em nosso primeiro dia.

— Acho que "cosmopolita" pode ser um pouco exagerado.

— Só vimos o porto. O centro da cidade é inteiramente diferente. Animado, vivo e cheio de maravilhas.

— Como você sabe disso?

Ela deu de ombros.

— As pessoas falam.

Fui até a frente do grande espelho em nosso quarto, um luxo em Adoria. Passamos horas nos arrumando e agora estávamos esperando a chamada para entrar nas carruagens. A senhora Culpepper não queria ter surpresas de última hora.

Mira e eu estávamos contrastando. Eu usava seda branca brilhante, como uma noiva. A renda prata aparecia ao redor do decote baixo e cobria as mangas na altura do cotovelo. Cristais minúsculos – imitando diamantes

– decoravam o corpete em um padrão de filigrana e cobriam as saias do vestido como estrelas. Diamantes verdadeiros estavam pendurados em meu pescoço e em minhas orelhas, provenientes de uma coleção comum de joias utilizadas todos os anos. Perucas elaboradas e até mesmo coloridas estavam na moda em Adoria, mas tanto a senhorita Bradley como a senhora Culpepper tinham sido inflexíveis dizendo que eu não deveria usá-las.

— Combinando com seu tema, seria algo em branco ou cinza — a mentora havia explicado. — Mas não queremos isso. Precisamos mostrá-la como jovem e vibrante.

— Isso fará você parecer mais osfridiana neste primeiro evento, o que não é uma coisa ruim — acrescentou a senhorita Bradley. — É óbvio que queremos fazer parte desta sociedade, mas é importante que você também represente o Velho Mundo, que é, naturalmente, o auge da moda e da cultura.

Assim, parte do meu cabelo havia sido preso no alto, da maneira adoriana, com os longos cachos caindo, da maneira osfridiana. Havia ainda fios de cristais, e para todo lado que me virava, eu brilhava.

O vestido de Mira, também de seda, era de um vermelho profundo com um decote mais baixo que o meu. A saia se abria na frente, revelando uma anágua preta enrugada, uma escolha de cor altamente incomum que fizera a senhora Culpepper erguer uma sobrancelha. As costureiras de Osfrid insistiram que ficaria impressionante com o resto da roupa – e elas estavam certas. Contas multifacetadas em preto cintilante adornavam seu decote e mangas, no lugar das habituais rendas. Seu cabelo, solto, estava adornado com uma faixa de cristal combinando, que pendia mechas de cabelo em tom vermelho profundo e se misturava perfeitamente com o preto natural. Com a posição de Mira tendo subido inesperadamente, os responsáveis pela Corte de Luz estavam tentando fazê-la passar por um rubi, em vez de granada.

Mira parou ao meu lado no espelho e alisou as mechas vermelhas com uma careta.

— Acha que são de verdade? Estou usando o cabelo de outra mulher?

— Isso importa quando você está tão impressionante? — perguntei.

A expressão de Mira me disse que *importava*, mas ela não continuou a conversa.

— Boa sorte — disse ela. — Não que precise. Você já tem uma oferta.

— Você vai ter muitas também — assegurei, minha mente vagando para Warren. Estive tão incerta no primeiro dia, me perguntando se deveria ter aceitado o negócio. Com mais tempo para pensar, fiquei feliz por Cedric ter intervindo. Eu queria minhas opções, mesmo que isso significasse o sacrifício de um pagamento inédito.

Uma chamada do lado de fora do quarto nos avisou que era hora de irmos. Apertamos as mãos uma da outra – sem abraços, pois isso poderia amassar os vestidos – e corremos para nos juntar às outras. Elas também eram uma variedade de joias brilhantes: algumas com os cabelos naturais, como o meu, e outras com perucas coloridas. Clara usava um amarelo-girassol que achei horrível. A senhora Culpepper e a senhorita Bradley nos avaliaram novamente.

— Lembrem-se — disse a senhorita Bradley. — Retoquem o pó. Não deixem a maquiagem derreter ou ficar gordurosa.

— E — acrescentou bruscamente a senhora Culpepper — se comportem impecavelmente durante toda a noite. Espero não ver nenhuma de vocês tomando vinho ou ponche.

Criadas extras, guardas e carruagens foram contratados para a viagem. Fomos acomodadas em pares em cada carruagem, a fim de deixar espaço suficiente para os nossos vestidos. As criadas extras vieram separadas de nós, prontas para ajudar quem precisasse de algo no baile. Outra carruagem estava repleta de vestidos extras, perucas e joias, para casos de emergência. Não vi os Thorn, mas sabia que eles iriam em sua própria carruagem.

Como estávamos no começo da noite, ainda podíamos ver a vista da janela, e Mira e eu observamos o lugar ansiosamente. Passamos por outras casas, nenhuma tão grande como a nossa, e fiquei novamente impressionada com a inovação e a disposição desordenada. Em Osfrid, mesmo em uma área rural, com muitas terras, o plano de cada casa era definido com limites claros, muitas vezes com pequenos muros de pedra para separá-los. Tudo era reivindicado. Mas ali, era como se as pessoas tivessem construído ao acaso e não parecessem se importar com a propriedade. E, claro, havia árvores. Sempre árvores.

Elas diminuíram um pouco quando chegamos ao coração de Cape Triumph e, então, achei que Mira estava certa. Os paralelepípedos cobriam as estradas estreitas, e as construções eram mais altas, com a aparência de existirem desde sempre. Lojas de todos os tipos tomavam as ruas, bem como lugares de entretenimento – alguns com aparência mais respeitável do que outros. Com a noite se aproximando, lampiões de cores vivas iluminavam as portas. Grupos de pessoas se moviam pela rua, exibindo uma diversidade de origens enquanto voltavam para casa do trabalho ou procuravam um divertimento para a noite. A maioria estava vestida de forma humilde ou mostrava características da classe média. Mas, obviamente, os cidadãos ricos caminhavam entre eles sem nenhuma indicação de que houvesse algo incomum. Ricos ou pobres, muitos pareciam fazer suas próprias escolhas de moda, desafiando os costumes adorianos e osfridianos. A população era exótica, viva e era impossível afastar o olhar. De acordo com a demografia adoriana, a maioria das pessoas que eu via eram homens.

— Adoraria sair e explorar isso — disse Mira.

— Não acho que a senhora Culpepper aprovaria. — As ruas não pareciam exatamente inseguras, mas certamente não era um lugar para onde uma de nós fosse autorizada a ir sozinha, especialmente depois do comportamento que eu havia observado nas docas. Apontei para um homem de pé, em um canto, usando um uniforme verde escuro.

— Ei, um soldado. É o primeiro que vi. Achei que haveria mais.

Mira seguiu meu olhar.

— Eles estão por perto. Mas não tanto como costumava ser, agora que a maioria das ameaças externas desapareceu.

— Então quem mantém a ordem? A milícia? — perguntei. Cape Triumph não possuía guarda oficial da cidade como Osfro. Os militares eram, geralmente, encarregados de aplicar a lei primária nas colônias, com o restante sendo delegado a grupos voluntários e organizados no local.

— Eles. Os outros agentes da coroa. Piratas.

— Os piratas, por definição, não violam a lei?

— Nem sempre. Você não ouviu como alguns deles andam pelas ruas e ajudam as pessoas em perigo? — O rosto de Mira estava iluminado, animada com o drama heroico que ela amava.

— Não. Quando *você* ouviu isso?

— Às vezes, converso com os guardas. É mais interessante do que ouvir todos os pretendentes que nos visitam.

— Ah. Você quer dizer os pretendentes que nos visitam e vão desempenhar um papel influente no seu futuro?

— Esses mesmo — respondeu, com um sorriso.

O nosso destino era um vasto salão no lado oposto do centro da cidade. Era grande, de madeira e simples, nada como os grandes salões de baile de Osfrid que ficavam em antigas propriedades e castelos. Mas aquele era aparentemente o maior lugar para eventos sociais, e pela multidão de convidados parados do lado de fora, esperei que fosse grande o suficiente para abrigar a todos. Nossas carruagens seguiram por uma porta traseira para que pudéssemos entrar sem que ninguém nos visse.

Nos reunimos em uma sala adjacente e fomos submetidas a outra inspeção enquanto a senhora Culpepper se certificava de que nossos vestidos e penteados haviam sobrevivido à viagem. Observei os Thorn, que estavam juntos, unidos por uma mulher alta que nunca havia visto. No início, pensei que era sirminicana, com seus cabelos pretos e tez escura. Mas havia algo diferente nela, o conjunto das maçãs do rosto e um ar de... distinção. Sua roupa, embora feita de um tecido bonito, assemelhava-se a um vestido de equitação com saias divididas. Parecia deslocado do contexto, assim como seu cabelo, preso em uma longa trança que caía pelas costas. Isso não estava na moda em nenhum lugar.

Virei-me e comecei a comentar com Mira sobre aquilo, quando percebi que Cedric havia se aproximado e estava ao nosso lado. Suas mãos estavam nos bolsos de um casaco comprido, na altura do joelho, e bem ajustado em um tom azul acinzentado que destacava seus olhos cinzentos. Jamais o havia visto usar aquela cor e fui atingida pelo efeito. Aquilo iluminava o castanho dos seus cabelos e poderia facilmente fazê-lo passar por um nobre osfridiano. Só que eu nunca conheci um nobre que me fizesse sentir repentinamente tão corada e quente.

Percebi então que ele estava olhando para mim também e que talvez, apenas talvez, eu não fosse a única a me sentir assim.

— Você está bem — falei.

— Você... também.

— Como se você já tivesse me visto *não* arrumada.

— Bem, já te vi... — ele parou, percebendo a presença de Mira — em roupas menos elaboradas. Desse jeito, hum, apenas uma vez.

— Claro que você ia lembrar disso. — Dei um passo ousado em direção a ele para mostrar a exuberância da roupa. — Mas esta *é* uma grande melhoria. É como um sonho. Nada que lembre aquele *outro* vestido.

— Bem... — Ele me olhou de um jeito que me deixou ainda mais ruborizada. — Acho que depende do tipo de sonho.

Mira limpou a garganta e perguntou:

— Está tudo bem com sua família? Pensei ter visto você e seu pai discutindo antes.

Isso pareceu trazê-lo de volta ao presente, e ele finalmente desviou o olhar de mim.

— Apenas um pouco da nossa disfunção habitual. Estávamos "discutindo" quem faria as apresentações de Adelaide. Ele queria, mas eu argumentava que deveria ser eu, já que você é minha... aquisição. — Era um termo que ele sempre usara livremente no passado, mas relutou em usá-lo naquela noite.

— E? — indaguei.

— Eu venci.

Sorri.

— Quando você não vence?

Um olhar pesaroso cruzou seu rosto.

— Bem, com a condição de que você conheça Warren Doyle primeiro. Desde que eu arranje isso, meu pai está bem com todo o resto.

Depois que fizéssemos nossa grande entrada na sala, pretendentes interessados se aproximariam dos representantes da Corte de Luz para organizar danças e conversas conosco. Era para impedir que fôssemos atacadas.

— Você vai fazer a minha também? — perguntou Mira.

Cedric balançou a cabeça e gesticulou para a mulher alta.

— Aiana fará.

Mira estudou a mulher curiosamente.

— Quem é ela?

— Ela é balanquana — disse. — Faz vários trabalhos para nós.

Mira e eu trocamos olhares assombrados. O povo de Balanquan, como os Icoris, estavam em Adoria quando os osfridianos e outros do lado oposto do mar Sunset haviam chegado. Não houve guerras nem disputas territoriais com os balanquanos como houve com os Icoris. Em parte, isso foi devido às terras do norte serem menos hospitaleiras e também porque eles eram inimigos mais formidáveis do que um Icoris menos desenvolvido. Sua cultura era supostamente sofisticada e rica, embora muito diferente da nossa.

— O que ela está fazendo aqui? — perguntou Mira. Os balanquanos haviam tentado intermediar para os Icoris e osfridianos, mas na maior parte do tempo ficavam longe de nós.

— Tio Charles a contratou — explicou Cedric. — Normalmente, seu trabalho é acompanhar as meninas depois que elas se casam. Se ela vir alguma coisa errada ou algum tratamento ruim, ela... lida com isso.

Antes que pudéssemos pedir mais detalhes, a senhora Culpepper nos chamou para formarmos a fila para nossa grande entrada. Assim como antes, eu lideraria. Minhas mãos começaram a tremer, e eu lutava ferozmente para me controlar. Eu havia sido anunciada e entrado sozinha em inúmeras festas em Osfrid, não costumava estranhar multidões ou exibições, ao contrário de muitas das outras meninas. Elas podiam ter concluído o treinamento, podiam parecer parte da nobreza, mas o que estávamos prestes a fazer ia além do que muitas delas já tinham experimentado. Algumas estavam pálidas, outras tremiam.

A senhora Culpepper me disse para ir. Eu queria poder ver Mira e conseguir um último olhar de encorajamento, mas ela estava na fila atrás de mim e fora de vista. Então, avistei Cedric parado perto da porta. Ele encontrou meus olhos e assentiu. Eu me aproximei.

— Adelaide Bailey, diamante — anunciou alguém.

O salão poderia ser naturalmente simples, mas os Thorn tiveram bastante despesa e trabalho para convencer os convidados do contrário. Flores e velas, linho e cristal... Não fossem as paredes de madeira rústica e vigas expostas no alto, aquilo poderia facilmente se passar por um salão de casa. Uma passarela foi montada no meio do salão para que caminhássemos até um estrado elevado no lado oposto. Os convidados se alinhavam no corredor, ordenadamente e em silêncio, sem nenhuma das grosserias das docas. Era a elite de Adoria, bem vestida, com taças de vinho na mão enquanto nos estudavam educadamente. As mulheres se misturavam na multidão: mães que esperavam ajudar seus filhos ou senhoras da sociedade que estavam simplesmente curiosas.

Caminhei suave e serenamente. Eu era a melhor da Corte de Luz. A nova e a velha nobreza, descendente dos fundadores de Osfrid. Logo, eu tomaria meu lugar com os fundadores de Adoria. Era para isso que eu havia lutado e manipulado durante esse tempo. Como diamante, encontraria a elite da cidade. Participaria dos eventos mais exclusivos.

E receberia o lance – e a comissão – mais alto jamais visto por qualquer uma das joias dos Thorn.

Cheguei ao estrado, onde um dos criados de Jasper me ajudou a subir os degraus com o vestido elaborado. Tomei o meu lugar no centro de uma longa mesa, onde copos de água estavam à nossa disposição. A senhora Culpepper não permitiu que comêssemos ali, então o fizemos antes do baile. Embora a próxima garota estivesse fazendo sua entrada, percebi muitos olhos ainda em mim, e os encontrei de forma tão confiante quanto a rainha de Osfrid faria.

Mira chamou muita atenção quando entrou. Na minha opinião, ela era a mais linda do grupo. Jasper pode ter resmungado, mas eu não tinha dúvidas de que muitos homens gostariam de tê-la como esposa, sirminicana ou não. Pensando em sua natureza livre, imaginei que o problema poderia ser sua aceitação para ser uma esposa. Isso me fez sorrir no momento exato em que encontrei os olhos de Warren Doyle na multidão. Ele sorriu de volta, pensando que eu havia feito isso por ele.

Quando estávamos todas sentadas, o decoro da alta sociedade foi deixado um pouco de lado. Cedric, Jasper, Charles e Aiana foram imediatamente solicitados para apresentações, com pretendentes e seus representantes alinhando-se para ter uma chance conosco.

Mira, sentada à minha esquerda, comentou:

— Vai ser uma noite longa. — Apesar do que parecia ser uma desordem inicial, as coisas logo progrediram.

Cedric veio até mim e segurou meu braço, me escoltando pelo salão.

— Pronta para conhecer seu maior admirador? — perguntou.

— Pensei que fosse você.

— Sou apenas um homem humilde. Não um futuro estadista absurdamente rico e amedrontador.

Observei Warren Doyle quando nos aproximamos. Seu rosto estava iluminado, e ele se moveu animadamente, remexendo os pés. Seu casaco era cortado como o de Cedric, sob medida, e abotoado no pescoço em um tom de bronze. Parecia estar tentando permanecer calmo e sério, mas seu rosto abriu um enorme sorriso quando nos aproximamos.

— Se isso te faz sentir melhor — falei suavemente —, gosto mais do seu casaco.

— Bem, não diga isso ao pobre homem. Acho que ele cairia em lágrimas se soubesse que você pensa isso dele.

Consegui parar de rir, mas um sorriso ainda escapou – o que fez Warren pensar novamente que era para ele.

— Senhor Warren Doyle — disse Cedric, sem deixar vestígios da provocação prévia. — Gostaria de lhe apresentar a senhorita Adelaide Bailey.

Fiz uma delicada reverência que aprendemos em Blue Spring, e Warren segurou minha mão, ainda sorrindo amplamente quando a apertou.

— Sei que deveria ser mais decoroso, mas não posso evitar... estou muito animado. Você provavelmente pensa que não sou civilizado.

Sorri de volta, divertida com sua ansiedade nervosa.

— De forma alguma, senhor Doyle.

Cedric fez uma pequena reverência e deu uma piscadela para mim, que Warren não viu.

— Vou deixar vocês dois conversarem e volto para sua próxima apresentação.

Assim que o quarteto de cordas começou a tocar, ele saiu. Warren estendeu a mão e me levou para uma dança.

— Me chame de Warren — disse ele. — Gosto de ser direto.

— Foi o que ouvi. Pode me chamar de Adelaide.

— Sei que nosso tempo esta noite é breve. E sei que você terá uma dúzia de homens tentando fazer sua cabeça com todos os tipos de charme e prazeres. — Ele fez uma pausa. — Não sou tão bom nisso... em conversa fiada, apenas para manter a aparência. Sei que algumas damas gostam disso, mas como disse...

— Você é direto — terminei.

— Exatamente. Se eu sei o que quero, vou atrás. E vou ser honesto, quero você. Enquanto esperávamos que o seu navio chegasse, eu sabia, sem dúvida, que iria fazer uma oferta pela estrela da sua corte. Vê-la nas docas só confirmou minha decisão. E vendo você agora... — Ele balançou a cabeça. — Bem, vou dizer, simplesmente. Não olhei para nenhuma das outras garotas. Você realmente é um diamante. E não consigo imaginar outra esposa além de você.

Mesmo sabendo o que eu sabia sobre ele, me sentia um pouco oprimida.

— Uau... você é bem...

— ... direto?

Eu ri.

— Sim, mas acho que "forte" era o que eu tinha em mente. Ou talvez "intenso". Você é muito gentil, muito lisonjeiro. Mas não sei se mereço isso quando ainda mal nos conhecemos.

Ele pareceu envergonhado e perdeu um passo, mas eu era rápida o suficiente para recuperá-lo por nós dois.

— Eu sei, eu sei. E sinto muito. Pareço um idiota desesperado, mas eu... Você sabe o que estou enfrentando, certo? A governança de Hadisen? Com apenas vinte e três anos?

— Ouvi isso também. Uma grande honra.

— E terrível — admitiu e olhou ao redor, inquieto: — Não contei isso a ninguém e, certamente, não ao meu pai, que me ajudou a conseguir o posto. Estou feliz, realmente estou. Mas não vai ser fácil, e não me refiro apenas ao trabalho de estabelecer a colônia, o que certamente é formidável. Quero que Hadisen seja um lugar forte. Um bom lugar, com cidadãos honestos e prósperos. Nem todo mundo vai me deixar fazer isso. As pessoas estão sempre te observando na política, sempre querendo que você falhe. Mesmo quando fingem ser seus amigos.

Não falei nada e simplesmente acenei em sinal de encorajamento. Mas ele havia tocado em uma velha lembrança: a forma como a nobreza em Osfrid também usava expressões agradáveis apenas para atacar quando vantajoso. Mesmo do outro lado do oceano, algumas coisas não mudavam, e me vi simpatizando com Warren Doyle.

— Tenho colegas e conselheiros em quem acredito que posso confiar, mas nunca se pode ter certeza — continuou. — E é por isso que preciso de uma esposa inteligente e competente. Minha verdadeira aliada. A única pessoa em quem possa confiar, para me dar bons conselhos enquanto me ajuda a manter as aparências com a moda, a cultura e todas as outras coisas que a elite gosta de avaliar minuciosamente.

— Não acho que você precise de muita ajuda com moda e cultura.

Independentemente do que havia dito a Cedric, Warren estava vestido de maneira excepcional.

— Estou cercado por uma poderosa família aqui – e uma mãe que acompanha as tendências. Lá? Não terei nada. Exceto você. E acredite em mim quando digo que você teria tudo que poderia sonhar. Luxo ao seu alcance. Controle completo da casa.

— Novamente, isso é lisonjeiro — falei. — Mas você não sabe nada sobre mim, além da minha posição. Há mais no casamento do que isso. Como você sabe que nós somos... compatíveis?

Sua resposta foi rápida.

— Porque você não disse instantaneamente que sim. Você é uma mulher que analisa, que pode avaliar as coisas. E isso, Adelaide, é exatamente o que estou procurando – o que mais admiro.

Cedric apareceu ao nosso lado no instante em que a música terminou.

— Adelaide, é hora da sua próxima apresentação.

Warren segurou minha mão enquanto eu me afastava.

— Por favor, considere minha oferta. Sei que devo soar desesperado e certamente estou fazendo tudo errado...

— Por favor, senhor Doyle — disse Cedric. Ele pareceu um pouco surpreso, mas na maior parte, divertido com o que ele, sem dúvida, considerou mais um entusiasmo desorientado de Warren. — Está na hora de irmos.

Warren não me soltou, mesmo quando tentei me afastar.

— Você vai ouvir todos os tipos de ofertas esta noite. Todos os tipos de palavras bonitas. Você é linda e incomparável, mas pergunte a si mesma, quantos a querem por sua sabedoria? Para ser uma parceira?

O sorriso de Cedric desapareceu.

— Senhor Doyle, seu tempo acabou...

Warren não se intimidou.

— E quantos poderão lhe oferecer o mesmo estilo de vida que eu posso lhe dar? A rainha de uma colônia?

— Já chega — exclamou Cedric, perdendo a civilidade. — Você não está acima das regras aqui, não importa sua posição ou recursos, senhor Doyle. Estabelecemos diretrizes específicas e, se você não puder segui-las, nossos guardas terão de retirá-lo. — Cedric me puxou, fazendo Warren tropeçar e ficar compreensivelmente espantado.

— Você se ouviu? — questionei quando Cedric me levou embora. — Porque eu ouvi, assim como várias pessoas que estavam próximas a nós. É melhor esperar que seu pai não descubra o que acabou de falar.

— Não me importo com ele. — A expressão sombria de Cedric mostrou que ele já não achava Warren Doyle divertido. — Já é a segunda vez que Doyle se mostra fora de controle.

— Um último apelo apaixonado não é estar fora de controle — respondi. — Você poderia ter sido um pouco mais diplomático antes de fazer ameaças.

Minha próxima dança foi com um major do exército de Denham cuja carreira estava em ascensão – acabara de ser encarregado de levar os soldados às colônias mais ao sul de Osfrid para investigar os ataques à fronteira de Icori. Ele exaltou a minha beleza, fazendo todos os tipos de analogias poéticas, como que meus olhos eram da cor dos jacintos na primavera. Depois dele, veio outro magistrado, mais graduado que o senhor Collins. Ele foi seguido por um bispo de Uros – um homem que parecia muito mais preocupado com assuntos mundanos do que espirituais...

E eles foram passando. Por fim, fiz uma pausa, me sentando no estrado com Mira, tentando me refrescar com um leque coberto de cristal.

— É exaustivo — falei.

— Me conte como foi — disse ela, esfregando os pés doloridos debaixo da mesa.

— Acho que mais do que alguns homens estavam de acordo com um casamento com uma sirminicana. — Eu sabia a resposta; ela esteve tão ocupada quanto eu.

— Ainda vamos ver — respondeu ela com um sorriso malicioso. — É difícil saber qualquer coisa sobre eles agora. Principalmente, quando tudo o que fazem é discorrer sobre a minha beleza e usar palavras bonitas.

Olhei surpresa para ela.

— Isso é exatamente o que Warren disse.

— Mesmo?

Assenti.

— Que todos esses homens tentariam me lisonjear, mas que ele era o único que me ofereceria um acordo baseado nas minhas qualidades e na sua necessidade de ter uma parceira em cujo conselho ele pudesse confiar.

As sobrancelhas dela se ergueram.

— Não ouvi nada parecido com isso no meu grupo de hoje. Ainda acho que a oferta inicial foi presunçosa, mas...

— Mas?

— Talvez você não devesse descartá-lo tão rapidamente.

— Nossa, Mirabel Viana, jamais imaginei que você diria uma coisa dessas.

Ela zombou.

— Bem, isso foi antes de eu ter tido o meu cabelo comparado ao céu noturno.

— Foi o major?

— Sim — respondeu, e nós duas caímos na risada.

Conversamos pouco depois disso, desfrutando de nosso breve descanso. Observamos a multidão, as outras meninas dançando e flertando com seus admiradores. A maioria havia superado a timidez inicial e estava absorvendo toda a atenção que recebia. Clara, em particular, parecia estar adorando. Ela estava dançando com o major, e eu me perguntava que elogios ele fazia a ela. Aparentemente, estava tentando aumentar suas chances falando com todas nós.

De repente, Mira se levantou, com um olhar de surpresa em seu rosto.

— O que foi? — perguntei.

— Eu... não foi nada. Mas eu preciso... verificar uma coisa. Volto já.

Ela correu pelo estrado sem olhar para trás. Olhei ao redor, tentando descobrir o que havia chamado sua atenção, mas só vi um mar de rostos. Logo, fui levada de volta ao grande jogo. Quando a festa finalmente dispersou, já havia passado quase cinco horas. A animação e a adrenalina haviam desaparecido, e eu só queria a minha cama. Meus pés doíam. Assim que voltei para a antessala, caí contra a parede, fechando os olhos aliviada.

Alguém entrelaçou o braço no meu.

— Calma, minha lady. Não desmaie ainda.

Abri os olhos.

— Já disse para não me chamar assim.

— Não acho que alguém pensaria que eu estava sendo literal hoje à noite. Você consegue andar?

— Claro. — Me endireitei, e Cedric deslizou o braço ao redor das minhas costas, me permitindo me aconchegar a ele. As garotas também estavam se ajudando, todas nós exaustas enquanto seguíamos para as carruagens.

— Vai ser muito mais fácil depois disso — disse ele. — Festas menores. Casas particulares. Visitas de um a um em casa. Isso foi só para chamar atenção.

— Espero que tenha funcionado.

— Para você, sim. Tive que afastar vários pretendentes. Não havia tempo.

— Bem, espero que você tenha escolhido apenas aqueles que... — Fiz uma pausa ao chegarmos perto da carruagem e olhei ao redor. — Onde está Mira? — Cedric olhou também. Já era quase o meio da noite, e a cena por trás do salão era de caos, repleto de cavalos, cocheiros e os contratados de Jasper. As garotas brilhavam um pouco menos agora, e não havia necessidade da meticulosa ordem de antes. Tudo o que queríamos era entrar em uma carruagem e ir para casa.

— Ela está aqui, em algum lugar — disse Cedric. — Provavelmente, já dentro de uma dessas. Vamos.

Ele começou a me ajudar a entrar em uma das carruagens quando uma voz atrás de nós me chamou.

— Adelaide?

Nós nos viramos para ver Warren Doyle se aproximando. Desci novamente.

— Como você conseguiu passar pela segurança? — questionou Cedric. — Esses guardas deveriam manter todos afastados.

— Senhor Thorn, sou o filho do governador. Eles não me mantêm afastado de nenhum lugar. — Warren estudou Cedric por alguns momentos e então virou seu sorriso cativante para mim. — Adelaide, sei que muitos convites inundarão sua porta agora, então quis emitir o meu pessoalmente. Minha esperança é que eu vá falar com você em breve. Mas minha mãe também oferecerá um jantar daqui algumas noites, e gostaríamos que você se juntasse a nós. Com algumas outras jovens, é claro.

— Isso é muito gentil — falei. — Tenho certeza de que...

— Vamos checar a agenda dela e lhe daremos um retorno — interrompeu Cedric. — Como você mesmo disse, sem dúvida, receberemos outros convites. E há regras a serem seguidas.

Warren olhou para Cedric.

— Você é muito ligado às regras, senhor Thorn. Admiro sua integridade.

— Entraremos em contato — disse Cedric, decidido.

— Obrigado pelo convite — falei, oferecendo um sorriso a Warren na esperança de aliviar a tensão. Ele sorriu de volta, curvou-se e se misturou à multidão.

Olhei para Cedric.

— Parece até que você não quer uma comissão grande.

Ele pensou nisso por um momento.

— Quero. Mas talvez não dele.

— Por que não?

— Acho que não dele.

— Você nem o conhece!

— Sei que ele é arrogante e cheio de si.

— Parece alguém que eu conheço.

— Adelaide. — Ele se inclinou para mim, perigosamente e de uma forma totalmente inadequada. — Você viu como ele agiu. Como foi arrogante.

— Com *você*. Porque você o estava provocando. Não estou dizendo que quero fugir com ele aqui e agora, mas certamente não podemos descartá-lo ainda. Essa decisão é minha, não sua. — Olhei ao redor e baixei o tom da minha voz. — Deveríamos estar trabalhando juntos nessa questão! Não posso fazer meu trabalho aqui se você ofender cada pretendente que aparecer.

— Seu trabalho?

— Sim — respondi. — Sei ler os homens. Conheço as intenções românticas deles melhor do que você.

A voz de Cedric era sarcástica.

— Certo. Tenho certeza de que você aprendeu tudo sobre as "intenções românticas" dos homens depois de anos se atirando desesperadamente para eles em salões abafados. Como exatamente isso funcionou para você, minha lady?

Um rubor corou minhas bochechas.

— Eu não esperaria que você entendesse os caminhos da classe alta. Entre seu sangue comum e pagão...

— Há espaço aqui?

Sylvia caminhou até nós com um sorriso cansado. Era óbvio que ela não havia escutado nossa conversa, caso contrário, poderia ter ficado desconfortável. Cedric imediatamente recobrou sua expressão encantadora e ofereceu-lhe uma das mãos.

— Claro.

Com Sylvia já acomodada, ele me ajudou a subir. Quando eu estava prestes a entrar, ele me parou, segurando minha mão com seu outro braço ao redor do meu corpo. Cedric se inclinou para perto de mim, para que ninguém mais o ouvisse. Aquela proximidade me desequilibrou, me fazendo perder o foco em tudo ao meu redor, exceto em seus olhos e seus lábios.

— Adelaide, não estou tentando...

— O quê? — exigi, minha agitação retornando. — O que você está tentando fazer?

Ficamos assim por um momento, e então seu rosto endureceu.

— Nada. Como você disse, só tenho sangue comum. Não estou tentando fazer nada.

Ele me levantou e fechou a porta, ordenando ao cocheiro que partisse.

15

Minhas emoções eram como uma tempestade dentro de mim quando voltamos para casa. Eu estava furiosa com Cedric, é claro, e tinha todo o direito, depois do modo como ele se comportou. Ao mesmo tempo, senti uma inexplicável vontade de chorar. Mesmo nos momentos mais tensos dos nossos primeiros dias juntos, nunca havíamos brigado assim. Ir embora com aquela raiva entre nós fez meu peito doer. Magoada e furiosa como eu estava, não podia suportar o pensamento de estarmos em desacordo. Era confuso, e meu próprio coração estava uma bagunça.

Minha reflexão terminou quando encontrei meu quarto vazio. Havia suposto que Mira tinha vindo na frente, já que não estava do lado de fora enquanto eu conversava com Cedric e Warren. *Não há motivo para preocupação*, pensei. *Ela deve ter tomado uma das carruagens que vinha depois.*

Mas ainda não havia sinal dela enquanto eu me preparava para dormir e a noite avançava. Todas as outras estavam de volta, se encaminhando vagarosamente para a cama. Isso me deixou em um dilema. Deveria contar à senhora Culpepper? E se algo tivesse acontecido com Mira? Por outro lado, eu conhecia o jeito de Mira. Era perfeitamente possível que ela tivesse fugido para explorar a cidade e, no fim das contas, informar sua ausência a colocaria em apuros. Cedric teria sido uma opção neutra, mas depois da nossa briga eu não estava disposta a falar com ele. Mira era durona, disse a mim mesma. Ela ficaria bem.

E, realmente, quando acordei, ela estava em sua cama.

— Estava preocupada com você — disse. Não perguntei abertamente o que havia acontecido, mas o tom expectante da minha voz não deixou dúvidas de que eu estava ansiosa por mais informações.

— Desculpe — disse Mira, parando para se espreguiçar e bocejar. — Não queria te assustar. Obrigada por não contar a ninguém.

Quando ela continuou sem oferecer nenhuma explicação, perguntei:

— Você estava explorando a cidade?

Ela hesitou.

— Sim. Tolice, eu sei.

— Algo poderia ter acontecido com você! Prometa-me que não vai fazer isso de novo. Não é seguro para uma mulher sozinha.

— O mundo nunca é — murmurou.

Esperei por mais, mas não veio.

— Você não prometeu.

— Porque não posso.

— Mira...

— Adelaide — interrompeu ela. — Você tem que confiar que eu não faria nada, perigoso ou não, sem uma boa razão. Mas... bem, todos nós temos nossos segredos. Sei que você também tem, e respeito isso.

Balancei a cabeça, sabendo que pressioná-la me transformaria em uma hipócrita, quando eu escondia tanta coisa.

— Apenas me diga uma coisa — falei por fim. — Você não estava com os alanzanos, não é? — Não conseguia pensar em nada mais oculto que ela pudesse estar fazendo e não tinha certeza se poderia lidar com dois hereges em minha vida.

Ela riu, surpresa.

— Não. Por que acha isso?

— Porque, bem, você é de Sirminica. E sabe muito sobre eles.

— Eu sei — respondeu, um pouco séria. — Fui criada entre eles e sou simpática à causa, mas não sou um deles. É como se os seus modos estivessem gravados na minha cabeça. Quando vejo uma lua cheia clara, penso como seria perfeito para um dos seus casamentos. E sei quando são os seus feriados, como amanhã, que é o Advento Estelar, mas não que eu os comemore.

— Advento Estelar — repeti, não familiarizada com o termo. — É um ritual cheio de atos sórdidos?

— Você está pensando nos Ritos da Primavera, e não são sórdidos. Muitos alanzanos têm moral forte. O Advento Estelar é um feriado mais solene.

Assenti, sem saber como me sentir sobre suas ações. Fiquei feliz por ela não estar em perigo de ser presa por ser uma herege... mas se não era isso, então em que outro perigo ela poderia estar envolvida? Não obtive qualquer resposta.

O dia foi um verdadeiro turbilhão. Não tivemos descanso após a noite do baile de gala e a tarde estava repleta de compromissos com potenciais pretendentes que queriam conversar conosco em particular. A casa foi inteiramente ocupada, enquanto a senhora Culpepper arranjava salas para as reuniões e damas de companhia para cada uma. Tive quatro reuniões ao longo do dia, uma com um cavalheiro que conheci no baile e três com novos pretendentes. A senhorita Bradley acompanhou duas delas, e Aiana fez as outras duas. Ela falou pouco comigo, apenas sorrindo em cumprimento.

Muitos homens entraram e saíram da casa naquele dia, mas Cedric não foi um deles.

Isso me aborreceu de uma maneira que eu não esperava. Desde que saí de Osfrid, eu o via quase sempre. Sua presença era parte da minha vida agora. Uma piada aqui, um sorriso de entendimento ali. Sem ele, Wisteria Hollow parecia um lugar completamente diferente. Eu me sentia como uma pessoa diferente. Muito infeliz.

Ele apareceu naquela noite para ser acompanhante em uma festa que estaria sendo oferecida às três garotas mais bem classificadas: eu, Mira e Heloise, que era de Swan Ridge e herdara o segundo lugar. Como Mira, ela originalmente tinha uma pedra um pouco menos preciosa, então eles a mudaram de peridoto para esmeralda, o que lhe permitiu manter seu guarda-roupa verde. Era uma lembrança dolorosa de Tamsin.

Tentei conversar com ele ao longo do caminho, mas Cedric não falou mais do que o absolutamente necessário. Ele mal fez contato visual. Quando chegamos à casa de um dos comerciantes mais prósperos de Cape Triumph, ele se manteve em segundo plano, nos deixando reivindicar a atenção na festa enquanto ele simplesmente supervisionava.

A casa era impressionante para os padrões adorianos, uma grande propriedade com muitos criados. Tentei me imaginar como a senhora daquele lugar. Era uma das principais posições que uma garota da Corte de Luz poderia ocupar ao se casar. Havia poucas casas em Denham que poderiam ser comparadas àquela, exceto, talvez, a casa do governador.

Nosso anfitrião comerciante era um homem agradável, bastante atraente, que foi educado com todas nós, mas nada nele me chamou atenção em especial. Sorri e falei pouco, mas não fiz mais nada para me distinguir. Se estivesse sendo mercenária e simplesmente comparando os homens com base em seus recursos, Warren ainda ganharia – já que pelo menos ele estava estabelecido em Hadisen.

Quando estávamos indo embora, nosso anfitrião nos disse que entraria em contato, mas era óbvio que Heloise era sua favorita. Ela foi sorrindo no caminho para casa, e eu fiquei feliz por ela.

— Vocês três vão para a casa do governador amanhã à noite — disse Cedric. — Para um jantar particular. Não poderei acompanhá-las, mas creio que meu pai o fará.

Seja lá o que Cedric pensasse do governador e seu filho, manteve a expressão e suas maneiras perfeitamente profissionais. Aquela dor no meu peito se intensificou.

As demais garotas estavam em casa quando voltamos. Elas ainda estavam acordadas, alvoroçadas com as últimas notícias da cidade, muito mais substanciais do que nos dias anteriores. Os soldados lorandianos haviam sido localizados perto das fronteiras do norte das colônias osfridianas. Um homem, bêbado de muito vinho, afirmou ter sido resgatado por dois vigilantes piratas. Para o oeste, Icoris haviam sido avistados em terras osfridianas, despertando temores que pudessem se deslocar em nossa direção. Alguns até afirmaram que eles estavam assediando as colônias do norte. Em Cape Triumph, um navio mercante carregado de açúcar e especiarias havia desaparecido, o que significava que os preços subiriam. Uma colônia pagã chamada Westhaven havia recebido permissão da coroa para se estabelecer.

Grande parte das notícias eram tão sensacionais que tive dificuldade em acreditar que eram verdadeiras. Havia poucos detalhes para sustentá-las. A única da a qual eu tinha certeza era a notícia sobre Westhaven. Eu sabia que era religiosamente tolerante, não exatamente pagã, mas, para a maioria das pessoas, isso era quase a mesma coisa.

Fui para a cama, sem interesse nas fofocas. Mira ficou um pouco mais, mas logo me seguiu. No entanto, quando acordei no meio da noite, pude ver pelo luar que sua cama estava vazia. Quando chegou a manhã, ela estava de volta.

— Quer conversar sobre o que aconteceu na noite passada? — ela perguntou enquanto nos preparávamos para o dia.

— Está falando sobre você não estar na cama novamente?

Ela balançou a cabeça.

— Estou falando sobre você e Cedric se recusando a fazer contato visual.

— Ah. — Me virei de volta para o espelho e fingi arrumar um cacho. — Nós brigamos, só isso.

— Não pode ser só isso, se está te deixando tão para baixo. Se você estivesse com raiva de alguém como Jasper ou Charles, eu diria que não se preocupasse com isso. São negócios. Você não tem que vê-los novamente. Mas com Cedric... posso ver que é diferente. Há um vínculo aí, algo que não sei do que se trata.

— Eu devo a ele — falei em tom suave. — E isso me forçou a fazer algumas escolhas difíceis. — *Como escolhê-lo ao invés de Tamsin*, pensei.

— Quer falar sobre isso?

— Sim. Mas não posso. — Ela começou a interromper, e eu levantei uma das mãos para que pudesse continuar. — Eu sei, eu sei. Posso lhe contar qualquer coisa, mas isso não significa que eu *deva*. Ainda não, pelo menos. Algumas coisas precisam ficar em segredo, como o motivo de você sair à noite. Continuo esperando que seja algum romance com um homem arrojado e rico, mas duvido. O que sei é que você não faria isso sem uma boa razão e que não iria mantê-lo em segredo sem um bom motivo. É o mesmo comigo. Há muitas coisas que eu gostaria de poder lhe dizer...

Mira me abraçou.

— Não precisa me dizer nada. Confio em tudo o que você está fazendo. Mas... — Ela se afastou e me olhou nos olhos. — Você precisa consertar as coisas com Cedric. Você não está sendo você mesma.

Suas palavras ficaram comigo, mas não tive a chance de consertar nada. Cedric tinha saído naquele dia, e sua programação estava cheia, muito parecida com a do dia anterior. Heloise recebeu uma oferta de casamento do comerciante rico, que aceitou prontamente, fazendo dela a primeira de nós a selar um contrato.

Sem ela, Clara foi elevada a uma das três mais bem classificadas e se juntou a nós no jantar do governador. Jasper nos acompanhou, como Cedric havia mencionado, e nos disse que seu filho tinha saído com amigos. Indaguei-me a respeito daquilo, já que eu sabia que Cedric não tinha amigos na cidade. Parecia mais provável que Jasper simplesmente quisesse ter a honra de nos levar a um evento tão importante.

— Bem-vindas à nossa casa — disse a Senhora Doyle, nos saudando pessoalmente na porta. A mãe de Warren era uma mulher impressionante, sem um fio cinza sequer em seus cabelos negros e com um caminhar autoconfiante. Lembrei-me de Cedric ter dito que ela era filha de um barão, e as marcas de nobreza ainda permaneciam. O governador se juntou a ela, e também era um homem bonito, revelando uma forte semelhança com Warren. Toda a sua natureza era graciosa e carismática, o que parecia apropriado para um político. Ele logo se afastou, mais interessado em falar de negócios com outros homens da colônia do que em investigar futuras noras.

Warren nos cumprimentou também, mas foi em mim que se concentrou. Clara e, para minha surpresa, Mira fizeram tentativas de encantá-lo. Igualmente surpreendente foi o quanto Mira parecera boa naquilo. Eu não podia acreditar que qualquer homem seria imune àquele sorriso adorável dela, mas Warren foi. No momento apropriado, ele segurou a minha mão e me conduziu pela festa.

— Estou tão feliz por você estar aqui — disse. — Estou animado para mostrar a casa da minha família e apresentá-la a alguns dos melhores cidadãos de Denham.

Muitos dos convidados, eu havia conhecido no baile de gala e no jantar da noite anterior, e percebi que, embora a reunião fosse para ajudar Warren, outros amigos solteiros do governador estavam nos examinando também.

A casa era ainda mais refinada que a do comerciante. Percebi que nenhum lugar em Adoria tinha aquela atmosfera antiga e régia da elite de Osfrid. A riqueza era exibida de uma forma mais nova, mais moderna e, uma vez que eu me acostumasse com isso, poderia apreciar a magnificência da propriedade dos Doyle.

— Claro que não teríamos nada assim imediatamente — me disse Warren quando entramos em um conservatório onde ficava uma grande harpa e alguns outros instrumentos grandes luxos no Novo Mundo. — Mas eu me certificaria, obviamente, de que não fôssemos morar em um barraco. Um dia, poderíamos alcançar este nível. Foi o que meu pai fez.

— Ele é governador há muito tempo? — perguntei, estudando uma pintura. Era de Morel, um famoso artista lorandiano, e Warren o havia adquirido enquanto estudara naquele país durante um ano. Perguntei-me se o agente de Cedric considerava os Doyle como potenciais compradores para a minha pintura.

— Quinze anos. — Era, obviamente, uma questão de orgulho para Warren. — Lord Howard Davis foi o governador originalmente nomeado pelo rei. Meu pai era tenente-governador e, juntos, ajudaram a estabelecer Denham e expulsar os Icoris. Quando meu pai assumiu, continuou esse legado, transformando em um lugar seguro e próspero.

— Ele fez um excelente trabalho — admiti. — Todo mundo sabia que Denham era a colônia mais bem-sucedida. Dinheiro e comércio fluiam entre a cidade e Osfrid.

Warren fez uma careta.

— Bem, Osfrid parece ter mais dinheiro, mas...

— Warren, querido?

A senhora Doyle entrou na sala, deslizando lindamente em um vestido de cetim de cor creme.

— Você monopolizou esta pobre menina desde o momento em que ela chegou, e há mais duas para entreter. Deixe-me dar uma volta e lhe dar um descanso das suas declarações de amor.

Warren e eu coramos, mas ele não negou. Beijou minha mão e obedeceu sua mãe com evidente relutância. Ela balançou a cabeça e me deu um sorriso de desculpas enquanto entrelaçava o braço ao meu.

— Peço perdão caso ele tenha sido direto demais — disse.

— De jeito algum, senhora Doyle — respondi, embora fosse exatamente o que eu lhe dissera na noite do baile de gala. — Ele é muito charmoso.

— Você deve me chamar de Viola. E obrigada, ele é charmoso mesmo, não que desse para dizer isso pela forma como ele vem conduzindo esta corte! — Caminhamos em direção à área principal da sala de visitas, mas nos mantivemos distantes, afastadas o bastante para falar em particular. — Mas você deve entender que ele está muito ansioso para se casar. Estávamos na expectativa de que Warren se casasse com uma das garotas da Corte de Luz, mas não tínhamos certeza de que seu navio chegaria a tempo.

— Quando ele irá para Hadisen?

— Em pouco mais de um mês.

— Não é muito tempo para selar um casamento.

Viola me lançou um olhar compreensivo.

— Não é? Ouvi que uma de vocês já aceitou uma oferta. — Ela sorriu quando eu não respondi. — Compreendo a sua hesitação. É sábio da sua parte. O casamento é compromisso, e você quer garantir que esteja tomando a decisão acertada.

— Exatamente — respondi. Um criado nos ofereceu champanhe, mas eu balancei a cabeça. Era óbvio que Warren e sua mãe tinham uma agenda própria, e eu não queria ficar embriagada e concordar acidentalmente com alguma coisa. — E estou muito lisonjeada pela atenção de seu filho. Só quero ter certeza de que isso será bom para ele também...Parece que ele teria arranjado o casamento mesmo sem me conhecer.

Ela soltou uma risadinha.

— Não, ele não iria tão longe. Se você parecesse incompatível na primeira reunião, ele teria resistido. E se eu tivesse encontrado alguma coisa errada ao conhecê-la, o que, a propósito, não aconteceu, teria deixado claras as minhas objeções.

— Obrigada.

— Mas vamos ser diretas — continuou. Isso, aparentemente, era um traço compartilhado na família Doyle. — Casamentos raramente são feitos por amor, embora, certamente, o amor possa acontecer. Ora, eu mal havia visto Thaddeus antes de nos casarmos. E mal conseguia acreditar que meus pais arranjariam tal coisa: eu, uma mulher nobre, casada com um barão que se dirigia para o Novo Mundo. Mas, entenda, ele era um advogado rico. E minha família estava sem dinheiro.

— Ah — falei em tom neutro. — Deve ter sido muito difícil. — Me lembrei de ter sugerido uma união com um *nouveau riche* à minha avó no dia em que conheci Lionel, há séculos. Se ela estivesse mais aberta a isso, nossas vidas seriam muito, muito diferentes agora.

— Foi — ela admitiu. — Mas fiz o meu melhor para trazer o que eu poderia desse estilo de vida nobre para cá. Só porque muitos aqui nas colônias têm raízes humildes, só porque nossas cidades ainda são rudes e caóticas... bem, isso não significa que não possamos aspirar ao grande legado da nossa pátria. Esse tipo de transformação é do que se trata a sua Corte de Luz, não é?

— Suponho que sim. Ced... o senhor Cedric Thorn e seu pai nos chamam de "nova nobreza".

— Curioso. — Seus olhos se voltaram para Warren, que estava conversando com Mira. Ela parecia muito mais animada do que eu já havia visto próxima de outros pretendentes, mas Warren parecia distraído e continuava a olhar para nós. Viola voltou-se para mim. — Estou orgulhosa do que estabeleci aqui, e mesmo que meu marido seja um bom homem, bem... não posso esquecer a grande dignidade daquelas antigas linhagens de Osfrid. Fico feliz por poder passar um pouco da minha herança exaltada para meu filho, mesmo que meu título antigo signifique pouco aqui. E gostaria de ver meus netos continuarem com um legado semelhante. Aí, é claro, é onde você entra, minha querida.

Ela olhou para mim com expectativa, mas me senti completamente confusa.

— Como?

— Meus netos, assim como meu filho, se tornarão líderes nesta terra. Muitos, meu marido inclusive, lhe dirão que trabalho duro e caráter ganham essa posição. E isso faz parte. Mas o sangue é decisivo. E quando você e Warren se casarem, poderei ficar tranquila, porque duas linhagens nobres serão transmitidas aos meus descendentes.

Uma sensação estranha começou a se espalhar por mim.

— Eu... não sei o que quer dizer, senhora Doyle.

— Já lhe disse, deve me chamar de Viola. Não há necessidade de títulos entre nós, nem mesmo entre condessas.

A sala ameaçou se fechar sobre mim, e achei que poderia desmaiar. Me estabilizei, respirando fundo enquanto me esforçava para não revelar nada em minha expressão. Eu não havia chegado tão longe para colocar tudo a perder.

— Sinto muito, você deve me perdoar. Só não estou acompanhando a conversa.

— Você é muito boa. — Não deixa transparecer nada. Sem dúvidas, precisou se aperfeiçoar nisso no último ano para chegar aonde chegou. Eu poderia ter duvidado de mim mesma se não me lembrasse tão bem de ver a jovem lady Witmore, condessa de Rothford, em uma festa, há cinco anos. Seus pais haviam acabado de falecer, e lady Alice Witmore já estava perfeitamente consciente de que a fortuna da sua família estava desaparecendo e que ela teria que garantir um bom casamento para você. Você era muito jovem na época, mas já estava em campo. Lembro-me de pensar que você era tão adorável que não teria dificuldade em arrumar pretendentes. — Viola fez uma pausa significativa. — Mas quando a vi nas docas em sua chegada, achei que estivesse errada. Você não mudou muito em cinco anos. Está mais madura, é claro. Uma mulher. Talvez até mais bonita.

— Senhora Doyle — falei com rigidez, me recusando usar seu primeiro nome. — A senhora cometeu algum tipo de engano.

Ela chamou um criado para substituir a taça de champanhe.

— Ou é possível você tenha tido um bom arranjo, mas não quis o homem? Posso certamente compreender *isso*. — Seus olhos se fixaram brevemente sobre o governador. — O que quer tenha lhe conduzido até aqui, fico contente. Foi muito aventureiro da sua parte, muito arriscado, mas, como pode ver, tudo acontece por uma razão.

Olhei ao redor da sala, sem perceber a conversa entre os convidados. Não esperava por aquilo. Não tinha nada preparado. Por fim, admitindo, perguntei:

— Warren sabe?

— Claro. É por isso que ele está tão ansioso. Como eu, ele sempre sonhou com uma parceira digna. Havíamos suposto que a Corte de Luz, com suas imitações baratas, era o melhor que conseguiríamos. Conheci aquelas garotas no passado, você sabe. Eles fazem um trabalho admirável, mas suas raízes comuns muitas vezes se revelam. Quando fiz perguntas sobre você na primeira semana, e é claro que fiz, depois que a reconheci, descobri como você era exemplar. Perfeita em cada exame que lhe deram, como se tivesse nascido para isso.

Deslizei o olhar pela sala e a encarei.

— Senhora Doyle, o que quer de mim?

— Você já sabe. Quero que se case com meu filho. Quero que vocês dois sejam felizes e tenham uma vida longa e próspera juntos, governando Hadisen. — Ela fez uma nova pausa dramática. — Mesmo você não pode encontrar uma falha nesse plano. É óbvio que veio para cá em busca de um casamento vantajoso. Pode, honestamente, me dizer se há algo melhor disponível? Alguém com tal futuro e que esteja apaixonado por você – ele está, você sabe, independentemente do seu título. E garantir um casamento que certamente a beneficiaria. Como uma mulher solteira, ainda legalmente ligada à sua avó, você poderia muito bem ser levada de volta a Osfrid por algum caçador de recompensas empreendedor. O casamento liga você ao seu marido. Liberta você.

— Está me ameaçando? — perguntei.

— Lady Witmore — disse ela, suavemente —, estou simplesmente expondo os fatos a você.

O jantar foi servido e tomei meu lugar à mesa, inexpressiva. Viola, felizmente, estava na outra extremidade, mas Warren se sentou ao meu lado, feliz como sempre por me ver. Ele conversou sobre os grandes sonhos que possuía para sua colônia e como esperava implementá-los. Balancei a cabeça, sorrindo apropriadamente enquanto meus pensamentos giravam furiosamente.

Depois de manter todo o autocontrole conseguido em uma vida, de repente, me senti à deriva – tão impotente quanto o *Gray Gull* balançando contra a tempestade. Senti-me sozinha e presa, desesperada por um aliado. Mas Mira estava sentada bem longe, e Cedric... bem, quem sabia onde ele estava?

Em Osfrid, em Blue Spring, a descoberta do meu título teria sido desastrosa, e quase certamente me enviariam de volta para a minha avó. Assim que pisei no Novo Mundo, minha segurança aumentou exponencialmente. Mesmo que eu fosse reconhecida – e nunca acreditei que seria –, havia um oceano inteiro entre mim e Osfrid. Até que qualquer pessoa contasse sobre isso e agisse, seria difícil e demorado, especialmente se eu me casasse nos próximos meses.

A menos que Viola estivesse certa. Se alguém tentasse me levar de volta agora, esperando ganhar uma recompensa, eu não teria nenhuma chance. Ficaria presa em um navio por dois meses e seria prontamente transportada para Osfro. O casamento me tornava independente – ou melhor, ligada a outra pessoa. Ligada a alguém que eu escolhesse. Pelo menos, achei que seria capaz de escolher.

Observando Warren agora, eu me perguntava se ele seria realmente uma má escolha. Antes de falar com Viola, não estava pensando assim. Ela estava certa de que se apaixonar instantaneamente por alguém era exagerado. A coisa mais inteligente a fazer era proteger meu futuro com alguém rico e razoavelmente bom. Warren era os dois.

Mas eu não gostava de ser ameaçada. E realmente não sabia qual o dano que a ameaça poderia causar.

— ... e ajuda o fato de eu ter bastante orientação e experiência no governo do meu pai — Warren estava me dizendo. — Participei de algumas das batalhas contra os selvagens Icoris. E mesmo que eles tenham desaparecido, ainda há trabalho a ser feito na limpeza de Denham. Não só vilões e bandidos, há os piratas, é claro. E há hereges que andam por aí, sabe. De fato... — Olhou para o relógio. — Estaremos lidando com alguns muito em breve.

Pisquei, tentando limpar a cabeça e voltar a me concentrar nele.

— O que você quer dizer?

— Hoje é um dos seus feriados sombrios – dos alanzanos, quero dizer. Adoradores demoníacos. Descobrimos onde eles estão se reunindo e planejamos capturá-los.

Ele me prendeu com cada palavra.

— Quando?

— Vamos sair em duas horas, talvez menos, dependendo de quanto tempo levar para nos agruparmos e planejarmos nosso curso. Receio que isso signifique que terei que partir da festa mais cedo — disse ele em tom de desculpas. — Mas sinto que é importante que eu lidere a missão – à luz das minhas posições atuais e futuras.

Amanhã é o Advento Estelar, disse Mira ontem de manhã.

Cedric não pode estar aqui. Ele saiu com amigos esta noite, Jasper disse no caminho até a festa.

E eu sabia. Sabia que Cedric não estava com amigos, não exatamente. Ele estava fora, com outros alanzanos, comemorando o Advento Estelar em algum bosque ou algo assim. Um bosque que muito provavelmente seria invadido por homens armados. Desesperadamente, tentei manter minha constatação para mim mesma.

— Isso... é tão fascinante. Mas você deve me perdoar – estou com uma terrível dor de cabeça. É difícil prestar atenção.

Warren se tornou imediatamente solícito.

— Há algo que eu possa fazer?

— Não, não, obrigada. Acho que a melhor coisa a fazer agora é ir para casa. — Forcei um sorriso. — Acho que nós dois vamos embora mais cedo.

Encontrei Jasper e contei a ele a mesma história. Ele não estava feliz com a minha saída, mas a partida iminente de Warren suavizou a decepção. Jasper providenciou que um dos seus homens me escoltasse para casa na carruagem e depois voltasse para esperar pelas outras garotas. Clara estava conversando animadamente com um banqueiro, e Jasper não tinha interesse em levá-la para casa mais cedo para minha conveniência.

Agradeci aos Doyle pela hospitalidade, e Warren voltou a me olhar com preocupação. Viola parecia saber exatamente por que eu estava com "dor de cabeça", mas não ofereceu nada além de sorrisos educados.

Ao sair, puxei Mira de lado.

— Você está bem? — ela perguntou. — Quer que eu vá para casa com você?

Balancei a cabeça.

— Não, mas preciso da sua ajuda. Me responde duas perguntas?

Ela me olhou com curiosidade.

— Sim?

— Sabe onde os alanzanos se encontrarão hoje à noite? Para o Advento Estelar?

Mira ficou em silêncio por um longo momento.

— Qual é a outra pergunta?

— Preciso saber como você entra e sai da casa sem ser notada.

— São perguntas sérias.

— E eu não estaria perguntando sem uma boa razão — respondi, ecoando o que ela havia dito sobre suas fugas noturnas.

Por fim, ela suspirou.

— Você não pode contar a ninguém.

— Você sabe que eu não faria isso.

— Claro que não — disse, me dando um sorriso cansado. — Eu não deveria ter sugerido.

Ela respondeu o que eu precisava, e agradeci com um abraço. O cocheiro de Jasper me chamou, e eu saí correndo com ele para a noite – para salvar Cedric.

16

A maior parte das meninas ainda estava fora quando voltei para a casa. Ao ouvir sobre minha dor de cabeça, a senhora Culpepper imediatamente cheirou meu rosto para se certificar de que eu não havia abusado de qualquer bebida alcoólica. Quando, finalmente, ficou satisfeita com a minha desculpa, me mandou para meu quarto.

Enquanto fechava a porta, tive uma estranha sensação de *déjà vu*, me lembrando de como eu havia usado outra falsa dor de cabeça, em Osfro, para ganhar um pouco de privacidade. Aquilo parecia ter acontecido há uma vida. Despi imediatamente o elaborado vestido de festa rendado e comecei a procurar a roupa mais prática que tinha. Não havia muitas. A maior parte do nosso guarda-roupa fora concebida para manter nossa imagem grandiosa. Até nossos trajes casuais eram enfeitados e ricos. Finalmente, encontrei um dos vestidos que havia usado a bordo do navio. Ele era simples, de algodão rosa claro e estampado com flores brancas. Uma capa leve e sapatos delicados eram as únicas coisas de que eu precisaria em nosso clima quente de primavera. Entretanto, para escapar, coloquei um grande manto de lã sobre a roupa.

Esgueirando-me pelo corredor, olhei para os lados antes de fazer uma curva à direita. Lá, exatamente como Mira dissera, havia uma porta que levava a uma pequena escada e uma rampa usada para armazenamento pelos serviçais da casa. Em sua parte de baixo, havia um corredor que levava aos fundos da cozinha, e a parte de cima dava acesso ao sótão. Subi rapidamente e fiquei em um canto do telhado. Na minha frente, havia uma janela com um painel deslizante que dava para os fundos da casa.

Deixei o manto no chão, seguindo a sugestão de Mira: "Use o manto sobre suas roupas ao entrar e sair. Assim, se for pega no flagra no *hall*, vai parecer que saiu da cama. Isso é muito mais fácil de explicar do que o motivo pelo qual você está andando vestida no meio da noite".

Do lado de fora da janela do sótão, havia uma treliça tomada por glicínias. Olhando para baixo, me lembrei de como havia conseguido escalar as prateleiras do capitão em um navio balançando. Claro, não era tão alto, e eu tinha Cedric para me segurar.

Cedric. Era por ele que eu estava fazendo aquilo.

Saí da janela e agarrei as ripas de madeira. Mira havia me assegurado de que a estrutura poderia suportar meu peso, e, enquanto eu cuidadosamente me esforçava para descer por três andares, percebi que ela estava certa: a treliça se manteve firme. Suspirei aliviada quando meus pés tocaram o chão, e me permiti apenas um momento de descanso antes de atravessar toda a propriedade. Enquanto corria, não pude deixar de balançar a cabeça com pesar. Se havia uma maneira secreta de sair da casa, é claro que Mira seria a única pessoa a encontrá-la.

A lua crescente e as estrelas brilhavam no céu límpido enquanto eu corria em um ritmo constante. As palavras de Warren de que partiria em breve para reunir seus homens soaram na minha cabeça. Eu tinha a esperança de que eles se atrasassem, mas, certamente, chegariam rápido se viajassem a cavalo. Mira havia sido precisa sobre o local de encontro dos alanzanos de Cape Triumph naquela noite. Eu só precisava seguir suas instruções.

Não demorei muito para chegar à área arborizada ao norte que ela descrevera. Enquanto Blue Springs tinha muitos hectares de terrenos bem cuidados, Wisteria Hollow ainda estava quase que completamente coberta pela floresta. Pouco tinha sido desmatado, e não havia um caminho certo a percorrer. Apenas a posição da lua me indicava se ainda estava seguindo na direção correta. Era um terreno acidentado, e eu tropeçava em troncos e galhos caídos, minha saia esbarrando em moitas e outros obstáculos. Ainda bem que esses vestidos da viagem de navio não eram mais usados, porque eu teria muitas explicações para dar se o meu fosse examinado.

Cheguei a uma estrada de terra que deveria levar a uma bifurcação. Embora irregular em alguns pontos, ela era muito mais fácil de seguir, e eu peguei o ritmo. Mas quanto mais o tempo corria sem que a bifurcação aparecesse, comecei a me perguntar se havia entendido mal as instruções. E onde estavam Warren e seus homens? Quanto tempo havia se passado? Certamente estava próximo das duas horas. Pelos meus cálculos, chegaria exatamente quando os homens de Warren pegassem Cedric. Ou, talvez, eles já tivessem chegado.

Não, disse duramente a mim mesma. *Essa não é uma opção. Não passei por todos esses problemas para salvá-lo da perseguição só para vê-lo ser pego.*

A bifurcação finalmente apareceu e eu deixei a estrada, conforme Mira havia me orientado. Encontrei uma encosta íngreme que acabava em um vale e, finalmente, um bosque de carvalhos. No início, não estava certa de como localizaria os alanzanos, mas, quando me aproximei, logo pude discernir o brilho de pequenas lanternas, como as que Cedric usara no solstício de inverno. Peguei o ritmo, correndo pela área aberta do vale, sentindo que estava muito visível ao luar.

No entanto, ninguém chamou por mim, e, quando alcancei os carvalhos, pude ver as sombras dos alanzanos em um círculo ao redor do diamante formado pelas lanternas. Eles pareciam estar fazendo algum tipo de oração no antigo Ruvan. Aprendi a língua com uma velha governanta. A maioria das palavras parecia ser sobre as estrelas, luz e reconciliação, mas o cenário criava uma imagem sinistra. Aquele medo antigo voltou a mim, trazendo à tona todas as histórias e fofocas que ouvira dos padres. Foi quase o suficiente para me fazer virar e deixá-los encontrar seu destino.

Mas eu sabia que Cedric estava entre eles, em algum lugar, mesmo que não conseguisse identificá-lo entre as silhuetas. Esperava que houvesse uma pausa natural em sua invocação, mas eles simplesmente continuavam. Com o tempo passando, não haveria qualquer maneira graciosa de conseguir sua atenção.

— Ei! — gritei. — Vocês precisam sair daí! Os homens do governador estão chegando!

O canto parou abruptamente, e todas aquelas figuras misteriosas se viraram para mim. Meu coração parou. Havia sido uma ideia terrível. Talvez eles não usassem maldições sombrias, mas havia certas alternativas físicas bem ruins para se prejudicar alguém, especialmente um intruso em uma cerimônia sagrada.

— Quem está aí? — perguntou uma voz masculina profunda. — Alguém a segure antes que ela nos delate!

— Estou tentando ajudar! — gritei.

Duas pessoas se aproximaram de mim, e comecei a andar para trás quando uma voz familiar no círculo exclamou:

— Adelaide? O que você está fazendo aqui?

Os homens que me alcançaram pararam e olharam para trás, incertos.

— Você a conhece? — um deles perguntou.

— Sim. — Cedric saiu do círculo, seus traços ficando mais claros enquanto ele se aproximava. — O que houve? Você não deveria estar aqui.

Agarrei sua manga.

— Você tem que sair daqui. Eles estão se reunindo... os homens do governador. Eles sabem que vocês estão aqui e planejam atacar.

— Impossível — duvidou o primeiro homem, aquele com a voz profunda. Quando se aproximou, pude distinguir as longas vestes que o envolviam. Eram quase como as roupas de um padre ortodoxo, com a diferença de que eram escuras de um lado e claras do outro. — Ninguém sabe que estamos aqui. Esta é uma terra privada, cedida a mim enquanto o proprietário está ausente. E como uma garota poderia saber o que o governador está fazendo?

Cedric olhou para mim por um longo momento.

— Ela saberia — disse ele sombriamente. — Precisamos ir.

— Mas a cerimônia ainda não acabou — protestou uma mulher.

— Não importa — disse Cedric. — É mais importante para nós...

— Olhe! — gritou alguém.

Do outro lado do vale, pude ver homens a cavalo. Alguns carregavam tochas. Eu não podia ter certeza pela distância, mas parecia que todos estavam armados.

— Espalhem-se! — Cedric gritou. — Em diferentes direções. Fiquem no bosque, para onde os cavalos não podem seguir.

Todos obedeceram instantaneamente, e eu me perguntei se eles treinavam para aquele tipo de ameaça. Cedric agarrou meu braço e corremos para a direção de onde eu havia chegado. Por um tempo, só pude ouvir nossos pés batendo e nossa respiração irregular. E então, atrás de nós, ouvi gritos e, uma vez, o som de uma pistola.

Cedric parou e olhou para trás.

— O que está fazendo? Temos que sair daqui!

Outro tiro de pistola soou, e Cedric começou a voltar para o bosque. Corri mais rápido, entrando na frente dele.

— Cedric, não!

— Eles precisam de mim — disse ele. — Não vou fugir. Tenho que ajudá-los!

— Ajude-os se mantendo vivo! A menos que você tenha mais armas do que posso ver, vai morrer. E eu também.

As últimas palavras pareceram acordá-lo. Depois de um momento de hesitação, ele se virou e continuou em nossa trajetória anterior.

Depois do que pareceu uma eternidade, finalmente chegamos ao caminho de árvores e entramos na floresta, e então diminuímos o ritmo. Galhos me atingiram, rasgando ainda mais o vestido, e nós dois tropeçamos mais de uma vez. Eu não tinha ideia de onde estávamos quando Cedric finalmente nos fez parar. Ficamos ali, ambos arquejando enquanto olhávamos ao redor, examinando cada árvore.

— Nós os despistamos. Não vieram nessa direção. Eles se atrasaram indo atrás de alguém ou se dirigiram para áreas mais acessíveis.

— Tem certeza?

Ele estudou a área mais uma vez, mas tudo que ouvimos foram os sons comuns de uma floresta à noite.

— Tenho, sim. Nenhum cavalo poderia passar por aqui, e nós tínhamos uma boa vantagem... porque deixamos os outros serem apanhados em nosso lugar. — Ele não tentou esconder sua frustração.

Respirei aliviada, sem querer admitir como estava aterrorizada com a possibilidade de ser encontrada junto a um grupo de hereges pelos homens do governador.

— Como você sabia onde estávamos? — perguntou Cedric.

— Mira me contou. Ela também me ensinou como fugir. Ela é muito engenhosa.

Ele bufou.

— Aparentemente, não é a única. Você percebe o tipo de perigo em que se colocou saindo da casa? Atravessando sozinha o bosque?

— Não é mais perigoso do que os dissidentes religiosos que insistem em praticar seus serviços em campo aberto quando sua fé é punível de morte — retruquei. — Por que você continua fazendo isso? Por que vocês não procuram um porão sagrado e sem janelas para fazer seus rituais? É como se vocês estivessem tentando ser pegos.

Cedric caiu de joelhos. Era mais escuro onde estávamos, mas pude vê-lo colocar uma das mãos no rosto.

— O Advento Estelar *precisa* ser feito em um lugar aberto. Mas eu deveria ter sugerido outro local. Esta é uma propriedade privada, como disse Douglas, mas eles já a usaram antes, e isso é perigoso. Deveria estar mais preparado, ajudá-los mais.

Coloquei uma das minhas mãos em seu ombro, movida pela angústia em sua voz.

— Você os ajudou. Todos podem ter conseguido fugir. Você os avisou antes que os cavaleiros chegassem.

Ele se levantou.

— Adelaide, por que você veio aqui?

— Por que você acha? — perguntei. — Warren estava se vangloriando de como daria uma volta para caçar alguns alanzanos hoje à noite, e eu sabia que meu herege favorito estaria com eles.

— Adelaide...

Embora eu não fosse capaz de realmente encontrar seus olhos na escuridão, me senti obrigada a afastar meu olhar da intensidade que podia sentir. Não havia como eu lhe dizer a verdade, que as palavras de Warren me encheram de pavor, que meu peito se apertava com a ideia de algo acontecer a ele – fosse a prisão ou algo pior. A burocracia da Corte de Luz, as maquinações de Viola... nada disso teria importância se algo acontecesse a Cedric.

— E eu não queria ver seu pai roubar sua comissão se você se matasse em alguma estranha cerimônia de adoração de estrelas.

Seu ar de diversão retornou.

— Você não sabe o que é o Advento Estelar?

— Como saberia? Sou devota de Uros.

— Tenho certeza de que a vi dormindo na última vez que fui à igreja com as garotas.

Virei-me e comecei a andar para uma direção aleatória.

— Vou para a cama.

Ele segurou meu braço e começou a me levar por um caminho diferente.

— Vamos. Você já está com problemas suficientes mesmo, então, vamos fazer um desvio.

— Isso é uma boa ideia? — perguntei, inquieta. — Com eles atrás de nós?

— Eles não estão atrás de nós, não de nós dois, pelo menos. E de qualquer maneira, estaremos praticamente em Wisteria Hollow. Preciso te mostrar o que é o Advento Estelar. Não se preocupe — acrescentou, adivinhando meus pensamentos. — Não há cerimônias sombrias, nem pagãos deitados juntos sob a lua.

— Deitados juntos sob a lua? Acho que é uma forma delicada de se referir a algo sórdido.

— Nem sempre é tão sórdido. Às vezes, faz parte da cerimônia de casamento alanzana — explicou. — Perfeitamente respeitável.

Pensei no que Mira dissera, que a moral alanzana era a mesma que a nossa – mas não queria que ele soubesse que eu havia perguntado sobre essas coisas.

— Como assim?

— Há uma frase na cerimônia: "Pego na sua mão e me deito com você nos bosques, sob a luz da lua".

— Bem, isso é bonito — falei, relutante. — Mas acho que, às vezes, deitar juntos sob o luar é tão sórdido quanto parece, não?

Ele pensou.

— Sim. Sim, às vezes é.

Depois de algum tempo passando por mais áreas arborizadas, entramos em um campo. Estava vazio e coberto por ervas daninhas, provavelmente abandonado em uma das guerras com os Icoris.

— Isso deve ser aberto o suficiente — falou Cedric, embora eu notasse que ele havia parado perto das árvores, então não ficaríamos totalmente expostos.

Ele estendeu o manto no chão e se deitou de lado, gesticulando para que eu fizesse o mesmo. Intrigada, me ajeitei com cuidado e depois me estiquei ao lado dele. Não havia muito espaço. Ele apontou.

— Olhe para cima. Para longe da lua.

Olhei. No início, não vi nada, exceto as estrelas que apareciam através da escuridão do céu. Aquilo me fez lembrar de Blue Spring, com muito mais estrelas visíveis do que nas luzes de Osfro. Estava prestes a lhe perguntar o que eu estava procurando quando vi um rastro de luz no céu. Ofeguei, e outro logo seguiu.

— Uma estrela cadente — falei, encantada quando vi outra. — É por isso que você está aqui fora? Como você soube? — Tinha visto uma quando criança, completamente por acaso.

— Acontece todos os anos nesta época. Nunca sei as datas exatas, mas os astrônomos descobrem. Dizemos que são as lágrimas dos seis anjos rebeldes, chorando por seu distanciamento do grande deus Uros.

Outra estrela apareceu acima de nós.

— Você cultua Uros?

— Claro. Ele é o Pai do céu. Nós o reconhecemos, assim como os ortodoxos. E oramos durante o Advento Estelar para que Uros e todos os anjos, os gloriosos e os rebeldes, se reconciliem. É um momento para nos esquecermos do rancor e encontrarmos a paz.

Olhei para as estrelas.

— Gostaria de encontrar a paz com você. Desculpe pelo que eu disse depois do baile.

Ele suspirou.

— Não, sou eu quem deve pedir desculpas. Você estava certa: Warren Doyle é um bom partido... A abordagem dele me pareceu errada, mas isso não significa que haja algo de errado com ele.

— Ahn... bem, isso pode não ser exatamente verdade.

Contei a Cedric sobre as revelações na festa. Horrorizado, ele se apoiou sobre um cotovelo e olhou para mim. Seu corpo parecia estar a apenas uma batida de coração do meu.

— O quê? Por que você só está me contando isso agora?

— Bem — respondi secamente —, eu estava meio ocupada salvando você e seus amigos hereges.

— Adelaide, isso é... não sei. Isso é ruim.

— Sim... não é? Quero dizer, não gostei dos modos dela, mas já estava considerando o Warren. Eu não sei.

— Antes, era sua escolha. Agora, está se tornando uma chantagem.

— Se eu me casasse com ele, Viola não teria motivos para me entregar.

— Mas sempre teria isso contra você. Alguém que está ameaçando fazer isso agora nunca vai deixar essa coisa de lado. E se ela contar agora...

— Algum perseguidor empreendedor, na esperança de uma recompensa, me leva de volta a Osfrid. A menos que eu consiga a segurança do casamento, com Warren ou... outra pessoa.

— Eu me caso com você antes de deixá-la fazer isso. — Havia uma dureza em sua voz, não era brincadeira.

Ainda consegui rir, mas havia sido pega desprevenida. Talvez fosse por causa da excitação anterior. Talvez por estarmos deitados sozinhos sob as estrelas. Talvez fosse simplesmente a ousadia do que ele dissera, e o que isso significaria.

— Da última vez que verifiquei, você não estava em posição de me deixar fazer nada. — Ele estava muito perto de mim, seu corpo encostado ao meu. Eu podia ver as linhas do seu rosto, o formato dos seus lábios. E, claro, podia sentir o cheiro da porcaria do *patchouli*. — Além do mais, que utilidade poderia ter uma falsificadora de arte e nobre renegada para um adorador de árvores...?

Não posso dizer que o beijo foi inteiramente inesperado. E não posso dizer que eu não o queria.

Havia hesitação no início, como se ele estivesse preocupado que eu pudesse protestar. Ele devia me conhecer melhor. Entreabri meus lábios e ouvi um pequeno som de surpresa sair de sua boca. E então, todo o nervosismo entre nós desapareceu. Eu diria que me rendi a Cedric, exceto pelo fato de que estava tão disponível quanto ele. Envolvi meus braços ao redor de seu pescoço para puxá-lo mais para perto, esmagando meus lábios nos seus. Finalmente, havíamos nos libertado de meses de atração reprimida? Desejo? Um sentimento mais profundo? Independentemente do que fosse, me deixei levar.

Eu já havia trocado alguns beijos educados nos cantos dos salões de baile, e sentia como se estivesse fazendo algo de outro mundo. Agora, não havia nada educado no que estávamos fazendo. Era faminto e nos consumia, quase uma tentativa de possuirmos um ao outro. Senti todo o meu corpo responder quando Cedric se deslocou sobre mim. Uma de suas mãos cobriu meu rosto, e a outra descansou em meu quadril. Depois de anos de sermões sobre virtude, sempre me perguntei como as meninas tolas poderiam entregar as suas. Agora, eu entendia.

Quando ele levou sua boca até o meu pescoço, trilhando beijos até a minha clavícula, pensei que derreteria. Nos agarramos a noite toda, como se estivéssemos lutando para ficar cada vez mais perto um do outro. Apesar de todas as roupas terem permanecido em seus lugares, em um determinado momento acabei em cima de Cedric, sem me preocupar quando ele ergueu minha saia até o joelho. Ele entrelaçou os dedos no meu cabelo quando nos beijamos, libertando-os dos grampos cuidadosamente colocados.

Então, finalmente, fiz uma pausa para respirar, conseguindo me sentar – embora de uma maneira muito descarada, em seu colo. Ele passou os dedos ao longo do meu rosto, acariciando minha pele antes de deslizá-los para as ondas rebeldes do meu cabelo.

— Despenteados — falei, alisando seu próprio cabelo para trás. — Como você sempre quis.

— Eu... quis muito mais — admitiu com a voz rouca, mas deixou a mão cair com um suspiro. — Mas seu futuro marido não vai me agradecer por isso.

— "Futuro" é *a* palavra. Ainda não tenho marido. E até que isso aconteça, posso fazer minhas próprias escolhas. — Pensei por um momento. — Na verdade, pretendo fazer minhas próprias escolhas mesmo depois de ter um marido.

— Tenho certeza de que sim, mas sei que meu pai teria opiniões muito... muito fortes sobre isso. Somos seus cuidadores, seus guardiães. Devemos protegê-la e apoiá-la até que você possa aceitar alguma oferta de casamento extravagante.

Palavras que ouvi tantas vezes.

— E conseguir uma comissão igualmente extravagante.

Ele se sentou, me deslocando suavemente do seu colo.

— Não me importo com isso.

Pensei em nosso plano original. Pensei nos cavaleiros da noite e nos tiros. Cedric precisava sair dali.

— Mas eu me importo — retruquei suavemente. — Você teve sorte com a pintura?

— Não exatamente. Ninguém duvida da autenticidade. Mas Walter, meu agente, está tendo problemas para encontrar alguém com dinheiro suficiente para comprá-la.

Levantei-me e limpei a saia, mais por hábito do que por qualquer outra coisa.

— Então, acho que cabe a mim garantir sua comissão.

— Não faça nada que não queira — ele advertiu, se juntando a mim e sacudindo a capa.

Meu coração ainda batia rapidamente. *Quero você*, pensei. *Quero que você me beije novamente e me deite de novo naquele campo.*

Embora meu corpo estivesse aquecido, minha mente estava fresca. Talvez eu estivesse livre para fazer o que quisesse agora, mas ele estava certo de que haveria consequências terríveis se houvesse qualquer suspeita de que acontecia algo entre nós. Continuamos nossa caminhada de volta para casa devagar, os dois perdidos em pensamento. Endureci. Meu casamento não dizia respeito a amor e desejo. Tratava-se de negócios, e eu precisava voltar para esse negócio. Um deslize poderia ser perdoado, mas dois, não – independentemente do que meu coração quisesse me dizer. E agora, ele tinha muito.

Cedric, aparentemente, estava pensando nas mesmas coisas quando Wisteria Hollow apareceu. Paramos na extremidade da propriedade, e ele olhou para mim.

— O que quer fazer sobre Warren?

— Não sei. Quero dizer, não quero me casar nessas condições, mas...

— Então não se case — disse ele, com firmeza. — Isso é tudo que eu precisava ouvir.

Olhei para ele com cautela.

— O que você vai fazer?

— Protegê-la. Mantê-lo fora da sua agenda e colocar outros pretendentes nela. Talvez haja alguém de quem você goste.

Imaginei que ele estivesse certo, mas enquanto estávamos lá, duvidei. Porque, de repente, tive certeza do motivo pelo qual cada cavalheiro que havia conhecido na última semana tinha parecido tão sem brilho. Eu os estava comparando a Cedric – e não havia comparação.

— Seu pai não vai gostar de Warren ser excluído — avisei. — Ele vai lutar contra você.

— Provavelmente. Mas lembre-se, é você quem decide. Você pode escolher outra pessoa, alguém que não tenha um segredo contra você, mesmo que ele não tenha tanto dinheiro para pagar.

Quando chegamos à casa, Cedric me disse que iria dar a volta até a porta da frente e que ninguém pensaria nada por ele chegar tarde, depois de supostamente estar na cidade com amigos.

— Sério? — perguntei, incapaz de esconder minha amargura. — Que bom não ter limites para fazer qualquer coisa. Enquanto isso, cada movimento que fazemos é examinado.

— Ei, nosso trabalho é proteger sua virtude...

A luz fraca da casa iluminou seus traços, e eu vi seu sorriso desaparecer quando ele refletiu que talvez não tivesse feito um trabalho tão bom naquela noite.

— Bem — falei —, pelo menos suas intenções eram boas.

— Isso depende de que intenções você está falando. — Ele enfiou as mãos nos bolsos do casaco e olhou para o céu, seu olhar pousado na lua. — Sabe por que os seis anjos rebeldes caíram?

— Sei o que os padres dizem. Provavelmente, não é o que você vai dizer.

— Alanziel e Deanziel foram os dois primeiros a se rebelar. Eles se apaixonaram, mas isso não era permitido, não para os anjos. Supunha-se que estavam acima das paixões humanas, mas o amor deles era tão grande que estavam dispostos a desafiar as leis dos deuses e dos homens. Uros os baniu, e os outros quatro anjos rebeldes logo os seguiram. Eles se recusaram a se fechar para a emoção. Eles queriam abraçar os sentimentos dentro de si e orientar os mortais a fazerem o mesmo.

Segurei a respiração enquanto ele falava, sem saber o que estava esperando. Cedric apontou para a lua.

— Uros não só baniu Alanziel e Deanziel dos reinos divinos por sucumbir às suas paixões. Eles foram separados um do outro. Ela é o Sol, e ele é a Lua. Os dois nunca estão juntos. Às vezes, na hora certa do dia, eles conseguem vislumbrar um ao outro pelo céu. Nada mais.

Exalei.

— E durante o eclipse?

Ele demorou tanto para responder que achei que não tinha me ouvido.

— Ele não acontece todos os dias.

— Parece que só precisa acontecer uma vez.

Cedric desviou o olhar da lua, e embora seu rosto estivesse sombreado, tinha certeza de que podia vê-lo sorrindo. A tensão entre nós desapareceu – pelo menos naquele momento.

— Ainda estamos falando de Alanziel e Deanziel? — perguntou.

— Como eu deveria saber? Você é o herege, não eu.

— Certo. Você é só a artista atrevida e fujona que salva hereges. Agora, me diga, como planeja voltar para casa? — Quando lhe mostrei a treliça em que subiria, ele ficou admirado. — Aquela?

Eu me endireitei, orgulhosa.

— Claro, por que não? Já te disse há muito tempo que posso fazer coisas assim. E Mira faz isso o tempo todo.

Ele estremeceu.

— Eu nem quero saber. E acho que não deveria me surpreender. Você é destemida. Ela é destemida. Não há nada que possa parar qualquer uma de vocês.

Tremi, me lembrei dos antigos rumores. Ele agira com muita autoconfiança mais cedo, sob as estrelas, com mãos e lábios que sabiam exatamente o que estavam fazendo. Parecia ingênuo pensar que, entre seus passeios na universidade e com os alanzanos, não teria tido alguma experiência com as mulheres. Mas a ideia de que eu poderia ter sido precedida pela minha melhor amiga era particularmente preocupante.

Quase lhe perguntei naquele momento. Em vez disso, demos boa noite de um jeito estranho, mantendo deliberadamente a distância entre nós. Ele me observou escalar a treliça até que eu estivesse segura no sótão, antes de seguir seu próprio caminho. Recuperei o manto e voltei para o meu quarto sem ser vista.

Mira se sentou na cama quando entrei. Aparentemente, eu não era a única que tinha problemas para dormir quando amigos estavam fazendo coisas tolas.

— Conseguiu o que precisava? — Foi tudo o que ela perguntou.

Era uma pergunta difícil de responder, que poderia ter muitos significados diferentes naquela noite.

— Não sei se um dia conseguirei — respondi.

17

Cedric cumpriu sua promessa de me manter longe de Warren. Ele não apareceu na programação nos dias que se seguiram. Eu o encontrei uma vez, em passeio pela cidade com as outras meninas, mas foi breve e público demais para que ele tivesse um dos seus apelos apaixonados. Warren não fazia nenhuma questão de esconder como estava animado por me ver, e eu respondia tão educadamente quanto possível, mesmo que ele se gabasse sobre como havia prendido três alanzanos na noite do Advento Estelar – algo que me causou dor, porque eu sabia que doía em Cedric. No lado positivo, não havia nenhum sinal de sua mãe ou qualquer indicação de que ela estava cumprindo sua ameaça.

Eu deveria ter ficado satisfeita com aquele desenrolar. Deveria ter usado o tempo para pensar sobre meu próximo movimento e sobre como navegar melhor nas águas incertas em que Viola Doyle havia me lançado.

Mas pensei, principalmente, em Cedric.

Se eu fosse honesta comigo mesma, admitiria que Cedric esteve em meus pensamentos desde o momento em que nos conhecemos. Apenas havia feito o melhor para manter meus sentimentos guardados. Mas agora que eu havia aberto meu coração e os admitido... Bem, agora não havia como mantê-lo fora da cabeça. Eu me encontrava constantemente repetindo todos os acontecimentos daquela noite sob as estrelas. O momento exato em que nossos lábios se encontraram. A maneira como seus dedos soltaram meu cabelo. A audácia da sua mão se movendo na lateral da minha coxa – mas nunca além.

Às vezes, na hora certa do dia, eles conseguem vislumbrar um ao outro pelo céu. Nada mais.

Eu não conseguia dormir. Mal podia comer. Andava em uma gloriosa névoa, no alto da emoção do que havia acontecido entre nós, mesmo que essa emoção se desbotasse pelo conhecimento de que não iria – que não poderia – acontecer de novo.

Pelo menos, ele nunca me disse que foi um erro. Sempre me lembrava da história que Tamsin nos contara sobre a garota que conhecera em Osfro, que havia dado muito mais do que beijos a um homem que lhe prometera tudo, só para depois ele lhe dizer que havia sido um "mal-entendido". Mas Cedric nunca falou de arrependimentos nem deu outras desculpas humilhantes.

De certa forma, isso piorou tudo. Significava que ele não achava que era um erro. E eu também não. No entanto, não podíamos negar que isso complicava as coisas.

Então, achamos que realmente seria melhor falar o mínimo possível um com o outro – não por qualquer animosidade, mas porque simplesmente não confiávamos em nós mesmos.

Mas, em determinado momento, a comunicação foi inevitável. Várias garotas estavam prestes a ir a uma festa, e ele me puxou de lado enquanto as outras estavam distraídas. Ficamos a vários centímetros de distância, e contei cada um deles.

— Encontrei alguém para você — disse, lançando um rápido olhar para a porta. — Um homem bom, pude ver quando falei com ele. E então verifiquei com algumas fontes que conhecem seus empregados. Sempre se pode descobrir muito sobre alguém por seus criados. — Cedric hesitou. — E ele é muito... franco. Divertido. Achei... bem, achei que você poderia gostar dele também.

A estranheza se juntou à atração entre nós. Era mais do que um pouco estranho ter o homem que eu desejava tão desesperadamente buscando um marido adequado para mim.

— Obrigada por isso — falei, sem saber o que mais dizer.

— Ele está fora da cidade agora, mas organizei para vocês se encontrarem no final da semana. Só há um problema....

Não pude deixar de sorrir.

— Cedric, há muitos problemas.

— Não sei. Mas ele é... bem, ele é advogado. Ainda está se estabelecendo, sua casa na cidade é pequena. Boa, mas pequena. E ele tem apenas dois criados.

— Entendo. — Um advogado, apesar de ter uma posição respeitável nas colônias, não proporcionaria o mesmo luxo que, digamos, um proprietário de fazenda ou um magnata de transportes. Com certeza, não o que um governador poderia oferecer. Ter só dois criados significava que eu, provavelmente, ajudaria em algumas das tarefas domésticas.

— Você sempre seria provida — disse Cedric rapidamente. — Ficaria confortável, ainda faria parte de alguns eventos sociais. Não os de primeira linha.... mas alguns. E eu ouvi dizer que ele é bom. Ele provavelmente vai crescer, talvez até mesmo, com o tempo, passar para uma posição no governo. Seria um excelente partido para muitas das meninas aqui.

— Mas não necessariamente para o diamante.

— Não — concordou. — E ele estava incerto de que você o quisesse, ou que pudesse pagar por você. Ele poderia simplesmente pagar o preço mínimo da noiva se pedisse um empréstimo, mas não há promessa de dinheiro de segurança. Eu o convenci de que você valeria a pena.

Senti uma dor no peito.

— Claro que sim. Você pode vender a salvação a um padre.

Ele estremeceu.

— Adelaide, sei que não é o que você quer...

— Não — eu o interrompi. — Está perfeito. Prefiro viver com humildade com um homem que eu possa respeitar, ou talvez até mesmo gostar, do que ser mimada por alguém que segura uma espada sobre a minha cabeça.

— Você vai gostar dele... — As palavras ficaram presas na garganta de Cedric.

Quase o alcancei, mas me afastei antes que algo acontecesse, pois talvez eu não pudesse controlar. Fechei as mãos ao lado do corpo. Do outro cômodo, ouvi alguém chamar meu nome. Cedric e eu ficamos parados juntos por um piscar de olhos, dizendo um milhão de coisas em silêncio, e então nos viramos para nos juntar aos outros.

A senhora Culpepper fez um som de desaprovação quando me viu.

— Adelaide, onde está sua joia? Você anda desleixada a semana toda, algo muito inapropriado para uma garota da sua classe.

— Desculpe, senhora Culpepper. — Minha memória estava tão cheia de detalhes de uma noite proibida que acho que havia pouco espaço para outras coisas.

A preceptora arrancou o colar de diamantes da mão de um criado e o estendeu para Cedric.

— Senhor Thorn, pode colocar isso nela? Juro que se fizermos tudo a tempo, será um verdadeiro milagre! Agora, fique parada. Honestamente, entre as perucas desaparecidas e agora isso, quantas coisas mais podem dar errado esta noite? — Essa última parte foi dita para Rosamunde, que havia arrebentado a fita de um espartilho. A senhora Culpepper estava freneticamente tentando substituí-la.

Cedric ficou parado por alguns momentos, segurando o colar. Era feito de diamantes em forma de lágrima, o que achei apropriado. Sem querer chamar a atenção, ele finalmente parou atrás de mim e colocou a gargantilha ao redor do meu pescoço. Segurei a respiração, espantada com o fato de que a sala toda não pudesse ver o efeito que ele exercia sobre mim. Seu corpo estava bem contra o meu, e suas mãos tremeram quando ele tentou apertar o fecho do colar. Quando conseguiu, alisou a corrente e afastou algumas mechas rebeldes do caminho. As pontas dos seus dedos eram suaves como uma pena, mas senti minha pele se arrepiar. Não respirei até que ele recuasse.

No final da semana, finalmente tive a oportunidade de conhecer o advogado em uma festa organizada pelos Thorn. Várias meninas já haviam recebido ofertas e, embora Jasper não estivesse particularmente preocupado com as outras, decidiu reunir alguns de seus pretendentes favoritos em um só lugar, como uma forma de despertar mais interesse. Alguns dos mais proeminentes cidadãos de Cape Triumph foram convidados na esperança de impressioná-los e aumentar o burburinho.

Os convidados começaram a chegar a Wisteria Hollow muito tempo antes do jantar, e estávamos prontas para encantá-los. Bem, pelo menos as outras estavam. Embora eu tivesse sido apenas agradável e apropriada nos eventos recentes, o ocorrido com Cedric havia me deixado ainda mais desinteressada nos outros do que o habitual. Oferecia apenas o que era esperado de mim. Certa vez, ouvi um cavalheiro dizer:

— Essa garota diamante é muito mais maçante do que eu esperava.

Em outro ato de distração, havia me esquecido de passar *rouge*. Parecia uma coisa boba, particularmente porque eu usava bem pouco, mas a senhora Culpepper, já estressada, agiu como se a ruína da civilização moderna estivesse sobre nós. Ela me ordenou que voltasse ao quarto, me mandando usar a escada dos criados, nos fundos, para que ninguém visse meu terrível deslize.

Enquanto passava pela cozinha, ouvi dois homens discutindo em um dos armazéns de comida. O pessoal estava agitado e mal reparou em mim quando parei do lado de fora para ouvir.

— Como assim, ele está vindo? Ele não foi colocado na lista de convidados! — exclamou Cedric.

— Você quer dizer que *você* não o colocou na lista de convidados — retrucou Jasper. — Não sei o que você está tramando, mas não pense que não notei que você o cortou da agenda dela! Se você quer arruinar esse negócio para nós, então preciso assumir o controle e consertar as coisas.

— Ele não é uma boa combinação para ela — disse Cedric. — E ela não gosta dele.

— Como ela poderia gostar, quando mal teve chance de falar com ele? Agora, saia daqui, seja um anfitrião encantador e não estrague mais as coisas!

Jasper saiu rapidamente, e me encolhi antes que ele pudesse me ver. Eu me aproximei quando Cedric apareceu.

— Suponho que estavam falando sobre Warren?

— Sim — grunhiu, a raiva brilhando em seus olhos. — Sinto muito. Não tive nada a ver com isso, mas não deixe que te incomode. Você não tem que falar com ele esta noite, e se ele tentar te monopolizar, vou distraí-lo.

— Bem, amigáveis como as coisas foram entre vocês, tenho certeza de que não vai ser difícil — falei.

— Vou cuidar disso — insistiu. — Só se preocupe em conhecer o senhor Adelton.

Ele me esperou pegar o *rouge* e, em seguida, caminhou comigo para o salão. Chegamos a uma parada incômoda à porta. A etiqueta ditava que um cavalheiro em sua posição – a de meu guardião – me escoltasse até a sala. Ele ofereceu o braço, e eu o aceitei. Assim que o fiz, senti o choque de eletricidade passar por mim. Cedric respirou fundo, igualmente afetado.

— Podemos fazer isso — disse. — Somos fortes. Podemos fazer isso.

Fiquei consternada quando notei que Viola viera com Warren. Quando me viu do outro lado da sala, ele se iluminou e começou a se dirigir para mim através da multidão. Cedric imediatamente fez uma curva abrupta e me apressou em direção a um canto, onde um homem louro e magro tomava conhaque. Ele era bastante atraente, embora não tanto quanto Cedric – mas, afinal, quem poderia ser?

— Senhor Nicholas Adelton — anunciou Cedric. — Gostaria de lhe apresentar a senhorita Adelaide Bailey.

Nicholas pegou minha mão e sorriu.

— Senhorita Bailey, as informações que ouvi a seu respeito não lhe fazem justiça, o que é espantoso, considerando o quanto o senhor Thorn foi efusivo em sua descrição.

Sorri de volta.

— Ele é um vendedor, senhor Adelton. É o trabalho dele.

— A maioria dos vendedores que conheci não vendiam nada além de óleo de cobra. Alguma coisa me diz que...

Ele foi interrompido quando Warren finalmente chegou até nós.

— Adelaide! Sinto que faz um século desde que te vi.

O charme que eu havia começado a jogar para Nicholas desapareceu no mesmo instante.

— Senhor Doyle — falei, respondendo formalmente ao uso do meu primeiro nome. — Que bom que pôde comparecer.

Ele olhou para Nicholas.

— Desculpe por interromper, mas é imperativo que eu...

Cedric se adiantou e colocou-se ao lado de Warren, me bloqueando.

— Senhor Doyle! Estou muito feliz por você estar aqui.

Warren lançou-lhe um olhar cauteloso.

—Está?

— Sim. Tenho ouvido inúmeros rumores sobre os lorandianos estarem enchendo de soldados as fronteiras das colônias do noroeste, alguns até chegando a perturbar os fortes daquela região. Estava esperando que você pudesse dar sua visão sobre isso... afinal, ouvi dizer que ninguém na cidade conhece mais a respeito dos lorandianos do que você. Ficou com eles no continente, não foi? Imagino que ainda deva saber alguma coisa sobre seus negócios, a menos que não esteja se atualizando.

— Bem, eu... — Warren ficou confuso, dividido entre seu ardente propósito de se aproximar de mim e a irresistível atração por Cedric sugerir que ele talvez não soubesse de algumas coisas. Meu guardião atacou aquela indecisão e se afastou com Warren.

— Venha, vamos beber e discutir isso mais a fundo. Não queremos aborrecer esses dois com política. — E, em poucos instantes, havia levado Warren para o meio da sala.

Nicholas os observou com diversão.

— Ele é muito bom em seu trabalho. Imagino que seja mais durão do que parece.

— Sim — concordei, um pouco triste.

Ele se concentrou em mim.

— Mas imagino que este também seja um trabalho duro para você. Deve ser como estar no palco, certo? Sempre em exibição, nunca demostrando fraqueza. Ver você esta noite... é algo incrível. Cada detalhe é perfeito. Mas você já se sentiu como... bem, me perdoe se isso for ofensivo, mas já se sentiu como mercadoria à venda em alguma vitrine?

Levei um momento para responder. Estávamos chegando à terceira semana da temporada social, e nenhum homem jamais pensara em me perguntar algo assim.

— Sim — admiti. — O tempo todo.

Sua honestidade tornou o encontro mais fácil, e começamos a conversar avidamente. Percebi que Cedric estava certo sobre Nicholas ser sincero e engraçado, e ele parecia apreciar essas qualidades em mim também. Até conversamos um pouco sobre sua prática jurídica, e eu poderia dizer que ele estava surpreso por eu estar tão bem informada sobre o assunto. Sob quaisquer outras circunstâncias, eu poderia facilmente me tornar amiga dele. Porque, apesar de tudo o que era interessante em Nicholas, não havia nada mais do que sentimentos de afeição dentro de mim. Mas, enfim, ele era o mais atraente de todos os pretendentes que havia conhecido até então. Não deveria ter me surpreendido, considerando que Cedric o havia escolhido. Ele me conhecia bem. E à medida que a noite avançava, tentei decidir: se eu não pudesse dar o meu amor a Nicholas, poderia proporcionar a ele um casamento feliz o suficiente? Caso não conseguisse, seria injusto.

No jantar, Cedric conseguiu que Nicholas se sentasse ao meu lado – com Warren no extremo oposto. Ocasionalmente, ele me olhava com pesar, enquanto Viola simplesmente parecia furiosa. Do meu outro lado estava um cavalheiro mais velho, resmungando sobre como Cape Triumph estava "caindo no caos".

— Anarquia — ele nos disse. — É isso o que está acontecendo aqui. O governador precisa assumir o controle antes que esses malfeitores o assumam. Vocês ouviram que aqueles hereges de Alanzan que foram pegos na semana passada já escaparam da prisão? E onde está o exército? Por que mais e mais soldados estão indo para outras colônias? Os Icoris estão se acumulando no Oeste, eles não partiram, não importa o que esses tolos digam. E ainda há os piratas. Um navio de impostos real com destino a Osfrid foi tomado na semana passada. Uma ousadia.

— Não acredito que alguém esteja muito aborrecido — observou Nicholas. — Pelo menos, não nas colônias. Muitos pensam que estamos exagerando.

— A questão é ainda maior — insistiu o homem. — Se os navios do rei não estão fora dos limites, então o que está? Os piratas nem aderem mais aos mares. Ouço aqueles diabos andando na rua agora. Billy Marshall. Bones Jacobi. Tim Shortsleeves.

— Acredito que seu nome seja Tom Shortsleeves. E não se esqueça de que há algumas mulheres piratas também — falei.

Mira adorava as histórias dos piratas de Cape Triumph e me mantinha informada. Se um deles lhe tivesse feito uma oferta, ela provavelmente já teria se casado.

— Joanna Steel. Lady Aviel.

— E se as histórias são verdadeiras, eles salvaram muitos inocentes — acrescentou Nicholas. — De ladrões e outras coisas.

O outro homem franziu o cenho.

— Sim, e tudo isso é bom... mas eles ainda são foragidos! E ter *mulheres* envolvidas... com espadas? Consegue imaginar uma coisa dessas? O que acontecerá com este mundo se tal coisa acontecer?

— De fato — disse Nicholas, inexpressivo. — Se as mulheres começarem a se defender, qual será a nossa serventia?

Tive que tossir para cobrir uma risada. Isso chamou a atenção do meu vizinho para mim, e tentei responder.

— Bem... pelo menos ouvi dizer que eles se vestem bem. Não são piratas de qualidade inferior. O que é que dizem? Mantos dourados, penas de pavão. Tudo me parece muito chamativo.

— Nunca confiei em pavões — resmungou o homem. — Todo mundo vive falando sobre como eles são bonitos, mas já viu um de perto? Há uma expressão naqueles olhos pequenos. Eles sabem mais do que demonstram. — Ele encerrou a conversa, tomando uma taça inteira de vinho de uma só vez.

Quando o jantar terminou e nos retiramos para as bebidas, Nicholas não poderia me monopolizar inteiramente. A cortesia ditava que eu falasse com os outros – mas nenhum deles seria Warren. Como se Cedric estivesse fazendo alguma magia, Warren permanecia ocupado. Em dado momento, vi Mira envolvida avidamente em uma conversa com ele. Bem, ela estava envolvida. Ele parecia preso. Perguntei-me se Cedric a havia enviado.

Quando a noite terminou e os convidados partiram, Cedric me pegou por um momento em particular.

— E então? — perguntou.

— Ele é tudo o que você prometeu. Na verdade, me diverti bastante.

— Excelente. — Normalmente, Cedric teria parecido convencido sobre tal triunfo. Mas não naquela noite. — Vou ter que trabalhar um pouco mais com ele, mas, se tudo correr bem, acho que poderia agendar uma oferta e arranjar um casamento secreto antes que os Doyle saibam. Pouco ortodoxo, mas desde que eu trate a papelada corretamente e ele pague seu valor mínimo, não há nada que quebre o contrato.

— Isso é ótimo. Isso é realmente... — As palavras ficaram presas em minha garganta, e não pude terminar. Não podia fingir alegria sobre um casamento que não queria, não quando Cedric estava na minha frente. Eu raramente chorava, mas as lágrimas começaram a se formar nos meus olhos. Com raiva, pisquei.

— Adelaide. — Ouvi em sua voz a mesma angústia que eu sentia. Sua mão começou a se mover em minha direção, mas ele a afastou bruscamente, apertando-a como eu havia feito antes.

— Aí está você!

Jasper caminhou até nós, e estava furioso. Era uma visão rara em comparação com sua pessoa pública gentil.

— Adelaide, o senhor Doyle e a mãe estão prestes a ir embora. Você vai falar com eles agora e se despedir de forma adequada, com a promessa de vê-los em outro momento.

— Pai...

— Não. — Jasper levantou um dedo em advertência a Cedric. — Não quero ouvir outra palavra. Você já arruinou a noite a deixando com aquele advogado! Acha que ele pode pagar o mínimo dela? Ele certamente não vai oferecer mais se outros estão interessados. Já lhe disse antes, não vou deixar que você arruíne isso. — Jasper fixou seu olhar duro em mim. — Agora. Vá.

Cedric começou a protestar, mas acenei. Não queria que ele se envolvesse em mais problemas. Fiz uma pequena reverência para Jasper.

— Claro, senhor Thorn.

Do outro lado da sala, Warren e Viola estavam indo embora.

— Adelaide — disse ele. — Que pena que não pudemos conversar mais. Queria te contar sobre alguns desenvolvimentos com os campos de ouro em Hadisen.

— Que fascinante — falei, consciente de Jasper estar me observando. — Talvez possamos conversar em uma próxima oportunidade. Adoraria ouvir mais.

— É? — perguntou Viola maliciosamente. — Achei que você estava mais interessada na lei.

Sorri docemente.

— Ah, senhora Doyle. Sabe como são essas coisas. Precisamos fazer essas rondas e conhecer novas pessoas. É apenas uma formalidade.

— Fico feliz em ouvir isso — disse. — Seria uma vergonha para você escolher alguém tão rápido.

Assenti, embora realmente não estivéssemos no início da temporada, especialmente com tantas meninas já tendo feito contratos.

— De fato. Só estou tentando ser cortês.

Ela semicerrou os olhos.

— Bem, talvez, logo você se sinta motivada a fazer a Warren a cortesia de uma visita particular. Não queremos que ninguém pense que você estava sendo vaidosa ou se comportando *acima da sua posição.*

Engoli em seco.

— Certamente, não.

A festa não terminou tão tarde quanto muitas outras das quais participamos, mas na manhã seguinte a maioria de nós estava exausta. Tudo havia sido envolto em brilho e decoro, mas as últimas semanas foram estafantes. Como Nicholas Adelton havia dito, era um trabalho duro, apesar da aparência superficial.

Algumas das garotas comprometidas ainda participavam das festas. Outras optaram por se afastar e agora se ocupavam planejando os casamentos. A Corte de Luz não se envolvia com a cerimônia, uma vez que a documentação e os pagamentos fossem resolvidos. Cada garota tinha permissão para manter um vestido, com que geralmente elas se casavam. O restante do casamento dependia do futuro marido. Alguns proporcionavam cerimônias grandiosas. Outros estavam dizimados financeiramente para pagar mais do que os honorários de um magistrado.

A senhora Culpepper mantinha um cronograma rigoroso e exigia que todas nós, comprometidas ou não, tomássemos café da manhã exatamente na mesma hora todos os dias. Não me importava em acordar cedo, mesmo porque o café da manhã era um breve adiamento do nosso turbilhão social.

Os Thorn, podendo comer em seu tempo livre, chegaram próximo do fim da nossa refeição, como era típico. A mentora rapidamente encontrou cadeiras, acomodando Cedric ao meu lado. Não ousei olhar para ele, mas a proximidade fez nossas pernas se tocarem por baixo da mesa. No começo, mantive a perna tensa, mas então me permiti relaxá-la contra a dele. Senti-o fazer o mesmo. Pelo resto da refeição, não tinha ideia do estava comendo ou falando. Meu mundo inteiro havia se concentrado naquele toque.

Um dos homens que vigiavam a porta anunciou que tínhamos um convidado. A senhora Culpepper correu para fora da sala de jantar para investigar, e nenhuma de nós reagiu com muito interesse. Criados e mensageiros iam e vinham o tempo todo. Homens com intenções mais sérias eram educadamente solicitados a retornar mais tarde se não tivessem compromisso.

Então, foi uma surpresa quando uma pálida senhora Culpepper voltou com um homem alto seguindo-a. Ele usava um terno barato e mal ajustado em lã penteada. Com a recente chegada da primavera, aquilo deveria estar bastante desconfortável. Seus cabelos grisalhos eram ralos, e linhas duras estavam gravadas em seu rosto. Claramente, não era um pretendente empreendedor. Todos ao redor da mesa pareciam intrigados – exceto Mira, por incrível que parecesse. Ela se endireitou na cadeira com os olhos afiados. Eu não conseguia decifrar completamente sua expressão. Choque? Ambição? Talvez um pouco dos dois.

Charles se levantou, endireitando o paletó. Ele estava tão desorientado quanto nós, mas eu sabia que devia haver uma razão para que a senhora Culpepper admitisse um convidado àquela hora.

— Senhor, como podemos ajudar?

O estranho acenou de forma rápida.

— Meu nome é Silas Garrett. Sou da McGraw Agency.

Se alguém havia imaginado que aquela manhã seria tediosa, rapidamente ficou claro que não. A McGraw Agency era um grupo com base fora de Osfro que investigava todos os tipos de assuntos para aqueles que pagavam bem o suficiente. Tecnicamente, era uma organização independente, mas sabíamos que tinham autoridade real para fazer cumprir a lei. Seus agentes eram notoriamente implacáveis e determinados em suas missões, percorrendo grandes distâncias – em segredo ou não – para alcançar seus objetivos. Eles investigavam tudo, desde infidelidade entre nobres menores até espionagem do rei. Havia rumores de que estavam ativos no Novo Mundo, mas ninguém sabia por que ou quem os empregaria.

Jasper se aproximou do irmão.

— Meu Deus. Raramente entretemos cavalheiros de tal posição. Suponho que não esteja procurando uma esposa.

Silas Garrett não sorriu.

— Não, mas estou aqui à procura de uma mulher.

Não sabia explicar como, mas, de repente, entendi. Meu corpo inteiro enrijeceu e senti a mão de Cedric segurar a minha debaixo da mesa. Não ousei olhar para ele, mas entendi a mensagem: *fique calma*.

— Estou aqui por conta própria, mas tenho um colega em Archerwood que foi contratado no verão passado para investigar a possibilidade de uma nobre ter fugido de Osfrid para cá — explicou Silas. — Ele teve pouca sorte, o que não é surpreendente já que Adoria é um lugar muito grande, e ele também não tinha pistas reais a respeito de para qual colônia ela poderia ter ido.

— Compreensível — disse Charles. — Me perdoe, mas o que isso tem a ver conosco?

Silas lançou um olha duro entre Charles e Jasper.

— Bem, recentemente recebi a dica de que a lady em questão poderia estar em Cape Triumph e que a sua família pode ter informações sobre seu paradeiro.

— Nós? — perguntou Charles. — Como saberíamos algo sobre uma mulher desaparecida?

— Uma nobre — corrigiu Silas. — Lady Witmore, condessa de Rothford.

A mão de Cedric me apertou mais.

— Condessa. — Jasper franziu o cenho. — Você não está falando daquele negócio que nos parou em Osfro naquela noite?

— Que noite? — perguntou Silas.

— Cedric e eu estávamos trazendo um grupo de garotas na primavera passada. Estavam parando todo mundo no portão da cidade. Fomos revistados e liberados. — Jasper olhou para o filho. — Você se lembra disso, não é?

Cedric assentiu, usando a expressão de alguém curioso.

— Lembro. Estava causando bastante agitação. Por que está acontecendo de novo?

— Como falei, recebemos a dica de que pode haver alguma informação sobre a lady em sua casa. — Silas olhou ao redor, onde estávamos reunidas à mesa. — Você tem muitas moças com a mesma idade de lady Witmore.

O sorriso de Jasper tensionou, mas apenas brevemente.

— Sim, nós temos. Assim como todos os anos. É o nosso negócio, senhor Garrett. Trazemos garotas de Osfrid em idade de se casarem. Não posso evitar se sua condessa tem a mesma idade.

— Como você esperaria encontrá-la? — perguntou Charles. — Certamente, não vai acusar minhas meninas sem ter uma prova.

— Não, senhor. Não sonharia com isso. Estou apenas checando a informação que recebi e enviarei uma carta para o meu colega no Norte. Tudo o que sei é que a lady tem cabelos castanhos. Ele tem um pequeno retrato. — Silas era perfeitamente educado, mas percebi seu olhar analisar rapidamente todas as garotas de cabelos castanhos na mesa, inclusive eu. Foi um alívio haver outras três. — Se ele vier aqui, tenho certeza de que vai trazê-lo para confirmar sua identidade. Você pode comprovar que todas essas garotas vêm dos lugares que dizem?

— Essas garotas são de origem comum — disse Jasper. — Trabalhadores analfabetos não guardam papelada extensa sobre suas filhas. Mas posso garantir que eu ou meu filho conhecemos a família de cada uma. Não há condessas.

— Se tivéssemos uma — brincou Cedric —, certamente, poderíamos cobrar muito mais.

Silas voltou o olhar para Cedric, claramente não apreciando a piada. Eu podia dizer que Cedric estava se esforçando em se manter relaxado e afável para não parecer suspeito. Mas seria melhor imitar o pai e o tio, que eram educados, mas estavam ambos um tanto ofendidos.

— Senhor Garrett — disse Jasper. — Respeito o seu trabalho, de verdade. Mas já passamos por isso em Osfro há um ano. Não sei o que faz com que a suspeita continue recaindo sobre nós, mas, por favor, até que tenha algo mais concreto que uma "dica", eu agradeceria se você se lembrasse de que estamos tentando conduzir um negócio de respeito.

— É claro — disse Silas, se virando para a porta. — Com certeza voltarei se souber mais.

— Antes de ir — disse Cedric —, estou muito curioso para saber de quem recebeu essa dica.

— Foi anônimo — disse Silas. — Recebi ontem, tarde da noite.

Foi difícil manter meu pânico sob controle até Cedric e eu conseguirmos um momento a sós, pouco antes de alguns pretendentes chegarem para o chá da tarde.

— O parceiro dele tem um retrato! — exclamei. — Sem dúvida, fornecido pela minha avó quando o contratou para vir a Adoria.

O rosto de Cedric estava sombrio.

— E a "dica" do senhor Garrett foi, com certeza, dos Doyle.

— Viola. Warren ainda parece tão... não sei. Infeliz. Ela sugeriu que eu poderia me tornar "motivada" a prestar mais atenção a ele.

— E a motivação é uma possível exposição e captura... Supondo que você não se case antes.

Fechei os olhos brevemente.

— E, sem dúvida, ela espera que eu entre em pânico e use Warren para o casamento que irá me salvar.

— Não. — Cedric caminhou em minha direção e segurou minhas mãos, um gesto perigoso, já que alguém poderia entrar na sala. — Já te disse antes, você não será forçada a fazer isso. Vamos resolver as coisas com Nicholas Adelton o mais rápido possível. Mas, enquanto isso...

Olhei-o cuidadosamente. A ternura tomou seu rosto, mas poderia dizer que havia algo que ele estava hesitante em me dizer.

— Sim? — perguntei.

— Vamos precisar nos certificar de que os Doyle não tomem mais qualquer atitude. Precisamos pacificá-los. — Ele suspirou. — Desculpe, Adelaide. Você terá que fingir interesse por Warren.

18

— Os Icoris não sabiam que Hadisen possuía tantos depósitos de ouro. Mas por que saberiam? São selvagens. Não fazem extração de minério. Não têm a tecnologia para isso. É surpreendente até que eles tenham atravessado o mar. Então fizemos um acordo sobre isso no tratado.

Warren olhou para mim com expectativa, e eu abri o que esperava ser um sorriso impressionado.

— Estava mesmo à venda? — perguntei. — Quero dizer, era onde eles moravam.

Ele franziu a testa.

— Não entendi a sua pergunta.

— Não era como se fosse uma mercadoria que eles estivessem escondendo. Era a casa deles. Quando fizeram o tratado, para onde eles deveriam ir?

— Não tomamos todas as terras — disse. — Eles ainda possuíam muitas.

Eu havia visto os mapas em meus estudos. "Muitas" era um termo otimista demais para descrever aquilo.

— E eles podem se mudar para o território das tribos ocidentais.

— Isso não causará um atrito com essas tribos? — perguntei.

— Não é problema nosso. Somos os conquistadores.

Abri a boca para protestar, mas depois pensei melhor. Fora assim durante a última semana, na qual tive três encontros com Warren – dois públicos e um privado. Ele não era exatamente ofensivo, mas em algumas ocasiões eu tinha que morder a língua para não contrariá-lo. *Seja encantadora*, Cedric me aconselhou. *Não lhe dê nenhuma razão para suspeitar de qualquer coisa.*

— Que maravilha — falei, mudando para um assunto menos controverso — que tem todo esse ouro.

Warren assentiu, ansioso.

— Sim. Só precisamos esperar que alguém tome as terras. Temos poucos homens para ajudar a explorá-la, mas acho que, uma vez que dermos a ordem e eu chegar com uma presença mais estabelecida, os colonos vão se juntar a eles.

Ele me olhou de forma significativa.

— Vou embora daqui a duas semanas.

Eu sabia. Ele me lembrava disso todas as vezes que estávamos juntos. Mantê-lo afastado durante todo aquele tempo havia me salvado de um casamento antes da sua partida, mas eu sabia que ele e Viola esperavam que selássemos um contrato de casamento. Poderia ter ganhado tempo agindo cordialmente naquela semana, mas logo os Doyle exigiriam mais.

— Me perdoe — falei, me levantando da cadeira. Ele, imediatamente, se levantou também. — Preciso verificar meu cabelo. — Era uma maneira educada de dizermos que precisávamos ir ao banheiro, e isso proporcionava uma fuga garantida.

A festa na propriedade dos Doyle havia durado três horas, e eu esperava que fôssemos embora logo. Cedric era nosso acompanhante, e nossa saída estava em suas mãos. Eu poderia tê-lo convencido uma hora antes, mas ele acompanhara Caroline durante toda a noite. Parecia ter fisgado um respeitável latifundiário que não saía do lado dela. Como ela havia tido certa dificuldade com as ofertas, Cedric não queria arruinar a oportunidade.

Entretanto, ele me interceptou enquanto eu descia o corredor que levava ao banheiro. Ao virarmos o corredor, paramos e esperamos que dois homens que reclamavam sobre impostos passassem por nós.

— Precisamos conversar — disse Cedric em voz baixa.

Olhei ao redor.

— Aqui?

— Não houve outra chance. — Era verdade. Com menos garotas livres, nosso calendário social havia aumentado significativamente. Ele pegou minha mão e me puxou para um canto. — Tenho boas e más notícias.

— Espero que a boa notícia seja que você, de alguma forma, adquiriu dez vezes mais dinheiro do que precisa para ir a Westhaven e que a ruim seja que você simplesmente não sabe como gastar o restante.

— É claro que eu daria a você, assim a manteria no estilo de vida a que está acostumada. Mas não, receio que não seja isso. — Ele conferiu o ambiente ao nosso redor mais uma vez antes de continuar. — Há um homem aqui interessado na pintura.

Isso era uma boa notícia.

— Quanto?

— Quatrocentos.

— É a maior parte do valor de que você precisa! Qual é a má notícia?

— Ele quer se certificar de que a obra é autêntica. — Cedric balançou a cabeça. — Mas, como você pode imaginar, não há muitas pessoas nas colônias qualificadas para avaliar um quadro de Myrikosi. Então, ele está disposto a esperar, o que significa que nós também precisaremos esperar. A menos que possamos encontrar outro comprador.

— Mas não há muitos.

— Não, em Denham, não. Mas meu agente vai enviar mensagens para alguns das colônias do sul. Enquanto isso... — Seu comportamento me indicou que havia mais notícias. E não necessariamente boas. — Aconteceram alguns progressos no plano com Nicholas Adelton.

— Ah? — Tentei manter o tom animado, sabendo que deveria estar feliz por aquilo.

— Ele esteve em Thomaston esta semana, ajudando alguém a resolver uma disputa comercial. Ouvi dizer que ele aceitou o caso *pro bono*.

— Muito gentil da parte dele.

— Sim — disse Cedric. Ele também parecia estar se esforçando para conseguir um tom otimista. — Ele é um homem muito gentil. E voltará depois de amanhã, a tempo para o Festival das Flores. Recebi um convite para comparecer, então poderei resolver as coisas.

— Só preciso ganhar um pouco mais de tempo com Warren.

Não recebemos mais visitas de Silas Garrett, mas a ameaça que ele representava ainda pairava sobre a minha cabeça. Ele nos olhara como se estivesse memorizando o rosto de cada uma, e eu sabia que, se ele visse aquele retrato, me identificaria imediatamente. Precisava proteger minha posição, e rápido.

— Tenho certeza de que será difícil para você — respondeu Cedric. Encontrei seus olhos e quis não ter visto tanto desejo. Seria muito mais fácil lidar com isso se ele fosse indiferente a mim. — Agora, vá... antes que Warren e a mãe se perguntem o que aconteceu com você.

— Certo. Assim que você soltar a minha mão.

Ele olhou para nossos dedos entrelaçados e ficou calado por um momento. Então, com muito cuidado, levou minha mão aos lábios e deu um beijo nela. Fechei os olhos, desejando poder congelar aquele instante. Quando a soltou, eu ainda conseguia sentir o calor dos seus lábios na minha pele. E não nos movemos. Foi preciso a risada alta de um grupo passando no corredor ao lado para que voltássemos à realidade.

Voltei para a festa, me preparando para mais uma sessão de autoelogios de Warren. Para minha surpresa, Mira estava falando com ele, o que me garantiu uma folga temporária. Olhei-a com curiosidade, me perguntando o que provocara aquilo. Ela ainda não havia mostrado qualquer interesse em um pretendente. Não mencionara nenhuma oferta, embora eu soubesse que havia entretido alguns homens, assim como todas nós. Aquela não era a primeira vez que eu a via perseguir ativamente Warren. Seria possível que estivesse interessada nele?

Desfrutei de preciosos momentos sozinha, ouvindo a conversa do pai de Warren com alguns magistrados que estavam por perto. Ele lhes assegurava que os rumores de que havia Icoris marchando para Cape Triumph não tinham fundamento. Eu estava curiosa sobre o que havia desencadeado aquela ameaça, mas não consegui descobrir nada. Assim que Warren me avistou, afastou-se de Mira e veio em minha direção novamente. Um breve deslize na sua expressão serena mostrou que ela estava mais frustrada do que com coração partido, mas uma distração logo apareceu quando outro jovem bateu em seu ombro. Mira virou-se para ele, e seu sorriso voltou instantaneamente.

O fim da festa não poderia ter acontecido em um melhor momento para mim. Depois de confirmar para Warren minha presença no Festival das Flores, juntei-me às outras garotas para embarcar nas carruagens que nos esperavam lá fora, me sentindo grata. Agora, duas eram o suficiente para nos transportar. Enquanto subíamos, notei algo.

— Onde está a Mira? — perguntei.

De novo, não, pensei. Verificamos, mas não vimos qualquer sinal dela do lado de fora. Cedric entrou novamente na casa, e eu fiquei esperando junto da porta da carruagem – apesar da oferta do motorista para me ajudar. Meu mal-estar aumentou enquanto Cedric permanecia lá dentro por muito mais tempo do que eu esperava. Ela sumia o tempo todo em Wisteria Hollow, mas como poderia desaparecer ali?

Por fim, eu os vi sair. Ele a ajudou a entrar na minha carruagem e partimos.

— O que aconteceu? — perguntei.

Ela revirou os olhos.

— Fiquei presa, conversando com um daqueles homens que queria saber se podia conseguir um "acordo" comigo.

Eu a observei com cuidado. Seu tom e sua expressão pareciam honestos, mas não conseguia afastar a sensação de que ela estava escondendo alguma coisa.

No dia seguinte, descobrimos que Caroline havia fechado um contrato, reduzindo ainda mais nosso grupo. Jasper, apesar de empolgado com o progresso, sentiu necessidade de uma conversa motivacional com as que sobraram.

— Embora seu contrato lhes dê três meses para escolher — disse durante o café da manhã —, raramente leva tanto tempo para qualquer garota. A maioria se compromete em um mês. Eu ficaria muito surpreso se vocês não tivessem ofertas amanhã à noite, durante o festival. — Seu olhar se deteve em mim por mais tempo que nas demais. — Muito surpreso.

O Festival das Flores, dedicado aos anjos gloriosos Aviel e Ramiel, era o maior feriado da primavera no calendário osfridiano. Ele coincidia com os Rituais de Primavera dos alanzanos, e havia algumas controvérsias a respeito de sua verdadeira natureza. Os devotos de Uros alegavam que os hereges haviam tomado o feriado tradicional e corrompido sua veneração de cura e amor puro, acrescentando a adoração aos anjos rebeldes Alanziel e Lisiel. Já os alanzanos acreditavam que era uma antiga celebração da paixão e da fertilidade, e que os adoradores ortodoxos é que haviam corrompido isso.

Isso colocava o Dia de Vaiel como o segundo feriado mais celebrado. Festas e banquetes elaborados eram comuns nessa data, mesmo em Cape Triumph. Estaríamos novamente no grande salão da cidade, em um baile esplêndido oferecido pelo governador e outros políticos. Até mesmo as garotas comprometidas iriam. Jasper afirmou que não queria que elas perdessem a festa, mas eu suspeitava que sua verdadeira intenção era mostrar as meninas com seus noivos para qualquer homem indeciso. O baile seria de máscaras, algo comum em Osfrid, mas não em Cape Triumph. A senhora Culpepper não estava preparada para isso e precisou fazer os arranjos necessários.

Como de costume, seu trabalho "apressado" era meticuloso, mesmo que ela resmungasse muito ao longo do processo. Eu tinha uma meia-máscara delicada, com filigrana de prata e adornada com cristais. Era mais um adereço do que uma verdadeira máscara, já que Jasper queria que fôssemos facilmente identificadas. A máscara era o acompanhamento perfeito para o vestido de cetim branco, que deixava os ombros à mostra e era decorado com rosas e fitas de prata.

— Sabe — me disse Mira maliciosamente, ajustando sua própria máscara vermelha reluzente —, a tradição das máscaras remonta aos alanzanos conduzindo os Ritos de Primavera. Eles usam máscaras de folhas e flores, ou se vestem como animais da floresta. Homens e mulheres dançam sem sequer saber quem é seu parceiro.

Eu não havia visto Cedric o dia todo, mas o ouvi falar sobre o baile, o que imaginei significar que ele deixaria de participar de quaisquer ritos alanzanos – a menos que se juntasse a eles bem mais tarde. Eu me perguntava se ele já havia participado de tal evento, e até que ponto. A ideia de dançar com um parceiro misterioso era pagã e imprópria, é claro, mas, depois do que havia acontecido no Advento Estelar, senti um rubor se espalhando sobre mim enquanto lembrava de Cedric me puxando para algum lugar escuro e selvagem.

Entramos no salão em meio a muita fanfarra, e fiquei impressionada ao ver que ele havia sido decorado em total contraste com nosso baile de gala inicial. As flores, é claro, eram a decoração principal, embora nem todas fossem verdadeiras. Algumas haviam sido confeccionadas em seda e adornadas com joias, e estavam penduradas em grinaldas elaboradas e guirlandas que cintilavam à luz das velas. Os participantes não eram apenas nossos potenciais pretendentes: o baile atraía os melhores cidadãos de Cape Triumph e Denham, em geral. Percebi que minhas colegas e eu estávamos mais bem-vestidas, mas simplesmente por nosso maior acesso a tecidos luxuosos, porque todos os convidados mascarados estavam realmente fascinantes.

Cedric chegou no exato momento em que as coisas começaram e, em vez de me juntar a um parceiro programado, me conduziu para a primeira valsa.

— Seu pai não vai gostar disso — brinquei.

— Ah, não se preocupe, em breve ele terá muito mais com o que se incomodar — respondeu. — Além disso, de longe e com essa máscara, ele nem me reconheceria. Isso exigiria que ele prestasse atenção a algo além de si mesmo.

Reconheci o tom, a leveza. Foi a minha deixa para fazer outra piada. Mas, em vez disso, me encontrei dizendo:

— Eu te reconheceria em qualquer lugar, mesmo com o rosto coberto. Pela maneira como você se move e pelo seu cheiro. Pelo seu jeito...

Sua mão apertou a minha cintura, me puxando para mais perto.

— Você não está tornando isso fácil. Especialmente porque estou aqui para lhe dizer que Nicholas Adelton concordou em se casar com você amanhã.

— Espero que não haja *nenhum* jeito fácil de dizer isso.

— Não, não há.

Ficamos em silêncio e deixamos que a música e o burburinho da conversa nos cercassem, nossos olhos presos um ao outro enquanto deslizávamos pelo salão. Senti uma enorme vontade de descansar a cabeça no corpo dele, mas isso não ajudaria a manter nossa aparência de desinteresse. Além disso, essa não era uma ação apropriada durante uma valsa.

Quando a música terminou, Cedric desviou o olhar do meu rosto. Ele esteve contemplativo enquanto me observava, mas agora sua testa estava franzida.

— O filho do governador acabou de te ver. Deixe-me levá-la para Adelton, assim, vocês podem dançar a próxima música. Ele está de acordo com tudo, mas queria lhe perguntar algo primeiro.

Perplexa, deixei Cedric me levar para Nicholas, bem a tempo para a próxima música. Ele foi educado quando falou com o advogado, mas me lançou um olhar persistente enquanto se afastava.

— Sinto muito não ter entrado em contato — disse Nicholas quando seguimos para a nova dança. — Sua máscara era simples, de tecido azul. — Meu cliente é amigo de um primo, e ele foi muito prejudicado em um assunto comercial. Eu não poderia abandoná-lo.

— Acho isso admirável — falei, com sinceridade.

— Não posso lutar contra toda a injustiça do mundo, mas tento fazer o possível. Agora, chega de trabalho. — Ele sorriu para mim. — O senhor Thorn me explicou que há, bom, certa urgência no que planejamos e que teríamos que gerenciar alguns truques para nos casarmos logo. Devemos ser capazes de fazer isso, mas primeiro eu preciso saber. — Sua expressão se tornou incerta. — Tem certeza de que está disposta? Não quero que você se apresse. Não quero que faça algo de que não está absolutamente certa. Você deve escolher quem quiser.

Senti uma pontada no coração, não só por sua consideração, mas também pela verdade envolvida naquilo. Quem eu queria escolher? Cedric, é claro. Mas ele não podia pagar nem a taxa que o manteria vivo, quanto mais o meu preço. Qualquer outra coisa significaria uma ruptura de contrato e provocaria um grande escândalo.

Você poderia conseguir algo muito pior do que Nicholas Adelton, falei a mim mesma. *Mesmo que isso significasse se tornar Adelaide Adelton.*

Viola, do outro lado do salão, chamou minha atenção. Isso só fortaleceu minha determinação, e me voltei para Nicholas. Afastei meu coração, tentando ignorar a maneira como cada parte do meu ser gritava por Cedric.

— Sim — falei a Nicholas. — Tenho certeza. Se o senhor Thorn puder cuidar dos aspectos técnicos, quero fazê-lo. E ele vai. Ele sempre cumpre o que promete.

Terminei a dança com o coração pesado e esperava que a próxima fosse com Warren. Em vez disso, foi Viola que me puxou para a lateral do salão.

— Adelaide, querida, sinto que não nos falamos há séculos.

Isso era verdade. Enquanto, obedientemente, dedicara meu tempo a Warren, fiz de tudo para evitá-la.

— Tem sido um período muito ocupado — falei.

Ela sorriu, seus lábios finos e apertados como os de uma cobra.

— Sim, tenho certeza. Mas um período agradável, sem dúvida. Warren não para de falar sobre o quanto gosta da sua companhia. Tenho certeza de que o sentimento é mútuo.

— Ele é o sonho de toda garota.

— De fato. E, no entanto, ele permanece solteiro. Não está nem mesmo prometido a alguém. Você pode imaginar o quanto isso é angustiante para mim, especialmente com a partida dele para Hadisen se aproximando? — Ela suspirou de forma dramática. — Eu me sentiria muito melhor se tudo fosse resolvido. Odeio pontas soltas, sabe? Ouvi que Silas Garrett também. O parceiro dele está a caminho de Cape Triumph, deve chegar aqui qualquer dia desses.

Mantive um sorriso congelado enquanto a examinava. Ela estava blefando? Difícil dizer.

— Tenho certeza de que será um grande alívio para eles descobrir tudo, de uma vez por todas.

— E tenho certeza de que será um grande alívio para você não se preocupar mais com o que eles descobrem ou não. — Quando eu não respondi, sua expressão doce e doentia se dissolveu. — Pare de adiar. Você não pode conseguir nada melhor, e tampouco correria risco de voltar para Osfrid. Faça isso e facilite a vida de todos, porque eu lhe asseguro, querida, posso tornar a sua muito mais difícil.

Warren veio em nossa direção naquele momento.

— Mãe, não esperava que você, de todas as pessoas, me roubasse a Adelaide.

O sorriso de Viola tomou seu rosto.

— Bem, não queríamos aborrecê-lo com detalhes... sabe, o tipo de coisa que realmente só importa para as mulheres quando as núpcias estão envolvidas.

Ele nos olhou, incrédulo.

— Núpcias... você não quer dizer...

— Acho que nossa amada Adelaide finalmente parou de nos provocar — disse Viola.

— Isso é verdade? — Warren segurou minhas mãos. — Você aceitou? Devemos anunciar agora mesmo! É a noite perfeita.

Aquele aperto ansioso no meu peito retornou, e tive que me lembrar de respirar.

— Não, não. Nada de anúncio esta noite. Quero dizer, sua mãe e eu estamos falando de maneira informal, mas nada pode acontecer... — Parei, olhando para o outro lado do salão e pude ver Cedric entusiasmado conversando com Nicholas, que estava radiante, então eu esperava que fosse uma notícia promissora. — Nada pode avançar até que todos os detalhes sejam resolvidos com os Thorn. O preço do casamento, contratos... Não seria apropriado anunciar antes que o tudo isso seja oficial. Eu não me sentiria bem.

Os olhos de Viola semicerraram, e Warren pareceu um pouco abatido, mas não terrivelmente chateado. Enquanto isso, meus pensamentos estavam correndo. O que isso significaria para mim? Quanto tempo eu ganharia? Sem dúvida, os Doyle estariam batendo à nossa porta amanhã para resolver o negócio. Eu conseguiria ganhar mais um dia? Talvez até dois? Cedric e Nicholas se perderam entre os convidados, e eu não tinha ideia de como esse plano estava se desenvolvendo. Com o que eu havia concordado extraoficialmente?

— Venha — disse Warren. — Vamos, pelo menos, dançar em comemoração, mesmo que seja só entre nós dois.

Não havia saída. Estava sem aliados. Apenas um mar de dançarinos mascarados, tagarelando e rindo sobre a primavera e a renovação da vida. Senti como se a escuridão estivesse se fechando sobre mim.

— Claro — respondi, rigidamente. — Eu adoraria.

Dançamos durante a maior parte do resto da noite. Alguns pretendentes ousados se aproximaram, mas Warren se moveu de forma tão confiante, quase como se eu fosse sua propriedade, que a maioria simplesmente se afastava de nós. Quando Aiana me disse que nosso grupo estava saindo, mal ouvi suas palavras de despedida e a promessa de passar por nossa casa no dia seguinte. Dei um aceno de cortesia e depois corri para me juntar aos outros. A noite estava clara e quente, e eu precisava de ar para pensar com clareza. Mas, antes que conseguisse respirar fundo, fui levada para uma carruagem e logo fomos para Wisteria Hollow.

Abri a janela quando cheguei no quarto e me sentei, respirando profundamente, tentando me estabilizar. Não foi suficiente. O sentimento de que estava presa, que tive no baile, não me deixaria. Eu precisava sair daquele quarto, daquela casa – daquela vida. Senti como se estivesse de volta a Osfro, trancada em uma gaiola brilhante que tantos admiravam, sem saber que me sufocava. Não me importando com o problema que teria, deixei o quarto, ainda com a roupa de baile, parando apenas para perceber que Mira deveria ter se juntado a mim. Todas as outras meninas estavam em seus quartos. Continuei seguindo. Mira estava fazendo suas próprias escolhas, quaisquer que fossem. Eu não podia culpá-la por isso.

Segui pelo corredor até o pequeno armário que dava para a escada dos fundos. Subi até o nível do sótão, quase tropeçando nas minhas saias longas com a pressa. Quando cheguei ao topo da escada, abri a janela e estava pronta para descer quando uma voz me chamou. Virei-me e me encolhi quando uma figura mascarada deu um passo à frente. Meio segundo depois, assim que removeu a máscara, vi que era Cedric.

— O que está fazendo? — perguntou. — Estava esperando para entrar furtivamente em seu quarto para conversar quando vi você passar por esta porta.

— Estou saindo. Tenho que pensar... não consigo fazer isso aqui. Não consigo respirar aqui. Tenho que sair por um tempo. Preciso ir para algum lugar. Qualquer lugar, menos aqui. — Comecei a levantar o pé em direção à janela, e ele segurou meu braço, fechando a janela atrás de mim.

— Acalme-se. Você não pode descer essa porcaria de treliça com esses sapatos. — Ele me levou até o parapeito. — Sente-se e me diga o que está errado.

Eu me virei com espanto.

— O que está errado? Como pode perguntar o que está errado? Tudo está errado! Eu acabei concordando em me casar com Warren Doyle hoje à noite!

— Acabou?

Me vi vagando, sem respirar.

— A mãe dele, Viola, me forçou. Não podia dizer não. Tudo o que eu podia fazer era adiar. Disse a eles que sim, mas que nada era oficial até que tivéssemos resolvido aqui... Papelada e tudo mais. Não sei o que ganhei com isso. Talvez alguns dias? Mas você sabe como eles são perversos. Eles não vão...

— Ok, ok — disse Cedric, entrelaçando os dedos com os meus. — Tudo bem. Nada está resolvido ainda. Eles não têm você, ainda não. E você não precisa de alguns dias. Só precisa de até amanhã de manhã.

Suas palavras me tiraram do estado quase histérico.

— O que você quer dizer?

— Nicholas Adelton está disposto, você deve saber disso depois de falar com ele. O truque era tornar tudo legal, mas encontrei um magistrado que vai casar vocês amanhã de manhã em uma cerimônia privada. A maioria, sabendo do seu envolvimento com a Corte de Luz, não faria isso. Mas ele não se importa, desde que você tenha dezoito anos e seja uma cidadã livre de Osfrid. Vou arrumar toda a papelada hoje à noite, registrar o pagamento e você vai se casar de manhã.

Fiquei estupefata.

— De manhã.

Ele apertou minhas mãos.

— Sim. Vai criar um monte de transtornos... para dizer o mínimo. Meu pai e meu tio Charles. Os Doyle, especialmente se eles estão se apegando a essa promessa não oficial que você fez. Mas teremos a lei do nosso lado. Inclusive, teremos os técnicos da Corte de Luz do nosso lado. Não importa o quanto os outros se queixem, não serão capazes de fazer nada a respeito disso.

Eu tinha a sensação de que "queixa" seria algo muito suave para o que ser ou não.

— Você terá sorte se o seu pai deixar que você permaneça e receba qualquer comissão. Ser ou não o suficiente para Westhaven será irrelevante.

— Deixe que eu me preocupe com Westhaven — disse Cedric, com firmeza. Ele se inclinou para mim, sua presença firme e segura. — Tudo o que você tem a fazer é participar do seu casamento de manhã. Sei que não é o arranjo de luxo que imaginou, mas ele vai ser bom para você. Você estará segura.

— Não preciso de luxo. — Minha resposta veio tão ferozmente quanto a dele. — Posso ser a senhora de uma casa modesta. Uma companheira encantadora ao lado dele em reuniões sociais. Posso ser amiga dele. Ir para a cama dele e...

As palavras ficaram presas na minha garganta, e não consegui terminar. Poderia fazer tudo com Nicholas Adelton, menos aquilo. Talvez eu pudesse fazer, antigamente – antes de Cedric –, mas não mais. Eu não podia nem mesmo nomear aquilo.

Cedric me virou para que eu o encarasse e levantou delicadamente a máscara brilhante do meu rosto. Estive em tal frenesi ao deixar o baile que nem notei que ainda a estava usando. Ela escondeu as lágrimas que se formaram em meus olhos. Ele as enxugou e emoldurou meu rosto, se inclinando para que nossas testas se tocassem. A satisfação da sua vitória com Nicholas desapareceu. Agora só restava a melancolia – e um desejo que combinava com o meu.

— El...

— Não — disse, colocando um dedo em seus lábios. — Não me chame assim. Esse não é o meu nome. Sou Adelaide. Esta é a minha vida agora, a vida que começou no dia em que lhe conheci.

Ele segurou minha mão para que pudesse beijar cada um dos dedos. Um tremor o atravessou, e ele desviou o olhar.

— Você não deveria dizer isso. Não quando vai se casar amanhã.

— Você acha que isso muda o que eu sinto? — Estendi a mão e puxei seu rosto de volta para o meu. — Acha que ser a esposa de outra pessoa vai mudar alguma coisa? Você não sabe que eu estaria com você nos bosques, sob a luz da lua? Que desafiaria as leis dos deuses e dos homens por você?

Eu não poderia dizer quem começou o beijo. Talvez não houvesse um verdadeiro começo. Talvez fosse apenas uma continuação do que começamos naquela noite sob as estrelas. Envolta em seus braços, não podia acreditar que conseguira passar a última semana sem tocá-lo. Realmente tocá-lo – não aqueles toques roubados, de pontas dos dedos e pernas. Eu havia dançado com dezenas de homens naquele mês e não sentira uma centelha do que sentia quando Cedric simplesmente olhava para mim.

Ele se moveu para que minhas costas ficassem pressionadas contra a janela, e eu o puxei o mais perto que podia. Desatei o laço que segurava seu cabelo, soltando-o ao redor do seu rosto. Ele deslizou as mãos delicadamente, onde o vestido expunha um ombro, e tocou minha pele com os lábios. O calor da sua boca contra a minha carne nua me desfez e arqueei meu corpo contra o dele. Ele se afastou abruptamente, ofegante.

— Você me disse uma vez...

— Que eu planejava permanecer virtuosa até a noite de núpcias? — adivinhei. — É verdade. É um princípio em que acredito. Mas, bem, tenho uma definição muito criativa de "virtuosa". E se esta é a última noite em que posso estar com você, planejo esticar os limites dessa definição até onde for possível.

Sua boca estava na minha de novo, plena de uma exigência que me fez estremecer. Suas mãos lentamente subiram pelos meus quadris, até chegarem ao topo do corpete embaixo do vestido. Ele traçou a borda do decote e depois começou a desatar os intrincados laços de prata que faziam com que tudo ficasse unido. Estava quase tirando seu paletó quando a porta do sótão se abriu de repente.

Mira tinha me avisado que achava que alguém também estava usando aquela janela como fuga, mas eu não esperava realmente cruzar com tal pessoa.

E nunca imaginei que fosse Clara.

19

Dizer que aquilo teria muitas consequências seria um eufemismo.

Temi muitas coisas desde que fora para Adoria: que fosse forçada a um casamento com alguém que não queria, que minha identidade fosse descoberta e por isso fosse levada de volta para Osfrid e, acima de tudo, sempre receei que Cedric fosse preso como herege.

Mas ser carregada para o escritório de Charles e Jasper por "comportamento indecente" nunca havia passado pela minha cabeça.

— Sabe o que você fez? — gritou Jasper. — Tem alguma ideia do que fez? Isso vai nos arruinar!

Cedric e eu nos sentamos lado a lado em cadeiras de madeira com o espaldar duro enquanto Jasper andava à nossa frente com as mãos nas costas, muito parecido com algum advogado no tribunal. Charles estava de pé, contra a parede oposta, e parecia estar tendo dificuldades em aceitar os novos acontecimentos. Era a manhã seguinte ao "incidente". Nós dois havíamos sido mandados de volta aos nossos quartos na noite passada, com guardas nas portas, caso tentássemos fugir.

— Acho que "arruinar" é um termo muito forte — disse Cedric em tom baixo.

— É mesmo? — Jasper parou diante de nós. A fúria ardia em seus olhos. — Acha que isso não vai se espalhar? Porque, eu te asseguro, *já* se espalhou. As outras garotas estão caladas, mas os criados e os contratados sabem. A notícia chegará a Cape Triumph até o final do dia, e nenhum homem se aproximará de nós. Não sou ingênuo. Sei que algumas dessas garotas não chegaram até nós como donzelas. — Charles pareceu espantado com aquela revelação. — Mas sempre preservamos a imagem de pureza, deixando nossos potenciais clientes acreditarem que a virtude da sua esposa ainda estava intacta. Agora, há uma prova concreta de que não é o caso.

A menção da virtude fez-me lembrar das minhas próprias palavras na noite passada: *tenho uma definição muito criativa de "virtuosa"*.

— Nada aconteceu. — Cedric permaneceu incrivelmente frio, dada a situação. Talvez fosse o resultado de anos lidando com o humor do pai. — A virtude dela ainda *está* intacta.

Jasper me lançou um olhar que não gostei. Fez-me sentir... suja.

— É? Tenho dificuldade em acreditar nisso. Pelo que ouvi, suas roupas estavam espalhadas pelo chão.

Um rubor profundo cobriu minhas bochechas.

— Isso é mentira. Clara está tentando piorar a situação.

— Bem, pelo menos você reconhece que as coisas estão ruins — disse Jasper. — A verdade não importa, será destorcida... para pior. Depois que essa história tiver sido contada o suficiente, você vai ser tão difamada quanto uma prostituta alanzana esparramada na grama. Todo mundo vai saber que meu filho foi para cama com uma das nossas meninas. E todos vão pensar que é assim, que os homens daqui estão provando nossa mercadoria.

Eu não gostava de ser tratada como uma mercadoria, mas o restante das palavras me atingiu de uma maneira que eu não esperava. O silêncio de Cedric me indicou que o afetaram também.

Ao perceber que tinha nos atingido, Jasper acrescentou:

— Sei que você acha que sou implacável, que vou longe demais para ter lucro. E talvez isso seja verdade... Mas sempre mantive um negócio respeitável. Agora, tudo isso será questionado.

— Então, vou fazer o certo — disse Cedric. — Vou me casar com ela.

— Cedric — comecei. Eu não tinha nenhum problema com a ideia de me casar com ele, mas Cedric precisava saber que os obstáculos que estavam no nosso caminho eram quase insuperáveis. Jasper sabia disso também.

— Você tem uma fortuna escondida da qual não estou sabendo? Um estoque de ouro debaixo da cama que cobrirá o preço dela?

Cedric apertou a mandíbula. Eu odiava vê-lo humilhado, mas a colocação de Jasper era válida. Cedric sequer tinha os fundos para comprar sua liberdade, não até que o negócio da pintura desse certo – *se* desse. E, claramente, minha comissão estava fora de questão.

— Ela ainda tem o tempo restante em seu contrato. Vou ganhar a taxa.

— Eu estava prestes a dizer que ele tinha coisas melhores em que gastar seu dinheiro, na esperança de que entendesse a deixa sobre Westhaven. Mas então ele disse algo que me balançou: — Eu a amo.

Um sentimento brilhante floresceu dentro de mim. Era a primeira vez que o assunto amor havia surgido entre nós, embora eu não achasse que um de nós tivesse duvidado que o sentimento existia. Sem me importar com a desaprovação de Jasper, segurei a mão de Cedric e a apertei.

— Eu também o amo.

Jasper revirou os olhos.

— Tudo isso é muito tocante, mas, infelizmente, vivemos no mundo real, não em um romance barato.

Charles limpou a garganta, sua expressão era incerta.

— Talvez... pudéssemos emprestar o dinheiro a ele. Afinal, ele é da família.

— Não — retrucou Jasper, rapidamente. — Nenhum tratamento especial. Ele violou nossas políticas e vai viver com essas consequências. Se outros souberem que ele recebeu um favor, só vai piorar as coisas, confirmar a ideia de que estamos tomando liberdades aqui. Ele vai lidar com esse desastre da mesma forma que qualquer outra pessoa teria que fazer.

— *Vamos* lidar com isso — corrigi.

Uma batida na porta impediu Jasper de revirar os olhos novamente. Ele acenou com a cabeça para Charles abri-la e suspirou.

— É melhor que não seja mais uma daquelas garotas achando alguma desculpa para dar uma olhada aqui. Tenho certeza de que todas estão reunidas do lado de fora tentando escutar.

Mas não era uma garota que escutava. Em vez disso, era a senhora Culpepper que estava lá quando Charles abriu a porta.

— Perdoe-me — disse, a expressão tensa. — Mas o senhor Doyle e a mãe estão aqui. Não tinha certeza se eu deveria mandá-los embora ou não.

Jasper gemeu e cobriu os olhos com a mão por um breve momento.

— E aí está outra coisa arruinada por esse desastre. Eu lhe disse que isso se espalharia. — Ele deliberou por um momento e então acenou para a senhora Culpepper. — Sim. Mande-os entrar, e vamos ouvir a indignação deles a respeito. Não é menos do que vocês dois merecem.

Warren e Viola entraram. Os dois estavam vestidos de maneira muito formal para uma visita tão cedo, a cor escura de suas roupas parecendo enfatizar a gravidade da situação. Eu podia ver, imediatamente, que eles sabiam do que havia acontecido. Jasper escolheu pessoalmente uma cadeira para Viola, e Charles arrumou, às pressas, as cadeiras do escritório em um semicírculo, como se aquela fosse alguma ocasião social amigável em um salão.

A exasperação que Jasper havia mostrado antes sumira. Ele estava em seu modo performance e não demonstrava nenhuma fraqueza aos Doyle.

— Senhora Doyle — começou. — É sempre um prazer tê-la em nossa casa. Juro, a senhora fica cada vez mais bonita...

Ela ergueu a mão para silenciá-lo.

— Ah, pare com a tagarelice, seu vigarista. Você sabe por que estamos aqui. — Ela apontou um dedo acusador para mim. — Exigimos justiça pelo modo terrível e enganoso que ela...

— Mãe — interrompeu Warren. — *Não é* por isso que estamos aqui. Embora eu tenha certeza de que todos podem imaginar nosso choque quando um mensageiro apareceu em nossa casa esta manhã com... a notícia.

Jasper usou uma perfeita expressão de pesar.

— E tenho certeza de que você pode imaginar como realmente sinto muito por qualquer mal-entendido que possa ter acontecido em nossas interações recentes.

— Mal-entendido? — Viola o interrompeu. — *Mal-entendido*? Na noite passada, a garota disse que se casaria com meu filho. Então, esta manhã, ouvimos que ela foi direto para a cama do *seu* filho. Isso realmente não parece um mal-entendido bobo.

— Como falei — disse Jasper —, estamos realmente desolados pelo inconveniente que isso pode ter causado. Você tem todas as razões para ficar chateado.

— Chateado, com certeza — hesitou Warren enquanto olhava para Cedric e para mim. — Mas não necessariamente surpreso.

Até Jasper hesitou.

— Você sabia?

Warren gesticulou para nós dois.

— Sobre isso, especificamente? Não, não, claro que não. Mas sempre achei que havia algo que a impedia de me aceitar. Não importavam as minhas súplicas ou quanto eu achava que a minha lógica fosse impecável... Bem, nada disso funcionava. E fiquei pensando: *que boa razão ela poderia ter para não aceitar*? Agora eu entendo.

— Ela é uma conspiradorazinha...

— Mãe — avisou Warren. Sua cortesia comigo e Cedric a irritava e, honestamente, também fiquei surpresa com a sua atitude. — Diga-me, senhor Thorn. O que vai acontecer agora?

Jasper estava de volta a um território confortável.

— Bem, a primeira coisa que vai acontecer é que você terá prioridade absoluta para socializar com qualquer uma das nossas meninas que ainda estão disponíveis. E, claro, haverá um desconto substancial...

— Não — disse Warren. — Quero dizer com *eles*.

Eu poderia praticamente ver as rodas girando na cabeça de Jasper enquanto ele tentava descobrir como poderia sair daquela situação com seus negócios e reputação intactos.

— Bem, senhor Doyle, gerenciamos um estabelecimento imaculado. Honra e virtude são valores que temos em alta conta. Sem dúvida, você ouviu alguns exageros sórdidos sobre o que aconteceu na noite passada, quando receio que a verdade seja muito branda. Meu filho e esta jovem lady com certeza planejam se casar.

Cedric e eu olhamos rapidamente para Jasper, que de repente colocou o plano em prática.

— Que gentil. — A voz de Viola era completamente fria. — Você está dando ao seu filho um presente belo e brilhante. E bem caro, considerando o quanto estava tentando cobrar de nós.

— E ele pagará o mesmo — disse Jasper. — Não há tratamento especial por aqui quando se trata das nossas meninas. Nada de presente. Antes de se casarem, ele pagará a taxa básica que qualquer outro homem teria pagado.

Viola observou Cedric, incrédula.

— E, por favor, me diga, jovem, onde você vai conseguir esses fundos? O salário que seu pai lhe paga é assim tão bom?

— Muitas coisas ainda estão sendo resolvidas, senhora Doyle — respondeu Cedric.

Warren nos deu um sorriso indulgente.

— Bem, talvez eu possa ajudá-los a resolver isso de forma um pouco mais fácil.

Pela forma como Viola se virou para olhar para o filho, estava claro que aquela era uma virada não planejada dos acontecimentos. Ninguém na sala realmente sabia o que esperar, e eu não tinha nenhuma razão para acreditar que algo altruísta viria, apesar do sorriso que Warren me deu.

— Adelaide, você me ouviu falar muitas vezes sobre as alegações da existência de ouro em Hadisen e como não temos homens suficientes para trabalhar. Pessoalmente, tenho alguns, mas eles estão espalhados por aí. O que gostaria de propor é que o senhor Thorn assuma uma dessas minas e trabalhe para mim.

Aquilo nos surpreendeu a ponto de deixar a todos em silêncio. Depois de quase um minuto processando, Jasper, sem surpresa, falou primeiro.

— Quer que o meu filho, *meu filho*, vá trabalhar em uma mina de ouro para você? Sabe que ele era estudante universitário, não é? Que estava estudando administração? Ele nunca fez trabalho braçal na vida. Ele nem gosta de ficar ao ar livre.

Eu me perguntava o que Jasper pensaria se soubesse a verdade sobre as práticas espirituais do filho.

— Perdoe-me se eu parecer ingrato, mas pode me explicar como isso poderia me ajudar? — perguntou Cedric.

— Sou o dono da terra, e você teria o direito de trabalhar nela e controlá-la — explicou Warren. — E pode ficar com o ouro que extrair depois de me pagar uma comissão de proprietário, é claro. Se tiver sorte, pode desbravá-la de imediato e resolver todos os seus problemas financeiros!

— Mas a maioria das pessoas não encontra nada de valor imediatamente — disse Jasper. — Caso contrário, Hadisen e as outras colônias de ouro estariam repletas de mansões, e não de bairros pobres. Sua oferta é muito gentil, mas a taxa de Adelaide deve ser paga em menos de dois meses para que ela atenda aos termos do contrato. Não há garantias disso.

— Eu garanto a taxa — disse Warren. — Se ele não conseguir o suficiente dentro do prazo, vou cobri-la para atender à cláusula do contrato, e sua dívida vai passar a ser comigo.

O rosto de Warren parecia sincero e inocente, mas senti um frio na espinha. Não gostei da ideia de Cedric estar em dívida com alguém, especialmente com aquele homem. E eu, com certeza, não confiava na generosidade de Warren depois de tudo o que acontecera. Sua mãe também não gostou.

— Warren — repreendeu. — Isso é absurdo! Você não tem que dar um título de reivindicação a ele. Não lhe deve nada. Deveríamos vir aqui expressar a nossa indignação e contratar um advogado para fazer uma queixa formal! Ajudá-lo a prosseguir com esse relacionamento ilícito não era o que havíamos planejado para essa discussão.

Warren se virou para ela, exasperado.

— Que bem isso faria, mãe? Acalmar os seus sentimentos feridos? Ou você espera que eu os intimide e me case com uma mulher cujo coração pertence a outro?

— Bem, não mais! Não agora que ela é uma mercadoria usada.

Fiquei de pé, irritada por ser chamada de "mercadoria" novamente – e de uma forma muito menos lisonjeira.

— Peço desculpas, senhora Doyle, mas não há nada "usado" aqui. Ainda sou virgem e vou permanecer assim até a noite de núpcias. É verdade que essa situação seguiu por uma direção que nenhum de nós esperava, mas minha moral permanece a mesma.

Viola cruzou os braços

— Não gosto disso, Warren. Não gosto nada disso.

— E eu não gosto de ter ouro sendo desperdiçado em Hadisen! Os ocupantes já começaram a se mudar. Quero homens honestos e trabalhadores em que eu possa confiar e que sigam as regras. Eu gostaria de me casar com Adelaide? — Seus olhos me encararam por uma fração de segundo quando voltei a me sentar ao lado de Cedric. — Sim. Mas como eu disse, não posso me casar com ela sabendo que ama outra pessoa. E assim, em vez de uma esposa, tenho um potencial colonizador. O senhor Thorn é exatamente o tipo de pessoa que eu gostaria que ajudasse a construir Hadisen de forma grandiosa, supondo que ele queira. Uma vez que sua dívida esteja paga, você não terá mais nenhuma obrigação comigo, senhor Thorn. Mas saiba que nossa colônia precisará de pessoas como você, como vocês dois, para se tornar um lugar civilizado.

Considerando a atitude de Warren para com os alanzanos, achei improvável que Hadisen fosse o tipo de lugar onde gostaríamos de ficar. Mas isso não tinha importância. De modo algum poderíamos aceitar a oferta.

— Aceito — disse Cedric. — Trabalharei em sua mina de ouro como parte de um acordo maior para pagar a taxa da Adelaide.

Forcei a boca para que ficasse fechada, evitando que meu queixo caísse. Nas circunstâncias em que estávamos, eu não tinha intenção de mostrar nada além de uma perfeita união entre nós dois. Quando estivéssemos sozinhos, pretendia dizer a ele como aquele plano era terrível. Jasper expressou meus pensamentos por mim.

— Está louco? O que você sabe sobre mineração?

— Não mais do que a maioria dos aventureiros que partiram para as minas. Tenho certeza de que posso aprender.

Warren assentiu.

— Com certeza. Vamos começar. O garimpo é o tipo mais básico de extração de ouro, e você pode passar para outras técnicas a partir daí.

— Há uma condição — acrescentou Cedric. Ele segurou minha mão novamente. — Adelaide também vem.

— Em primeiro lugar — rosnou Viola —, você não se encontra em posição de estabelecer condições. Em segundo, você não pode se casar com ela antes que os detalhes financeiros sejam cumpridos. A menos que planeje algum tipo de arranjo pecaminoso.

Cedric balançou a cabeça.

— Claro que não. Mas, considerando todas as fofocas e calúnias que se espalharão por Cape Triumph, acho que seria melhor para ela se afastar de tudo isso, em algum lugar distante.

Nossos olhos se encontraram de forma breve e, então, entendi suas verdadeiras motivações. Tirar-me de Cape Triumph ofereceria um nível adicional de proteção, se Viola decidisse recorrer a qualquer tipo de vingança e revelar a minha identidade. Seria muito mais fácil fugir dos caçadores de recompensas em uma região selvagem do que na cidade.

— Vou ajudá-lo com a mineração — falei. — Já li sobre o processo de garimpo, é algo que eu posso fazer.

— Viver com ele nas minas só suscitaria mais rumores, independentemente dos seus princípios virtuosos — Warren me disse. — Mas há uma série de famílias que viajam com crianças, e tenho certeza de que muitas gostariam de uma governanta com a sua educação. Podemos tentar fazer um arranjo para que você vá, embora possa haver algum trabalho doméstico envolvido. E as condições seriam difíceis.

— Tenho certeza de que o trabalho doméstico não seria um problema, considerando suas origens humildes — ironizou Viola.

— Não tenho medo de trabalho duro — falei, decidida.

Jasper olhou para mim.

— Você é tão ingênua quanto o meu filho. Por mais que pense que trabalhou como criada de uma lady, não é nada comparado ao que vai enfrentar na fronteira.

— Farei o que for preciso.

Warren juntou as mãos, o rosto animado.

— Bem, então está resolvido. Partimos dentro de uma semana, e tomarei as providências necessárias.

Apesar da minha declaração, eu ainda estava me sentindo desconfortável com tudo aquilo. Não era exatamente bom demais para ser verdade, mas quase. Eu precisava conversar um pouco mais com Cedric, considerando que já estávamos autorizados a ficar sozinhos de novo. Jasper parecia indeciso com o acordo. Ele não acreditava que pudéssemos lidar com a vida na fronteira. Eu também suspeitava de que ele não queria que tivéssemos um final feliz depois do problema que lhe causamos. Por outro lado, pintar isso de uma maneira aparentemente honrosa – sancionada por um homem de renome como Warren e que estava me cortejando – poderia salvar as aparências e assegurar que não houvesse prejuízo para os negócios.

— Obrigada — falei a Warren. — Isso é muito atencioso da sua parte.

Um olhar melancólico atravessou seu rosto.

— O prazer é meu...

A porta se abriu e, de forma surpreendente, foi Mira quem entrou. Jasper a olhou furioso.

— Eu disse que não...

— Estão aqui! Estão aqui! Não sei como, mas estão aqui. — Mira estava sem fôlego, seus olhos arregalados.

— Quem? — perguntou Jasper. Acho que ele esperava um bando de pretendentes irritados.

— As outras meninas! Do outro navio! — Mira se virou para mim. — Adelaide! Tamsin está viva!

20

Corremos para fora, todos quase tropeçando um sobre o outro quando tentamos atravessar a porta ao mesmo tempo. No *hall* de entrada, encontramos o caos. Um grupo de pelo menos vinte pessoas se misturava na sala, e nossas meninas estavam descendo as escadas em direção à multidão, aumentando a desordem. O ruído de conversas encheu o ar e, em sua maioria, veio como um zumbido indecifrável. Olhei por um momento, incapaz de entender tudo, até que vi os cabelos dourados e brilhantes do outro lado da sala.

— Tamsin!

Fui empurrando a multidão, indiferente a quem encontrava. Ela se virou ao som da minha voz, e meu coração cantou ao ver aquele rosto conhecido. Eu a envolvi em um abraço gigante, quase a derrubando. Não me importava se ela ainda estava me odiando ou se me afastaria. Tudo o que me importava era que Tamsin estava viva e que, naquele momento, eu podia segurá-la em meus braços. Ela era de verdade. Minha amiga havia voltado para mim.

E ela não me afastou. Devolveu o abraço, me agarrando com força.

— Ah, Adelaide... — começou. Um soluço segurou suas palavras. Um momento depois, Mira apareceu, jogando os braços ao redor de nós duas. Ficamos assim por um longo tempo, as três juntas, cheias de alegria, apesar das lágrimas.

— Onde esteve, Tamsin? — sussurrei quando finalmente consegui me afastar. — Onde esteve? Nós achamos... achamos que...

Seus olhos castanhos brilhavam com lágrimas.

— Eu sei. Eu sei. Sinto muito. Gostaria que pudéssemos ter mandado uma mensagem mais cedo, e sinto muito por tudo em Osfrid...

— Não, não. — Apertei sua mão. — Não tem nada para pedir desculpas. — Até aquele momento, eu só estava olhando para o rosto de Tamsin, observando as feições da amiga que eu amava tanto. E então, depois de uma chance de recuperar o fôlego, consegui ver muito mais. Ela usava um vestido azul acinzentado profundo, feito de algum tecido liso. Não tinha ornamentos nem babados. Seus cabelos caíam sobre os ombros, sem nenhum estilo óbvio, apenas cobertos por um lenço simples. Olhando ao redor, vi que as outras meninas desaparecidas estavam vestidas da mesma forma.

— O que aconteceu com vocês? — perguntei.

Antes que ela pudesse responder, um ruído forte de alguém batendo com os pés no chão atraiu nossa atenção. Pouco a pouco, outros começaram a notar, e o burburinho da conversa desapareceu. Jasper, tentando ser ouvido, estava em cima de uma cadeira. Eu tinha certeza de que jamais o vira tão genuinamente feliz.

— Amigos! Amigos! Vocês estão testemunhando um milagre bem diante de nossos olhos. Algo que nenhum de nós achava ser possível. Acabei de descobrir que, como vocês mesmos podem perceber, o *Gray Gull* não estava perdido no mar! Ele sofreu grandes danos na tempestade e foi levado para bem longe do curso, muito ao norte, até a colônia de Grashond.

Eu me virei para Tamsin, sem acreditar. As colônias do norte eram conhecidas tanto por suas condições severas como pela população de costumes rígidos. Elas também estavam a quase seiscentos e cinquenta quilômetros de distância.

Jasper olhou em volta. Parecia que alguém tinha acabado de soltar um gigantesco saco de ouro a seus pés. Algo que, eu supunha, havia acontecido.

— A quem devo agradecer por isso? A quem devo agradecer por salvar minhas garotas?

Por um momento, nada aconteceu. Pude perceber que, juntamente com nossas garotas desaparecidas, havia alguns homens que pareciam marinheiros. Havia também outros estranhos vestidos com roupas simples, como as de Tamsin, e um deles foi empurrado para a frente. Era um rapaz de cabelos louros e um semblante surpreendentemente calmo, dada aquela situação bizarra.

— Eu não diria que *uma* pessoa as salvou, senhor Thorn — disse. — Toda a nossa comunidade se uniu para cuidar delas até que as estradas estivessem em condições para que pudessem seguir viagem.

Uma garota da Corte de Luz que eu não conhecia, falou:

— Mas o senhor Stewart foi quem nos defendeu. Quem se certificou que tivéssemos lugares para ficar e... e atividades para nos manter ocupadas.

— Estou em dívida com você, senhor Stewart — disse Jasper, fazendo uma reverência pomposa. — Você não salvou somente as garotas, mas todos nós. Obrigado.

A serenidade do rapaz vacilou com tanta atenção e admiração.

— Pode me chamar de Gideon, e não há necessidade de me agradecer. Era simplesmente nosso dever sob Uros. Meu único pesar é que vocês tiveram que se preocupar com elas por tanto tempo. As estradas estavam impróprias para viagem ou comunicação até recentemente.

— Bem, elas estão aqui agora, e diga o que quiser, mas ainda lhe devemos muito. Adoraria conversar mais a respeito disso, mas primeiro preciso falar com esses cavalheiros sobre certas questões comerciais. — Ele acenou com a cabeça para os marinheiros. — Enquanto faço isso, Gideon, meu irmão e meu filho ficarão felizes em entretê-lo e aos seus colegas em nossa sala de estar. Tenho certeza de que vocês vão apreciar uma bebida após a viagem. Tenho um excelente conhaque guardado.

— Não bebemos destilados — disse Gideon.

Jasper encolheu os ombros.

— Bem, vamos encontrar algo que vocês possam beber. Água ou algo parecido. Senhora Culpepper, pode dar uma atenção às nossas garotas? Tenho certeza de que precisam de refrescos também. — Ele olhou desconfiado para algumas delas. — E agora que a jornada acabou, tenho certeza de que elas gostariam de trocar a roupa da viagem e usar mercadorias mais finas.

Algumas das meninas trocaram olhares inquietos.

— Não temos mais aquelas roupas finas — disse uma delas. — Elas se foram.

Jasper se permitiu apenas um breve momento de surpresa. Sua miraculosa pilha de ouro tinha acabado de ficar um pouco menor.

— Bem, então, tenho certeza de que podemos montar um guarda-roupa com as coisas das outras garotas, especialmente as que estão noivas.

— Vou cuidar disso — disse a senhora Culpepper. — E acomodá-las de forma adequada.

Puxei Tamsin para perto.

— Ela vai ficar conosco — falei.

Ninguém parecia se importar com quem ficaria onde, contanto que houvesse espaço para todas. O segundo andar da casa foi tomado por um frenesi com os quartos sendo mostrados para as garotas, e todas se movimentavam para fornecer novas roupas para as recém-chegadas. Mira e eu estávamos remexendo nossos próprios armários quando Heloise apareceu em nosso quarto, os braços repletos de vestidos verdes. Ela sorriu de forma calorosa para Tamsin.

— Você era a esmeralda, certo? Herdei seu lugar, mas não preciso mais deles. Não agora que estou noiva.

— Parabéns e obrigada. — O sorriso que Tamsin lhe deu em troca era genuíno, mas repleto de cansaço. Depois que Heloise saiu, ela se sentou na cama, amontoando os vestidos ao seu lado. — Para dizer a verdade, não me importo com a cor que vou usar, contanto que não seja mais essa lã barata.

Sentei-me ao lado dela.

— Foi horrível lá em cima?

— Não foi exatamente horrível. — Tamsin franziu o cenho, perdida em alguma lembrança. — Mas muito diferente do que estamos acostumadas. Gideon tinha razão ao dizer que cuidaram de nós e, realmente, isso é tudo que importa.

Queria mais detalhes sobre seu tempo fora, mas Tamsin parecia relutante. Os colonos de Grashond – que se denominavam "os herdeiros de Uros" – escaparam da designação de hereges aos olhos da igreja ortodoxa. Esses herdeiros mantiveram as mesmas liturgias e enfatizavam a importância dos sacerdotes e igrejas como o caminho para Uros, mas o faziam de uma maneira muito simples. Nada de grandes catedrais. Nenhum presente ou decorações em feriados. Nada de alimentos e bebidas. Nada de roupas extravagantes.

Quando Mira sugeriu um banho, Tamsin agarrou a oportunidade. Enquanto ela estava fora, Mira me explicou:

— Como ela disse, talvez não tenha sido horrível, mas não deve ter sido fácil. E ela devia estar apavorada. Às vezes, quando você passa por algo assim, leva um tempo para querer falar sobre o assunto.

Quando Tamsin voltou, limpa e usando um dos vestidos de seda de Heloise, estava *muito* mais parecida com quem era antes.

— Bem, é melhor eu me lembrar dos meus modos e me acostumar a me maquiar e arrumar o cabelo de novo — disse, de forma vívida. — A temporada já está em andamento, mas planejo compensar o tempo perdido.

Espero que tenham deixado alguns homens para nós. Vocês devem ter recebido muitas ofertas até agora.

— Não muitas de forma, hum... oficial — respondeu Mira. — Mas me sinto otimista sobre meu futuro.

Tamsin se virou para mim.

— E quanto a você? Não acredito que não tenha recebido várias ofertas. Já se estabeleceu com algum jovem promissor?

Quando não respondi, Mira riu.

— Ela se afeiçoou a alguém. Na verdade, acho que sua chegada interrompeu as negociações do casamento.

Tamsin se iluminou.

— Excelente! Que tipo de homem ele é? O que faz? Ele está no governo? Transportes?

— Ele é filho de um empresário esperto que vende noivas e outros luxos para o Novo Mundo — respondi.

— O que você está... — A confusão encheu o rosto bonito de Tamsin. — Mas isso não faz nenhum... você não quer dizer...

Suspirei.

— Quero dizer Cedric.

Quando Tamsin não conseguiu formular uma resposta, Mira adiantou-se:

— É verdade. Adelaide causou um grande escândalo por aqui. Sua chegada talvez tenha sido a única coisa capaz de superar esse drama.

Expliquei a situação o melhor que pude, incluindo o arranjo em Hadisen. Mira ainda não tinha ouvido aquela parte. Ela manteve a expressão neutra, mas a de Tamsin se tornava mais incrédula à medida que a história continuava.

— O que você estava pensando? — indagou. — Você recusou um futuro governador pelo... o que, um estudante pobre?

— Bem, ele saiu da universidade. E não está pobre. — Reconsiderei por alguns momentos. — Ele só está... bom, sem ativos. Mas tenho certeza de que isso vai mudar.

— Isso — declarou Tamsin — nunca teria acontecido se eu estivesse por perto para cuidar de você. Mira, como você pôde ter permitido isso?

— Eu não tinha ideia — Mira admitiu.

— Você é a companheira de quarto dela! Como pôde não saber?

Um clima de desconforto caiu sobre nós. Um olhar de desgosto cruzou o rosto de Mira, e eu podia adivinhar seus pensamentos. Em circunstâncias normais, ela poderia muito bem ter notado algo de errado comigo. Mas nós duas sabíamos que ela estava preocupada com suas próprias atividades clandestinas, embora eu ainda não soubesse o que eram.

Uma batida na porta nos assustou, e a abri para me deparar com Cedric.

— Você não deveria estar aqui — falei, olhando por trás dele para o corredor. — Está tentando nos colocar em mais problemas?

— Acho que é impossível. — Ele fechou a porta. — E com tudo que está acontecendo, ninguém vai notar. Precisava de uma chance para falar com você. Bem-vinda de volta, Tamsin. É bom te ver.

Ela o olhou com desaprovação.

— Gostaria de poder dizer o mesmo. Ouvi que você causou todos os tipos de problemas para a minha amiga.

Ele sorriu para ela, imperturbável.

— Bem, ela causou todos os tipos de problemas para mim também.

— Cedric, você sabe que esse plano de Hadisen é uma ideia terrível, não é?

— Poderia resolver nossos problemas financeiros. E — adicionou, intencionalmente — você sairia de Cape Triumph.

— Não posso acreditar que Warren tenha aceitado com tanta facilidade. É um embaraço para ele. Deveria ter ficado indignado.

— Provavelmente, está — concordou Cedric. — E eu não sou ingênuo. Mas talvez, se ele agir como se não se incomodasse, salve sua própria imagem. Pode haver algum motivo escuso, mas prefiro tentar as chances em Hadisen.

Tamsin se endireitou.

— Bem. Esse Warren. Ele está disponível então, certo?

— Suponho que sim — falei, surpresa. — E ele está motivado a encontrar uma esposa... mas só tem uma semana antes de ir embora.

— É tudo de que preciso. — Tamsin olhou para Cedric. — Se você puder arranjar alguns encontros para mim.

— É cedo demais — falei. — Até para você.

Mira concordou com a cabeça.

— Tamsin, você precisa descansar e se recuperar esta semana, não perseguir algum homem no primeiro dia de volta. Se acalme, deixe Warren ir. Há outros.

Observei Mira com curiosidade, mas, como de costume, sua expressão não demonstrava nada. Lembrei-me de seus vários esforços para envolver

Warren. Agora que ele estava disponível, era possível que ela estivesse tentando afastar Tamsin da competição?

— Algo me diz que eu não vou mais fazer parte dos negócios da família — Cedric respondeu. — Mas se você quiser se jogar bem no meio disso, meu pai não vai se opor. Sei que ele gostaria de fechar um acordo com Warren, se for o que você realmente quiser.

Tamsin olhou entre Mira e eu. Era óbvio que ela iria ignorar nossas sugestões sobre descansar.

— Existe uma razão para que eu não o queira? — perguntou.

Ninguém respondeu de imediato. Finalmente, falei:

— Ele parece bastante agradável a maior parte do tempo... em alguns assuntos, tem a mente fechada...

— Mente fechada em que sentido? — perguntou Tamsin, com mais interesse do que eu esperava.

— Religião. Os Icoris. Não mais do que a maioria por aqui, suponho. Mas a mãe é realmente terrível. É com ela que você precisa ter cuidado.

— As sogras são *sempre* terríveis — respondeu de forma leviana. — Me deixem conhecer o Warren, e decidirei se ele vale o meu tempo.

Cedric se virou e segurou minhas mãos. O gesto aberto me assustou.

— As coisas vão seguir muito rapidamente agora — disse ele. — Temos uma semana. A maioria dos colonos de Hadisen teve meses para se preparar.

Apertei as mãos dele de volta.

— Bem, se vamos fazer isso, faremos direito. Como posso ajudar?

— A maior parte será comigo: equipamento, descobrir mais sobre a mineração. — Ele enfiou a mão no bolso e me entregou um saco com dinheiro. — Você pode ajudar cuidando das suas roupas.

— O que você quer dizer com cuidar?

Ele gesticulou para o meu vestido de organza.

— Isso não vai servir em Hadisen. Você precisa de algo que possa suportar algum desgaste.

— Achei que você poderia consertar qualquer coisa que eu precisasse.

Um pouco da sua tensão desapareceu.

— Bem, eu gostei da primeira vez.

— Eu sabia! Você não é tão bom quanto pensa em esconder seus pensamentos.

— Bem, na verdade, era você quem não estava escondendo muito...

— Argh — gemeu Tamsin atrás de mim. — Podem parar? Acabei de sofrer uma situação angustiante. Por favor, não me façam passar por outra.

Cedric lhe mostrou o sorriso vitorioso, só para encontrar uma careta. Voltando-se para mim, fechou minha mão sobre a bolsa.

— Estou falando sério, você vai precisar de um guarda-roupa novo. Vou pedir ajuda a Aiana, ela saberá o que comprar.

— De onde veio esse dinheiro?

— Tenho algumas economias.

Eu sabia para o que eram aquelas economias.

— Cedric, você não pode...

— Posso. — Ele descansou uma das mãos em minha bochecha. — Se tudo isso funcionar, não vai importar.

Não havia mais protestos a fazer. Tínhamos acertado o plano, e eu não ia mais discutir com ele. Ficaríamos um ao lado do outro e faríamos tudo funcionar. Com sorte.

— Só me diga uma coisa — falei. — Se as coisas não derem certo, podemos fugir para uma região selvagem?

— Sim. Mas teríamos que deixar toda a civilização para trás. Dormir sob as estrelas. Usar peles de animais.

— Ei, cuidado com isso — avisou Tamsin.

Cedric surpreso olhou para ela.

— Não há nada impróprio nisso.

— Sei em que você estava pensando.

— Posso, pelo menos, dar um beijo de despedida nela?

— Não — respondeu Tamsin.

— E eu que achei que as coisas estavam difíceis antes de você voltar. — Cedric ousou um beijo em minha bochecha. — Conversamos depois. Preciso dar a notícia a Nicholas Adelton, supondo que ele ainda não tenha ouvido alguma fofoca.

Depois que Cedric se foi, Tamsin balançou a cabeça.

— Não sei como você sobreviveu sem mim.

Apesar das complicações com Cedric, eu ainda não conseguia superar a maravilha de tê-la de volta. Dei-lhe outro abraço apertado.

— Nem eu — falei. — Nem eu.

21

Tamsin não estava brincando sobre mergulhar de cabeça no mundo agitado da Corte de Luz. Algumas das novas garotas estavam, claramente, em estado de choque após tudo o que haviam suportado. Mas Jasper não teve nenhum problema em ajudar aquelas que, assim como Tamsin, estavam prontas para voltar à ativa. Uma nova onda de festas e encontros individuais foi organizada para a semana e em pouco tempo a reputação de Tamsin se espalhou, tornando-a uma das mais procuradas. Mira e eu ajudamos da melhor forma possível a prepará-la para a vida em Cape Triumph, mas ela parecia precisar de poucos ajustes. Os colonos de Grashond ainda estavam por perto e, apesar de Tamsin ser educada com eles, notei que ela se esforçava para evitá-los. Eles eram um grupo desaprovador, e Gideon – o jovem ministro que ajudara a salvá-las – parecia especialmente perturbado pelo turbilhão social da Corte de Luz.

Enquanto isso, saí de cena e comecei os preparativos de algo completamente diferente. Como Warren previra, muitas famílias estavam interessadas em ter uma professora interina enquanto Hadisen se estabelecia. Fiz um arranjo para ajudar os filhos de várias dessas famílias com os estudos. Uma delas, os Marshall, tinha uma mina próxima à de Cedric e se ofereceram para me receber.

A senhora Marshall era uma mulher robusta e agradável. Tinha seis filhos.

— Vamos precisar que as crianças ajudem na casa durante o dia — disse em uma de nossas reuniões. — Mas você pode ajudá-los com as aulas à noite.

— Seria ótimo — falei. — Eu poderia ajudar o Cedric na mina durante o dia, se você não precisar de mim em casa, é claro. Quero ganhar meu sustento.

— Se eu precisar, vou avisá-la. Mas, caso contrário, não tenho qualquer objeção que você ajude o seu jovem, desde que me dê a sua palavra de que nada de desagradável irá acontecer. E ele precisará escoltá-la para ir e voltar todos os dias. Não posso permitir que você ande sozinha naquela terra selvagem.

O arranjo me serviu muito bem, e eu estava animada por poder ajudar Cedric para que pudéssemos quitar a dívida em menos tempo. Eu o vi pouco naquela semana. Ele estava ocupado, envolvido na logística de suprimentos e arranjos do arrendamento.

— Você percebe que eu sou um dos "sortudos"? — ele me perguntou um dia. — Há um tipo de choupana na mina que me atribuíram. Algum prospector a construiu, e então decidiu que não gostava de estar no meio do nada. Ouvi dizer que está em mau estado, por isso, terei que comprar algumas coisas para consertá-la. Mas a maioria dos mineiros está vivendo em tendas e barracas.

Estávamos no porão, onde eu havia terminado a pintura. Nosso relacionamento podia não ser mais escondido, mas atraíamos olhares curiosos demais para nos sentirmos à vontade para conversar em público.

— Pensar que nos encontramos pela primeira vez naquele salão — refleti. — E agora, essa cabana será o máximo de riqueza.

— Ah. Ouvi dizer que a família Marshall tem uma choupana. Você nunca vai querer deixar aquele palácio para vir me ver.

— Vou te ver tanto quanto puder — insisti. — Embora a senhora Marshall tenha me avisado que "nada de desagradável" deve acontecer.

Ele se recostou contra um baú de ferro e colocou as mãos nos bolsos.

— Bem, ela não precisa se preocupar comigo. Vou me comportar.

Eu me aproximei dele e coloquei meus braços ao redor do seu pescoço.

— Quem disse que é com você que ela tem que se preocupar?

Inclinei-me, não para um beijo de verdade, mas para um suave roçar de lábios. Demorei por alguns momentos tentadores, me segurando, apesar do seu óbvio interesse por mais. Suas mãos seguraram minha cintura quando me afastei, seus dedos me apertando.

— Eu preciso ir — falei suavemente. — Tenho coisas a fazer.

— Eu poderia te dar algumas sugestões.

— Coisas importantes para fazer sobre a *fronteira* — corrigi. Deslizei os dedos na lateral do seu pescoço.

— Desculpe se eu te seduzi.

— Você não me seduziu. Você *vem me seduzindo* desde o dia em que te conheci e tenho te seguido de forma obediente. Um dia... um dia eu vou te pegar. E depois...

Sua boca encontrou a minha, e me envolvi contra ele. Eu queria mais do que beijos, mais do que abraços. Queria acabar com todo o espaço entre nós até que fosse impossível saber onde eu terminava e ele começava. Quando finalmente nos separamos, eu mal conseguia me levantar e me perguntava quem estava realmente seduzindo quem.

— E depois — ecoei, com um suspiro. — E depois...

Eu *tinha* outras coisas para fazer e, quando nos separamos, me lembrei de que Cedric e eu teríamos mais tempo juntos na viagem para Hadisen do que nunca.

Como ele havia sugerido, Aiana me levou até a cidade para fazer compras. Eu havia passado pouco tempo com a mulher de Balanquan e ainda estava fascinada por ela. Desci a escada principal de Wisteria Hollow e fiquei surpresa ao ver Mira esperando com ela na porta.

— O que é isso? — perguntei. Não que eu estivesse aborrecida por ela estar lá. Embora Mira não fosse a mais requisitada das garotas da Corte de Luz, ainda estava presa à rotina, enquanto eu simplesmente diminuía o ritmo. Mira parecia muito mais feliz do que quando precisava ir a uma festa.

— Quem sabe quando nos veremos de novo depois que você partir? Queríamos vir e ganhar um pouco mais de tempo com você.

— Nós?

— Tamsin deve estar aqui a qualquer minuto. Ela estava terminando uma carta.

— Ela ainda está escrevendo? — perguntei. Tamsin esteve em meus pensamentos constantemente desde a tempestade, mas sua obsessão e escrever cartas havia desaparecido das minhas lembranças.

— Ela trouxe um pacote cheio delas de Grashond. Acho que ainda as estava escrevendo lá. E eu a ouvi fazendo perguntas sobre serviços de correio para Osfrid.

Tamsin desceu as escadas, radiante em um vestido de tafetá esmeralda escuro que deixava seus ombros desnudos.

— Sabe que estamos indo comprar suprimentos, não? — perguntei. — Não planejamos um almoço formal.

Tamsin ergueu o queixo.

— Não importa aonde vamos, não vou parecer nada menos que perfeita. Nunca se sabe quem estará olhando. Além disso, vou a um jantar de noivado depois. A mãe de Warren me convidou.

— Bem, tenho certeza de que vai ser muito interessante — falei, usando um tom o mais neutro possível. Tamsin havia focado em Warren imediatamente, e até aquele momento ele também parecia estar interessado nela.

Aiana ficou em silêncio enquanto uma carruagem nos levava para o coração de Cape Triumph. Ela atravessou as ruas despreocupada, usando calça comprida e uma túnica longa que provocavam olhares curiosos. Era difícil dizer se era seu traje ou sua etnia que atraía a atenção. Mas na diversidade cultural de Cape Triumph, não acreditava que ela se destacasse tanto. Tamsin certamente também se destacava, mas aqueles que a olhavam não diziam nada descortês. Talvez o olhar feroz de Aiana os mantivesse calmos.

Aquela foi a primeira vez que realmente estive no meio da multidão em vez de apenas vê-la de uma carruagem. Era difícil não parar e olhar para tudo. A oferta de lojas e restaurantes era quase a mesma que se podia encontrar em um agitado distrito de Osfro. No entanto, como em tudo no Novo Mundo, havia uma sensação de incerteza – nada daquela antiga e estabelecida solidez. Algumas das lojas haviam feito boas tentativas de manter a imagem de local respeitável, com janelas de vidro e construções bem fortificadas. Outras pareciam ter sido abertas naquele dia, com placas escritas de forma apressada e uma fragilidade que sugeria que poderiam cair a qualquer momento. Era tudo fascinante e esmagador ao mesmo tempo e, apesar da imagem autoconfiante, eu podia ver que Tamsin também estava desanimada. Mira passeava sem esforço, como se andasse pelas ruas o tempo todo. Bom, pelo que eu sabia, ela andava.

Passamos por pescadores e lenhadores andando obstinadamente a caminho de seus trabalhos. Os aristocratas de Adoria atravessavam de forma arrogante, acompanhados de criados. Um jovem, com uma peruca comprida e um casaco roxo exuberante, parou para se curvar e erguer o chapéu de plumas em um gesto galante. Aiana revirou os olhos quando passamos por ele.

— Uma das "elites ociosas", como as chamamos. Os filhos de colonos ricos sem nada para fazer. Eles se vestem assim e pensam que são piratas ou algum desses absurdos. Exceto que piratas trabalham mais. Eles precisam passar um dia com Tom Shortsleeves ou um dos outros.

— Todas essas histórias de piratas são reais? — perguntei. — As heroicas e as cruéis?

— Enfeitadas, mas reais. Todas as histórias têm um pingo de verdade.

Ela me levou para uma das lojas mais respeitáveis da cidade, com o nome Winslow & Elliott Outfitters gravado na janela de vidro. Ao entrar, vi todos os tipos de peças e suprimentos de que se poderia precisar em uma viagem de aventura para terras desconhecidas. Dois rapazes falavam com outro homem atrás do balcão e, quando peguei um vislumbre dele, fiquei surpresa ao reconhecer seu rosto.

Olhei para Mira, que estava observando um par de botas de couro.

— Ei, lembra do Grant Elliott, do navio? Ele está trabalhando aqui.

— Quem? — perguntou, sem prestar atenção em mim.

Grant atravessou a loja para buscar uma sela para os clientes, seus olhos deslizando, surpresos, sobre nós. Ele balançou a cabeça para Aiana.

— *Qi dica hakta* — disse ela.

— *Manasta* — respondeu ele, de forma brusca. Aiana se afastou para olhar alguns cantis, e eu corri atrás dela.

— O que foi aquilo que você falou?

— Minha língua nativa. O senhor Elliott é meio balanquano.

— É mesmo? — Olhei atentamente para ele, esperando que minha curiosidade não fosse óbvia. Embora tivesse cabelos negros como Aiana, não havia nada nele que pudesse sugerir que não fosse um osfridiano comum. — Eu não teria imaginado.

— Acho que ele prefere assim. Seria muito mais difícil dirigir um negócio em Cape Triumph se as pessoas soubessem a verdade sobre sua criação.

— E como você veio parar em Cape Triumph? — perguntei para ela. — Se não for rude da minha parte perguntar.

— De modo algum. Fugi de um casamento infeliz. Foi arranjado contra a minha vontade. Mas minha esposa e eu... não éramos compatíveis.

— Sua esposa? — questionei, me perguntando se ela havia errado a tradução.

— Minha esposa — afirmou. — Os balanquanos não desprezam as relações entre pessoas do mesmo sexo do mesmo jeito que o seu povo.

Não respondi de imediato.

"Desprezo" era um termo suave, uma vez que tais coisas eram consideradas um grande pecado pelos sacerdotes de Uros. Possivelmente, mais do que ser um alanzano.

— Você fugiu por que... não queria estar com uma mulher?

Ela sorriu.

— Não tenho qualquer problema em estar com mulheres. Só não com aquela. Ela era pouco amável, para dizer o mínimo. Vim para cá em primeiro lugar porque queria aprender sobre a sua cultura, até que conheci os Thorn. Jasper me ofereceu um emprego e, como você pode imaginar, eu tinha um interesse particular em cuidar de meninas que estavam sendo vendidas para homens que mal conheciam.

— É por isso que... que você se veste como um homem? Porque você... prefere mulheres? — Assim que as palavras saíram da minha boca, me senti uma idiota. O riso de Aiana só intensificou esse sentimento.

— Me visto assim porque é mais confortável do que todas aquelas saias e anáguas ridículas que vocês usam. E, como verá em breve, você usará o mesmo. Não vai trabalhar em uma mina de ouro usando um vestido de baile.

Com isso, ela me deixou boquiaberta e foi até o balcão para falar com Grant, que já estava livre. Encontrei Tamsin e Mira do outro lado da loja, percorrendo os rolos de tecido.

Tamsin levantou um pedaço de linho de forma grosseira:

— Eu não usaria isso para esfregar o chão.

— Eu me lembro do vestido que você usava — disse Mira. — Não estava em tão bom estado.

— Ainda assim, não vou começar a usar essas coisas de novo por nostalgia. — Tamsin me olhou com tristeza. — Droga, Adelaide. Espero que você possa, pelo menos, conseguir alguma coisa em organdi.

— Adelaide — chamou Aiana. — Precisamos tirar suas medidas.

Tamsin veio comigo por curiosidade, mas Mira continuou a examinar os tecidos soltos. Grant parecia muito como no navio: bonito, vestido de forma decente, mas meio bagunçado. Quando chegamos ao balcão, ele olhou para nós.

— Então, quem é a exploradora afortunada? — perguntou.

— Eu — respondi.

— Indo para Hadisen com Doyle, hein? Tem uma grande aventura pela frente.

Tamsin o encarou com um olhar imperioso.

— É *governador* Doyle. Por favor, se dirija ao meu noivo pelo título.

Todos nós a olhamos com espanto, e ela ficou envergonhada.

— Bem, quero dizer, ele não é meu noivo. Ainda não. Estou trabalhando nisso.

— E não é governador ainda — Grant apontou com um sorriso. — Mas quem se importa com isso?

Aiana falou algo em balanquan, e ele respondeu de bom humor. Pensei em como Grant sempre fora educado durante os encontros a bordo e depois tão rude durante a tempestade. Supus que o estresse poderia trazer à tona o pior das pessoas, porque ele parecia muito bem enquanto tirava minhas medidas, mantendo uma distância apropriada com a fita métrica.

Não havia tempo para que as roupas fossem confeccionadas com os tecidos que ele vendia, mas a loja oferecia uma imensa variedade de roupas prontas. Os tamanhos eram próximos o suficiente do meu, e eu poderia ajustá-las mais tarde. Não consegui uma réplica exata do traje de Aiana, mas foi muito próximo. Calças de boca larga de camurça macia que quase pareciam uma saia quando eu ficava de pé. Blusas lisas e básicas e um casaco de couro que batia nos joelhos, para usar sobre as roupas quando esfriasse. Luvas e botas resistentes – sem enfeites.

— Me perdoe por não poder competir com os vestidos a que você está acostumada, mas isso vai mantê-la muito mais confortável. — Grant me estudou por mais alguns momentos. — E um chapéu. Vai querer um para proteger sua pele... mas temo que não vá ajudar muito. — Ele pegou um de couro de aba larga atrás do balcão.

— Por que não? — perguntei.

— O tempo é mais extremo. Os dias de verão vão te deixar queimada. O que você vai fazer do lado de fora? Talvez fique melhor se executar tarefas dentro de casa.

— Vou ajudar a garimpar ouro.

Ele refletiu sobre isso por um longo momento sem dizer nada. Finalmente, pegou o chapéu de volta e me entregou um com a aba mais larga.

— Vai ser brutal. Boa sorte.

Quando saímos da loja, Tamsin imediatamente perguntou:

— O que ele disse sobre ser brutal... Adelaide, tem certeza de que quer fazer isso? Tem certeza de que quer ir para Hadisen?

— Tenho certeza de que quero estar com Cedric — respondi. — E vou para qualquer lugar em que ele estiver. Além do mais, *você* não quer ir para Hadisen?

— Sim. E viver na mansão do governador. Não em um leito de rio.

Mira tocou meu braço quando estávamos prestes a desviar da estrada que nos levaria para fora do centro da cidade, até nossa carruagem.

— Olhe para lá. Ao lado do banco.

Segui seu olhar.

— Ah. Me perdoem por um momento. — Corri pela rua e o chamei. — Senhor Adelton!

Nicholas, que estava prestes a entrar no prédio, se virou, surpreso.

— Senhorita Bailey. Não esperava vê-la aqui. Imaginei que estaria a caminho de Hadisen.

— Em breve — falei, sentindo minhas bochechas corarem. — Sei que Cedric falou com você, mas eu precisava vir até aqui e dizer... bem, sinto muito. Me desculpe pela situação em que o colocamos. Você deve ter se sentido... não sei. Enganado.

Ele ficou pensativo.

— Não exatamente. Um pouco desapontado, talvez... mas, honestamente, eu estava mais deslumbrado por você do que apaixonado. Mas não se ofenda com isso.

— De forma alguma... Tivemos apenas alguns encontros.

— Exatamente. Se eu sentisse algo mais, minha reação poderia ter sido diferente. Mas sempre achei que havia algo a preocupando. Enquanto você estava entrando nisso por vontade própria, não me importei. Imaginei que era a natureza desse tipo de casamento arranjado.

— Eu teria feito aquilo por vontade própria — falei com firmeza. — Você é um bom homem, o melhor que conheci aqui.

— Com exceção ao jovem senhor Thorn, é claro. — Ele sorriu diante do meu desgosto. — Não se sinta mal. Estou feliz por você.

Suspirei.

— Isso é gentil da sua parte... mas não posso deixar de sentir que você foi usado. Sabe, há uma série de outras garotas da Corte de Luz que eu poderia recomendar...

Ele levantou uma mão para me silenciar.

— Obrigado, mas desisti de encontros que parecem bons no papel. Quanto mais penso em seu grande romance com o senhor Thorn, mais acredito que seja melhor encontrar alguém por conta própria. Sem contratos.

— Espero que você encontre alguém — falei, séria.

Ele apertou minha mão.

— Eu também. E lhe desejo tudo de bom. Se eu puder ser útil, me avise.

— Quem era aquele? — perguntou Tamsin quando voltei para junto delas.

— O homem com quem Cedric quase me casou.

Ela olhou por cima do meu ombro para ver melhor.

— Ele está disponível?

— Sim. Mas não tanto. Ou pelo menos não realmente interessado, depois da situação em que Cedric e eu o colocamos.

Caminhei com Aiana enquanto Mira seguia atrás, com Tamsin.

— O senhor Adelton parece estar aceitando as coisas razoavelmente bem — disse Aiana, calmamente.

— Todos estão. Bem, menos Jasper. E algumas das garotas ainda estão me evitando. — Clara adorou contar a história de como ela encontrou Cedric e eu no sótão para todos que conhecia. — Mas a maioria das pessoas tem sido compreensiva, mesmo quando provavelmente não deveria ser. Incluindo Warren Doyle.

Aiana demorou muito para responder.

— Sim. Certamente foi compreensível da parte dele fazer uma oferta como essa.

Voltei a pensar na loja e depois lancei um olhar rápido para trás para ter certeza de que Tamsin ainda estava distraída com Mira.

— A mãe dele não é a mais, hum... compreensiva das mulheres, mas quanto a Warren, você acha que ele ... bem, quero dizer, nós deveríamos...

— Não sei — disse Aiana. — Eu realmente não sei muito sobre Warren Doyle. O que sei é que quando as coisas parecem muito boas para ser verdade, bem, geralmente são.

A inquietação se apoderou de mim.

— Tentei dizer isso a Cedric. Mas ele falou que mesmo que houvesse algum estratagema, estaríamos melhor tentando uma chance em Hadisen.

— Ele pode estar certo. — Aiana parou de andar para me olhar nos olhos. — Há mais liberdade lá, mas também mais perigo. É uma terra incipiente e indomável. E isso torna mais fácil para as pessoas quebrarem as regras. Desejo a vocês dois o melhor, mas...

— Mas o quê? — perguntei.

— Confiem um no outro lá — disse ela, finalmente. — Em mais ninguém.

22

Eu esperava ver Tamsin e Mira na noite anterior à minha partida para Hadisen. Uma festa as atrasou, e me vi sentada, sozinha em nosso quarto, ponderando se deveria dormir ou não. Eu sabia que a jornada seria cansativa, mas não podia suportar a ideia de perder a oportunidade de ver minhas melhores amigas. E, de qualquer maneira, não tinha certeza de que meu nervosismo me deixaria dormir.

As duas finalmente chegaram depois da meia-noite, me pegando no meio de um bocejo. Elas sorriram ao ver que eu ainda estava acordada, mas pude detectar instantaneamente uma diferença no humor delas. Mira parecia deprimida, enquanto Tamsin estava exuberante.

— O que aconteceu? — perguntei.

Ela começou a desamarrar o vestido de cetim verde-esmeralda.

— Nada oficial, mas algo muito sério.

— Isso não é uma contradição? — perguntei, lançando um olhar conspiratório para Mira. Ela não compartilhava minha diversão.

— Warren me pediu para esperar por ele — disse Tamsin, com orgulho. — Ele não me prometeu um noivado ainda, mas disse que eu era, de longe, a sua favorita e que ele gostaria de tornar as coisas oficiais comigo quando voltar. Por isso, prometi que não entraria em nenhum acordo até lá, embora, é claro, continue saindo. Não adianta ficar aqui sentada.

Franzi o cenho, perturbada por várias coisas.

— Quando ele voltar... mas isso pode demorar muito.

— Duas semanas, na verdade. — Tamsin havia tirado o vestido e estava sentada, de camisa e saia. — Ele vai com seu grupo amanhã para deixar as coisas estabelecidas, e então vai retornar para relatar os assuntos de Hadisen e solicitar qualquer outra ajuda.

— Acho que isso faz sentido, mas ele não ficará lá por muito tempo. — O litoral inóspito de Hadisen dificultava a aproximação dos grandes navios. Assim, todas as remessas substanciais de carga, animais e outros materiais precisavam ser enviadas por terra. Era assim que meu grupo viajaria no dia seguinte, contornando a baía pelo território de Denham e depois para Hadisen. A viagem levaria pouco mais de uma semana. Quem seguia através da baía em barcos pequenos podia atravessá-la em um dia. Era útil para mensageiros e pessoas sem carga.

— Bem, tenho certeza de que ele voltará logo para lá, possivelmente com uma esposa a tiracolo. — Tamsin estava orgulhosa. — Espero que não ache estranho caso você se torne uma das minhas cidadãs, Adelaide.

Ri com o comentário.

— De modo algum.

— Você deve estar animada — disse Mira. Ela parecia ansiosa para mudar de assunto. — Tem uma grande aventura pela frente.

— Não me importo com a aventura. Só quero que tudo seja resolvido com Cedric.

Falei com coragem e recebi olhares de admiração e melancolia. Tamsin tratava o casamento de forma pragmática, e Mira o tratava com indiferença, mas eu tinha a frequente sensação de que as duas estavam fascinadas – e até um pouco invejosas – com o amor romântico que eu sentia. Nós três ficamos acordadas até tarde e conversamos sobre o futuro. Eu não queria dizer a verdade: que estava um pouco aterrorizada com o que estava por vir. Não com Cedric, é claro. Deixar a vida de nobre para a de cidadã colonial de classe alta em uma cidade bem-estabelecida não era um salto tão grande quanto poderia parecer. Mas mudar o status de nobre para plebeia em uma vasta terra desconhecida? Isso era algo completamente diferente, e eu não tinha ideia do que esperar.

Mira e Tamsin foram autorizadas a me ver na manhã seguinte. O grupo que ia para Hadisen era muito maior do que eu imaginava. Eles se reuniram na orla da cidade, um grande cortejo de cavalos, carroças e pessoas em aparente desordem. Warren estava à frente, esplêndido em um cavalo branco enquanto falava com vários outros homens que pareciam ser conselheiros. Outro cavaleiro trotou até nós, e olhei duas vezes quando vi que era Cedric.

— Você está em um cavalo? — questionei.

Ele me lançou um olhar irônico.

— Isso não precisa parecer tão estranho.

— Eu nem imaginava que você sabia cavalgar. — Olhei para o cavalo. Era uma égua marrom e desgrenhada, que parecia entediada com tudo o que se passava à sua volta. — Espero que não tenha pagado muito por ela.

— Não sabia que você era especialista. — Entendi o tom cauteloso em sua voz. A equitação era um passatempo comum para a nobreza, em Osfrid, quando se estava nas casas de campo. Em Adoria, muitos colonos cavalgavam para sobreviver, mas uma plebeia da cidade, como a minha identidade de Adelaide, nunca interagiria com um cavalo, exceto pela praticidade do transporte. Eu teria esperado o mesmo de alguém como Cedric.

— Eu os vi por aí, só isso — falei. Tive que me conter para não corrigir a maneira estranha como ele estava montado e segurava as rédeas.

— Bem, ela é mais durona do que parece — me assegurou. — Eu a chamo de Lizzie.

Tentei não revirar os olhos.

— Ótima escolha.

Quando olhei ao redor, vi que Tamsin estava conversando com Warren, sua expressão brilhando. Mira havia desaparecido e, momentos mais tarde, notei que ela estava ouvindo alguns homens fazendo planos para explorar Hadisen. Não muito longe dela estava Grant Elliott, que parecia estar entregando alguns suprimentos de última hora.

— Minhas aliadas me abandonaram — comentei.

Cedric se inclinou para baixo e afastou algumas mechas de cabelo do meu rosto. A intimidade me assustou, até que percebi que não tínhamos mais nada para esconder.

— Você ainda tem seu aliado número um — disse, embora franzisse a testa quando percebeu quem eu estava observando. — Grant Elliott parecia decente o suficiente no navio, mas ele se juntou ao grupo de caçadores de hereges de Warren.

— Caçadores de hereges?

— Sim, há um grupo prometendo "manter a ordem" e encontrar os alanzanos do Advento Estelar que escaparam da prisão enquanto Warren estiver longe. Grant está entre eles.

— Bem, então sinto muito por ter comprado as coisas com ele. — Toquei o chapéu de abas largas na cabeça. — Talvez eu devesse tentar devolver isto.

— Não — disse Cedric. — Ficou uma graça em você.

Eu desejava poder cavalgar também, mas os nossos escassos fundos não eram suficientes para um segundo cavalo. Além disso, minhas habilidades de montaria teriam levantado suspeitas. Portanto, eu iria na carroça dos Marshall, algo que parecia mais luxuoso do que era na realidade. Era uma engenhoca simples, rústica, repleta de diversos suprimentos que dividiriam espaço comigo e as crianças. Não tinha cobertura, então eu esperava que não chovesse.

Por fim, Warren chamou a atenção de todos:

— Está na hora — chamou, a voz soando acima da multidão. — Hora de reivindicar nosso destino!

Colonizadores e simpatizantes aplaudiram, e mesmo eu não pude deixar de ser capturada pelo espírito de aventura. Despedi-me de Tamsin e Mira com um abraço e subi na parte de trás da carroça. Estava guardando as saias divididas para quando chegássemos a Hadisen. Para a viagem, usava um vestido de chita, que era o mais simples possível. Nada de camisas ou anáguas – apenas um forro simples por baixo. Se não fosse a estampa floral, poderia ter passado por um dos vestidos de Grashond.

Meu lugar na carroça era estreito e apertado entre dois caixotes grandes. As tábuas que eu tinha para sentar eram sujas e desgastadas, e tentar limpá-las só resultou em farpas. Cinco minutos de viagem e descobri que não havia qualquer tipo de absorção de impacto.

Recostei-me contra a lateral da carroça, pensando no que sempre chamávamos de "gabinete das rosas" na casa da família, em Osfro. Tapetes concebidos de forma elaborada cobriam cada centímetro do chão. Paredes revestidas de veludo. Pinturas únicas. Vasos importados das terras de Xin, que ficavam ao leste. Cadeiras e sofás com estofamento tão grosso que era possível afundar neles. E, claro, tudo meticulosamente limpo todos os dias por vários criados.

— O que há de errado? — perguntou uma das garotas Marshall. Seu nome era Sarah.

Olhei para Cedric, montado naquele cavalo ridículo.

— Nada. Só estou pensando que já percorri um longo caminho.

Depois de uma hora, já estávamos fora dos limites da cidade, passando pelo forte e sua tropa de soldados. Algumas horas depois, cruzamos todos os pequenos assentamentos periféricos de Cape Triumph. Imaginei que aquela cidade era selvagem, mas estava errada. Parecia que nenhum ser humano jamais havia tocado os limites distantes da colônia de Denham. As árvores altas que haviam permanecido como sentinelas em Cape Triumph agora formavam um verdadeiro exército, lado a lado, às vezes tornando difícil o caminho a percorrer. Era fascinante. De tirar o fôlego. Terrível. O *verdadeiro* Novo Mundo.

Meu deslumbramento não durou muito. Quando fizemos a parada para a noite, minhas pernas quase vacilaram no momento em que saí da carroça. O sacolejar constante e o espaço estreito tinham tensionado meus músculos, causando uma dor que eu esperava ter somente se corresse cinco horas morro acima. O jantar eram biscoitos secos e carne seca, um pouco melhor que a comida do navio. Fogueiras foram acesas para nos aquecer e ferver água, e me mandaram pegar galhos secos. Consegui pegar, principalmente, lascas.

Cedric, como a maioria dos homens mais jovens do grupo, estava ocupado com várias tarefas, então, depois de um sorriso rápido na hora do jantar, ele desapareceu pelo resto da noite. Quando chegou a hora de dormir, o senhor e a senhora Marshall ficaram na carroça, enquanto as crianças e eu fizemos camas de cobertores no chão. A terra era dura e desnivelada. O cobertor não era suficiente para me manter aquecida enquanto o frio da noite aumentava, então vesti o casaco comprido de couro. Mas ainda estava com frio. E tinha certeza de ter sido encontrada por todos os mosquitos da colônia.

A frustração me manteve acordada quase tanto quanto as duras condições. Debati-me e virei para o outro lado, mais uma vez pensando na minha casa em Osfro. Desta vez, estava obcecada com as lembranças da minha cama. Um colchão grande o suficiente para cinco pessoas. Lençóis de seda perfumados com lavanda. Quantos cobertores fossem necessários para uma noite fria.

Não percebi de imediato que estava chorando. Quando notei, me levantei antes que qualquer uma das crianças que dormiam perto de mim acordasse e visse. Envolvendo o cobertor fino em meu corpo, me afastei da carroça, passando pelos grupos de colonos adormecidos. Alguns ainda estavam sentados perto do fogo, cortando lenha e contando histórias, mas não prestaram atenção em mim. Fui para o mais longe possível do acampamento, o suficiente para ter privacidade, mas sem me aventurar no selvagem desconhecido.

Lá, me sentei, me sentindo miserável, e enterrei o rosto nas mãos, tentando silenciar meus soluços. Eu não podia suportar a ideia de demonstrar para Warren aquele momento de fraqueza. Tive a horrível imagem dele me olhando com uma expressão muito amável, dizendo com simpatia:

— Você poderia ter sido minha esposa. Poderia ter viajado na carruagem acolchoada e dormido na minha tenda. — Vi um dos seus homens transportar um colchão para lá mais cedo.

Uma mão tocou meu ombro, e levantei-me de sobressalto. Cedric estava ali, sombras brincando em seu rosto assustado. Ele esteve ocupado com suas próprias tarefas, e eu não o havia visto por toda a noite.

— É você. Não queria te assustar.

Sequei o rosto com força.

— O que está fazendo aqui?

— Fui até a carroça dos Marshall, esperando roubá-la para uma conversa rápida. Quando não a vi lá, comecei a procurar. — Ele estendeu a mão para o meu rosto, mas eu me afastei. — O que há de errado?

— Nada.

— Adelaide, estou falando sério. O que há de errado?

Gesticulei.

— Escolha alguma coisa, Cedric! Usei minha saia como guardanapo no jantar de hoje à noite. Não há banheiros. Eu fico engolindo mosquitos. E o cheiro! Sei que o banho será limitado nesta viagem, mas nenhum deles tomou antes de sairmos? Só faz um dia.

— Você sabia que não seria fácil — disse ele com calma. — Você está arrependida? Se arrepende de...

— Nós? Não. Nem por um instante. E isso leva à pior parte de tudo: me odeio por me sentir assim. Odeio me ouvir lamentar. Odeio que eu seja fraca demais para colocar o nosso amor acima dessas condições.

— Ninguém disse que você tinha que adorar isso aqui.

— Você adora. Vi sua expressão assim que passamos pelos assentamentos de Cape Triumph. É um tipo de experiência espiritual para você.

Ele ergueu as mãos. Pelo brilho das fogueiras espalhadas, podia ver a sujeira e os cortes. Seu rosto também estava sujo.

— Isso não é tão espiritual. Assim como o sujeito que não para de falar que meu rosto é muito bonito e que ele quer quebrar meu nariz. E você não acreditaria como estou dolorido depois de ficar em cima daquele cavalo o dia todo.

— Ah, eu posso acreditar. Mas, você não está deixando isso te afetar. Você não é fraco assim.

Ele me puxou para si e, desta vez, não resisti.

— Você não é fraca. Mas, pela primeira vez na vida, você não é a melhor em tudo. O mundo girava ao seu redor em Osfro, e você não poderia fazer nada de errado. Em Blue Spring, apesar de alguns contratempos, você ainda era a melhor em todos os seus estudos. E em Cape Triumph, você era a estrela da Corte de Luz. Aqui, você está...

— Miserável? Sem utilidade?

— Se ajustando. Este é o primeiro dia, e é um choque. Você vai se acostumar conforme a viagem segue e, uma vez que estiver em Hadisen, em uma casa decente, vai achar que voltou para um palácio osfridiano.

Permiti que aquelas palavras entrassem em mim.

— Por falar em telhados, o que acontece se chover aqui?

— Uma preocupação por vez.

Ele sorriu daquela forma que enfeitiçava, daquela maneira que dizia que poderia cuidar de tudo. Mas ele poderia desta vez?

— Estou cansada, Cedric. Muito cansada. Foi um dia longo, mas não consigo dormir. O chão é horrível. E estou com frio. Como pode estar frio assim? É primavera.

Ele segurou minha mão e me puxou para baixo.

— Eu não posso fazer nada sobre o chão, mas posso ajudar com o frio.

Ele estendeu seu cobertor fino. Deitou-se e me pediu para fazer o mesmo. Nos aconchegamos, cada um tentando enrolar o outro em nossos respectivos casacos. O chão ainda era irregular, mas com seu corpo contra o meu e o som das batidas do seu coração no meu ouvido, não me importava tanto.

— Não podemos ficar assim — alertei. — Vamos ter problemas se formos pegos.

— Vamos voltar antes do amanhecer.

— Como vamos saber?

— Eu saberei.

Senti calor ao meu redor e os primeiros reflexos de sono chegaram.

— Farei qualquer coisa por nós — disse, através de um bocejo. — Espero que você saiba disso.

— Nunca duvidei. — Ele beijou o topo da minha cabeça.

— Você pode me dar um beijo melhor do que esse se quiser.

— Eu *quero*, mas você precisa dormir. Talvez amanhã à noite, quando estiver mais descansada.

Lutei contra outro bocejo.

— Algumas coisas não mudam. Você está cheio de si, Cedric Thorn. Certo de que vou dormir ao seu lado de novo amanhã. Ainda não somos casados. Não fiz nenhum voto de me deitar com você sob a lua.

Ele beijou o topo da minha cabeça novamente. Me derreti na segurança do seu corpo e senti a verdadeira felicidade me atingir. Depois de alguns minutos, perguntei:

— Cedric?

Sua respiração estava forte, e eu me perguntava se ele estava dormindo. Até que ele respondeu:

— Sim?

— Você tem um cheiro bom. É a única coisa que cheira bem aqui. É por ter colocado o *patchouli* esta manhã, ou você o trouxe?

— Eu o trouxe comigo.

Aproximei-me dele.

— Graças a Uros.

Como prometido, Cedric acordou pouco antes do nascer do sol para que pudéssemos voltar aos nossos respectivos lugares antes de sermos pegos. Meu corpo ainda doía, mas acordar ao lado dele me fez não sentir tanto a dor.

— Isso é uma coisa alanzana? — sussurrei antes de nos separarmos. — Você está sincronizado com o Sol?

— É algo que faço desde a infância. Sempre tive o sono muito leve. — Ele olhou para o céu ao leste e ergueu umas das mãos em saudação. — Mas talvez seja algum presente da própria Alanziel que eu nem sabia que possuía. — Vendo o amanhecer dourado atingir as feições de Cedric e lançar um tom ardente em seu cabelo, eu poderia muito bem acreditar que ele era favorecido pelo anjo da paixão.

Quando voltei para a carroça dos Marshall, me sentia melhor do que na noite anterior. O ar puro e o descanso me deram uma nova perspectiva. Cedric tinha razão. Não havia dúvida de que as condições eram duras, qualquer um teria dificuldade. Mas eu nunca tinha sentido que algo era tão fora da minha competência – o que significava alguma coisa, depois de ter assumido a identidade de outra pessoa. Eu tinha que ser paciente comigo mesma enquanto seguia adiante.

E eu fui, nos dias que se seguiram. Ainda não gostava da comida ou de dormir no chão, mas pelo menos não choveu. Cedric e eu continuamos passando nossas noites juntos, afastados do acampamento e, quando a caravana entrou em uma rotina, ele passou a ficar mais tempo comigo durante o dia. Com um grupo tão grande, fomos muito devagar. Nós dois podíamos caminhar juntos, guiando o cavalo, e facilmente acompanhar os outros. O terreno acidentado e a elevação crescente tornavam a caminhada cansativa, mas me habituei gradualmente a isso.

— Grant Elliott estava certo a respeito do sol — disse a Cedric. Já havia passado alguns dias de nossa viagem. Estávamos em uma pausa para o almoço, sentados sozinhos na sombra.

— O que ele disse?

— Que era brutal. — Levantei minhas mãos para examiná-las. — Veja como já estão bronzeadas. Nem consigo imaginar como meu rosto deve estar.

— Bonito, como sempre — disse Cedric. Ele partiu um pedaço de carne seca e entregou metade para mim.

— Você nem olhou.

— Não preciso. — Mas ele olhou para cima e estudou meu rosto. — Acho que você está ganhando algumas sardas. Elas são graciosas.

— Não diga isso a Tamsin, ela está sempre tentando esconder as dela. E minha avó desmaiaria se pudesse me ver. — Meu tom era indiferente, mas senti o coração afundar quando pensei em minha avó. — Quando soube que ela estava atrás de mim, fiquei preocupada, primeiro por causa dos problemas óbvios que eu poderia ter. Mas o que realmente me incomoda agora é saber que ela ainda está me procurando. Ela não sabe o que aconteceu comigo, mas ainda me quer. Ela não desistiu.

— Claro que não. Não está no sangue dos Witmore. Hum... quero dizer, no sangue dos Bailey. Pelo menos eu acho que desistir não está no sangue dos Bailey.

Pensei na minha antiga criada.

— Bem, Ada, de certo modo, desistiu... ou será que ela conseguiu? Se estiver na fazenda de gado leiteiro que queria, imagino que tudo tenha dado certo para ela.

Cedric pôs o braço ao redor do meu ombro, e eu me encostei nele.

— Assim que estivermos casados e as coisas estiveram estáveis, você poderá mandar uma mensagem a ela. Informá-la que você está bem.

A luz do sol da tarde brilhou através dos ramos do grande carvalho atrás de nós. Se eu não estivesse me sentindo tão melancólica por causa da minha avó, poderia ter pensado nisso como um cenário idílico.

— Só espero que ela possa me perdoar por...

— Aí estão vocês dois — disse uma voz rude. Olhamos e vimos Elias Carter, assistente principal de Warren em Hadisen, andando em nossa direção. — O grupo está quase pronto para seguir em frente. Eu devia saber que encontraria vocês dois aqui, fazendo coisas imorais.

— Almoçando? — perguntei.

Elias me encarou com um brilho tenso nos olhos. Ele havia deixado claro muitas vezes durante a viagem que nos desaprovava.

— Não seja impertinente comigo, senhorita Bailey. Como o governador encontrou em seu coração magnânimo forças para perdoá-la está além da minha compreensão. Mas ele é um grande homem. Eu, não.

— Isso, certamente, é verdade — disse Cedric, inexpressivo.

Elias franziu a testa, como se percebesse que inadvertidamente se insultara. Antes que pudesse responder, ouvimos um grito vindo da direção do acampamento principal. Sem olhar para trás, Elias correu para lá. Nós o seguimos.

A primeira coisa que vi foi que o grupo não estava "quase pronto para partir" como ele nos dissera. Havia sinais de que todos estavam no meio do almoço também, mas ninguém estava comendo. Todos estavam de pé. Algumas pessoas, particularmente aquelas com crianças, estavam correndo para os fundos do acampamento com seus filhos. Outros – principalmente homens – seguiam em frente. Até aquele momento, eu não havia percebido quantas armas a caravana possuía. Armas e facas em abundância.

— O que está acontecendo? — perguntei a uma mulher.

— Icoris — disse ela. — Melhor se esconder conosco.

Cedric e eu nos entreolhamos, incrédulos.

— Os Icoris não aparecem em Denham há quase dois anos — disse ele, estendendo um braço para me parar quando comecei a avançar. — Você não precisa se esconder, mas provavelmente não devemos entrar no meio disso até que saibamos o que está acontecendo.

— Só quero ver.

Relutante, Cedric atravessou a multidão comigo. Ele não era do tipo que tentaria me dizer o que eu podia ou não fazer. Mas eu sentia que, se houvesse algum sinal de perigo, ele me lançaria sobre o ombro e me levaria dali de qualquer jeito.

Paramos perto de um grupo de aspirantes a garimpeiros, todos armados. A posição nos deu uma visão clara da trilha empoeirada através dos bosques. Lá, Warren e vários outros homens armados estavam na frente de dois homens a cavalo que tinham todas as características dos Icoris sobre as quais eu já lera ou ouvira. Bem, exceto pela parte sobre eles serem demônios sanguinários.

Deixando as roupas e o estilo de lado, os dois pareciam muito humanos para mim. Um deles era mais velho, talvez com cinquenta anos, barba vermelha espessa e uma túnica de lã verde. Ele era do tamanho de um touro e, apesar da idade, algo me dizia que podia enfrentar de igual para igual um homem mais jovem em uma luta. Provavelmente, uma dúzia de homens mais jovens. O cavaleiro ao lado dele não parecia muito mais velho que Cedric. Seu peito nu e musculoso estava pintado com desenhos azuis. Um tecido xadrez de lã, preso por um alfinete de cobre, envolvia um de seus ombros. O cabelo louro muito claro, caído sobre os ombros, contrastava com a pele. Ele era o único em quem Warren parecia focado enquanto falava.

— Já lhes disse, vocês não têm nada o que fazer aqui. Os Icoris não são bem-vindos em terras de Denham, ou em quaisquer terras osfridianas civilizadas. Voltem para os territórios que vocês receberam.

— Eu retornaria com prazer — respondeu o louro —, se o seu povo parasse de invadir nossas terras. — Havia duas coisas notáveis sobre o modo como ele falava. Uma delas era que ele estava calmo, considerando que todas as armas estavam apontadas para ele. A segunda era que seu osfridiano era quase perfeito.

— Ninguém quer suas terras — disse Warren, o que parecia um pouco impreciso, dado tudo o que Osfrid e outros países do outro lado do mar haviam tomado. — Na verdade, ouvi rumores de que o *seu* povo está assediando nossas terras no Norte. Se isso for verdade, você terá verdadeiros visitantes na forma de nossos soldados. Um pouco mais sério do que esses delírios sobre os quais você está falando.

— As aldeias queimadas que vi não são delírios. Exigimos respostas.

Warren zombou:

— Perdoe-me se realmente não acho que vocês dois possam fazer exigências. Estamos em maior quantidade.

— Atire neles! — gritou alguém da multidão. — Atire nos selvagens!

O homem Icori permaneceu imperturbável e não desviou o olhar de Warren.

— Eu esperava que não precisássemos de demonstrações de força para abrir um diálogo sobre a proteção de inocentes. Acho que é o que os homens civilizados fazem.

— Civilizados — zombou Elias. — Como se você falasse como um.

— Este homem civilizado vai lhe dar a chance de sair daqui com vida. — As palavras de Warren sugeriram generosidade, mas seu tom era puro gelo. — Não muito adiante, há uma trilha norte que atravessa Denham e leva para os territórios ocidentais. Tenho certeza de que você sabe disso. Tenho certeza de que é a mesma que você pegou para chegar aqui. Vire-se agora e volte. Se você se for rápido o suficiente, deve estar fora de Denham ao pôr do sol. Vou deixar um grupo de homens vigiar o cruzamento da trilha e seguir pela manhã. Se houver algum sinal de que você ainda está em nossas terras, vai morrer.

— Atire neles! — gritaram.

O Icori murmurou algo para seu companheiro. O homem barbudo franziu o cenho e respondeu em sua própria língua. O homem louro se voltou para Warren:

— Vamos conversar em outro lugar. Obrigado pelo seu tempo.

Os Icoris deram a volta com seus cavalos, e eu segurei minha respiração enquanto vários homens levantavam as armas e apontavam para as costas dos homens. Warren percebeu isso também e levantou uma das mãos. Os cavalos dos Icoris rapidamente partiram, ficando logo fora de alcance.

O encontro com os selvagens foi o assunto pelo resto do dia. As opiniões eram compreensivelmente misturadas. Muitos achavam que deveriam ter atirado. Outros pensavam que o ato de compaixão de Warren só mostrava o espírito nobre que ele possuía.

— Foi tudo um blefe — disse um homem mais velho a Cedric e a mim no jantar daquela noite. Fez uma pausa para virar a cabeça e cuspir. — Ele não tinha outra escolha. Se o matasse, sempre haveria a chance de desencadear outra guerra. Ninguém sabia como lidar exatamente com os Icoris. E todo esse absurdo sobre homens que guardam a trilha é... bem, absurdo. Icoris não precisam de trilhas. Se eles quiserem fugir e se embrenhar na floresta, eles podem.

Olhei para as cabeças dos outros colonos, para onde Warren se sentava do outro lado do acampamento. Ele tinha um grupo maior de admiradores do que de costume, todos o louvando por seu magistral ato de diplomacia. Eu achava que era merecido até ouvir o comentário do nosso companheiro.

— Os Icoris foram muito mais comportados do que eu esperava — comentei. — Eu seria muito mais hostil se fosse forçada a partir de minha terra.

— Duas vezes — lembrou o velho. — Não se esqueça dos heróis que os expulsaram de Osfrid, em primeiro lugar. O bom rei Wilfrid. Suttingham. Bentley. Rothford.

Tentei não estremecer ao ouvir o nome do meu antepassado. O assentamento de Osfrid ocorrera há tanto tempo que às vezes era fácil esquecer que os selvagens Rupert lutaram contra os ancestrais daqueles que tinham fugido pelo mar e construído novas vidas nestas terras. Ou tentado, pelo menos.

— Este lugar é tão vasto — disse a Cedric mais tarde. — Adoria tem cem vezes o tamanho de Osfrid. Não deveria haver espaço suficiente para todos?

Ele olhou em volta. O anoitecer estava sobre nós, mas ainda podíamos distinguir as enormes árvores que alcançavam as estrelas.

— Os homens gananciosos nunca têm espaço suficiente. Não sei o que vai acontecer com os Icoris ou esta terra. Osfrid já foi selvagem, e agora está clara e dividida. — Ele olhou para trás e deslizou o braço ao meu redor. Senti o cheiro do *patchouli*, me assegurando que nem toda a civilização estava perdida. — Uma coisa que eu sei é que eles aumentaram as capturas noturnas. Você e eu teremos que nos separar hoje à noite.

— Tem certeza? — Mas mesmo enquanto eu perguntava, sabia que ele estava certo. Eu já podia ver as patrulhas sendo montadas.

— Não vou dormir tão bem.

— Vou dormir melhor — murmurou ele.

— Não gosta de dormir comigo?

— Gosto muito. Passo metade da noite pensando em...

— Ei — avisei. — Há crianças por perto.

Cedric me deu um olhar de castigo fingido.

— O que eu *ia* dizer é que passo metade da noite pensando em quando vamos nos casar. Sua mente é muito imaginativa. Alguém deveria ter mandado você para uma escola de boas maneiras.

— Tecnicamente, *você* me mandou para uma escola de boas maneiras. Então não tem ninguém para culpar se quer que eu me comporte de um jeito diferente.

Ele me atraiu para um beijo.

— Por que eu iria querer isso?

E então, não dormimos mais juntos pelo restante da viagem. Eu sentia falta dele – dolorosamente – mas continuava me lembrando que isso era apenas mais um passo no caminho para o nosso futuro. Nós suportaríamos.

— Você e seu jovem não brigaram, não é? — A senhora Marshall me perguntou um dia. Estávamos na carroça, e eu estava me perguntando se deveria estar preocupada por já não notar como chocoalhava.

— Por que acha isso?

Ela olhou para mim com ar de quem sabia o que havia acontecido nas últimas noites.

— Notei que você está dormindo no nosso acampamento novamente nos últimos dias.

Senti meu corpo inteiro corar.

— Senhora Marshall... não é... não é nada disso. Nada aconteceu. Estávamos apenas dormindo juntos. Quero dizer, *realmente* dormindo. Então, decidimos que seria melhor parar depois que as rondas aumentaram.

— Muito sensato da parte de vocês — disse, mas eu não poderia afirmar que realmente acreditou em mim.

— Estou falando a verdade — insisti. — Nós nos comportamos... isto é, bem, exatamente como deveríamos. E continuaremos fazendo isso.

Seu sorriso era amável, apesar de um dente quebrado.

— Possivelmente, mas você é muito jovem. E sei como sangue jovem pode esquentar. Enquanto estiver sob meus cuidados, vou me certificar de que você se mantenha respeitável e com as virtudes ditadas por Uros. Mas quando você não estiver sob meus cuidados...

Eu não conseguia encará-la.

— Senhora Marshall, pretendemos nos comportar com o máximo de decoro até que nos casemos.

— Intenções e ações raramente se alinham. E caso suas intenções deem errado, não quero que você se meta em problemas. — Ela me entregou uma pequena sacola de jaspe com um cheiro forte. — Estas são folhas de espinhos de canela. Sabe para que servem?

Engoli em seco e, de uma forma que eu achava impossível, senti meu rosto esquentar ainda mais.

— Sim, senhora. Nossas professoras de Blue Spring Manor, em Osfrid, nos contaram.

— Que bom — disse. — Nos poupa de uma conversa embaraçosa.

Eu não tinha tanta certeza sobre aquilo. Do jeito que as coisas estavam, realmente não achava que a minha humilhação poderia ficar pior naquele momento. Tentei entregar o saco de volta para ela.

— Obrigada, mas eu realmente não acho que vou precisar disso.

Ela recusou o saco.

— Tenho bastante. Elas me fizeram parar no sexto filho. Se a impedir de ter um antes que você esteja pronta, vai valer a pena.

Eu poderia ter tentado devolvê-lo, mas ouvi um grito na caravana.

— O afluente oriental! Estamos no afluente oriental!

Ouvi comemorações e olhei de volta para a senhora Marshall.

— O que isso significa?

— Significa, querida, que estamos prestes para atravessar para Hadisen.

23

Além do afluente em si, não havia nenhuma diferença gritante entre Hadisen e os confins de Denham. Atravessamos a água rasa e continuamos. Com certeza, a terra era bem diferente da que havíamos deixado em Cape Triumph e seus arredores. A vegetação havia diminuído, e os picos de uma baixa cordilheira se tornaram mais claros à distância. As famosas minas de ouro estavam localizadas no sopé daquelas montanhas. As planícies continham terras mais verdes, como aquelas que os Marshall reivindicavam.

Havíamos viajado por pouco mais de uma semana quando chegamos a White Rock – a capital de Hadisen. Animação e uma sensação de energia renovada tomaram o nosso grupo quando atravessamos os limites da cidade. Se visse aquilo imediatamente após Cape Triumph, eu ficaria desapontada. Mas, depois de dias e dias de árvores, parecia tão urbana quanto Osfro. Na realidade, era uma cidade em estágio inicial, com trilhas empoeiradas para estradas e, pelo menos, a metade dos negócios funcionando em tendas. Como em Cape Triumph, várias pessoas caminhavam pelas ruas, mas não havia elite bem-sucedida neste grupo. Todos pertenciam à classe trabalhadora.

Havia uma casa bem grande, visível em uma colina ao longe, quase tão bonita quanto Wisteria Hollow.

— Aquela é a casa do governador — disse Warren, montado em seu cavalo branco. Ele desceu sem esforço. — Onde vou ficar.

As palavras ecoaram entre nós por um momento, e olhei para a bela casa com uma pontada de inveja.

— Tamsin ficará satisfeita — disse, finalmente.

Ele me deu um sorrisinho.

— Espero que sim.

Em White Rock, um novo tipo de caos se seguiu. Ele era o ponto de partida para todos os colonos. Alguns já tinham arrendamentos e lotes atribuídos. Eles olhavam para mapas e pesquisas, tentando determinar onde estavam suas terras e quanto tempo levaria para chegar até elas. Outros colonos chegaram até lá guiados por um sonho. Eles queriam que os agentes de Warren comprassem ou arrendassem terrenos, ou buscavam trabalho entre os mais estabelecidos. Os moradores da cidade, ao ver os novos colonos, ficaram ansiosos para se aproximar e vender suas mercadorias.

— Vou para as minhas terras hoje à noite — disse Cedric mais tarde. Ele estava consultando um mapa com vários outros homens. — As nossas ficam próximas, e iremos juntos.

— Eu também gostaria de ir — falei.

— Vi onde fica o terreno dos Marshall. É a apenas duas horas a cavalo.

— Um cavalo regular ou Lizzie? — perguntei.

— Lizzie vai ficar bem. Quero ver como as coisas estão e te levo. — Vendo minha decepção, ele tocou meu rosto e me puxou para perto. — Vai ser só um dia ou dois.

— Eu sei. Só detesto o fato de precisarmos ficar separados de novo depois de tudo o que aconteceu.

— Os pombinhos não vão se separar por muito tempo — disse a senhora Marshall, caminhando até nós. — E ele tem razão, estamos relativamente perto. Você vai para lá em breve, embora possa não querer, depois de ter ficado conosco. Uma terra selvagem não vai parecer tão confortável quanto uma próspera fazenda.

O senhor Marshall havia ido a Hadisen várias vezes para supervisionar a construção da casa antes de levar a esposa e os filhos. Eu queria estar com Cedric, mas uma parte secreta de mim estava ansiosa para dormir em uma cama de verdade e debaixo de um telhado – especialmente porque enfim estava ameaçando chover. Também me perguntei quais eram as probabilidades de tomar um banho. Havia tanta sujeira embaixo das minhas unhas que eu não podia mais ver as partes brancas.

Cedric e eu nos separamos com um beijo, e eu o observei o máximo que pude enquanto seguia na carroça dos Marshall. A cidadezinha ficou cada vez menor, e eu tive uma última visão de Cedric erguendo a mão para mim antes que tudo se perdesse nas sombras do crepúsculo. Quando chegamos à fazenda, a noite havia caído completamente. Eu só conseguia enxergar a casa, uma cabana construída com troncos transversais. Do lado de fora, não parecia muito grande.

No fim das contas, a parte interna não era mesmo tão grande. Havia uma grande sala comum, que seria usada para praticamente todas as tarefas domésticas: cozinhar, comer, costurar, entretenimento e assim por diante. Um quartinho ao lado era reservado ao casal Marshall. Lá em cima, num sótão, uma divisória separava dois quartos: um para as meninas e outro para os meninos. Eu dividiria uma cama grande com as três filhas. Esperava que nenhuma delas chutasse.

Passamos o resto da noite transportando os suprimentos antes que a chuva chegasse. A localização de Cape Triumph a protegia das tempestades, mas, às vezes, elas podiam explodir em Hadisen como uma vingança da natureza. A maior parte da viagem até então havia exigido resistência, e aquela era a minha primeira experiência com o trabalho duro. O senhor Marshall e dois meninos o ajudaram a colocar o gado no celeiro. Terminamos a tempo, e a senhora Marshall nos cozinhou um pote de milho e carne seca para o jantar. Nos sentamos em um longo banco, junto à mesa, para comer. Não era confortável, especialmente com meus músculos doloridos, mas nos salvou de termos que sentar no chão duro coberto de sujeira.

— Não vai ficar assim para sempre — disse a senhora Marshall, apontando para baixo. — Não somos selvagens. Logo, teremos palha para cobri-lo.

Quando chegou a hora de dormir, joguei uma aranha para fora da cama e torci para que mais nenhuma aparecesse. Apagamos as velas e ouvimos a chuva bater contra o telhado enquanto estávamos deitadas, juntas na cama grande. Era uma tempestade constante, mas não violenta. O telhado não tinha goteiras, o que, pelo menos, era uma coisa boa.

Deitada ali, no escuro, lembrei de que eu era uma condessa de sangue, uma mulher nobre de Osfrid. Voltei a sentir a mesma ansiedade do primeiro dia da viagem a Hadisen, e tentei pensar nas palavras de Cedric: que minha dificuldade era em decorrência das situações em que eu não era perfeita e que me ajustaria com o tempo. Foi consolo suficiente para me ajudar a adormecer, embora eu estivesse me perguntando como alguém poderia se sentir um especialista em viver em uma cabana à beira da civilização.

Cedric não veio no dia seguinte, como havia dito. Nem no próximo. No início, fiquei irritada com o atraso. Mas conforme os dias passavam, comecei a me preocupar. Os Marshall me disseram que estava tudo bem, mas o medo me corroía. Eu tinha muito tempo para pensar em todos os tipos de terríveis possibilidades, porque estava sempre envolvida em atividades manuais que exigiam mais do meu corpo do que da minha mente. Minhas aulas acadêmicas não começariam até que a escola fosse montada, e eu não me importava em ajudar os Marshall. Mas eu estava irremediavelmente despreparada.

As habilidades que aprendera como nobre eram inúteis. E a maioria das lições da Corte de Luz também. Nenhuma possibilidade de casamento terminava em um cenário como aquele. Havíamos praticado tarefas que a dona de uma casa modesta – como a de Nicholas Adelton – talvez precisasse supervisionar ou até mesmo fazer se os outros criados estivessem ocupados. Mas não havia me preparado para as tarefas que encontrei ali. Aprendi a tirar leite de vacas e fazer manteiga. Moía o milho duro em grãos finos. Cavava a terra para plantar sementes de legumes e ervas. Cozinhei uma quantidade substancial de comida simples, que não era gostosa, mas podia alimentar uma multidão. Fazia sabão de lixívia – meu trabalho menos favorito de todos.

Não havia festas a se planejar. Nada de dança. Nem pratos de vidro açucarado.

Não tocava música no conservatório. Não havia conservatório.

E minhas mãos estavam... bem, o que não eram antes.

Quando Cedric finalmente apareceu, eu estava varrendo o chão de barro da cabana – algo que me parecia completamente inútil. Tinha a sensação de que estava espalhando a sujeira. Eu estava acordada desde o nascer do sol, e aquela era apenas uma das muitas tarefas sujas que já havia realizado. Olhei para cima para limpar a testa e me assustei ao ver Cedric parado na porta, olhando atônito para mim. Deixei a vassoura cair e me joguei em seus braços, quase o derrubando no processo. Ele usou o batente da porta para se estabilizar e depois me puxou para mais perto. Apoiei uma mão em seu peito, sentindo que ele era firme e de verdade.

— Você não está morto — suspirei.

Ele engasgou com uma risada.

— É bom ver você também, linda.

Queria fazer uma piada para esconder meus verdadeiros sentimentos. Não queria que ele soubesse o medo que eu havia sentido nos últimos dias quando imaginei coisas terríveis acontecendo com ele, que temi que todos os sonhos que havíamos construído estavam perdidos. Mas quando Cedric me olhou e seu sorriso desapareceu, sabia que ele podia ver tudo nos meus olhos.

— Me desculpe — disse suavemente.

— Cedric, onde você esteve? — Eu o apertei mais e pude ver que ele estava tão sujo e esgotado quanto eu. — Fiquei tão preocupada!

— Eu sei, eu sei. Eu deveria ter mandado uma mensagem, mas tive muita coisa para fazer. Mais do que eu esperava. Você verá em breve.

— Acabamos de tomar o café da manhã, mas você está convidado para comer um pouco de mingau — disse a senhora Marshall atrás de mim. Eu havia me esquecido que ela estava lá. Seu tom era amigável, mas havia uma alfinetada nele. Cedric e eu entendemos. Nos separamos rapidamente.

Esse mingau era uma das coisas mais sem graça que eu já tinha comido. Cedric sempre foi exigente em Blue Spring Manor e Wisteria Hollow, insistindo que seus ovos fossem escalfados e sua massa folhada, aquecida. Achei que ele recusaria uma refeição tão mundana, mas, para minha surpresa, ele aceitou e comeu duas tigelas. Quando terminou, perguntou aos Marshall se poderia me levar para suas terras.

— Sei que ela deve ter várias coisas para fazer aqui, mas gostaria de lhe mostrar a terra — disse. — Vou trazê-la de volta antes da hora do jantar.

— Certamente — disse a senhora Marshall. — E então você pode ficar e comer conosco.

Cedric pareceu imensamente satisfeito com o convite.

Outra tempestade havia deixado aquela manhã fria, então, vesti a calça de camurça e o casaco, juntamente com o chapéu de abas largas, tanto pela praticidade como para colocar algo limpo. Eu costumava usar o mesmo vestido de trabalho todos os dias, e os Marshall tomavam banhos apenas nos fins de semana.

— Você parece uma mulher da fronteira, pronta para cavalgar e domar o selvagem — disse Cedric.

— Faz sentido, já que sou melhor amazona que você. — Caminhei até Lizzie. — Tem certeza de que ela pode carregar nós dois?

— Diga-me, cavalariça.

Dei um tapinha no pescoço da velha égua.

— Claro que pode. Só não poderá galopar.

Nossa saída de Cape Triumph era tão recente que sequer pensamos em montar o mesmo cavalo em nossa viagem inicial. Mas ali, no limite da civilização, as regras eram mais flexíveis. Os costumes eram ditados pela conveniência, e se a viagem a cavalo fosse mais rápida com nós dois juntos, assim seria. Ele me ajudou a subir em Lizzie e depois pulou atrás de mim, de uma maneira muito mais graciosa do que havia demonstrado durante a viagem.

Seguimos uma trilha estreita, quase repleta de vegetação, através de uma floresta com diversos tipos de árvores. A temperatura da manhã logo subiu, e eu tirei o casaco. Nosso relacionamento podia não ser mais exatamente proibido, mas isso não alterava a conexão elétrica entre nós. Meu corpo ainda vibrava com a presença do corpo dele, e naquela viagem de duas horas percebi que nunca tivera seus braços ao meu redor por tanto tempo – além das nossas fugas noturnas na estrada para Hadisen.

O terreno se tornou íngreme, mas Lizzie continuou. As terras ficavam no alto de um monte que havia recebido o fantástico nome de Silver Dove Mountain. Um largo rio fluía através dele, e a vista era de tirar o fôlego, revelando outras montanhas, bem como as terras férteis que havíamos acabado de cavalgar. Eu estava tão paralisada que demorei um instante para perceber o restante do local.

— Não deveria haver uma casa aqui? — perguntei.

— Lá — disse Cedric, apontando para um pequeno pedaço de terra.

Eu o segui e vi o que havia confundido com um galpão de armazenamento. Era bem inclinado e não estava claro para mim se isso era intencional ou não. As tábuas externas eram feitas de diferentes tipos de madeira – algumas antigas e aparentando terem ficado expostas ao tempo, outras novas e amarelas. O telhado parecia envelhecido, mas robusto, exceto por um canto que estava coberto por uma lona.

Cedric seguiu meu olhar.

— Ainda tenho que trabalhar nisso.

— Você já... tem trabalhado no resto? — perguntei, delicadamente. Não queria ofendê-lo, mas era realmente difícil dizer.

— É por isso que demorei tanto. Quando cheguei aqui, essa coisa mal estava de pé. Passei aquela primeira noite chuvosa no chão, coberto pela lona. Fui até a cidade comprar suprimentos e fiz vários reparos sozinho. O garimpeiro das terras vizinhas me ajudou com algumas coisas. — Cedric olhou a cabana. — Não queria que você visse isso, nem mesmo o lugar naquele estado. Há muito trabalho a ser feito, mas eu não podia ficar mais tempo longe de você.

Encontrei sua mão e entrelacei meus dedos aos dele.

— Estou feliz que você não tenha ficado. E você não pode se envergonhar de nada disso, se vamos compartilhar uma vida.

Ele levantou minha mão e a observou. A pele estava rachada e áspera por causa da lixívia. A sujeira estava por toda parte, especialmente debaixo das unhas. Havia um longo corte que eu nem me lembrava de ter conseguido. Soltando-a, ele suspirou.

— Ei. Não pareça tão abatido. Não é nada que um creme hidratante e um pouco de sabão de verdade, e não aquela coisa amaldiçoada que os Marshall fazem, não conserte. Estarei de volta à minha antiga e bela forma em um instante.

Ele me virou para encará-lo. O sol da tarde o iluminou, transformando seu cabelo castanho-avermelhado em fogo.

— Você já está na sua antiga e bela forma. Talvez até mais do que quando te conheci. Penso muito sobre aquele dia, sabia? Me lembro de cada detalhe. Lembro do vestido de cetim azul com flores nas mangas que você usava. E cada cacho perfeitamente arrumado. Nunca havia visto ninguém como você. Lady Witmore, condessa de Rothford. — Ele suspirou novamente. — E agora, olhe para onde eu te trouxe. Se não tivesse aparecido na sua porta naquele dia, onde você estaria agora? Certamente, não no meio do nada, esfregando a casa de algum fazendeiro enquanto espera, desesperadamente, que seu marido herege junte dinheiro suficiente para nos comprar um contrato sufocante. Você teria se casado em seda, com alguém cuja linhagem combinava com a sua. Você ainda é diferente de tudo que já vi, e é a primeira coisa em que penso quando acordo todas as manhãs... mas às vezes, bem, não tenho certeza se melhorei sua vida ou a tornei pior.

Olhei para ele. Como eu, ele estava sujo e desarrumado, as roupas de trabalho muito longe do colete bordado e alfinete âmbar.

— Você salvou a minha vida — disse a ele. — E não preciso de seda. — Eu o puxei para mim, e nos beijamos. O mundo à minha volta era dourado. Eu estava aquecida pelo sol e seu abraço, e a alegria crescia dentro de mim.

Não havia sujeira, nem medo, nem complicação, apenas aquele momento perfeito com ele. — Agora — falei —, me mostre a sua casa.

A casa consistia em um quarto. Um minúsculo fogão maltratado no canto fornecia calor e permitia que cozinhássemos, embora não tivesse muito para comer. Havia duas cadeiras e uma mesa da largura aproximada de uma estante de livros. Sua cama era um colchão de feno no chão que estava cheio de sujeira, assim como o dos Marshall. Bati o pé nele.

— Sei como varrer isso se você precisar de ajuda.

Ele balançou a cabeça.

— Todo este lugar precisa de ajuda. Quer ver o resto da propriedade? Posso até mostrar o básico do garimpo. Não fui capaz de fazer muito enquanto trabalhava na casa.

Hesitei. Queria começar logo a ganhar dinheiro para pagar Warren. E desertas ou não, as terras e sua vista eram bonitas. Eu não me importaria de explorá-las.

— Na verdade, só quero um banho — exclamei. Quando ele começou a rir, coloquei minhas mãos na cintura e tentei parecer ofendida. — Ei, alguns de nós não podemos dormir na chuva. Parece que os banhos, na casa dos Marshall, são apenas aos sábados.

Valia a provocação em seus olhos para ver o sorriso antigo e genuíno de volta. Ele pegou minha mão de novo.

— Vamos. Acho que isso pode ser arranjado.

— Existe um banheiro luxuoso em sua propriedade? — perguntei, com esperança.

Não havia, mas sim um pequeno poço, que na verdade era mais como uma lagoa, não muito longe de uma curva do rio Mathias. Parecia ser alimentado por alguma fonte subterrânea, o que não era surpreendente dada a natureza serpenteante e cheia de ramificações do rio. Algumas árvores cresceram em torno, oferecendo um pouco de sombra naquele dia cada vez mais quente.

— Sei que não é com o que você está acostumada — disse Cedric, se desculpando. — Mas, dadas as circunstâncias, imaginei... espere, o que está fazendo?

Eu estava tirando as minhas roupas. Não me importava que não pudesse ver o fundo da lagoa. Nem que não tinha sabão. Nem mesmo se o vizinho passasse e me visse. E, com certeza, não me importava se Cedric olhasse.

Empilhei as roupas na grama fina e mergulhei na lagoa. A tarde podia estar quente, mas a água ainda estava fresca e era bem-vinda depois de dias de sujeira e suor. Não parei até estar com água logo abaixo dos ombros, e então mergulhei a cabeça delicadamente para lavar meu cabelo. Quando emergi, empurrei a confusão emaranhada e olhei em volta. Cedric ainda estava na grama, de costas para mim.

— O que você está fazendo? — perguntei. — Venha aqui.

— Adelaide! Você está...

— Perfeitamente respeitável, eu juro.

— É uma definição criativa de respeitável? — disse, e ousou uma espiada para trás, parecendo aliviado por eu estar quase que completamente submersa.

— Venha aqui — falei novamente. — Você poderia aproveitar um banho também. Além disso, você não viu tudo isso naquele dia, no conservatório? Olha, vou até me virar. — Virei e esperei até que o ouvi entrar na água.

— Sabe — disse —, você vive falando isso, mas eu realmente não vi nada naquele dia. Estava tão aterrorizado que olhei praticamente para todos os lugares, menos para você.

Virei-me e sorri, o vendo a poucos metros de mim.

— E eu aqui, pensando que havia alimentado sua imaginação por meses.

— Ah, tem muita coisa para alimentá-la, não se preocupe. — Ele também mergulhou a cabeça e depois a levantou, esfregando os cabelos com as mãos.

— No meu último banho em Wisteria Hollow, usei sabonete cremoso de lavanda de Lorandy. Se eu tivesse alguma ideia do que estaria enfrentando aqui, teria contrabandeado um pouco comigo.

— Vou me certificar de comprar alguns para você na próxima vez que for para White Rock — disse Cedric. — Acho que eles vendem isso entre os alimentos secos e a tenda de munição. — Me movi em direção a ele, que deu um passo para trás. — Adelaide...

— Não podemos nos beijar? Achei que havíamos estabelecido que você não consegue ver nada.

— Mas consigo sentir, e muito.

Fui em direção a ele novamente e, desta vez, ele não recuou.

— Achei que você era o rebelde sombrio e selvagem que leva donzelas para atos indizíveis em bosques iluminados pela lua.

— Esse sou eu — concordou —, mas só se a donzela mencionada for minha esposa.

As palavras de Mira voltaram à minha memória.

— Os alanzanos têm moral.

— Claro. Alguns sim, outros, não. E quero manter as coisas honrosas e... não sei... respeitáveis com você.

— Também quero. — Me aproximei novamente. — Mas também quero te beijar agora.

Cedric balançou a cabeça.

— Você não está facilitando as coisas. Bom, na verdade, você nunca facilitou.

Ele se inclinou e segurou meu rosto, me beijando sem medo ou hesitação. Havia apenas uma mínima distância entre nós, da qual eu sabia que ambos estávamos muito conscientes e lutando para manter. Apesar das minhas palavras ousadas, me vi tremendo. Eu já não sentia frio na água. Estava me sentindo como sempre me sentia quando estava com ele, como se estivéssemos em algum tipo de precipício, sempre à beira de algum resultado drástico. Sabia que se o espaço entre nós se fechasse e me envolvesse nele, todas as suas honradas e respeitosas intenções iriam cair – provavelmente, aterrissando bem ao lado das minhas belas palavras sobre me casar virgem.

Mas não cruzamos aquela fronteira. Quando finalmente conseguimos nos afastar, estávamos sem fôlego e com dor, famintos por algo que não poderíamos ter.

Longos momentos cheios de tensão pairaram entre nós enquanto nossos olhares se cruzavam e nós dois tentávamos nos controlar.

— Acho — disse Cedric, enfiando uma mecha de cabelo atrás da minha orelha —, que devemos nos casar o quanto antes.

— Eu concordo. — Ainda estava cambaleando, embriagada por ele estar tão perto de forma tão tentadora. Dei alguns passos para trás, só por segurança, e gesticulei ao nosso redor. — Mas enquanto isso, se não tivermos nada melhor para fazer... bem, quer garimpar um pouco de ouro e ficar rico?

24

No final das contas, não ficamos ricos naquele dia. Nem no seguinte.

E logo, um dia se somou a outro enquanto estabelecíamos uma rotina. Cedric levantava no nascer do sol todas as manhãs para fazer a viagem de duas horas à casa dos Marshall. Ele me levava às suas terras, e eu o ajudava até o fim da tarde. Então, voltávamos para jantar com a família. Cedric retornava para suas terras, e eu dava aulas para as crianças até irmos para a cama. Não tive mais problemas para adormecer.

Me sentia mal por Cedric. Ele passava metade do dia me levando de um lado para o outro. Mas dizia que gostava de que eu estivesse por perto e que as tarefas andavam melhor com duas pessoas. Qualquer pouquinho ajudava.

E realmente, estávamos apenas lidando com "pouquinhos". Garimpar não era tão difícil depois que peguei a prática. O rio era largo e raso em alguns lugares, e era apenas questão de caminhar e sentar em uma rocha. Eu podia garimpar o dia todo e acabar com um punhado de minúsculas e brilhantes peças de ouro. Poeira, na verdade. Um pouquinho a cada dia não pagaria o que devíamos a Warren – com certeza, não em um mês.

— Estamos juntando — me disse Cedric, perto do fim de um dia.

Olhei nosso tesouro de pó de ouro cuidadosamente protegido.

— Será que vai ser suficiente?

— Vale mais do que você pensa. Quero dizer, tenho certeza de que em Osfro, seus criados varriam e jogavam fora essa poeira de ouro todos os dias na sua casa. Mas no mundo real, isso é muito dinheiro.

Era dinheiro suficiente, tanto que Cedric anunciou que faria uma viagem a White Rock para gastá-lo em algo chamado dique.

— Você vai gastar o pouco que temos? — perguntei. — Ou está usando crédito? — Isso teria sido pior. Eu não queria dever mais ainda a Warren.

Cedric balançou a cabeça. Ele não fazia a barba com muita frequência atualmente, e uma sombra castanha cobria seu rosto. Não me importava, embora o beijo me provocasse cócegas.

— Temos ouro o suficiente até agora para conseguir o que eu preciso.

— Todo o trabalho se foi. — O pensamento me deixou cansada, considerando quantas horas passei de pé no rio. Nós dois havíamos endurecido consideravelmente nas últimas semanas. Eu tinha calos nas mãos e, quando finalmente encontrei um espelho, descobri que o chapéu quase não havia me protegido do sol.

— Vai valer a pena para conseguir o que eu preciso — disse Cedric. — Os diques são instalados no rio e garimpam para nós. Podemos conseguir mais ouro em menos tempo.

— Isso é promissor — admiti. — Mas, às vezes, sinto que você afirmar que temos ouro suficiente nos dá uma falsa esperança, porque não é o bastante para pagar a dívida. E acho que Warren sabia disso.

— Há uma possibilidade muito real de que sim. — A expressão de Cedric começou a se desfazer, mas então seu otimismo rapidamente retornou. — Mas não vamos pensar nisso até que tenhamos esgotado todas as nossas opções. Se ele espera que a gente desista no primeiro sinal de problemas, terá uma surpresa.

Então, passei o dia seguinte ajudando na fazenda. As tarefas que precisavam ser feitas nunca acabavam, e refleti um pouco sobre aquilo. Se Cedric e eu pudéssemos nos estabelecer em Westhaven, a vida não seria muito diferente da de Hadisen. Estaríamos vivendo na fronteira, em acomodações modestas. Não haveria criados para ajudar. Quando estava em Blue Spring Manor, eu havia sido ingênua sobre o trabalho que as pessoas comuns faziam. Agora, estava rapidamente me tornando habilidosa em todos os tipos de tarefas.

Também descobri que toda a minha educação elegante significava pouco para os meus alunos. Eram crianças que haviam crescido sem qualquer tipo de escola e começado a trabalhar cedo. As coisas que lhes ensinei eram básicas: leitura e aritmética simples. Isso me deu uma nova compreensão do mundo e da variedade de pessoas que viviam nele.

Estava pensando nessas coisas quando Cedric veio me buscar no dia seguinte à sua viagem a White Rock. Percebendo a minha expressão pensativa enquanto cavalgávamos na velha Lizzie, ele me perguntou qual era o problema.

— A vida aqui é mais difícil do que jamais imaginei — falei, tentando explicar. — Mas não me importo. Estou começando a amar esta terra. Gosto da quietude. Do espaço aberto. E da maneira como as pessoas buscam melhorar a si mesmas, e não da forma como a Corte de Luz nos melhorou. É difícil de explicar, mas percebo que as pessoas "comuns" aqui não vão ser comuns para sempre. É tudo uma questão de sobrevivência, mas um dia, as artes e a educação podem florescer aqui como aconteceu em Osfro. E... estou animada para ser parte disso.

Ele se inclinou para me beijar de leve no pescoço.

— Vai ser ainda melhor em Westhaven. A determinação que eles mostram aqui é uma grande coisa, mas é ainda maior quando combinada com a liberdade de pensamento e crença que Westhaven terá. Mente *e* corpo precisam sobreviver aqui. Ah. — Ele se moveu atrás de mim, enfiando a mão no bolso. — Peguei uma carta para você enquanto estava na cidade.

Li enquanto cavalgávamos. Era de Tamsin:

Querida Adelaide,

Me disseram que você pode receber cartas aí, mas estou cética. Espero que isso realmente chegue até você e não seja comida por um urso.

A vida aqui é linda. Fui a uma festa diferente a cada noite. Havia alguns cavalheiros com potencial, mas ainda estou aguardando Warren. Sua posição, tanto nas finanças como no poder, é exatamente o que preciso. Além disso, estarei mais perto de você! Se eu pudesse fazê-lo se apaixonar louca e perdidamente por mim, as coisas seriam perfeitas. É um bom sinal ele ter me dito para esperar por ele, mas eu gostaria de algo mais.

Alguns dos colonos de Grashond ainda estão por aqui, e eu gostaria que eles fossem embora. Estou cansada de vê-los. A única vantagem de estarem aqui é que me lembram do quanto é bom usar roupas coloridas de novo.

Mira tem se comportado de forma muito estranha. Ela fazia isso enquanto você estava aqui? Nos últimos dois dias, em particular, ela saiu. De vez em quando, parece distraída, às vezes, irritada. Como ela sempre foi a menos temperamental de todas nós, você pode imaginar o quanto isso é estranho.

Descobri que ela só recebeu uma oferta legítima. Você sabia disso? Acho que muitos homens gostam de dançar e falar com ela, mas não fazem mais nada. A oferta é de algum velho proprietário de uma fazenda. E velho mesmo. Tem, pelo menos, oitenta anos. Suponho que isso me irritaria também, mas é uma posição muito respeitável. Ele está bem situado, e ela teria muito controle da casa, e acho que ela gostaria disso. E por ser tão velho, *não acho que pediria muito dela, se você me entende.*

Gostaria de poder escrever mais, mas isso gastaria muito do tempo que tenho para arrumar meu cabelo para a festa de hoje à noite. Será na casa de um magnata dos transportes. Ele não é tão bom quanto Warren, mas é uma segunda opção sólida, apenas por garantia.

Não sei como você pode aguentar cavar a terra o dia todo, mas espero que esteja feliz e bem.

Todo meu amor, Tamsin.

Sorri enquanto dobrava a carta. Eu podia praticamente ouvir a voz de Tamsin em cada palavra.

— Ela está sempre escrevendo cartas — disse a Cedric. — É bom, finalmente, receber uma.

O dia já estava esquentando quando chegamos às terras, mas mal notei. Eu trabalhava com as mangas enroladas e uma saia dividida de algodão leve que a senhora Marshall me ajudou a fazer, já que estava quente demais para usar camurça naqueles dias. Eu havia feito muitas roupas para mim e, apesar de meus pontos não serem muito bons, havia melhorado bastante.

Com os diques instalados, nossa eficiência também melhorara. Era uma caixa larga por onde a água poderia atravessar e ser filtrada através de uma tela que segurava os minerais pesados – que esperávamos que fossem ouro. Escolhemos alguns pontos bons do rio e os colocamos lá, observando durante vários minutos, como se esperássemos que enormes pedras de ouro ficassem presas imediatamente.

— Não é uma chuva imediata de ouro — falei. — Mas é mais rápido do que o garimpo.

Cedric me entregou a peneira.

— Que ainda temos que fazer.

Já estávamos há algumas horas no rio garimpando, quando ouvimos alguém chamar.

— Thorn, você está aqui?

Olhamos para cima. Diversos cavaleiros vinham em nossa direção e acenaram em saudação. Cedric acenou de volta e começou a percorrer a água em direção a eles.

Eu o segui.

— Quem são?

— Alanzanos. Eu os vi na cidade outro dia. Acabaram de finalizar a documentação de umas terras na extremidade mais afastada de Hadisen. Conheço um primo deles, foi um dos alanzanos presos no Advento Estelar que conseguiu escapar. Está esperando por eles naquela região, e eu lhes disse que parassem aqui quando estivessem seguindo viagem.

Embora estivesse acostumada com a ideia de Cedric ser alanzano, eu realmente ainda não conhecera outros. Aquele grupo parecia perfeitamente comum, não muito diferente do clã Marshall. Eles usavam roupas simples, de classe trabalhadora, e levavam uma carroça carregada de suprimentos. Cedric os apresentou como os Galveston, formados por um casal de meia-idade e seus quatro filhos. O mais velho era casado, e a esposa, grávida, estava com eles.

Nenhum ritual ou oração sórdida se seguiu. Os Galveston haviam viajado naquele dia e apreciado a pausa, especialmente as crianças mais novas, que correram para brincar. Nos sentamos com os adultos e compartilhamos nossa água e informações comerciais. Depois de algumas semanas em Hadisen, Cedric e eu nos sentíamos veteranos, e oferecemos a experiência que tínhamos. O homem mais velho, chamado Francis, revelou ter mais conhecimentos enquanto examinava a cabana.

— Por que você não usa algo para selar este telhado? — ele perguntou.

— Há madeira. Eu mesmo preguei as tábuas. — O orgulho de Cedric era óbvio, e não pude deixar de sorrir. Eu estava lá naquele dia, e ele bateu nos dedos com o martelo pelo menos meia dúzia de vezes.

— E vai deixar entrar um dilúvio assim que este lugar receber uma de suas famosas tempestades. Você precisa conseguir algumas telas para cobrir os vãos. Pegamos as últimas do fornecedor na cidade. Vai ter que esperar até o novo carregamento chegar ou voltar para Cape Triumph.

— Não acho que iremos para lá tão cedo — disse Cedric. — Vou ter que arriscar com a chuva.

Francis fez um gesto para que seu filho mais velho e Cedric o seguissem.

— Podemos tentar fazer alguns remendos. Vamos dar uma olhada.

Fiquei sentada na grama com as mulheres. Alice, a nora, esticou-se e apoiou uma das mãos na barriga inchada.

— Você está desconfortável? — perguntei. — Posso pegar alguma coisa para você?

— Não, obrigada. — Ela compartilhou um sorriso com sua sogra, Henrietta. — Quando lemos minha carta de destino no início da gravidez, tirei o Guardião das Rosas.

Quando viram meu olhar inexpressivo, Henrietta perguntou:

— Você não está familiarizada com a carta.

— Não estou familiarizada com nenhuma das cartas — admiti. Percebi que elas estavam falando sobre os cartões Deanzan, como o pacote que Ada tinha. As pessoas comuns as usavam para jogos e adivinhação. Para os alanzanos, as cartas tinham um significado maior e eram sagradas para Deanziel, o anjo da lua que governava a sabedoria interior.

Alice franziu o cenho, mas sua confusão permaneceu.

— Quando Cedric apresentou você como sua noiva, eu simplesmente supus...

— Que eu era alanzana? — terminei.

As duas pareceram envergonhadas, e então Alice perguntou:

— Você vai se converter depois de casada?

— Eu não havia planejado.

— Então, por que se preocupar em conseguir dinheiro para Westhaven? — perguntou Henrietta. Os Galveston gostariam de ir para lá também, mas estavam aguardando até que a colônia estivesse mais desenvolvida e não exigisse o pagamento de taxas. Eles esperavam ganhar dinheiro com ouro enquanto isso.

— Para Cedric. Quero que ele possa praticar com segurança. E ele está muito interessado em assumir um papel de liderança lá — expliquei. — Ser um membro fundador o ajudaria com isso. — Um silêncio incômodo caiu, e eu tentei preenchê-lo quando ficou claro que elas não o fariam. — O que o Guardião das Rosas significa?

Por um momento, não achei que elas me diriam.

— Mostra um homem que trabalha arduamente em seu jardim, protegendo flores delicadas contra condições difíceis. Ele finalmente é recompensado com flores bonitas — respondeu Henrietta.

Eu me virei para Alice.

— Então, para você, é simbólico da gravidez. Você está passando por vários momentos difíceis, enfrentando dificuldades nesta jornada... mas seu bebê nascerá saudável e forte, finalmente florescendo como as rosas. Espero que a mensagem do cartão possa ser expandida para a prosperidade de toda a família em Hadisen.

As duas mulheres olhavam para mim com espanto.

— Cheguei perto? — perguntei.

— Sim — disse Henrietta, finalmente. — Algo assim. — Seus olhos se ergueram além de mim. — Glen! Saia daí antes que você quebre o pescoço. — As duas filhas mais novas dos Galveston estavam brincando em águas rasas, mas o filho caçula estava tentando escalar algumas das rochas que marcavam o começo das montanhas. Ele não chegaria muito longe daquele jeito, mas eu entendia a preocupação dela. Ele não parecia ouvir.

— Vou buscá-lo — falei. Levantei, querendo ser útil e ficar longe dos olhares.

Glen havia feito um progresso impressionante em escalar, o que significava que ele ficaria em maior perigo se escorregasse e caísse.

— Glen — disse. — Sua mãe está chamando. É muito perigoso aí em cima.

Ele nem olhou para mim.

— Só um minuto. Estou quase pegando a outra.

— Outra o quê?

Estendeu o braço até um pequeno pedaço de pedra e gritou, triunfante. Então desceu como um lagarto na pedra. A frente do macacão tinha um bolso enorme que estava cheio de pedras. Ele colocou a nova junto com o restante.

Eu o levei de volta para sua família.

— Não é muito pesado para carregar?

— É para minha coleção. Tenho muitas outras. Você sabia que há pessoas inteligentes e especiais em Osfrid que estudam rochas o tempo todo?

— Sabia disso. São chamados geólogos.

— Geólogos — disse a palavra como se a estivesse provando.

— O rei os manda viajar e aprender coisas novas sobre pedras e minerais.

— Eu gostaria de fazer isso. Mas uma vez que tivermos ouro suficiente para uma fazenda, eles dizem que vou ter que ajudar a trabalhar.

Bati na cabeça dele.

— Nunca suponha que você quer seguir o destino que outra pessoa planejou para você. E vou te mostrar algumas outras rochas puras.

Acompanhei-o até a lagoa sombreada, onde já havia notado alguns pequenos pedregulhos malhados. Glen estava fascinado, e eu o deixei, imaginando que ele não teria muitos problemas. Quando me aproximei dos outros nos fundos da cabana, ouvi Henrietta falar com Cedric.

— Não tenho nada com isso, mas tem certeza de que é uma boa ideia?

— Claro que sim — disse Cedric. — Eu a amo.

— Isso é bom, mas, veja bem, você está se deixando encantar por um rosto bonito. Quando estiver fora da cama, verá as consequências reais. O que vai fazer quando tiver filhos? Espero que, pelo menos, você a faça se converter.

— Ninguém irá obrigá-la a fazer nada. Quanto às crianças... — hesitou Cedric. — Bem, vamos conversar sobre isso.

— É melhor você discutir isso agora — disse Francis. — É um assunto sério. Você é um homem educado com estudos em negócios, exatamente o tipo de que os alanzanos precisam para avançar e construir respeitabilidade para o futuro. Fundar Westhaven é a maneira correta de fazer isso. Mas como vai parecer se sua própria esposa não for membro da fé?

— Vai parecer que ela tem suas próprias opiniões e as respeita, assim como temos dito aos ortodoxos que temos o direito de viver de acordo com o que acreditamos. E o objetivo de Westhaven é acolher pessoas de todas as crenças. Alanzanos ou não.

Os Galveston não estavam convencidos, e Alice finalmente concluiu:

— Bem, há um magistrado em White Rock que é um de nós. Você deve pedir o conselho dele antes de fazer algo estúpido. Ela é uma ameaça à sua fé e uma ameaça ao nosso sucesso.

Quando voltei, eles tentaram agir como se nada tivesse acontecido, mas não fizeram um bom trabalho. Estava na hora de encerrar a visita, e ficamos todos um pouco aliviados.

— Ah, Glen — exclamou Henrietta quando viu seu bolso repleto de pedras. — O que eu lhe falei sobre essas pedras?

— São para minha coleção — afirmou. — Vou ser um geo-geólogo.

— O quê? Esqueça isso. Não vamos carregar essas pedras por aí. Deixe-as aqui.

Glen apertou o lábio inferior e rapidamente me ajoelhei diante dele.

— É muito para carregar. Por que não as deixa aqui? Vou mantê-las em segurança até que você possa voltar para buscá-las.

Ele não parecia gostar da ideia, mas também não queria desobedecer à mãe. Assim, as pedras foram deixadas em uma pequena pilha na cabana, e acenamos quando eles se foram.

— Não diga nada — disse Cedric, assim que se foram. — Sei que você ouviu, mas só precisa esquecer.

— É um tanto difícil esquecer que fui considerada uma "ameaça" para você. Ou ouvir que o nosso casamento seria "algo estúpido".

— Nenhuma religião é verdadeiramente iluminada. Há pessoas de espírito fechado em todas elas.

Olhei-o nos olhos.

— O que vamos fazer quando tivermos filhos?

— Nos maravilhar com a perfeição deles?

— Cedric! Leve as coisas a sério pelo menos uma vez.

Seu sorriso desapareceu.

— Estou levando. Quanto às crianças, não sei. Nós ensinaremos as minhas crenças e... seja lá em que você acredita... que eu realmente não sei. E elas poderão tomar suas próprias decisões.

— Não acho que seus amigos alanzanos gostarão disso. — Era estranho. Havia tantas complicações em nosso relacionamento. O escândalo ainda existente. Nossos problemas financeiros. O perigo que o cercava. Mas nunca imaginei que eu seria uma complicação na vida dele. — Não passei por tudo isso, desisti de tantas coisas, para um dia você se levantar da cama e perceber que cometeu um erro.

— Nesse cenário, o único erro teria sido deixar sua cama. — Ele pegou minhas mãos e me puxou para si. — Com toda a seriedade, esta questão, nossa diferença de crenças, não é algo que me desanima. No instante em que me apaixonei por você, soube que teríamos isso ao nosso lado. *Ao nosso lado*, não *entre* nós. Vamos lidar com isso e superar, como temos feito com todo o resto.

Fechei os olhos por um breve momento e suspirei.

— Só queria... que não houvesse tanto para superar. Provavelmente, quando tudo terminar, ficaremos entediados.

— Nós dois? Nunca.

Nos beijamos, e ele me pressionou contra a lateral da cabana. De alguma forma, a discussão me fez querê-lo ainda mais, e sentir seu corpo contra o meu fez com que um calor me invadisse. Uma de suas mãos se entrelaçou em meu cabelo, e a outra tocou perigosamente a beirada da minha saia, empurrando-a para cima.

— Cuidado — falei, incapaz de resistir. — Não acho que a parede desta cabana possa suportar muito.

Ele se afastou ofegante e os olhos famintos enquanto me olhavam. Famintos, não. Vorazes.

— Quem é que não está levando as coisas a sério agora?

— Ei, é um crédito para o seu talento que eu até pense...

Perdi a noção do que estava dizendo quando um raio de sol chamou minha atenção. Empurrei Cedric de lado, confundindo-o ainda mais, e me ajoelhei no local onde vi o brilho. Estava na pilha de pedras de Glen. Remexendo-as, encontrei uma dourada que brilhava à luz do sol. Levantei para Cedric para ver.

— É verdadeira? — perguntei.

Havíamos ouvido muitas histórias sobre garimpeiros que foram enganados por pedras parecidas com ouro em White Rock. Cedric se abaixou ao meu lado e segurou a pedra. Era apenas um fragmento, mas era de ouro maciço.

— É, sim — ele confirmou. — De onde veio isso?

— O futuro geólogo a encontrou na mata. Vi o brilho, mas achei que era algum tipo de cristal.

Caminhamos para o lado distante das terras, em frente ao rio. A escassa vegetação diminuía ainda na terra rochosa. Apontei para a base do afloramento em questão. Não era nenhuma montanha, mas a grande formação ainda era alta o suficiente para me deixar desconfortável quando pensei em como Glen havia subido. E não estava nem perto do topo.

Cedric olhou para lá por um longo momento.

— Você precisa conhecer meu vizinho. Sully. Um bom homem. Ele me ajudou a descobrir algumas coisas. Suas terras têm algumas formações rochosas como esta, e ele disse que quase as transformou em poeira à procura de ouro. Aparentemente, havia algum explorador de Hadisen que encontrou depósitos grandes de ouro em coisas como estas, depósitos maciços. Mais do que qualquer coisa colhida do rio.

Segui seu olhar e deixei aquelas palavras me envolverem.

— Como você seria capaz de descobrir? Escalando?

— Mais ou menos. Olhe, há uma fenda no topo. Cavar ali talvez mostre algo. Se eu pudesse chegar lá...

— Subir? — Olhei para o penhasco. — É muito alto.

— Vou precisar de algum equipamento para subir e verificar. Vamos lá, Adelaide — acrescentou, vendo meu rosto. — É seguro com o equipamento certo. E se houver um depósito de ouro ali, resolvemos nossos problemas.

— Onde você vai conseguir esse equipamento?

Ele levantou o fragmento.

— Isso vai comprar o que eu preciso para a inspeção inicial. Se houver ouro lá, vai ser uma escavação muito mais séria, sobre o qual precisaremos conversar com Warren e Elias. Talvez precisemos conversar com eles de qualquer forma. Quanto mais cedo pudermos avançar, melhor.

O sorriso em seu rosto estava radiante quando ele olhou para mim. A luz do sol iluminou seus traços bronzeados, transformando seu cabelo castanho-avermelhado. Parecia uma espécie de jovem deus ardente. Sujo. Mas apesar de todas as dúvidas que eu tinha no mundo, acreditava nele.

— Adelaide — ele me disse. —, por fim, talvez você possa se casar vestida de seda.

25

Fiquei com os Marshall no dia seguinte enquanto Cedric foi comprar o equipamento de escalada. Era difícil esconder a animação durante as tarefas, mas eu ainda não podia arriscar contar nosso segredo.

— Bem, você está de bom humor — observou a senhora Marshall. — Não se queixou nenhuma vez sobre a lixívia.

— Só estou com outras coisas na cabeça.

— Está começando a usar as folhas de espinho de canela, hein? Só isso pode provocar um sorriso tão grande.

— Sequer toquei nelas — respondi. Obviamente, ela não acreditou em mim.

Quando Cedric foi me buscar no dia seguinte, quase não esperei até que nos afastássemos da propriedade dos Marshall.

— Pegou o equipamento?

— Sim e não. A loja de suprimentos tinha apenas algumas das coisas de que eu precisava. E aí encontrei Elias Carter.

— Ótimo. Ele está sorrindo até agora?

— Não. Principalmente quando descobriu por que eu estava lá. Ele não acredita que haja um depósito nos penhascos e diz que só estou arrumando problemas. Se realmente houver uma quantidade substancial lá, teríamos que arranjar mais trabalhadores, e há muitos homens na cidade que aproveitam qualquer oportunidade de trabalho extra.

Eu podia imaginar Elias proferindo tudo isso em seu tom condescendente.

— E aí? Ele não vai te deixar fazer isso?

— Posso examinar o local, mas ele quer vê-lo pessoalmente, pelo menos a distância. Deve aparecer hoje, com uma engrenagem para escalada de outro fornecedor que estava com sua loja fechada ontem. Obviamente, ele deixou claro que isso era um terrível inconveniente.

— Claro. — Suspirei. — E eu que pensei que hoje seria um dia agradável.

E *era* um dia agradável. Já estava tão habituada ao trabalho que podia fazê-lo automaticamente enquanto conversava com Cedric. Falávamos sobre o futuro, o que faríamos em Westhaven e sobre o futuro religioso dos filhos que ainda viriam. O bom humor evaporou quando Elias chegou, cavalgando junto com alguns outros homens.

— Nada de vestido de baile hoje, hein? — perguntou ele. — De longe, eu nem suspeitaria que você era uma mulher.

— Trouxe o equipamento? — perguntou Cedric.

Elias acenou para um dos seus homens, que jogou no chão uma pilha de cordas e garras.

— O ouro que você deixou não cobriu inteiramente o custo. Vamos adicioná-lo à sua conta.

Cedric abriu um sorriso tenso.

— Claro.

Elias gesticulou de forma impaciente.

— Bem, então, vamos ver essa fortuna que você acha que encontrou. Não tenho o dia todo.

Fomos em direção ao rio e Cedric apontou para a base da pedreira. A altura era mesmo desconcertante.

— Sully diz que isso é exatamente o que Davis Mitchell tinha em suas terras quando alcançou o sucesso — disse Cedric.

Elias semicerrou os olhos.

— Sully? Quer dizer George Sullivan? Eu dificilmente o consideraria um especialista. Ele está aqui há um ano e ainda não teve sorte.

— Mas ele conhecia Davis Mitchell — indicou Cedric. — E viu suas terras.

Davis Mitchell era uma figura lendária em Hadisen. Ele tinha feito uma enorme fortuna em ouro e, por fim, retornado a Osfro para desfrutar do seu lucro. Se houvesse uma possibilidade remota de que aquilo poderia render o mesmo, teria que ser investigado.

— E — acrescentou Cedric — este é o limite da minha propriedade. Se houver ouro aqui...

— Propriedade do senhor Doyle — corrigiu Elias. — Você só trabalha aqui.

Cedric não se intimidou.

— Se houver ouro aqui, é provável que seja parte de um veio que corre nesse sopé e naquele trecho de montanha. Ali, não há nenhuma concessão, certo? O senhor Doyle poderia contratar trabalhadores diretamente e não teria que dividir os lucros com ninguém.

— É um problemão garimpar essas montanhas — resmungou Elias. Mas eu podia ver o brilho em seus olhos enquanto contemplava a possibilidade. — Bem. Suba nessa coisa e veja o que há lá em cima. Me informe suas descobertas imediatamente. Se houver alguma coisa que valha a pena, o senhor Doyle vai ajudar a fazer arranjos para uma extração adequada quando retornar de Cape Triumph. E não comece a espalhar rumores até que esteja absolutamente certo do que tem em suas mãos.

— Claro — respondeu Cedric, mantendo o tom educado, apesar de Elias.

Um silêncio constrangedor caiu entre nós, e então Elias disse:

— Não vai nos convidar para tomar um refresco em sua casa? Cruzamos todo esse caminho para ajudá-los.

Eu me encolhi, lembrando que Cedric tinha um diamante alanzano na parede.

— Lá dentro é tão apertado — falei. — Quase não há espaço entre a cama e o fogão. Vou lhes trazer algo e vocês podem aproveitar esse lindo dia aqui fora.

Elias me olhou desconfiado.

— Como você é gentil. E que bom que está familiarizada com a cabana e a cama.

Abri um sorriso doce.

— Volto já.

Andei com calma, como uma jovem obediente servindo aos homens. Uma vez dentro da cabana de Cedric, fechei a porta com pressa e fiz uma busca frenética. Tirei o diamante da parede e o coloquei em um baú que ele trouxera de Cape Triumph. As cartas de Deanzan estavam guardadas ali, embora pelo menos estivessem no fundo. Eu os envolvi em uma camisa para que fosse mais difícil de encontrá-las e a casa estar segura caso alguém entrasse.

As opções de refresco eram escassas, como Elias, sem dúvida, sabia. Era um jogo de poder. Eu havia visto cantis em seus cavalos, e ele e seus homens provavelmente tinham lanches muito melhores do que qualquer coisa que pudéssemos servir. O fogão de Cedric era, na melhor das hipóteses, peculiar, e era por isso que a comida da senhora Marshall sempre parecia tão boa para ele. Enrolei um pouco de pão de milho que ela havia dado para Cedric e levei copos e uma jarra de água que vinha de um poço bom nas terras, mas havia ficado morna com o tempo.

No entanto, eu a servi com toda a graça e cortesia que nos haviam ensinado nas aulas de "boas anfitriãs" da Corte de Luz. Até ganhei um agradecimento grosseiro de um dos homens silenciosos. Uma breve troca de olhares com Cedric lhe disse tudo o que precisava saber. Era improvável que Elias entrasse na cabana, mas nada de óbvio apontaria para os alanzanos.

— Você não deveria ter deixado aquele diamante do lado de fora — falei a Cedric assim que nossos visitantes foram embora. — Isso é tão ruim quanto aqueles rituais abertos.

Ele afastou o cabelo suado do rosto e assentiu.

— Tem razão.

— Está concordando comigo?

— Concordo com você o tempo todo. Você é uma mulher astuta e inteligente. Mais esperta do que eu.

Nós dois olhamos para a pedreira.

— Quando você vai subir? — perguntei.

Ele se inclinou e começou a remexer nas cordas e no outro equipamento que Elias havia trazido.

— Não há motivos para protelar.

— Agora? É a hora mais quente do dia!

— *Sempre* está quente nestes dias. — Ele separou algumas cordas e ganchos. — Mal posso esperar para que caia uma daquelas grandes tempestades de que o velho Sully está sempre falando.

Tentei pensar em alguma outra desculpa para adiar sua escalada, mas não havia. E, além disso, a pressão do tempo e dinheiro pesava sobre nós.

— Você sabe usar isto? — perguntei.

Ele amarrou a corda ao redor de seu corpo.

— Você duvida de mim?

— Já te vi montar a cavalo, só isso.

— Não precisa se preocupar. Eu pesquisei. Conversei muito com Sully e os fornecedores da cidade. É bem simples.

Eu estava cética, mas não podia negar que ele parecia bastante competente juntando várias cordas e ganchos. Entreguei uma picareta a ele e o beijei na bochecha.

— Seja cuidadoso. Não me deixe viúva antes de nos casarmos.

Ele sorriu em resposta e começou a escalada. Eu sabia pouco sobre aqueles assuntos e fiquei impressionada com a forma com que ele podia perfurar a rocha com estacas e ganchos, criando fissuras para ter pontos de apoio e subir ainda mais. A superfície irregular que tanto me preocupava realmente o ajudou ao longo do caminho, proporcionando uma tração extra.

— Parece que você é bom mesmo nisso — falei.

— Eu disse, não precisa se preocupar.

Algumas nuvens haviam se movido. Eu ainda estava suando, mas, pelo menos, a temperatura amenizou enquanto esperava. A subida não demorou tanto, na verdade, mas eu o observei com os punhos cerrados, ciente de cada segundo até que ele finalmente se inclinou na borda larga no topo. Ele acenou para mim, e eu suspirei de alívio. Cedric desfez o nó da corda e entrou na fenda. Perdê-lo de vista me deixou tensa de novo, especialmente porque eu não sabia quanto tempo aquela parte levaria. Eu duvidava que ele simplesmente entraria em uma parede de ouro. E qual seria a profundidade dessa abertura? Ele estava entrando em alguma caverna que o colocaria em risco de deslizamento?

Uma meia hora se passou antes que ele finalmente emergisse.

— Então? — gritei.

— Segura! — Foi tudo o que ele respondeu, e jogou algo para baixo.

O objeto aterrissou vários metros atrás de mim. Corri, procurando pelo chão. Um raio de sol chamou minha atenção e, sem acreditar, peguei uma pepita de ouro do tamanho de uma cereja. Cinco vezes o tamanho do fragmento de Glen. Mais ouro do que encontraríamos garimpando juntos. Voltei para a base do penhasco.

— Há pilhas disto por aí?

Ele colocou a mão ao redor da boca para que eu pudesse ouvir melhor.

— Não, mas não demorou muito para que eu começasse a cavar e o encontrasse. Acho que há um enorme depósito por trás das pedras. Para fazer isso direito, eles vão querer mais homens e alguns engenheiros, tenho certeza. Mas há mais do que o suficiente aqui para pagar o seu contrato.

— E isso também cobrirá sua ida para Westhaven?

— Com certeza.

— Então, desça aqui para eu poder te beijar. — Meu coração quase explodiu de animação. Mesmo sem usar uma equipe de apoio, com certeza poderíamos conseguir o que precisávamos em um prazo relativamente curto. Se o veio fosse escavado de forma correta, Cedric teria direito sobre tudo o que fosse retirado, menos a taxa de propriedade de Warren. Isso não só nos levaria a Westhaven como garantiria que não teríamos que nos mudar para outra cabana. Talvez eu pudesse viver de amor, mas isso não significava que eu não queria viver com um telhado sólido sobre minha cabeça.

A descida de Cedric exigiu algumas manobras diferentes. Em teoria, era mais simples. Ele prendeu uma corda na pedra e então se abaixou, segurando-a com as mãos enquanto se aproximava da área pedregosa. Era menos trabalhoso que subir, mas eu estava bem ciente de que dependia muito de sua força. Ele estava preso à corda, proporcionando segurança extra. E apesar da sua arrogância exterior, eu podia ver que ele estava se movendo com muita cautela.

E por isso foi tão espantoso quando ele escorregou, de repente, deslizando sem as mãos nem os ganchos segurando a corda. Gritei ao imaginar que ele poderia cair. Ele tentou se segurar, e supreendentemente conseguiu se apoiar em um pedaço de pedra que se destacava a cerca de dois terços do caminho. Era uma saliência horizontal estreita, grande o suficiente para que apenas seus pés se encaixassem virados para fora, em direções opostas. O resto do corpo ficou colado ao penhasco.

— Você está bem? — gemi.

— Pegue a Lizzie e chame o Sully — respondeu ele. — Você provavelmente conseguirá estar de volta em uma hora.

— Você é louco? Não vou te deixar aí em cima por uma hora! — A sustentação parecia frágil demais. Eu nem sabia se ele conseguiria ficar ali por cinco minutos.

— Adelaide...

— Fique quieto. Sou mais esperta do que você, lembra?

Meu tom era rude, mas apenas para disfarçar meu próprio medo. Cedric caiu longe da corda que o segurava, estava muito no alto agora. Ele tinha colocado outra corda mais baixa antes de sua queda, mas não conseguia alcançá-la. Eu tinha alguns equipamentos extras aos meus pés, mas a maioria não parecia ser útil – com algumas exceções.

A última corda que ele havia colocado estava alta demais para que eu alcançasse. Pegando duas estacas afiadas de metal, comecei a fincá-las na rocha. Para minha surpresa, tive força para prendê-las e conseguir um apoio seguro. O maior problema era conseguir forças para me erguer. Os músculos da parte superior do meu corpo não tinham facilidade para realizar essa tarefa. Então, eu o faria com dificuldade. Disse a mim mesma várias vezes que só precisava subir alguns metros. Disse a mim mesma que não havia problema. O mais importante, pensei, era que a vida de Cedric dependia disso.

— Não faça nada perigoso — disse Cedric.

— Você não pode nem me ver! — gritei de volta.

— Sim, mas eu conheço você.

Cada músculo em meu corpo gritava. Consegui usar as estacas para subir o suficiente para alcançar a corda. Eu a agarrei e fiquei surpresa ao ver que era mais difícil de segurar do que as estacas. Minhas mãos imediatamente começaram a deslizar, e gritei de dor quando a corda rasgou minha pele. Usando cada pingo de determinação dentro de mim, consegui parar e segurá-la, dobrando meu corpo em um ângulo de modo que meus pés me estabilizaram sobre a rocha.

Analisei meu próximo movimento enquanto um vento leve soprava fios de cabelo em meu rosto. Eu precisava pegar a corda para Cedric. Se pudesse alcançá-la, ele poderia descer com segurança. Levantando os pés, saltei para o lado, tentando ganhar impulso. Me movi só um pouco e logo percebi o problema. O meu peso não era suficiente para me mover a uma distância significativa. Eu precisava subir mais.

Mais uma vez, todos os meus músculos foram levados ao limite quando me movi. Durante toda a minha vida, eu tinha visto trabalhadores subindo em cordas em Osfro, mas não fazia ideia de como era trabalhoso. Esfolar as mãos também não ajudou. Quando achei que estava alto o suficiente para tentar me impulsionar de forma mais eficaz, disse a Cedric:

— A corda está à sua direita. Agarre-a quando puder.

Dei um novo impulso e, como esperado, consegui empurrar a corda para mais perto de Cedric. Mas ainda não o suficiente. Outro impulso desajeitado me fez chegar mais perto.

— Consigo vê-la — disse ele. — Acho que posso fazer isso.

Olhando para cima, prendi a respiração quando o vi se aproximar mais daquela pequena borda. Algumas pedras deslizaram com o movimento e esperei que aquilo o mantivesse seguro. Ele estendeu a mão e agarrou a corda – mas agora precisava sair dali. Com o que soou como uma oração murmurada, ele saltou da borda, alcançando a corda com a outra mão. Mais uma vez, o imaginei caindo, mas Cedric conseguiu agarrá-la com as duas mãos. A súbita mudança de peso fez com que eu perdesse meu ponto de apoio, e nós dois balançamos descontroladamente por vários momentos. Deslizei mais uma vez, machucando ainda mais as minhas mãos, mas consegui continuar me segurando e, finalmente, me apoiar sobre a rocha de novo. Acima de mim, sentia Cedric fazer o mesmo. Antes que pudéssemos ter algum conforto nessa segurança momentânea, senti que a corda me empurrava para baixo. Percebi o que estava acontecendo antes que Cedric falasse.

— O gancho não está fincado o suficiente para sustentar nós dois.

Em um instante, eu soube o que precisava fazer. Tinha que soltá-la. Comecei a deslizar para baixo, o que era um pouco mais fácil que subir, mas ainda exigia grande cuidado. Quando alcancei a base da rocha, senti a coisa toda se mover novamente, mas continuei segurando. Eu não poderia alcançar os ganchos que tinha usado para subir. A distância de onde eu estava até o chão não me mataria, mas eu provavelmente sentiria dor. Cedric caindo daquela altura em que estava seria muito pior.

Sem hesitar, me soltei e pulei para o chão. Eu tinha medo de quebrar a perna ou o tornozelo, mas consegui cair de uma forma que meu quadril bateu no chão primeiro. Foi uma aterrissagem aos solavancos, mas imaginei que, na pior das hipóteses, ficaria apenas com um hematoma feio. Livre do meu peso, a corda se sustentou enquanto Cedric descia. Ele saltou da mesma maneira que eu, mas, como era mais alto, sua queda foi menor.

— Você está bem? — perguntou, me ajudando a levantar.

— Acho que sim. — Mas enquanto falava, olhei para minhas mãos e estremeci. Pele rasgada e sangue. Ignorei aquilo na tentativa de descer, mas agora a dor me atingia com toda a força.

Cedric segurou minhas mãos com gentileza. Eu podia ver pequenos cortes e arranhões nele também.

— Ah, Adelaide. Você não deveria ter feito isso.

— E deixar você lá em cima? De jeito nenhum. O que aconteceu? Você parecia estar se saindo muito bem.

— Também achei — respondeu, me guiando para longe. As nuvens estavam aumentando e ficando cada vez mais escuras, o que parecia adequado, considerando a virada que o dia tinha dado. Quando chegamos à cabana, ele me ajudou a lavar e enrolar minhas mãos em panos limpos. — A senhora Marshall deve ter algum tipo de pomada para você. Vou levá-la de volta agora — disse, e começou a desamarrar a corda.

— Espere, me deixe olhar — falei. Cedric poderia ser amador em muitas daquelas tarefas de fronteira, mas eu sabia que ele não havia sido descuidado nem desconsiderado as instruções que recebera. Aquele acidente não podia ter acontecido por sua culpa. Virei o equipamento e examinei cada parte, com uma sensação de pavor que se intensificou quando encontrei o que temia. Apontei para um pequeno gancho de metal.

— Veja.

Era um dos que movimentava a corda para mantê-lo seguro, enquanto ainda o deixava se mover. Os nós haviam sido feitos em um único fio dobrado para que se encontrassem e fechassem o círculo. As extremidades de um dos ganchos estavam presas firmemente, sem espaço entre elas. Mas o que indiquei estava com as pontas dobradas e parecia ter sido forçado até se separar e soltar a corda.

Cedric se inclinou para frente.

— Parece que as pontas não foram unidas de forma correta ou... alguém as soltou.

Nos sentamos em silêncio, pensando naquela possibilidade.

— Talvez tenha sido um acidente — falei, finalmente. — Mas se não foi... por quê? É interesse deles saber o que tem lá dentro. A fortuna de Warren está em jogo também.

— Ele está fora da cidade — lembrou Cedric. — Talvez tudo tenha sido um plano de Elias. Ele é mesquinho, sinto que é vingativo. E nunca gostou de nós.

— Mas isso é tudo especulação — falei. — Talvez tenha sido um acidente.

— Certo. Talvez tenha sido um acidente.

Mas eu sabia que nenhum de nós acreditava nisso. *Confiem um no outro*, Aiana havia dito, *em mais ninguém*.

Peguei a pepita de ouro que eu havia colocado no bolso antes de subir. Seu brilho era hipnotizante.

— Acho que não devemos esperar Warren voltar para extrair esse ouro.

— Concordo — disse Cedric. — Amanhã, vamos assumir a responsabilidade das coisas.

26

Fizemos nossos planos enquanto voltávamos para a casa dos Marshall naquela noite. Um pouco depois da metade do caminho, encontramos o senhor Marshall. Naquele momento, o céu estava cinza-esverdeado, e relâmpagos ocasionais apareciam entre as nuvens. O vento subia e descia como a respiração de alguém, como se o mundo estivesse esperando que algo grande acontecesse.

— Eu estava indo buscá-la — disse o senhor Marshall. — Venham, sejam rápidos. Isso vai piorar.

A chuva havia começado quando chegamos à cabana. O senhor Marshall sugeriu a Cedric que passasse a noite e colocasse Lizzie no celeiro com os outros animais inquietos.

— Você não sabe como são essas tempestades. Vi algumas quando comecei a pesquisar este lugar. Elas vêm do oceano, como grandes bestas, rodopiando sem parar de crescer, com ventanias que podem devastar casas. São piores perto da água, mas mesmo no interior ainda pegaremos parte delas.

Imediatamente, pensei nas minhas amigas em Wisteria Hollow.

— Será que vai atingir Cape Triumph? Fica bem perto da água.

— Depende da direção de que está vindo. Muitas vezes, estão protegidos na costa. Se atingi-los, não se preocupe. Eles sabem o que fazer.

No início, Cedric estava relutante em ficar, mas quando a chuva se transformou em uma queda d'água e o vento se agitou ao nosso redor, ele finalmente concordou.

— Você queria uma tempestade — disse, enquanto jantávamos. Todos estavam tensos enquanto a chuva aumentava lá fora. De vez em quando, a pequena cabana estremecia com um sopro de vento mais forte.

Fomos para a cama, mas eu não conseguia dormir. As garotinhas estavam assustadas, e as tranquilizei dizendo coisas em que não acreditava inteiramente, por exemplo, que a tempestade estava quase terminando e a cabana estava a salvo. Por fim, elas adormeceram, mas eu não conseguia me tranquilizar e saí da cama. Lá embaixo, descobri que não era a única acordada. Cedric estava sentado no banco da mesa da cozinha enquanto o senhor Marshall andava inquieto por ali. Ele olhou para mim, mas não me repreendeu.

— Fique longe das janelas. — Foi tudo o que disse antes de retomar sua vigília.

Sentei-me ao lado de Cedric e entrelacei meus dedos aos dele.

— Sua casa não vai aguentar. Você devia ter pego aquela lona.

— Não acredito que uma lona resolveria. Mas ficaremos bem, contanto que o ouro não desapareça.

Olhei para fora enquanto a tempestade caía e senti velhas lembranças me consumirem.

— É como no navio.

— Não. — Ele apertou minha mão. — Você está a salvo aqui. Suas amigas estão a salvo.

Assenti, mas era difícil me acalmar. Lembrei-me daquele sentimento de quando estávamos no mar, meu estômago rodopiando enquanto o mundo girava. O *Gray Gull* sendo lançado de um lado para o outro nas águas escuras...

A tempestade deu uma trégua, mas eu não confiava que ela não voltaria com tudo.

— O olho — confirmou o senhor Marshall. — Estamos no meio do caminho.

Realmente, a calmaria passou, e a tempestade retomou sua fúria. Fiquei tensa de novo. Cedric se sentou no chão – agora coberto de palha – e se encostou na parede de troncos. Ele fez um sinal para mim, e me sentei entre suas pernas estendidas, me encostando contra seu peito. O senhor Marshall olhou para nós, mas não pareceu interessado, mesmo quando Cedric passou os braços ao redor da minha cintura.

Meu futuro marido alisou meu cabelo.

— Descanse um pouco. Teremos um grande dia amanhã.

Uma rajada de vento poderosa atingiu a cabana, fazendo as paredes tremerem. Eu me encolhi, e Cedric me abraçou mais.

— O navio — falei. — Eu simplesmente não consigo parar de pensar nisso. E sabe o que mais? Não consigo parar de imaginar a Tamsin pensando no navio. Sei que parece estranho. Mas se essa tempestade chegou a Cape Triumph, ela deve estar muito assustada.

— Ela está em uma casa mais bem construída do que esta. E está com a Mira, que pode lutar contra as forças da natureza.

— Mira *é* uma força da natureza.

De algum modo, surpreendentemente, o vento e a chuva começaram a diminuir. Parei de pular a cada barulho e adormeci encostada em Cedric. Acordei com ele me ajudando a levantar.

— O pior já passou. Está ficando mais quieto. Vamos para as camas de verdade. — Sufocando um bocejo, ele me guiou até o quarto das meninas. Subi na cama com elas e adormeci antes que ele fechasse a porta.

Quando amanheceu, o céu azul e a luz do sol davam a impressão de que a tempestade havia sido um sonho. Mas uma análise mais minuciosa provou o contrário: árvores e galhos caíram por toda a propriedade, mas nenhum atingira a construção. O trabalho diligente do senhor Marshall na cabana havia valido a pena, embora o telhado do celeiro tivesse sofrido algum dano, assim como a cerca ao redor dos seus campos. Ele e a família, imediatamente, começaram a trabalhar nos reparos, e Cedric e eu fomos para White Rock.

Lá, encontramos muitos danos causados pela tempestade. As casas que também eram comércio e foram construídas às pressas não haviam ficado em pé, embora a maioria dos seus proprietários tivesse conseguido encontrar abrigo com vizinhos cujas casas tinham estruturas mais resistentes. Agora, os moradores trabalhavam lado a lado para reconstruí-las, e sua união era tão forte que despertou em mim o sentimento sobre a promessa daquela nova fronteira.

Com todos tão ocupados, foi difícil recrutar trabalhadores para as terras de Cedric. Quando ouvimos que Warren havia enfrentado a tempestade e chegado tarde de Denham na noite passada, decidimos mudar os planos e apelar para ele diretamente. Ainda não sabíamos se Elias havia sido o responsável pelo acidente com o equipamento, mas Warren parecia realmente interessado em nosso sucesso.

A casa do governador era uma propriedade recém-construída, ostentando luxos como papel de parede e arandelas de latão. As palavras sarcásticas de Elias me vieram à cabeça enquanto um criado nos conduzia a um belo tapete no vestíbulo: *De longe, eu nem suspeitaria que você era uma mulher*. Minha roupa de trabalho estava desgastada, a pele, bronzeada do sol. A única tentativa de estilo que fiz foi prender o cabelo para trás.

Senti-me particularmente inadequada quando avistei Warren em seu típico traje impecável. Ele estava saindo com um homem que eu não conhecia, dizendo:

— Posso te assegurar que são apenas rumores. Não há nenhum lorandiano atravessando as colônias ocidentais. Nem Icoris. As coisas estão começando a se estabilizar, então, as pessoas começam a criar fantasias.

Quando o visitante se foi, Warren voltou sua atenção para nós. Um breve arquear de sobrancelha foi a única indicação de surpresa à nossa aparência.

— Estou muito feliz em vê-la novamente, Adelaide. — Então, com atraso, disse para Cedric: — E você também, é claro.

— Como foi a viagem? — perguntei educadamente.

A expressão de Warren mudou.

— A tempestade nos atingiu enquanto estávamos cruzando a baía na noite passada. Nós... Perdi algumas pessoas. — Ele me observou por alguns instantes antes de continuar. — Eu teria ficado em Cape Triumph se soubesse dos riscos, mas aqui estamos nós. Elias me disse que vocês dois têm uma notícia emocionante.

Como um demônio conjurado, Elias entrou na sala. Cedric estendeu a pepita de ouro.

— Achei isso depois de escavar um pouco.

Elias pegou a pepita, mas a segurou a certa distância, como se fosse tóxica.

— Maior do que o último fragmento que você trouxe. E *parece* autêntica.

— Claro que é — disse Warren, pegando-a dele. O entusiasmo se refletia em suas feições. — E isso poderia fazer uma fortuna para nós. Já contou a alguém?

Hesitei.

— Não... mas estávamos esperando contratar alguns homens hoje, agora que isso foi confirmado. Claro, com a tempestade...

— Não — interrompeu Warren. — Não diga a ninguém ainda.

— Entendo a necessidade de controle da situação — disse Cedric. — Mas também preciso dar andamento a isso.

— Não fale assim com o senhor Doyle — disse Elias.

Warren lançou um olhar fulminante ao homem.

— Ele tem razão. Precisamos nos mexer, mas não estou demorando por qualquer necessidade de controle. Estou aguardando por sua própria segurança.

— Como assim? — perguntei.

— Ainda que eu queira acreditar que Hadisen é um lugar maravilhoso e justo... — Warren balançou a cabeça. — Bem, a atração ao ouro é irresistível para alguns, e isso pode levá-los a fazer coisas terríveis. Ainda há invasores e bandidos querendo terras prósperas para escavar o que puderem, sem medo de ofender aqueles que as possuem. Além de ter os trabalhadores e equipamentos adequados, eu gostaria de me certificar de que vocês estão seguros antes que este projeto comece.

Era um argumento difícil de contrariar. Todos ouvimos histórias de bandidos invasores, mas jamais esperei que nos deparássemos com eles. Nunca imaginei que nossas terras tivessem o potencial de ser tão prósperas.

— Isso é muito gentil da sua parte — disse Cedric, finalmente.

Warren sorriu ironicamente para ele.

— E não se preocupe, vou me certificar de que isso seja feito de forma conveniente. Não se preocupem com o seu cronograma.

Eu esperava que ele fosse tão sincero como parecia.

— Obrigada.

Warren prometeu nos dar notícias em breve. Um criado veio nos conduzir até a saída, mas me demorei um momento com Warren, incapaz de conter minha curiosidade.

— Como está sua busca por uma noiva? — perguntei em tom suave. — Esperava que a essa altura você já estivesse casado.

— Eu também esperava — disse ele, com uma risada. — Estou avaliando algumas possibilidades, mas... é difícil encontrar alguém como você.

Achei estranho ele estar avaliando todas as possibilidades, considerando como as coisas haviam ficado com Tamsin quando parti.

— Sinto muito — falei, precisando dizer alguma coisa.

— Não precisa se desculpar. Está tudo resolvido. — Ele me olhou de maneira especulativa. — Tem ouvido notícias de Cape Triumph? Das outras garotas da sua corte?

— Recebi uma carta de Tamsin há algum tempo. Nada de Mira ainda.

— Mira... — Eu o havia visto conversando diversas vezes com ela, mas a confusão em seu rosto parecia legítima.

— Minha amiga sirminicana — respondi.

— Ah, sim. Ela. Claro. A moça interessada em livros.

Agora eu estava perdida.

— Livros?

— Sempre que fazíamos eventos na casa dos meus pais, ela perguntava sobre livros. Minha mãe não é tão... — Ele fez uma pausa para me dar um olhar de desculpa. — Ela não tem a cabeça tão aberta quanto nós, então, ficava mais do que feliz em deixar sua amiga ficar na biblioteca por quanto tempo desejasse.

— É claro — falei. O típico comportamento de Viola, escondendo elementos "desagradáveis" da sua festa.

Cedric e eu retornamos ao distrito central de White Rock nos sentido confusos.

— Mais atrasos antes de podermos nos casar. Mais noites sem dormir — provoquei.

— Bem, acho que as noites sem dormir virão realmente depois que estivermos casados, mas, sim... é frustrante. — Chegamos a uma parada, e ele olhou para os moradores ocupados de White Rock e sua reconstrução. — E ele não está errado sobre bandidos. Sully estava me contando sobre alguns. Acontece, mesmo.

— Eu realmente preciso conhecer esse Sully.

Cedric sorriu, com carinho.

— Ele é uma figura, isso é...

— Senhor Thorn?

Nos viramos diante da voz desconhecida. Mas quando dei uma boa olhada no homem, percebi que ele não era tão estranho assim. Congelei de imediato, mas Cedric se recuperou rapidamente.

— Senhor Garrett — disse Cedric, estendendo a mão em saudação. — É um prazer vê-lo. Não sabia que a Agência McGraw tinha negócios aqui no deserto.

Silas Garrett, o agente real de investigação, nos observou com um ar especulativo.

— Sua Majestade tem negócios em todas as colônias, e sou apenas um humilde servo. Você... — disse, observando minhas roupas simples e meus cabelos desgrenhados. — Você era uma das garotas de Wisteria Hollow?

Ter as pessoas me lembrando constantemente a respeito da minha mudança de aparência estava me cansando.

— Sim. Sou Adelaide Bailey.

Disse meu novo nome com firmeza. Não sabia o que havia acontecido com a busca da minha verdadeira identidade, mas se ele tivesse visto meu retrato, teria me identificado imediatamente. Certamente, eu não tinha mudado tanto.

— Estou surpreso em vê-la aqui. Achei que vocês fossem se casar... a menos que tenha encontrado algum prospector bem-sucedido. — De novo, seu tom me disse que achava difícil de acreditar, dada a minha aparência.

— As coisas mudam — falei. — E nunca se sabe... qualquer um pode fazer fortuna aqui. Mas certamente com muito trabalho duro.

— Trabalho duro, suado e sujo — confirmou Cedric. — Nada como a vida cheia de aventuras de um agente da McGraw.

Silas deu uma gargalhada.

— Não tem nada disso. É muito trabalho sujo e duro lá também.

Cedric usava o olhar brilhante e deslumbrado de alguém adorando a um herói.

— Vamos, estrague nossa fantasia. Acho que não pode nos dizer nada sobre seu trabalho, não é? O caso que você mencionou era secreto?

— Ainda é secreto — disse Silas. Seu tom era grosseiro, mas tive a impressão de que ele gostava da atenção.

Segui a liderança de Cedric.

— E o caso do seu colega? Aquela nobre desaparecida? Pode nos contar sobre isso, não pode?

— Receio que não tenha muito o que contar. Esse outro agente se atrasou no norte, e tenho certeza de que a tempestade de ontem à noite não ajudou. Mas espero que ele chegue em breve. Ele pode acabar por aqui, pelo que sei. Há rumores de que a lady em questão poderia ter fugido para alguns dos assentamentos exteriores. — Mais uma vez, seus olhos caíram sobre mim, e eu ri.

— Tenho dificuldade em acreditar nisso, pelo menos se ela é como as nobres com quem trabalhei. Eu me lembro que a nossa casa ficou um tumulto quando a minha lady espetou o dedo em um alfinete antes de uma festa à fantasia. Alguém como ela nunca poderia lidar com isso. — Estendi as mãos e tirei algumas das bandagens. O sangramento havia parado durante a noite, mas ainda parecia terrível. Silas realmente se encolheu.

— Meu Deus — disse ele, desviando o olhar. — Isso... deve doer um bocado.

— É a vida aqui, senhor McGraw. — Cedric fez um gesto de despedida. — Temos outras coisas a resolver. Boa sorte com o seu caso.

Nos afastamos de forma casual, mas comentei logo que ficamos fora do seu alcance.

— Por que eu tenho a sensação de que o mais recente "rumor" que ele ouviu veio de Viola Doyle?

— Porque, como previamente estabelecido, você é uma mulher inteligente e esperta. E Viola é vingativa.

Cheguei a uma parada em frente a algumas lojas, onde homens estavam martelando, tornando a conversa difícil.

— Se minha foto for mostrada em Cape Triumph, o outro agente nem precisa vir até Hadisen. Tudo de que precisamos é um caçador de recompensas que venha reivindicar seu prêmio.

— Você precisa se casar.

— Uma conversa que temos repetidamente.

Ele começou a responder, mas seus olhos caíram sobre algo na estrada empoeirada – ou, mais especificamente, alguém.

— Conheço aquele homem — murmurou Cedric. Sua testa franziu e depois suavizou. — Não pode ser. Preciso falar com ele.

Eu quase disse que o seguiria, mas então percebi que estávamos em frente ao escritório do mensageiro.

— Me encontre aqui — falei.

O escritório sofrera apenas um pequeno dano e ainda estava funcionando. O chefe do serviço postal me reconheceu do primeiro dia e me entregou duas cartas, uma para Cedric e outra para mim. A de Cedric era do seu sócio, Walter, de Cape Triumph. Coloquei-a no bolso e rasguei o envelope da minha. Era de Mira.

Querida Adelaide,

Sei que não faz muito tempo, mas a vida sem você parece muito estranha. Tive você ao meu lado durante todo o ano passado, e há um vazio agora que você se foi. Ter Tamsin de volta ajuda muito. Ela não fala muito sobre Grashond e parece perturbada quando o assunto vem à tona. Mas, apesar desses momentos, é a mesma de sempre.

Ela cumpriu sua promessa de não aceitar qualquer oferta até o retorno de Warren, mas é claro que ainda encontra muitos cavalheiros enquanto ele está ausente. Essa é Tamsin – sempre mantendo suas opções em aberto. Desde que Warren voltou, parece que sua lealdade valeu a pena. Ele parecia bastante encantado da última vez que o vi, e animado para levá-la até aí e lhe mostrar Hadisen.

E então, parece que os dois irão em busca de grandes aventuras enquanto eu vou ficar aqui. Apenas algumas de nós ainda não estão comprometidas, e sei que vou ter que escolher em breve. Nenhum dos meus pretendentes realmente inspirou uma paixão ardente dentro de mim, por isso, talvez eu possa vir a simplesmente aceitar o único – o único – que me oferece o maior respeito e liberdade. Certamente, isso é tão bom quanto o amor. Gostei daquele advogado que você conheceu, mas ele deixou bem claro que não está interessado na Corte de Luz agora.

Escreva quando puder,
Mira

Reli a carta antes de dobrá-la. Eu sentia tanta saudade de Mira quanto ela de mim, e me entristecia que ela pudesse ser forçada a algo simplesmente por não ter opções melhores. Mas eu não conseguia pensar muito nisso – não com as informações desconcertantes que ela apresentava sobre Tamsin. Warren não havia dado nenhuma indicação de que havia se comprometido com qualquer garota, mas Mira afirmou que ele e Tamsin estavam quase comprometidos e que ele queria trazê-la para Hadisen. Qual era a verdade? A carta era datada de poucos dias atrás e deve ter vindo com as correspondências no navio de Warren na noite passada. Suponho que qualquer coisa poderia ter acontecido. Teriam brigado em tão pouco tempo? Será que Tamsin havia decidido que não queria viver na fronteira?

Cedric reapareceu enquanto eu refletia sobre tudo aquilo. Aquele olhar animado e consciente estava em seu rosto, o que significava que ele tinha algum plano brilhante.

— Vamos — disse, me guiando de volta para onde Lizzie estava amarrada. — Vamos voltar às terras.

Eu esperava que ele me levasse de volta para a casa dos Marshall, já que a maior parte do dia havia passado, mas eu não tinha objeções a essa mudança. Estava curiosa para saber como estava sua casa estava após a tempestade.

— O que está acontecendo? — perguntei assim que chegamos à trilha que levava para fora da cidade. — Quem era aquele homem?

— O homem que os Galveston mencionaram. O magistrado alanzano.

— Você falou com ele sobre se casar com sua noiva pagã?

— Na verdade, sim. — Mais uma vez, eu conseguia ver que Cedric estava cheio de entusiasmo.

— E ele é quem vai fazer o nosso casamento.

— Quando o contrato for resolvido? — perguntei. — Você está planejando com antecedência.

— Não estou planejando com antecedência. Vamos nos casar agora. Hoje à noite. — Cedric hesitou. — Quero dizer, se você quiser se casar.

Virei a cabeça para trás e tentei descobrir se ele estava falando sério.

— Como isso é possível? Não temos permissão.

— Só não podemos pelo contrato de Warren. Legalmente, se um magistrado o fizer, nós podemos. Robert, esse é o nome dele, o fará e guardará segredo.

— Certo... — Seu entusiasmo era contagiante, mas eu ainda não entendia todo o plano. — Se é secreto, qual é o objetivo? Quero dizer, além da alegria óbvia de que estaremos unidos para sempre.

— A questão é que se o amigo de Silas Garrett aparecer e vier atrás de você, Robert divulgará os documentos que provam nosso casamento — explicou Cedric. — Vai criar um monte de problemas com Warren e seu contrato se não tivermos resolvido essas questões financeiras ainda, mas sua avó não poderá mais fazer nada a seu respeito se você for uma mulher casada.

— E esse "aborrecimento" com Warren é a razão pela qual temos que mantê-lo secreto enquanto isso — apontei. — Isso... é um plano de segurança.

— Exatamente. Supondo que você não se incomode com um casamento improvisado. Uma vez que tudo isso se resolva, podemos ter outra cerimônia com nossos amigos. Se acharmos ouro suficiente, meu pai poderia nos perdoar e deixar que você usasse um dos seus vestidos da Corte de Luz.

— Nem sei se ainda me lembro de como amarrar um deles — falei, rindo. — Não preciso disso. Só preciso de você.

Ele se inclinou para a frente e beijou meu pescoço, seus braços enlaçando minha cintura.

— Cuidado — falei. — Ainda não somos casados.

De volta às terras, as coisas estavam melhores do que eu esperava. O rio havia transbordado, derrubando os diques, mas pelo menos eles ainda estavam intactos e fáceis de serem colocados no lugar. A cabana estava completamente inundada. A maior parte dos pertences de Cedric estava encharcada, exceto pelo que estava em seu baú. O fogão velho também havia sobrevivido. Parecia ser impermeável.

Todo o resto foi deixado de lado enquanto trabalhávamos para arrumar a cabana. Eu não era muito boa nesse tipo de coisa, mas, como se viu, Cedric também não era. Agora, eu entendia porque ele levara três dias para deixar a casinha do jeito que estava. Quando anoiteceu, já havíamos feito o maior número possível de reparos com o que tínhamos. Ele teria de substituir a cama e alguns outros itens, mas, pelo menos, tinha um teto de novo.

Olhei para o céu escuro.

— Já passou da hora que geralmente voltamos. Espero que os Marshall não venham me procurar.

— Nós lhes diremos que ficamos presos fazendo os consertos. E agora temos coisas mais importantes. Olhe — disse Cedric, apontando para a trilha que conduzia à sua propriedade. Era Robert, o magistrado, cavalgando em nossa direção. Ele acenou em saudação.

Um tremor de nervosismo me envolveu.

— Não posso acreditar que isso realmente vai acontecer.

Cedric passou um braço ao meu redor.

— Você ainda pode mudar de ideia. Eu queria fazer um rito alanzano, se estiver tudo bem para você. Ele pode fazer um serviço civil se você quiser.

Tive um vislumbre daquele velho medo de rituais sombrios ao redor do fogo. Mas os pensamentos foram banidos.

— A forma não importa. Desde que me comprometa com você, serei feliz.

Foi um pouco surreal quando Robert desceu do cavalo vestindo uma túnica preta e branca, tão diferente das roupas brilhantes usadas pelos sacerdotes de Uros. Igualmente estranha foi a ideia de um casamento ao ar livre. Parecia casual demais em comparação às procissões formais e longas missas realizados nas grandes catedrais de Uros.

Por um breve instante, abstraí daquele deserto noturno e me lembrei de como era me sentar entre os meus pais nos bancos da Catedral de King Crest, na madeira dourada e dura pelos anos de uso. Enormes candelabros. Arco-íris no vitral que cobria as paredes. Fomos a dúzias de casamentos nobres na minha infância, e eu via minha mãe examinando cada detalhe do traje de cada noiva, dos calçados ao enorme véu que se arrastava por metros. E eu sempre podia ver que ela estava planejando meu casamento, decidindo o que seria melhor para mim. Veludo ou seda para o vestido? Pérolas ou bordado no véu?

Aquela ideia de que a qualquer momento meus pais entrariam pela porta me veio à cabeça. Me peguei olhando para a trilha, como se eles pudessem aparecer ali, de repente. Mas meus pais não estavam lá. Nem minha avó. E eu não estava usando um vestido.

— Adelaide?

Cedric chamou minha atenção de volta para ele. Ergueu uma sobrancelha, questionando. Sem dúvida, ele estava imaginando que eu havia mudado de ideia. Olhando para ele, aquele rosto amado, sentia aliviar o peso dos fantasmas que se fixaram em mim. Eles não foram embora. Jamais iriam. Mas faziam parte do passado, e eu não podia mudar isso. Era para o futuro que eu olhava agora. O futuro que eu havia escolhido. O futuro que via nos olhos de Cedric.

Demos as mãos enquanto Robert recitava as palavras da cerimônia alanzana. Era doce e bela, falando de como a união de duas pessoas fazia parte da ordem natural das coisas. Isso fez com que a nossa união parecesse maior do que nós... como se agora compartilhássemos parte de algum poderoso segredo celestial. Acima de nós, a lua cheia brilhou, e me lembrei de Mira dizendo que era um presságio fortuito para casamentos alanzanos.

Quando Robert terminou de recitar suas palavras, chegou a hora de recitarmos as nossas. Mas, primeiro, ele colocou um pequeno arranjo de flor de laranjeira ao redor das nossas mãos entrelaçadas. Apertamos com mais firmeza enquanto as flores brancas cercavam nossos pulsos. Então, aprendi o texto completo dos votos que Cedric havia mencionado uma vez:

Vou segurar sua mão e me deitar com você nos bosques, sob a luz da lua. Construirei uma vida com você sobre esta terra verde. Andarei ao seu lado enquanto o sol continuar a subir.

O beijo final foi igual ao das cerimônias de Uros, e nós o saboreamos, nos agarrando um ao outro como se estivéssemos com medo de que tudo aquilo desaparecesse quando nos soltássemos. O mesmo aconteceu quando assinamos os diversos documentos do casamento. Parecia estranho estar fazendo algo tão burocrático naquele cenário selvagem, mas isso significava que estávamos unidos aos olhos da lei e de quaisquer deuses. Com essa percepção, fui tomada por uma leveza. Eu estava livre de qualquer outra pessoa que tentasse me reivindicar. E Cedric e eu estávamos juntos – verdadeiramente juntos – como deveríamos estar desde o dia em que nos conhecemos.

Ele me puxou para si quando Robert nos desejou felicidades e seguiu seu caminho, prometendo manter os documentos seguros.

— Como está se sentindo? — perguntou Cedric.

— Mais feliz do que jamais imaginei que estaria no meu casamento — respondi. — Mais feliz do que jamais imaginei que estaria na vida. Também mais suja... mas isso não me incomoda tanto quanto eu esperava.

Ele me beijou.

— Bem, é muito bom que eu saiba onde há um banheiro luxuoso. Embora, provavelmente, esteja congelando.

Segurei sua mão e o levei de imediato para a lagoa sombreada.

— Então, vou mantê-lo aquecido — falei.

Ele estava certo – a água estava muito mais fria do que naquele dia em que nos banhamos no calor da tarde. E era muito mais difícil de enxergar com a luz da lua. Mas nenhum de nós desviou o olhar desta vez. E nenhum de nós se conteve. Ajudamos um ao outro a se banhar, mas não sei se o resultado do trabalho foi bom. Houve muitos beijos. Muita exploração. Muito tudo.

Não senti frio na água nem quando saímos dela e nos deitamos em seu casaco, na grama. Não senti nada além de calor, como se fôssemos duas chamas se fundindo em algo mais brilhante e mais poderoso. E no que se seguiu, tive outra vez aquela sensação de que éramos mais do que apenas nós. Éramos parte da terra e do céu. Compreendi por que Alanziel e Deanziel haviam caído da graça para ficarem juntos. Eu teria desafiado Uros mil vezes para estar com Cedric.

Depois, enroscada a ele na grama, não queria ir embora. Não parecia certo deixá-lo em nossa noite de núpcias. Não parecia certo deixá-lo nunca.

— Só mais um pouco — disse ele. Uma brisa quente brincou sobre nós, mas eu ainda estremeci. Ele me puxou para mais perto. — Só mais um pouco, e então as coisas voltarão ao normal.

Descansei a cabeça no peito dele e ri.

— As coisas nunca foram normais entre nós. E espero que nunca sejam.

E assim, com grande relutância, colocamos nossas roupas. A pobre Lizzie provavelmente imaginou que teria uma noite de folga, mas nos levou de forma obstinada pela trilha. Me aconcheguei enquanto cavalgávamos, tonta e aquecida por aquela nova conexão entre nós.

Na cabana, encontramos a senhora Marshall nos esperando. Ela se sentou à mesa com uma xícara de chá, mas não conseguiu lutar contra um bocejo quando entramos.

— Aí está você. Andrew queria ir buscá-la, mas eu disse a ele que você devia estar a caminho.

— Houve vários danos por causa da tempestade — falei. Não era uma mentira absoluta. — Lamento ter perdido as aulas.

Ela bocejou de novo.

— Sem problemas. As crianças tinham bastante trabalho de limpeza para fazer aqui. Mas o seu jovem também pode ficar. Não faz sentido ir e voltar de novo amanhã. Suba e empurre os meninos para o lado da cama.

— Pode deixar — disse Cedric. — Obrigado.

Ela se dirigiu para o quarto, e eu perguntei:

— A água ainda está quente? Eu gostaria de fazer um pouco de chá de camomila.

Ela fez um gesto para a chaleira na lareira.

— Fique à vontade.

Cedric e subimos juntos para o andar de cima e depois ficamos no pequeno corredor que separava o quarto dos meninos do das meninas.

— Bem, olhe só — sussurrei. — Afinal, passamos a noite de núpcias juntos. — Através do vão na porta do quarto dos meninos, pudemos ouvir um ronco alto.

— Exatamente como eu imaginava — disse Cedric.

Nos beijamos tanto quanto pudemos, enquanto eu segurava uma caneca de água quente, e sabendo que alguém poderia nos descobrir. Fui para o quarto das meninas flutuando, embriagada com tudo o que havia acontecido naquela noite. Tirei a roupa de trabalho e vesti a camisola lisa. Antes de me deitar debaixo das cobertas com as outras meninas, me sentei no banquinho do quarto e terminei o chá. No entanto, não adicionei camomila. Em vez disso, misturei as folhas de espinho de canela que a senhora Marshall havia me dado durante a viagem.

27

E assim, sem que ninguém soubesse, começamos uma nova vida na semana seguinte. O mundo inteiro havia mudado para mim. Todas as manhãs, Cedric cavalgava para a casa dos Marshall e me levava para ajudar com as terras. Mas não conseguíamos começar a trabalhar de imediato. Caíamos na cama – ou melhor, no colchão de palha que servia como cama – e ficávamos lá o máximo possível. Pelo menos, a palha era nova, substituída após a tempestade. Levantar e começar o nosso dia demandava algum esforço, mas a certeza de que estávamos muito mais perto da vida que queríamos construir nos estimulava. Igualmente difícil era deixá-lo no final do dia. Eu dava minhas aulas, ia dormir e começava tudo de novo.

— Tenho algo para você — disse Cedric, uma manhã.

— Mais do que uma refeição *gourmet*?

Cedric sempre levantava primeiro e preparava o café da manhã para mim. As opções do antigo fogão eram limitadas, mas ele podia fazer *bacon* e biscoitos simples razoavelmente bem. Ele levava na cama, dizendo que tinha que me servir, porque sabia que eu sentia saudade da minha antiga vida de nobre e poderia deixá-lo por isso.

— Não pense que não notei o sarcasmo.

Sentei de pernas cruzadas no colchão. A única coisa que eu estava vestindo era a blusa branca lisa, que parecia muito menos branca do que quando fui para Hadisen.

— Não me deixe em suspense. — Ele se aproximou e me entregou minha xícara matinal de chá de espinho de canela, que ele havia assumido a responsabilidade de fazer, e um pequeno objeto metálico. Olhei de perto e vi que era um colar. Uma corrente fina com um pingente oval de vidro com uma flor dentro. Eu já havia visto aquele estilo antes, estava na moda em Adoria. Eu o ergui em direção à luz e percebi qual era a flor.

— É uma flor de laranjeira — falei, com prazer. — Como as do nosso casamento.

— *É* a do nosso casamento. Já que você ainda não pode usar uma aliança, guardei uma para que você pudesse ter algum símbolo.

— Foi uma ideia muito boa. — Coloquei a corrente e alisei o vidro. — Esqueci dessas flores depois... bem, depois de tudo o que aconteceu naquela noite.

Ele tocou minha bochecha.

— Bom, eu posso oferecer muita distração. É uma maravilha que você consiga se lembrar do seu nome. Qualquer um deles.

— Ora, ora, não seja tão humilde — falei, dando uma cotovelada nele. — Mas obrigada. Espero que não tenha gastado muito com isso.

— Não se preocupe, é bronze. Farei melhor no anel.

Ele se inclinou para me beijar, e então o som de um cavalo lá fora o fez se afastar. Em silêncio, pulamos da cama. Cedric vestiu a camisa enquanto eu vestia a saia e calçava as botas, apressada. Havia acabado de me sentar na pequena mesa com o chá quando uma batida soou na porta. Cedric a abriu de forma casual, demonstrando um sorriso agradavelmente surpreso quando viu o rosto amargo de Elias.

— Que prazer inesperado — mentiu Cedric. Elias olhou para dentro. — Vejo que estão trabalhando duro.

— Chegou a tempo para o café da manhã. — Gesticulei para o *bacon* diante de mim. — É sempre um bom começo para o dia. Está servido?

Elias entrou, estudando a humilde sala com desdém. Ele se inclinou para a minha comida e a cheirou, franzindo o nariz.

— Claro que não. Estou aqui a negócios.

— Ora, ora, Elias. Não seja rude — disse uma voz familiar. Warren apareceu na porta. — Posso entrar?

— Certamente — Cedric disse com um aceno. — Bem-vindo à minha casa.

Warren manteve o sorriso agradável enquanto entrava e olhava ao redor. Eu havia me acostumado com minhas atuais condições, mas Warren, sem dúvida, pensava que eu havia feito uma escolha terrível.

— Que pitoresco. — Foi tudo o que ele disse.

Cedric deixou a porta aberta, e pude ver os homens de Elias do lado de fora, junto com outros desconhecidos que rondavam as terras.

— Isso é para o minério? — perguntei.

Ao longo da semana, Cedric e eu trabalhamos com o garimpo e os diques, ficando longe da pedreira. Warren e Elias pediram que esperássemos até que os homens e as ferramentas adequadas estivessem lá, e nós obedecemos, apesar de nossa crescente impaciência. Foi difícil, sabendo que Cedric poderia facilmente ter ido até lá e, com uma semana de trabalho, conseguido o que precisávamos para as nossas dívidas imediatas.

— Para o que mais seria? — resmungou Elias. — Agora, se não for inconveniente para sua refeição, gostaríamos de começar.

Ele se virou para a porta, e Cedric e eu trocamos olhares. O que mais poderíamos fazer? Nós dois queríamos aquilo, e se a atitude de Elias era o preço a pagar, que assim fosse.

— Sinto muito — disse Warren em voz baixa quando Elias saiu. — Sei que ele é... agressivo, às vezes. Mas é um homem leal e bom em seu trabalho.

Lá fora, encontramos mais equipamentos de escalada e várias caixas pequenas. Um dos homens se aproximou, se apresentando como Argus Lane. Ele era especialista em explosivos e nos mostrou que as caixas estavam cheias de pequenos recipientes.

— Estes trabalham em atraso — explicou. — Há dois componentes. Sozinhos, são perfeitamente estáveis. Quando misturados em grandes quantidades, desencadeiam uma reação explosiva. Os homens vão subir e colocá-los lá em cima, em seguida, vão descer, antes que a reação ocorra.

— Parece perigoso — falei.

Argus sorriu para mim.

— Não se eles fizerem de forma correta. Quando os componentes estiverem juntos e estivermos prontos, basta puxar um pino que libera o topo para, gradualmente, preencher o fundo. Ele foi projetado para ser lento o suficiente para uma fuga.

— Argus sabe o que está fazendo — disse Warren, dando tapinhas nas costas do homem. — Ele trabalhou em Kelardia antes de vir para Adoria, e já supervisionou a escavação de vários minérios aqui.

Dois homens começaram a amarrar cintos e cordas, e Cedric se ofereceu para ir com eles.

— Fique aqui — disse Elias. — Precisamos de escaladores qualificados que possam sair a tempo. Você pode ajudar quando estivermos prontos para cavar, e aí pode cair à vontade.

Mencionamos a queda de Cedric na casa de Warren, e Elias culpou a sua inexperiência em vez da falha no equipamento. Minha raiva aumentou e comecei a falar, mas Cedric segurou meu braço, me acalmando.

— Temos batalhas maiores para lutar — murmurou.

— Elias — disse Warren, em tom de advertência.

Elias olhou para Cedric por um longo momento, parecendo indeciso sobre alguma coisa. Por fim, disse, relutante:

— Se quiser ajudar, pode juntar a segunda carga de componentes. Mas apenas os prenda, não tire os pinos. Não precisamos que explodam.

Os componentes estavam claramente marcados, um azul e um vermelho, e Argus demonstrou como torcer os dois para que ficassem no lugar, um em cima do outro. O pino que os impedia de se misturarem estava firmemente preso entre eles.

— É difícil de sair, mas, ainda assim, tenha cuidado. Vá devagar.

— Vou ajudar — falei, começando a me ajoelhar com Cedric na grama.

— Em nome de Uros, não — gemeu Elias. — Eu disse que não precisamos que isso exploda. Isso é trabalho de homens, senhorita Bailey. Não é costura e remendo.

Coloquei as mãos na cintura.

— Estou ciente disso. E tenho feito "trabalho de homens" há semanas.

— Ela é realmente melhor nisso do que em costura e remendos — observou Cedric, inexpressivo.

Elias se voltou para Warren, suplicante.

— Senhor, eu imploro.

— Elias, ela é uma mulher muito capaz e seria bom se você reconhecesse isso — disse Warren, severo. Ele se virou para mim. — Mas, para ser justo, sei que quando muitas mãos estão envolvidas nesse tipo de trabalho detalhado, pode ficar mais complicado. Você se importaria se, em vez disso, eu aceitasse a sua hospitalidade anterior? Senti cheiro de chá e agora não consigo parar de pensar nisso.

O sorriso presunçoso de Elias quase me levou a recusar. Eu os havia servido de bom grado da última vez, mas agora isso parecia uma prova de que eu só poderia fazer "trabalho de mulheres". Mas mantive a fachada educada e voltei para a cabana, grata por desta vez, pelo menos, não ter que esconder qualquer artefato alanzano. Havia usado a última folha do chá de espinho de canela e teria que suportar a humilhação de pedir mais à senhora Marshall. Não que fosse servi-lo a Warren. Fiz um pouco do chá preto que Cedric havia comprado em uma recente viagem à cidade.

Assim que ficou pronto, saí e vi um bom progresso. Os homens de Warren estavam quase no topo da pedreira. Cedric estava terminando sua tarefa quando Elias, sem cerimônia, colocou uma enorme pilha de cordas, além de mais dois explosivos com os componentes já unidos diante dele.

— Já que você está tão ansiosa para ajudar, isso precisa ser desenrolado. — Seu tom era tão humilhante como sempre. Eu estava prestes a me apressar para ajudar Cedric, mas Warren acenou animadamente para mim. Ele apontou para cima.

— Poderíamos explorar o que está no topo com picaretas, mas o fundo seria inacessível por causa da coluna estreita. Uma vez que avaliarem o que tem lá, eles vão explodir a rocha externa e a mina ficará exposta. Eles vão continuar derrubando área por área até chegarmos ao fundo. E depois — gesticulou para a pedreira —, vamos seguir adiante.

— E você terá muito mais do que uma comissão de quarenta por cento — falei, com um sorriso.

— Ei, chefe — chamou um dos homens no topo. Ele estava olhando pela fenda. — Este lugar está lotado. Consigo saber só olhando até onde ele chegou naquele dia.

Isso despertou alguns aplausos dos homens no chão. Warren parecia igualmente animado, mas conseguiu manter sua voz respeitável.

— Bem, é para isso que estamos aqui. Prossiga.

Os homens no alto trabalharam colocando os componentes explosivos combinados. Warren segurou meu braço e começou a me afastar dali.

— As cargas são projetadas para ser fortes o suficiente para quebrar a rocha, mas não tão poderosas para colocar toda essa estrutura abaixo. No entanto, é melhor mantermos a distância caso haja alguma queda de detritos.

Outros homens no chão estavam fazendo o mesmo, e lancei um olhar ansioso para Cedric. Ele estava no lado oposto da pedreira, mas mais afastado que nós. Quando os explosivos foram colocados, os homens puxaram os pinos e, em seguida, começaram a descer rapidamente. Parte de mim esperava algo dramático – como tudo explodindo assim que os homens chegassem ao chão. Mas a mistura dos componentes havia sido cronometrada para dar uma margem de segurança alta, e os homens estavam de volta à zona segura quando o topo do afloramento rochoso explodiu de forma espetacular.

Mesmo sabendo o que esperar, não pude segurar um pequeno grito de surpresa. O ruído cresceu ao nosso redor, e o chão tremeu quando um clarão de fogo iluminou a fenda. Warren me puxou e me abraçou de forma protetora, mas não havia necessidade. Estávamos realmente fora do raio mais perigoso, e as rochas e os detritos que caíram permaneceram relativamente perto do penhasco. Quando a fumaça diminuiu, pude ver manchas brilhantes no chão entre os detritos rochosos.

— Há ouro lá — falei.

Warren sorriu.

— Das camadas externas do depósito. Podemos pegar isso mais tarde, quando a parte principal da escavação tiver terminado. Muito mais fácil do que garimpar, não é?

Comecei a responder, mas percebi algo se aproximando. Virei-me e vi uma figura a cavalo do lado oposto ao que levava à cidade.

— Cedric — chamei. — Tem alguém aqui.

Cedric se levantou e pôs a mão nos olhos para bloquear o sol. Um grande sorriso surgiu em seu rosto.

— Ei, Sully! — Cedric se afastou da sua tarefa e acenou para o homem que se aproximava. Ele acenou de volta.

As coisas aconteceram quase imediatamente. Elias lançou um olhar de dúvida para Warren. Ansiosa para encontrar o infame vizinho de Cedric, me afastei de Warren e corri na direção deles, indo para muito perto de onde meu marido estava trabalhando na corda. Elias correu e me agarrou por trás, literalmente me jogando de volta para Warren e me fazendo bater contra o chão duro e morder a língua.

— Ei — falei enquanto levantava. — Qual é o...

O mundo, de repente, se despedaçou. A explosão anterior na fenda havia sido alta, mas nada comparado àquele rugido ensurdecedor. Um *boom* sucessivo seguiu após o outro. Cobri os ouvidos, mas isso não adiantou muito para abafar o som. O tremor do chão me fez cair de novo.

Labaredas subiram da pilha de equipamentos, deixando uma fumaça negra em seu rastro.

Alguém me puxou pelo braço para cima, e encontrei Warren olhando para mim, solícito. No início, meus ouvidos ressoavam demais para que conseguisse entender que ele dizia. Então, finalmente ouvi:

— Você está bem?

Assenti e olhei ao redor. Todos os seus homens estavam agrupados, não muito longe de nós, mas bem longe da pilha de explosivos que havia acabado de ir para os ares. Estando em terreno aberto, a explosão espalhou terra por todos os lados. Meu verdadeiro pânico, é claro, começou ao ver Cedric. Ele se levantou com as pernas bambas, pois também havia sido derrubado pelo forte estrondo, e cambaleava. Comecei a caminhar em sua direção, mas também não estava estável.

— Calma — disse Warren, me segurando novamente para que eu não caísse.

Comecei a protestar, mas Sully foi até Cedric e desceu do cavalo. O homem mais velho disse algo, e Cedric concordou. Enquanto eu observava, seus passos se tornaram mais seguros, e seu equilíbrio retornou.

— Jogue um pouco de água nisso! — gritou Elias.

A maior parte do fogo das explosões já havia terminado. Um pouco da grama que havia ao redor ainda queimava, mas tudo o que restara da explosão inicial era uma cratera rasa. Os homens de Warren tinham cantis e os usaram para apagar o fogo residual. Isso só aumentou a fumaça e, por alguns minutos, todos nós tossimos, com lágrimas em nossos olhos.

— Tendo um pouco de dificuldade com suas incumbências? — perguntou Sully. Ele era um típico prospector, alto e magro, com cabelos grisalhos e uma barba despenteada.

Elias se virou para Cedric, com raiva.

— Este é o resultado de deixá-lo cuirdar das coisas! Jamais deveria ter permitido que você ficasse perto disso. Um garoto mimado da cidade não sabe fazer o trabalho de verdade, um trabalho mortal para quem é estúpido demais para saber o que está fazendo!

Cedric deu um passo à frente, furioso, seus punhos fechados na lateral do corpo.

— Eu sabia o que estava fazendo. Manipulei cada um desses componentes perfeitamente, e depois os verifiquei duas vezes. Nenhum pino foi removido. Algo nos explosivos estava com defeito, exatamente como aquele equipamento que você me trouxe.

— Não me culpe por sua contínua incompetência! — exclamou Elias.

— E não aja como se eu não pudesse perceber essa sabotagem! — respondeu Cedric. — Não havia nada de errado com as caixas que juntei.

Eu estava esfregando a cabeça, ainda me recuperando da explosão. Lentamente, as lembranças retornaram à minha cabeça.

— Mas você não montou todos eles — falei. Todos se voltaram para mim, e eu apontei para Elias. — Quando trouxe a corda, você adicionou mais explosivos à pilha de Cedric.

— Sobras que não eram necessárias na primeira leva — disse Elias. — É mais seguro mantê-las em um lugar, em vez de...

— As sobras que Cedric não juntou — interrompi. — Não compreendo completamente a mecânica, mas devem ter sido adulteradas por dentro para fazer uma mistura lenta e depois estourar.

Warren tocou meu braço gentilmente.

— Adelaide, você precisa descansar. Essa explosão foi mais dura para você do que imagina.

Eu me afastei dele.

— Elias sabia! Foi por isso que ele me afastou quando eu tentei me aproximar dos explosivos. Ele afastou todo mundo. Ele sabia que aquilo ia explodir. Se o Sully não tivesse chegado, Cedric estaria lá. — Ofeguei por um momento, incapaz de imaginar uma consequência tão terrível. E então, tudo ficou claro quando encontrei os olhos de Warren. — E você também sabia. Elias olhou para você quando Cedric saiu. E você também se certificou de me manter afastada. Você sabia.

Cedric avançou, colocando-se entre Warren e eu.

— Qual é o seu jogo? Por que nos trouxe aqui? Isso é algum tipo elaborado de esquema de vingança?

A tensão estava no ar enquanto todos nós nos encarávamos. Warren acenou brevemente, e dois homens avançaram, derrubando Cedric. Eu gritei e segui em frente, mas Elias me agarrou. Sully também tentou ajudar, mas Cedric conseguiu levantar a cabeça e gritar:

— Vá, peça ajuda!

Sully hesitou antes de se afastar com seu cavalo. Para um homem de sua idade, ele se movia bem rápido. O fato de que o cavalo era bem mais ágil que Lizzie também ajudou. Em poucos segundos, ele estava cruzando as terras.

— Vá atrás dele! — gritou Warren para um dos homens. Seus cavalos estavam mais distantes, atados perto da cabana, dando uma vantagem respeitável para Sully.

Nem Cedric, nem eu nos entregamos facilmente aos sequestradores. No entanto, eles nos prenderam de diferentes maneiras. Ao resistir, Cedric foi recebido com socos e golpes brutais. Eu o vi arfando quando um pé atingiu suas costelas e, depois, um soco no rosto o fez cuspir sangue. Lutei freneticamente contra Elias, desesperada para ajudar Cedric, mas ele me fez ficar de joelhos e usou seu peso para me manter no lugar.

— Fique quieta, diabinha. — Ele se virou para Warren. — E agora?

Warren, mais que qualquer outra coisa, parecia esgotado.

— Leve-a para aquele casebre e a amarre por enquanto. Quanto a ele... — Seu olhar frio se desviou para Cedric. — Para o rio, para um dos diques. É lá que ele, provavelmente, estaria trabalhando se os invasores viessem. Então, limpem os outros canais e dê um jeito no afloramento, o suficiente para que pareça um ataque rápido e aleatório. Vamos arrumar a casa depois, não que qualquer um note a diferença. E o resto de vocês, venha comigo e veja se podemos alcançar aquele velho idiota. — Quando começou a se afastar, Warren fez uma pausa e disse a Elias: — Não o mate. Vou cuidar disso quando voltar. Mas se certifique de que ele não se levante.

O grupo se dispersou, e percebi que eles iam fazer com que aquilo parecesse o trabalho de bandidos que teriam aparecido para matar quem encontrassem e pegar com facilidade todo o ouro que vissem.

— Cedric! — gritei quando dois homens, literalmente, o arrastaram para o rio.

Elias me deu uma bofetada, aparentemente, ousando mais, uma vez que Warren não estava por perto.

— Quieta. — Ele me arrastou de volta para a cabana. Eu o chutei e lutei contra ele o tempo todo. Lá dentro, ele amarrou meus pés e minhas mãos com uma corda de escalada e me deixou no chão. Depois de pensar por um momento, amarrou um pano velho em volta da minha boca. — Você está recebendo exatamente o que merece — disse, friamente. — Você poderia ter tudo, mas agora, está perdendo tudo.

Mesmo amordaçada, eu o amaldiçoei, mas ele lançou apenas aquele sorriso enfurecido antes de fechar a porta. Imediatamente, comecei a lutar contra as amarras, mas ele havia dado nós apertados. Parei, frustrada, mas ouvi o grito de dor de Cedric ao longe. De maneira frenética, retomei os meus esforços, agitando-me e me retorcendo. A faca que Cedric usara no *bacon* estava sobre a mesa. Se eu pudesse de alguma forma chegar a ela...

Faca.

A faca de árvore alanzana que Cedric havia me dado no navio estava no meu cinto, escondida nas dobras da saia dividida. Eu a levava todos os dias, principalmente por hábito, e a usava ocasionalmente. A ponta dos meus dedos poderia alcançá-la. Um pouco mais adiante, e eu seria capaz de pegá-la. As cordas em meus pulsos estavam apertadas, e eu as sentia se desfazendo enquanto eu me esfregava contra elas. Finalmente, consegui soltar a faca do cinto. Girei e a peguei com a mão. Comecei a cansativa tarefa de tentar cortar as cordas de um ângulo muito desajeitado, já que minhas mãos estavam viradas na direção contrária. Não ouvi mais gritos de Cedric e aquele terrível silêncio me estimulou ainda mais. Por fim, desgastei as cordas o suficiente para libertar as mãos com minha própria força. Cortar a amarra dos tornozelos e remover a mordaça foi fácil depois disso.

Levantei e corri para a porta, espreitando para fora bem a tempo de ver Elias dar um chute em algo no rio antes de se afastar. Eu sabia o que era aquele "algo" e meu estômago virou. Havia outros dois homens destruindo e limpando os diques, e eles também estavam terminando suas tarefas. Elias acenou para a pedreira e gritou alguma coisa que eu não conseguia ouvir. Logo, todos estavam reunidos na base, pegando o ouro caído, exatamente como invasores fariam na esperança de conseguir ouro rápido. Enquanto eles andavam por trás da pedreira, segui adiante.

Eu não me importei em ficar exposta em terreno aberto. Eu tinha que salvar Cedric. Os homens continuaram trabalhando, sem voltar para o rio, e eu entrei despercebida em uma parte rasa. Lá, encontrei Cedric deitado de costas, e quase caí, chorando. Seu rosto estava ferido e sangrando, com um dos olhos bastante inchado. Eu não podia avaliar o dano provocado ao resto do seu corpo, mas havia uma curvatura estranha em seu braço. Por um momento, temi o pior, mas sua respiração irregular me disse que estava vivo. E eu sabia que não havia tempo para lágrimas.

— O que... você está fazendo...? — Ele ofegou quando eu deslizei um braço ao redor dele e o levantei. Seu olho bom se abriu.

— Tirando você daqui. — Apoiei o máximo que pude do seu peso e comecei a levá-lo pelo rio. Ele conseguiu andar um pouco, mas fiz a maior parte do trabalho.

— Você... você precisa sair daqui.

— Sim — concordei. — E você vem comigo.

Olhei para trás e me certifiquei de que não havíamos sido notados, mas nunca chegaríamos ao outro lado das terras a tempo, não naquele ritmo. O bosque e a lagoa não estavam tão longe, e decidi ir naquela direção, guiando Cedric um passo agonizante de cada vez. Eu não tinha ideia se estava piorando seus ferimentos, mas não havia escolha. Quando finalmente chegamos ao abrigo das árvores, eu o soltei e reavaliei minhas opções. Um dos homens caminhou para a frente da pedreira, mas estávamos escondidos, e todos pensavam que Cedric estava no rio.

— Lizzie — falei, voltando meu olhar para a cabana. Ela estava amarrada lá, pastando. — Precisamos pegá-la.

— É muito perigoso — disse Cedric.

— Ir andando é perigoso. Vou buscá-la. Fique aqui. — Era uma coisa estúpida a se dizer, já que ele não tinha outras opções. Beijei sua cabeça e corri de volta para a cabana. Mais uma vez, tive que correr por terreno aberto e, novamente, a sorte ficou ao meu lado. Pelo menos para chegar até Lizzie.

Quando estava prestes a desamarrá-la, vi dois cavaleiros retornando. Um deles era Warren. Eu poderia tê-la soltado e voltado para Cedric, mas não sem ser vista. Não havia como recuperá-la antes de sermos pegos. E eu não ia partir sem ele. Sem opções, entrei de novo na cabana.

Segurando uma frigideira com uma das mãos e a adaga com a outra, esperei junto à porta, certa de que alguém viria. Um dos homens de Warren entrou, e eu bati a frigideira com força em sua cabeça, pegando-o desprevenido. Ele lutou contra mim antes de desmaiar, derrubando minha faca no processo. Antes que eu pudesse recuperá-la, Warren apareceu na porta com uma arma apontada para mim.

— Largue a frigideira — disse ele.

Larguei, levantando lentamente as mãos para cima. Ele fechou a porta e pisou sobre o homem caído, acenando para que eu me encostasse na parede.

— Por que está fazendo isso? — perguntei. — É realmente tudo parte de uma vingança contra mim?

— Não contra você, exatamente — respondeu. Havia um tom frio e sem sentimento em sua voz, muito diferente do entusiasmo que ele demonstrara em Cape Triumph. — Principalmente contra *ele*. Eu lhe disse uma vez que era direto e ia atrás do que queria. E o que eu queria era você. Ele a tomou, então o plano era eliminá-lo. Assim, quando o seu sofrimento acabasse, eu a teria de volta. Mas duas coisas aconteceram. Três, na verdade.

— Suas tentativas de matá-lo não funcionaram? — adivinhei. Enquanto eu falava, olhava em todas as direções, procurando freneticamente por alguma arma ou uma rota de fuga. Mas a arma de Warren, definitivamente, colocava as probabilidades a seu favor. Se fosse nova, podia ter duas balas nela.

— Para dizer a verdade, sim — admitiu. — E aí, esta mina de ouro, aparentemente inútil, acabou por não ser tão inútil. Não que isso importasse, pois, com Cedric morto, ela voltaria a ser minha propriedade. Mas isso significava que ele poderia ter a oportunidade de pagar sua dívida mais cedo.

Minha faca era a arma mais próxima, mas, mesmo assim, eu nunca chegaria a tempo.

— Qual foi a terceira? — perguntei, precisando mantê-lo distraído.

Ele suspirou de um jeito melodramático.

— Você descobriu o que estava acontecendo. Tudo isso devia terminar com você voltando de bom grado para mim. Mas algo me diz que isso é muito improvável neste momento.

Minha única resposta foi um olhar.

— E assim — disse ele —, parece que você e o infeliz senhor Thorn terão morrido nas mãos de bandidos. Mas pelo menos não me sinto como se estivesse saindo de mãos vazias antes de você morrer.

A esperança se reacendeu em mim quando percebi que ele não sabia que Cedric não estava mais no rio.

Então, as últimas palavras me atingiram.

— O que... o que você quer dizer?

Warren gesticulou casualmente com a arma para a mesa.

— Estive em casas de má fama. Sei qual é o cheiro de folhas de espinho de canela. E sei que tipo de garota toma isso. E você com toda aquela conversa sobre se manter virtuosa até a noite de núpcias. Mas... acredito que isso significa que não preciso que me sentir culpado por tomar algo valioso, visto que é oferecido com tanta facilidade.

Ele pousou a arma na mesa, mas se moveu depressa demais para que eu pudesse aproveitar a ocasião. Warren se atirou contra mim, me derrubando no chão e colocando seu corpo sobre o meu. Balancei os punhos e tentei bater em seu peito. Quando percebi que não funcionaria, comecei a cutucar seus olhos. Ele xingou e segurou minhas mãos.

— Você era mais dócil nos bailes — disse ele. — Mais bonita também. Limpa.

Ele tentou segurar meus punhos com uma das mãos para que a outra pudesse agarrar minhas roupas. Conseguiu rasgar a blusa e subir um pouco minha saia antes de soltar minhas mãos. Ele sabia que não conseguiria fazer aquilo com uma mão só. Atingi seu rosto de novo, e a frustração substituiu a confiança anterior.

— Maldição. — Ele me agarrou e me virou para que eu ficasse de bruços. — Vai ter que ser menos refinado.

Posicionada assim, de bruços, eu não podia atacar com tanta facilidade, nem me virar. Ele segurou minha cabeça e começou a puxar a saia novamente. O chamei de nomes que fariam Tamsin corar e lutei o máximo possível, sabendo que não me salvaria, mas pelo menos dificultaria a situação para ele. Então, percebi que aquela posição havia me aproximado de uma coisa.

A adaga alanzana estava ao meu alcance.

Sem hesitar, a agarrei e a empurrei para trás, sem me importar o que atingiria, desde que fosse ele. Warren gritou e se afastou de mim. Imediatamente, saí de seu alcance e levantei, com as pernas trêmulas. Ele estava deitado no chão, segurando a perna. Minha faca estava fincada em sua coxa. Não fora um golpe mortal, mas havia proporcionado minha fuga. Fui até a porta, que se abriu. Estava preparada para um de seus homens, mas, em vez disso, me vi cara a cara com Silas Garrett. Ele empunhava uma arma e parecia tão surpreso ao me ver quanto eu a ele.

— Prendam-na! — Warren gritou. — Vim inspecionar essas terras, e essa vadia me atacou! Ela me esfaqueou... me esfaqueou com isso — Então, apontou para baixo e ficou boquiaberto quando percebeu o desenho de árvore na faca . — Com esta lâmina... esta lâmina pagã! É uma faca alanzana! Ela é uma herege... prendam-na!

— Isso... não é dela — disse uma voz atrás de Silas. — É meu. Eu sou o alanzano.

Silas se afastou, revelando Cedric apoiado em Sully. Eu não podia acreditar que ele estava consciente depois de todos os seus ferimentos. Queria correr até ele e mandá-lo se deitar, mas Warren ainda estava na ofensiva:

— Ele diria qualquer coisa para proteger essa vadia.

Sully tentou acalmar Cedric, mas não conseguiu.

— A faca é minha. Tenho mais itens alanzanos no baú. Você não encontrará nada que seja dela.

— Então prendam-no — disse Warren — E ela por ser sua cúmplice! E por me atacar!

— Ele me atacou — retruquei. Gesticulei para minhas roupas rasgadas. — Ele me prendeu e tentou me violentar! Só me defendi!

Warren estava pálido e suando, sem dúvida sentindo a ferida e a perda de sangue, mas continuou.

— Ela me convidou. É uma garota sem moral, que se deita com Thorn e com qualquer um. Depois, ela mudou de ideia e agiu como se fosse minha culpa. Você não pode confiar na palavra de uma garota vulgar!

Silas parecia confuso, e eu não o culpava. Mas me ocorreu que, por mais improvável que fosse, podia haver uma chance de que Warren pudesse fugir de tudo isso. Ele era o governador da colônia. E quem eu era? Uma lembrança surgiu em minha cabeça: Cedric me disse que eu não sabia como era viver sem o prestígio da nobreza, que havia certo poder em ser nobre que eu nem imaginava.

Me endireitei, e lancei um olhar tão cheio de pompa quanto consegui.

— Vou dizer novamente: ele me agrediu. E talvez você não possa acreditar em uma "garota vulgar", coisa que não sou. Sou lady Elizabeth Witmore, condessa de Rothford, e sou uma nobre do reino.

28

Voltar para Cape Triumph de barco foi muito mais fácil do que por terra. Não voltamos imediatamente – não com os ferimentos de Cedric daquele jeito. Entre nós, Warren, e os bandidos contratados, Silas Garrett se manteve ocupado acompanhando a todos. Ele acabou contratando alguns homens em White Rock, delegando-os como agentes temporários da lei. Silas usou alguns deles para ajudá-lo a levar Warren e os outros de volta para Cape Triumph, e deixou um grupo menor de olho em Cedric e eu na casa dos Marshall – não que houvesse qualquer risco de desaparecermos.

Quando Silas voltou, uma semana depois, as notícias chegaram através do médico, que fazia visitas regulares para verificar Cedric.

— Eu disse ao senhor Garrett que você está apto para viajar agora — disse o médico. Ele planeja levá-lo de volta amanhã.

Estávamos sentados sob o sol da tarde, com Cedric apoiado em uma cadeira improvisada que o senhor Marshall havia construído. Seu olho já estava se abrindo novamente, e a maioria das contusões estavam começando a melhorar, ficando em um tom amarelado. Seu braço esquerdo estava em uma tipoia e precisaria de mais algumas semanas de recuperação. Ele também quebrara algumas costelas, mas não havia muito o que fazer para tratá-las além de imobilização e repouso.

— Apto para viajar? Assim?

— O pior já passou — disse o médico. — Sua vida não está em perigo. A viagem será desconfortável? É provável, especialmente se você for descuidado. Mas o barco não é nada em comparação com a rota terrestre.

— Vou ficar bem. — Cedric colocou a mão direita sobre a minha. — E precisamos voltar. Warren chegar lá antes de nós não é uma coisa boa.

Era algo que discutíamos com frequência: quanto mais tempo Warren estivesse em Cape Triumph, mais tempo teria para aperfeiçoar sua história e conseguir apoio dos seus amigos poderosos.

— Mais uma coisa. — O médico parecia um pouco desconfortável e lançou um olhar nervoso em minha direção. — O senhor Garrett pediu para lhe dizer que o colega dele chegou a Cape Triumph e que estava com seu retrato. E que ele correspondia. Mi... milady.

Levantei a mão.

— Por favor. Não há necessidade. Adelaide está bem.

O médico deu algumas orientações para Cedric antes de ir embora, bem como vários medicamentos para ajudar com a cura. Quando ele se foi, encostei a cabeça no ombro dele.

— Bem, é isso. O segredo foi revelado.

— A qual dos nossos inúmeros segredos você se refere?

— Você sabe qual. Minha identidade. Hum... a antiga. — Suspirei. — Se o parceiro de Silas confirmou, então, talvez minha palavra tenha mais peso. Exceto que agora qualquer um que espera ganhar dinheiro com a recompensa da minha avó sabe onde estou.

— *Não* conte a ninguém que estamos casados — disse Cedric em voz baixa, adivinhando o que eu estava prestes a dizer a seguir.

— Mas esse era o objetivo! Me proteger se minha identidade fosse descoberta. E foi.

Ele balançou a cabeça.

— Você é a chave neste caso, Silas te protegerá agora. E nosso plano de segurança foi criado antes que descobrissem que sou herege. Vão me julgar por isso. Se você for identificada como minha esposa, vão dizer que você também é alanzana. Não quero que seja enforcada comigo.

— Não vou permitir que você seja enforcado — resmunguei. — Nem deixar que Warren fique impune.

Mas quando voltamos para Cape Triumph na manhã seguinte, eu não estava tão confiante. Como uma colônia eminente, Hadisen não possuía um tribunal capaz de lidar com um caso tão importante como aquele, por isso, estava sendo tratado em Denham. Warren tinha várias conexões por lá. E a fé alanzana era ilegal nas duas colônias.

Ancoramos em Cape Triumph no início da noite e prontamente nos separaram. Cedric teve de ficar sob custódia durante todo o julgamento, e meu único consolo foi que Warren e seus capangas também estavam presos.

— Não sou completamente insensível, milady — me disse Silas. Eu não me incomodei em corrigi-lo. Se meu título pudesse fortalecer nosso caso, eu o deixaria ser usado. — Vou me certificar de que cuidem dele. E mandarei um médico.

— Obrigada — falei. Ele nos deu um momento de privacidade para nos despedir e eu apertei a mão de Cedric. Era o máximo que eu podia fazer, devido aos seus ferimentos. — Vamos superar isso — falei. — Encontrarei uma forma.

— Você sempre encontra.

A velha coragem estava em sua voz, mas captei um sinal de incerteza em seus olhos. Eu o beijei de leve, sem me preocupar que alguém visse. E quando os homens de Silas o levaram para longe, os acompanhei com o olhar até Cedric ser engolido pela multidão movimentada nas docas de Cape Triumph.

— Senhorita — disse um dos agentes contratados. — O senhor Garrett disse que devemos escoltá-la para onde você quiser.

Eu não tinha ideia para onde queria ir. Pensei pouco além do destino de Cedric e agora me encontrava em uma situação estranha. Depois de anos de sentimentos contidos e definidos pelas regras dos outros, finalmente, eu estava livre. Podia andar e sair livremente, exceto que não tinha para onde ir. Sem casa, sem dinheiro, sem família.

Mas eu ainda tinha amigas.

— Leve-me para Wisteria Hollow.

Como esperado, minha recepção não foi tão calorosa. Jasper saiu correndo do escritório assim que a senhora Culpepper me anunciou no saguão. Ele apontou um dedo acusador para mim.

— Não. Não. Eu não me importo com quem você é ou que títulos você supostamente tem. Você não pode vir rastejando de volta para cá depois de tudo que fez para nós. Você escolheu se afastar desta vida. Não tente recuperá-la.

— Não estou — falei. — Eu só... bem... isso é... não tenho onde ficar.

Aquilo reuniu uma plateia com as minhas belas colegas lindamente arrumadas, o que me deixou bem consciente da minha aparência desgrenhada. Charles estava entre elas. Seu retorno a Osfrid para ajudar a recrutar o próximo grupo de meninas havia sido adiado depois de todos os acontecimentos recentes.

— Jasper, a garota era uma das nossas, e ela pode muito bem ser parte da nossa família, uma vez que este negócio com Cedric esteja resolvido.

Jasper se voltou para o irmão, incrédulo.

— Este negócio? Ele está sendo julgado por heresia e ataque! Só há um caminho para que isso seja resolvido.

— Ataque? — perguntei, surpresa. — Você já o viu?

— Essa é a história que estão contando por aí — disse Jasper. — Que vocês dois se desesperaram quando ficou claro que não podiam pagar a dívida com Warren Doyle. Então, você encenou um ataque para fazer parecer que os invasores vieram atrás dele, porém seus homens chegaram a tempo de salvá-lo.

Meu queixo quase caiu no chão.

— É isso o que eles inventaram? É mentira! Ora, vamos. Você deve conhecer Cedric melhor que isso.

— Na verdade — disse Jasper, com o rosto sombrio —, sinto como se não conhecesse meu filho. O que sei é que, antes de você chegar, ele não raptava nobres, não praticava heresias nem agredia líderes do governo. Então, você vai entender quando eu disser, o mais educadamente possível, para sair da minha casa.

— Ela pode ficar comigo. — Aiana caminhou para frente de todos que estavam reunidos, segura e confiante como sempre. — E não me olhe assim, senhor Jasper. Alugo minha própria casa e posso fazer o que quiser. Venha, Adelaide.

O que mais eu poderia fazer? Não havia lugar para mim ali. Eu precisava aceitar qualquer aliado que aparecesse, embora tenha ficado surpresa ao descobrir que minhas duas maiores não estavam no saguão.

— Onde estão Tamsin e Mira? — perguntei, já na casa de Aiana. Eram cômodos surpreendentemente espaçosos, que ficavam acima de uma taverna no movimentado distrito de entretenimento da cidade. O isolamento acústico era bom, mas eu ainda podia ouvir o som do piano vindo do piso inferior.

Aiana estava colocando uma chaleira no grande fogão e se virou para mim, surpresa.

— Você não sabe? Sobre a Tamsin?

— O que há para saber? Ela se casou ou algo assim?

— Sente-se — Aiana ordenou.

Obedeci, sentando em uma cadeira coberta por uma manta com estampa de tartaruga bastante colorida. Perguntei-me se era de Balanquan, mas o olhar de Aiana me fez esquecer tudo sobre a arte.

— Onde está Tamsin?

Aiana puxou um banquinho e se sentou na minha frente.

— Adelaide, Tamsin se perdeu no dia do temporal, há duas semanas... A tempestade? Parte dela também a atingiu, certo?

Quase achei que estava ouvindo mal, que era uma forma de falar sobre a nossa viagem marítima.

— Perdida... O que você quer dizer com se perdeu na tempestade?

— Ela estava indo para Hadisen com o senhor Doyle. Eles estavam praticamente noivos, e ele ia mostrar a ela os arredores. Estavam se aproximando da baía quando a tempestade caiu e disseram que ela entrou em pânico e... bem, sumiu. Ninguém sabe o que aconteceu com ela.

— Em pânico? Tamsin nunca entrou em pânico na vida!

— Não sei de nada em primeira mão, só o que me disseram. — A calma de Aiana era impressionante. — Ela não queria entrar no barco durante a tempestade. Ela fugiu. Tentaram encontrá-la, mas era tarde demais, especialmente nessas condições. Eles a procuraram no dia seguinte, mas não tiveram sucesso.

Coloquei a cabeça entre as mãos, com medo de desmaiar.

— Não. Isso é impossível. Você está se confundindo. Ela se perdeu uma vez... isso não pode acontecer de novo! Ela queria aquele casamento mais do que qualquer coisa. Ela não teria permitido que uma tempestade a detivesse.

E, no entanto, enquanto falava, fiquei imaginando. Seria verdade? A tempestade me perturbara com dolorosas lembranças daquela noite no mar. O que teria causado em Tamsin? Talvez a ideia de embarcar em outro navio na tempestade tivesse sido muito assustadora. Mas o suficiente para fugir sozinha durante a noite?

— Sinto muito — continuou Aiana, alheia às minhas suposições. — Achei que você soubesse, especialmente depois que o senhor Doyle assumiu a culpa e pagou o preço dela aos Thorn.

— Que bom — falei, erguendo a cabeça. Era mais fácil de lidar com a raiva do que com a dor. Mas eu ainda não conseguia realmente processar aquilo. — Tenho certeza de que Jasper ficou feliz em lucrar com ela, afinal, especialmente se... — Minhas palavras deram lugar a um suspiro enquanto eu repetia o que ela disse. — Warren sabia... ele estava lá quando aconteceu.

Levantei.

— Por que ele não me disse nada? Falei com ele na manhã seguinte àquela tempestade! Como ele pode não ter mencionado que a minha melhor amiga havia desaparecido?

— Não sei. — Seu rosto estava cheio de compaixão. — Quanto mais ouço falar sobre Warren Doyle, mais segura estou de que não consigo imaginar o que ele poderia estar pensando.

Senti um soluço preso na garganta e o engoli de volta, não querendo chorar na frente dela. Compreendendo, Aiana se levantou:

— Mira está em um compromisso social. Posso dispensá-la mais cedo, acho que seria bom para você se recompor. Você pode ficar em casa, e eu pago uma das garotas lá embaixo para trazer água quente para a banheira.

Só pude assentir como resposta, e assim que ela saiu, caí em lágrimas. O estresse de tudo desabou sobre mim, e eu nem sabia mais por que estava chorando. Cedric, Tamsin... Como eu poderia ser boa para as pessoas que amava se não conseguia mantê-las em segurança? Isso era algum tipo de castigo divino por fugir de minhas responsabilidades em Osfrid?

Eu estava vermelha e com os olhos inchados quando a menina veio encher a banheira, e ela educadamente fingiu não notar. Tomar esse tipo de banho era um luxo que eu não experimentara em quase um mês. Os banhos na casa dos Marshall eram com pouca água. E fria. Realmente, depois do meu tempo em Hadisen, tudo em Cape Triumph parecia luxuoso. Os quartos de Aiana pareciam uma propriedade real osfridiana.

A água estava cinza-escuro quando finalmente emergi, e minha cabeça parecia um pouco melhor. Não bem, mas funcional. Eu não podia suportar a ideia de vestir minha roupa suja de trabalho e peguei emprestada uma longa e grossa veste de lã do armário de Aiana. Muito tempo havia se passado, e eu me perguntava se o evento de Mira era longe ou se haveria dificuldade em tirá-la de lá.

No final, Aiana apareceu. Mira atravessou a porta com um pacote de roupa nos braços, que prontamente largou quando correu através do quarto em minha direção. Eu a puxei para um abraço e senti as lágrimas voltarem. Aiana se retirou discretamente para a cozinha e se apressou a remexer nos armários.

Mira era a mesma de sempre. Bonita. Feroz. Mas não estava vestida como eu esperava, com base no comentário de Aiana sobre um compromisso social. O vestido de organdi violeta que ela usava era bem feito, mas muito simples para ser qualquer coisa da Corte de Luz. Usava o xale da mãe sobre ele, e seu cabelo estava preso com uma fita na nuca, o que obviamente havia sido feito com pressa

— Mira... como foi isso... Tamsin...

— Não sei — respondeu, sua própria voz falhando. — Não pude acreditar quando ouvi. Dois homens voltaram do barco para trazer as testemunhas com notícias de que ela não embarcara durante a tempestade. Dizem que ela correu para o bosque e que Warren estava devastado.

Achei isso improvável, lembrando a atitude *blasé* dele na manhã seguinte.

A manhã seguinte...

A tempestade explodiu enquanto estávamos cruzando a baía na noite passada.

Não mencionar o desaparecimento de Tamsin não era a única coisa estranha naquela conversa com Warren. Ele também dissera que a tempestade havia caído enquanto eles estavam na água, não quando estavam embarcando. E, realmente, se tivesse acontecido antes, algum deles teria entrado no navio?

— A tempestade foi ruim aqui — continuou Mira, os olhos brilhando. — Disseram que foi terrível em Hadisen também. E o fato de não ouvirmos nada sobre Tamsin em semanas... bem, é difícil saber no que pensar. Se ela sobreviveu, onde está? Por que não entrou em contato? Tive algumas pessoas... procurando... mas nada foi encontrado.

O desespero tomou conta de mim.

— Não posso perdê-la novamente.

— Eu sei, e me sinto da mesma forma. Mas você tem que pôr esse sofrimento de lado por enquanto. Vamos chorar por ela mais tarde, e muito. Ouvi dizer que você tem outras coisas com qua se preocupar, lady Witmore. — Seu olhar caiu sobre o pingente, que eu havia mantido. Ela baixou a voz. — Ou devo dizer senhora Thorn?

Lancei um olhar de pânico para Aiana, que estava na cozinha.

— Está tão óbvio? Isso é algum pingente alanzano revelador?

— Não, não. Estão vendendo esse estilo de colar por toda a cidade, com flores diferentes. Acabei de reconhecer a flor de laranjeira e adivinhei. — Mira hesitou. — Mas não o usaria na corte se fosse você. Não pode deixar ninguém pensar que você é alanzana. Nem que é uma mulher da fronteira. Você precisa entrar parecendo a condessa de Rothford.

Ela disse aquela última parte quando atravessou a sala em direção ao pacote de roupas.

— Tentamos conseguir o máximo possível para você na cidade. Há vários vestidos que não estão sendo usados em Wisteria Hollow, mas se Jasper perceber que você usou algum no tribunal, haverá uma conta enorme a pagar.

— Você acha que ele realmente estará lá? — perguntei, amarga. — Ele não parecia se importar com o que aconteceu a Cedric.

Aiana ouviu e caminhou até nós.

— Jasper se importa com o que acontece com seus negócios, e isso tudo reflete em Cedric. Ele estará lá.

Uma batida soou na porta, e nós pulamos. A atitude casual de Aiana desapareceu. Ela ficou tensa e alerta, seus olhos semicerraram como os de um gato enquanto se aproximava lentamente da porta. Colocou uma das mãos na maçaneta e com a outra tirou uma faca, tão longa quanto seu antebraço, do casaco.

— Quem está aí? — gritou.

— Walter Higgins — veio a resposta abafada. — Estou procurando por Adelaide Bailey, a parceira de Cedric Thorn.

O nome soou em minha cabeça e, de repente, caí em mim.

— É o agente do Cedric! Deixe-o entrar.

Ainda cautelosa, Aiana abriu a porta e olhou para fora antes de finalmente abri-la completamente. Era um rapaz baixo e nervoso, da mesma idade de Cedric, usando um terno elegante. Seu rosto demonstrou pouco enquanto ele observava cada uma de nós, mas me pareceu ser alguém que arquivava cada detalhe que via.

— Walter — falei, dando um passo à frente. — É bom finalmente conhecê-lo. Cedric falou muito bem de você.

Walter deu um pequeno aceno de agradecimento e tentou fingir que eu não estava de roupão.

— Ele falou muito bem de você também. Sempre achei que ele admirava mais do que apenas o seu conhecimento artístico. Agora, ouvi dizer que é verdade.

Estremeci.

— Todo mundo nesta cidade sabe da história?

— Bastante — disse Walter. Mira e Aiana assentiram em confirmação.

— Vou sair da cidade amanhã e soube de algumas novidades que achei que seria melhor compartilhar. Com Cedric, bem, detido, pensei que deveria discutir o meu negócio com você. Há algum lugar onde possamos falar em particular?

— Pode falar na frente delas — respondi. A falsificação do quadro agora parecia insignificante.

Ele hesitou, e então deu de ombros.

— Tenho outro comprador em potencial, e este está disposto a pagar muito mais, uma vez que ouviu que há concorrência. E está mais próximo também, a cerca de duas horas de carruagem daqui.

— Bem, é uma boa notícia — falei. — Não que adiante muito com Cedric preso.

— Não adianta mesmo, porque ele também quer algum tipo de autenticação.

Gemi.

— E eu que pensei que seria mais fácil de lidar com esses colonos.

— Bem, a boa notícia é que o outro homem queria um especialista em arte para verificar isso. Este novo se contentará com "qualquer pessoa experiente e culta em arte de Myrikos que possa distinguir a diferença entre a escória e ouro". Palavras dele, não minhas. — Walter parou, seu olhar caindo significativamente sobre Mira. — E ouvi dizer que você tem uma amiga sirminicana. Os sirminicanos se parecem muito com os myrikosi.

Mira olhou entre nós, confusa.

— Não tenho ideia do que você está falando, mas se está tentando me incluir como especialista em arte, não acho que sou quem você precisa.

— Você é exatamente o que precisamos — falei, ansiosa. Cedric havia descrito Walter como alguém que sempre descobriria uma maneira de fechar um negócio, e agora eu entendia. — Você pode fazer um sotaque myrikosi. Eu costumava ouvir você fazer isso em Blue Spring. Tudo o que precisa fazer é conhecer esse cara e dizer que a pintura é uma peça autêntica de um dos maiores mestres de Myrikos.

— E é? — perguntou ela, parecendo impressionada.

— Hum... não exatamente. — Depois de semanas sem pintar nada, senti uma breve animação. Mira, com sua elegância, com certeza poderia se passar por uma mulher de classe superior myrikosi e vender a pintura àquele homem. Então, a realidade me atingiu de novo. — Mas vai ter que esperar. Não posso correr atrás da venda da pintura agora. O dinheiro dela deveria nos ajudar a construir uma vida juntos. Não nos servirá de nada enquanto Cedric está preso.

Walter limpou a garganta.

— Peço perdão, mas nunca há um momento em que o dinheiro não sirva para nada.

— Ele tem razão — disse Aiana. — Não entendo os meios também, mas se você tem acesso a dinheiro significativo, pode ser útil. Você não sabe o que precisará fazer enquanto isso continuar.

Não entendi bem, mas Walter foi mais brusco.

— Nunca subestime o poder de um bom suborno.

— Talvez... mas não há tempo. Pelo menos, não imediatamente. Você disse que vai sair da cidade amanhã?

Walter assentiu, se desculpando.

— Por uma semana. Vou para a colônia de Lyford. Há outras pessoas que precisam de meus serviços.

— E eu preciso estar no tribunal na parte da manhã — falei. — Ninguém pode ir com Mira.

Mira olhou entre nós dois, intrigada.

— Por que preciso que alguém vá comigo? Só tenho que conhecer esse homem e agir como se eu soubesse sobre arte? Eu posso fazer isso.

— É muito perigoso — insisti. — Vamos esperar por um momento melhor. — Mas, enquanto falava, eu me perguntava se haveria um momento melhor para qualquer coisa.

— Na realidade... — Aiana franziu o cenho, pensativa. — Amanhã pode ser o melhor momento. Haverá muita coisa acontecendo no primeiro dia de julgamento. Todos estarão distraídos. Se Mira desaparecer durante uma parte do dia, é menos provável que deem por falta dela.

Ainda não gostava da ideia. Não porque acreditasse que Mira pudesse agir errado, mas porque eu não podia lidar com a ideia de outra amiga se colocar em perigo.

— Vou voltar — disse ela, sabendo o que eu temia. — Vá ao tribunal amanhã. Vamos cuidar disso. Pode me dar as informações?

Walter tirou um pedaço de papel do bolso e o entregou a ela.

— Aqui estão seu nome e endereço. E essa é a localização do homem que está com a pintura agora.

— Você não está com ela? — questionei. O segundo endereço ficava em uma cidade vizinha, em Denham.

— Sobrevivo neste negócio me certificando de que nada esteja ligado diretamente a mim. A pintura está segura, mas certamente não está pendurada em meu próprio quarto — disse ele. — Se o homem concordar com o negócio, você pode completar a transação ou esperar até que eu esteja de volta para fazê-lo. Só não gaste a minha comissão.

— Vamos ajudá-la com o resto — disse Mira. — Vamos fazer isso funcionar.

— Tudo por um dinheiro que pode ou não ajudar Cedric — murmurei. Aiana pousou a mão no meu ombro, seu olhar parecendo de aço.

— Ter uma reserva de dinheiro não irá só ajudá-lo. Você precisa aceitar que há uma chance de Cedric não conseguir sair disso. E, se ele não conseguir, você vai precisar de seus próprios recursos para escapar.

29

Aiana colocou uma cama improvisada no canto da sala de estar. Quando acordei na manhã seguinte, ela já havia saído, e me preparei para o dia. Os vestidos que Mira trouxera não estavam nem perto dos extravagantes da Corte de Luz, mas ainda eram algo que uma mulher de classe alta de Denham usaria. O que eu escolhi era feito de cambraia marfim estampada com ramos de flores rosa e roxo. O vestido me pareceu estranho depois de um mês usando roupas rudes, de um tecido perigosamente delicado. Eu não me importava em voltar a usar algo bonito, mas era um lembrete de quanto minha vida havia mudado.

Acabei de arrumar o cabelo quando Aiana voltou.

— Pensei que você tinha ido com Mira — falei.

— Vou com você. Eu a vi sair. Ela está a caminho.

Mais uma vez, senti uma pontada de medo por perder outra amiga.

— Ela está sozinha?

— Não.

Aiana não ofereceu nenhuma outra informação, e entendi que eu não podia perguntar mais a respeito.

Uma multidão se reunia do lado fora do tribunal quando chegamos. Mesmo em uma cidade agitada como Cape Triumph, aquele era um drama grave. O filho do governador, um romance ilícito, heresia... Os cidadãos estavam morrendo de vontade de conseguir um lugar na primeira fila. Aiana me guiou até a entrada, onde um funcionário da corte acenou para nós.

A sala do tribunal já estava cheia, com lugares reservados para os principais envolvidos. Um dos lugares era para mim, e me sentei, percebendo que Jasper não estava muito longe. Ele acenou friamente para mim e depois olhou fixamente na direção oposta. Mais perto da frente, o governador Doyle se sentou com Viola ao seu lado e outros conselheiros nas proximidades. Duas fileiras de cadeiras ainda estavam vazias, e eu as olhava com ansiedade. Por fim, um oficial de justiça abriu uma porta lateral e conduziu os homens. Warren era o primeiro, parecendo extraordinariamente presunçoso, dadas as circunstâncias. Cedric veio por último, e meu coração saltou ao vê-lo.

Ele precisava se barbear, e o braço ainda estava na tipoia, é claro. Mas, fora isso, ele se movia bem e não tinha mais tantos hematomas. Eu me perguntava se isso era algo bom ou ruim. Podia ajudar nosso caso se tivéssemos a prova do quanto ele havia sido espancado. Ele examinou a sala e chamou minha atenção, me dando um pequeno aceno para me dizer que estava bem. Conseguiu até abrir um sorrisinho, mas estava tenso.

Todos se levantaram quando a corte entrou, composta de sete homens. Eram magistrados e outras figuras proeminentes de Denham. Normalmente, o governador lideraria o grupo, mas ele precisou ficar de fora por razões óbvias. Um magistrado chamado Adam Dillinger foi nomeado como líder.

— Estamos aqui para julgar uma... complicada disputa que ocorreu na colônia de Hadisen. Aqui, procuraremos a verdade de acordo com as leis da nossa mãe, Osfrid. Peçamos a orientação de Uros.

Ele nos conduziu em oração, e a maioria dos presentes na sala inclinou a cabeça solenemente. Olhando para cima, vi que várias pessoas estavam observando Cedric, como se esperassem que ele se levantasse e fizesse algum ritual sombrio naquele momento.

— Senhor Doyle — disse o magistrado Dillinger. — Por favor, se aproxime e conte sua história.

Warren avançou. Ele havia tomado banho, se barbeado e estava usando roupas novas, o que me irritou. Isso se devia ao fato de ele ter apoiadores em Cape Triumph. Em comparação, Cedric estava horrível, mas em quem ele podia confiar? Certamente, não na sua família. E eu não tinha sido capaz de me vestir sem caridade.

Ninguém precisava dos antecedentes de Warren, mas ele os deu, se pintando como um cidadão-modelo que seguia os passos do pai. Ele lembrou todas as coisas boas que o governador Doyle havia feito, e como humildemente esperava imitar o pai em Hadisen.

— Como parte da minha nova posição, eu sabia que era crucial buscar uma esposa e defender valores familiares justos. Quando a Corte de Luz começou sua nova temporada, comecei a cortejar uma das garotas, uma jovem que se chamava Adelaide Bailey.

Metade do tribunal se virou para mim, e eu mantive meu olhar focado para frente, me recusando a encarar qualquer um.

— Por todas as aparências, a senhorita Bailey parecia uma garota honesta e virtuosa. Ela me levou a acreditar que estava interessada em mim e disposta a se casar. Foi então que descobri que ela havia se... *envolvido* com Cedric Thorn, um dos agentes da Corte de Luz. — Não havia dúvida sobre o que ele queria dizer com "envolvido".

— É uma acusação séria — disse um dos membros do tribunal.

— A senhorita Clara Hayes, da Corte de Luz, testemunhou sua indiscrição em primeira mão — disse Warren. — Várias pessoas viram as consequências. Você pode questionar qualquer um para mais esclarecimentos.

— O que fez a seguir, senhor Doyle? — perguntou Dillinger.

— O que eu poderia fazer? — Warren abriu os braços. — Eu dificilmente pressionaria uma mulher cujo coração pertencia a outro. Senti pena deles. Então, decidi ajudar.

Ele detalhou o arranjo que havia feito conosco em Hadisen, pintando-se novamente como um homem exemplar e caridoso. Vários espectadores balançaram a cabeça em uma mistura de raiva e simpatia, mostrando claramente que pensavam que havíamos nos aproveitado dele.

— Dei ao senhor Thorn todas as oportunidades para ter sucesso — disse Warren. — Equipamento, treinamento. Mas logo ficou claro que ele havia assumido mais do que era capaz. Ele é um homem de negócios, um estudioso. Dificilmente, se adaptaria ao tipo de trabalho necessário na fronteira. Sua inaptidão resultou em acidentes, uma queda sendo especialmente ruim. E ele dizia encontrar grandes jazidas de ouro, mas jamais conseguiu desenterrá-los, não importando quanto tempo esperássemos.

Eu não percebi que estava começando a levantar até que Aiana me puxou para baixo.

— Espere — murmurou ela.

A verdadeira atrocidade veio quando Warren descreveu aquele último dia.

— Eu queria acreditar em suas histórias de ouro, especialmente porque o contrato de Adelaide expiraria. Levei vários homens para as terras com a intenção de escavar o ouro, mas as coisas quase terminaram antes de eles começarem quando a inexperiência do senhor Thorn quase resultou na explosão de todos nós. Naquele momento, ficou claro que ele e a senhorita Bailey estavam desesperados. Não havia como pagar a dívida em tempo, e as coisas pioraram quando descobrimos artefatos alanzanos na posse do senhor Thorn.

Os murmúrios escandalizados percorreram a sala, e Dillinger pediu silêncio.

— Estava claro que eu precisava conversar com eles — continuou Warren. — Eu tinha certeza de que havia um mal-entendido. Mandei meus homens almoçarem e sentei para discutir a melhor forma de ajudá-los, e foi aí que a traição começou. Sozinho comigo, o senhor Thorn me atacou, com a intenção de me matar e fazer parecer como se assaltantes tivessem feito isso, libertando-o assim do contrato. Através do maior golpe de sorte, dois dos meus homens voltaram para recuperar alguma coisa e foram capazes de me salvar a tempo. Eles subjugaram o senhor Thorn, mas o perigo não havia acabado. A senhorita Bailey assumiu a luta de seu amante e se ofereceu descaradamente em uma tentativa de me distrair. Como eu a recusei, ela me esfaqueou. Não consigo imaginar o que teria acontecido se Silas Garrett, da Agência McGraw, não tivesse chegado.

O tribunal fez perguntas mais profundas, e fiquei espantada com a forma como Warren tinha resposta para tudo. Cada acontecimento, cada detalhe fora distorcido de uma maneira que o favorecia e apoiava suas mentiras. Quando ele foi dispensado, ficou claro que tinha quase todos do seu lado.

Cedric foi chamado em seguida. Um dos magistrados apresentou um texto sagrado de Uros.

— Por favor, jure dizer a verdade... se for capaz.

Fiquei chocada com a insinuação de um grupo que reivindicava a imparcialidade. Mais um burburinho começou na sala, especialmente quando Cedric colocou a mão no livro sem que ele explodisse em chamas ou algo igualmente absurdo.

Normalmente, em casos com pontos de vista conflitantes, Cedric seria convidado a relatar a história do seu ponto de vista. Em vez disso, Dillinger perguntou:

— Senhor Thorn, você é um alanzano?

Cedric piscou, surpreso. Eu tinha certeza de que ele estava preparado para essa pergunta, mas não esperava a ordem irregular.

— Eu simplesmente tinha artefatos alanzanos em minha posse. Mas ninguém me viu louvando-os.

— Por que, então, você teria esses itens em sua posse?

— Curiosidade — disse Cedric, mantendo o tom suave. — Conheci alanzanos na universidade de Osfro. Eles me deram os itens na esperança de me converter.

— E você não relatou esses desviantes? — perguntou outro membro do tribunal.

— Eles eram jovens e rebeldes. Acreditei ser uma fase que eles superariam antes de voltar para Uros e os seis anjos gloriosos.

Dillinger levantou um pedaço de papel.

— Temos um testemunho assinado por um condenado alanzano, Thaddeus Brooks, que foi pego no ato de adoração. Ele jura que você participou com ele de algum rito pagão chamado "Advento Estelar". Como você responde a isso?

Cedric não deu sinal de angústia.

— Acredito que um homem preso diria qualquer coisa para se libertar.

— A adoração alanzana é ilegal, tanto em Denham quanto em Hadisen — afirmou Dillinger. — As religiões ilegais são puníveis com execução, se você não tiver proteção de outra colônia ou isenção real.

— Estou ciente — disse Cedric.

— A jovem que se chama senhorita Bailey é alanzana? — perguntou o membro do tribunal, à direita de Dillinger.

— Não — Cedric respondeu rapidamente. — A senhorita Bailey deixou claro, em muitas ocasiões, que acredita que os alanzanos são pagãos equivocados. Vou jurar isso o quanto você quiser.

O tribunal manteve um pouco mais o tópico alanzano, mas Cedric permaneceu firme em sua defesa: ninguém o havia apanhado adorando. Porém, Dillinger deixou claro que achava que o testemunho de Thaddeus Brooks era prova suficiente.

Eles finalmente permitiram que Cedric contasse seu lado da história. O tribunal questionou e comentou de maneira que fez com que os detalhes soassem improváveis e até mesmo tolos. Os membros não fizeram nenhuma tentativa de esconder seu escárnio, e a sala de audiências ecoou esse sentimento. E como eu temia, a melhora de seus ferimentos disfarçava o quanto o ataque de Warren havia sido excessivamente brutal. Um magistrado apontou que um braço quebrado não estava fora de questão quando dois homens tentavam parar um assassino.

Cedric foi liberado, e Dillinger chamou:

— Lady Elizabeth Witmore, condessa de Rothford.

Qualquer pessoa que não tivesse me notado na sala de audiências antes me notaria agora. Segui para frente com toda a confiança arrogante de uma menina que passara a vida contando que sua linhagem era superior à de todos os outros. Fiz meu voto para Uros e encontrei o olhar de Dillinger com uma frieza que lhe disse que estava desperdiçando meu tempo.

Ele limpou a garganta.

— Lady Witmore... por favor, diga-nos como você fez parte da Corte de Luz sob um nome falso.

Eu esperava aquilo e tinha uma resposta bem preparada. Falei de como as fortunas da minha família estavam desaparecendo e que percebi que teria mais oportunidades no Novo Mundo. Disse que a minha criada havia fugido e vi uma oportunidade para mim.

— Um título não é nada sem substância — declarei. — Talvez eu tenha agido impulsivamente, mas outros lutaram para encontrar um lugar no Novo Mundo, com sucesso. Decidi me juntar a eles.

Isso suscitou alguns acenos de aprovação até que Dillinger declarou:

— Então, você mentiu e enganou os outros para conseguir seu intuito. Cedric Thorn conheceu sua verdadeira identidade? Ele ajudou a encobri-la?

— Não. Ele nunca havia encontrado a minha dama de companhia. Ele não soube da minha verdadeira identidade até muito mais tarde, em Adoria.

Contei minha história de Hadisen, repetindo quase tudo o que Cedric havia dito em sua versão. Quando cheguei ao ponto do ataque de Warren, os homens do tribunal mostraram um ceticismo óbvio:

— Você tem alguma prova desse suposto ataque? — perguntou um deles.

Eu o encarei com os olhos semicerrados.

— Tenho a minha palavra.

— Muitas mulheres fazem afirmações assim. É algo fácil quando não há testemunhas. O homem diz uma coisa, a mulher, outra. — Então, percebi que eu havia errado ao pensar que meu título me daria uma vantagem. A vantagem, ali, era ser homem. As mulheres eram fáceis de dispensar.

— Além disso — acrescentou Dillinger —, acho improvável que uma mulher de moral duvidosa se opusesse tão violentamente aos avanços de um homem.

A declaração foi tão ridícula que levei vários momentos para formular minha resposta.

— Eu... acredito que qualquer mulher, moral ou imoral, objetaria quando forçada contra sua vontade. E não aprecio o que você está insinuando sobre minha virtude.

— Você não era amante de Cedric Thorn?

Coloquei minha máscara de volta.

— Preservar minha virtude até o casamento foi um princípio que adotei em toda a minha vida. Não desisti da minha virgindade com um homem com quem não fui casada, se é isso que você está sugerindo.

— Você jura isso?

— Sim.

— Então por que estava bebendo chá de espinho de canela? — Ouvi alguns sussurros com as palavras de Dillinger, o que achei cômico. Muitas mulheres bebiam para impedir filhos. Todos fingiam que não.

— Você tem provas de que eu estava? — perguntei. Joguei os restos fora antes de servir o chá a Warren e não havia nada em minha posse na casa dos Marshall.

— O senhor Doyle afirma que sentiu o cheiro.

— Exatamente como eu disse que ele me agrediu. O homem diz uma coisa, a mulher, outra.

À medida que mais detalhes foram examinados, fiquei certa de que o tribunal havia sido comprado para contestar tudo que Cedric e eu disséssemos. Minha virtude foi constantemente questionada, assim como a minha natureza supostamente enganosa.

Fizemos uma pausa para o almoço depois disso, e eu contei a Aiana meus pensamentos.

— Os subornos são muito úteis — disse ela.

Observei melancólica enquanto Cedric era levado para fora com os outros. Ele me olhou rapidamente, se despedindo, um pouco menos confiante do que antes.

— Nosso suposto dinheiro de suborno pode não corresponder ao deles. Isso se conseguirmos esse dinheiro.

Aiana assentiu na direção da porta.

— Por que não descobre?

Virei e vi Mira entrar, impecável com um luxuoso vestido de montaria. Eu me apressei e a abracei, aliviada por estar segura.

— Como foi? — sussurrei.

Ela sorriu.

— Fácil. Eu poderia ter vendido qualquer coisa a ele.

Eu a abracei de novo.

— Obrigada.

— Como foi aqui?

— Vamos apenas dizer... não tão bem-sucedido quanto a sua tarefa.

Mira nos atualizou durante o almoço e, em seguida, retornamos aos depoimentos. Silas Garrett deu um testemunho bastante imparcial que não favoreceu nenhum dos lados, mas fez algumas perguntas sobre a história de Warren. No entanto, eu não sabia se seria suficiente. Elias deu uma declaração previsivelmente complicada depois disso, e então o tribunal encerrou o dia. Cedric e Warren foram escoltados separadamente, em direções diferentes e, por sorte, Cedric foi levado para o lado oposto da sala e Warren veio em minha direção.

Ele parou no corredor ao meu lado, agindo como se precisasse ajeitar alguma coisa em seu paletó.

— Que triste tudo isso deve ser para você, lady Witmore. Por meio, você trocou a segurança e um título para brincar de casinha com garotas da cozinha. Quando teve uma chance de salvar sua vida dessa queda, jogou essa oportunidade fora também por causa de um devaneio romântico. E quando achou que as coisas poderiam finalmente estar indo de acordo com seus planos, puf! — Ele manteve as mãos abertas. — Isso desmoronou também. Você desistiu de tanto. Suportou tanto. E quando tudo tiver terminado, a única coisa que você vai receber é... bem, nada.

Apertei os punhos, para que ele não visse como eu tremia. Eu não podia deixá-lo saber como suas palavras haviam me atingido. Porque, de muitas maneiras, ele estava certo. Fiz sacrifício após sacrifício em minha vida durante o último ano até que consegui a única coisa que me importava: Cedric. E agora, eles estavam ameaçando levá-lo também.

Encarei o olhar de Warren com firmeza.

— Assim como você não terá nada quando estiver a caminho da forca. Sei que será enforcado pelo que fez aos meus entes queridos. Sei que você teve algo a ver com o desaparecimento de Tamsin.

Vi um leve brilho de surpresa em seus olhos, mas se foi o choque de ser descoberto ou confusão pela acusação, eu não poderia dizer. Sua pausa demorou muito e seus acompanhantes o levaram para longe.

— Há apenas mais duas testemunhas amanhã, mas tenho certeza de que tudo será igual — falei, enquanto Mira e Aiana caminhavam comigo de volta à cidade. Não poder falar com Cedric havia sido o golpe final do dia.

Mira pôs o braço ao meu redor.

— Se mantenha forte.

Elas jantaram comigo na casa de Aiana, que disse que precisava levar Mira de volta para Wisteria Hollow antes do toque de recolher.

— Vou resolver minhas próprias incumbências depois disso. Fique aqui dentro, e mantenha a porta trancada. Não há como prever o que isso pode ter provocado.

Eu odiava ver Mira ir embora, mas havia uma boa chance de sua ausência ter sido notada. Ela havia feito mais do que o suficiente para mim, e eu não queria que tivesse problemas.

— Seu contrato está para terminar — falei. — O que você vai fazer?

Ela deu de ombros.

— Alguma coisa.

Lancei um olhar para a direção para onde Aiana seguiu.

— É por isso que você não escolheu alguém... você e Aiana, quero dizer...

Mira levou alguns momentos para entender, e balançou a cabeça.

— Não, não. Aiana foi boa para mim... uma, hum... espécie de mentora. Mas eu gosto de homens. Só não gostei de nenhum dos que conheci.

Levando em conta o quanto eu já havia me constrangido, pensei que deveria tirar tudo a limpo.

— Antes de você ir para Blue Spring Manor, alguma coisa aconteceu entre você e Cedric?

Ela pareceu achar aquilo ainda mais inacreditável.

— Não. Por que você pensaria isso?

Ruborizei.

— Ele sempre gostou e fez muito por você.

O sorriso de Mira era gentil.

— Ele fez muito por mim porque é um homem amável. E vamos encontrar uma maneira de salvá-lo.

Elas me deixaram sozinha com meus pensamentos girando. Tive algumas ideias brilhantes e estranhas – como sair e resgatar Cedric –, mas a realidade me atingiu, me deixando desesperada. Era mentalmente exaustivo, e eu havia decidido ir para a cama quando alguém bateu na porta.

Lembrando dos avisos de Aiana, quase não respondi.

Então, fui até a porta e perguntei:

— Quem está aí?

— Gideon Stewart.

— Não sei quem é.

— Sou um ministro de Grashond. Ajudei a trazer sua amiga Tamsin de volta.

As lembranças do dia do retorno dela se agitaram em mim. A maior parte dos representantes de Grashond havia se misturado, mas quanto mais pensava nisso, mais seu nome começava a soar familiar. Eu ainda estava relutante em abrir a porta.

— O que você quer?

— Talvez eu saiba uma maneira de salvar o senhor Thorn. Envolve a colônia de Westhaven, mas eu precisaria de sua ajuda.

À menção de Westhaven, não pude resistir. Abri a porta e encontrei o belo homem louro que viera à Wisteria Hollow. Ele usava o mesmo traje monótono de antes. Depois de uma rápida olhada pelo corredor, acenei para que ele entrasse e fechei a porta.

— E então? — Mantive os braços cruzados. Purista religioso ou não, eu queria ser cautelosa.

— Estive no tribunal hoje e... sinto muito pelo que você está passando — disse ele. — Se isso a faz sentir melhor, não acho que eles serão capazes de decidir sobre a disputa. Há muitas contradições e nenhuma prova. Sem ninguém morto, eles vão concluir que foi uma briga.

Meu coração afundou. Claro que eu estava feliz porque isso significava que Cedric não estaria implicado, mas odiava a ideia de Warren ficar impune.

Gideon fez uma careta.

— Infelizmente, acho que a questão alanzana será julgada. Mesmo sem a adoração real, esses artefatos são condenatórios. Já vi homens condenados por muito menos. Aqueles que estiverem no poder aceitarão a declaração da testemunha e tenho certeza de que Warren Doyle tem autoridade suficiente para que a punição integral seja aplicada, provavelmente de imediato.

— Morte. — Afundei na cadeira. Eu estava em um precipício com Cedric de novo. Se ele morresse, eu não resistiria. — Então, que milagre você pode conseguir? Os Herdeiros de Uros têm algum poder especial?

Ele abriu um sorrisinho.

— Não. Mas a colônia de Westhaven tem. Aqueles que compraram terras lá tecnicamente seriam cidadãos dela. O privilégio recíproco entre as colônias permite que os cidadãos de fora possam praticar certas coisas, mesmo que sejam ilegais naquela colônia, desde que não quebre outras leis. Isso se aplica a Cedric. A luta em Hadisen não teve nada a ver com os alanzanos.

— Isso é ótimo — falei —, exceto que Cedric não é cidadão de Westhaven. Embora não tenha sido por falta de tentativa.

— Há representantes de Westhaven na cidade agora, e eles estão vendendo terras. Se Cedric conseguir comprar uma e você encontrar um advogado para solucionar a questão da papelada e, como dizer isso, modificar a data, Cedric poderia reivindicar proteção retroativa como cidadão de Westhaven. Supondo que você consiga encontrar esse tipo de advogado. Imagino que, nesta cidade, seja possível encontrar qualquer coisa.

Me ajeitei na cadeira, chocada demais pela possibilidade até mesmo para refletir sobre um ministro justo sugerindo algo tão ilegal.

— Eu talvez... talvez conheça um advogado que faria.

Gideon se iluminou.

— Então, você só precisa comprar as terras.

— Não tem nada "só". Eu sei o quanto isso custa. E nós não temos... — murmurei quando a resposta me atingiu. — Sei onde posso conseguir o dinheiro. Talvez. Mas não será fácil.

— Tenho certeza de que não. Queria... queria poder ajudá-la nessa frente. Mas já gastei minhas economias comprando minha própria terra.

Eu o olhei, atônita.

— Por que um ministro dos Herdeiros de Uros compraria uma participação em uma colônia religiosamente tolerante que já está adquirindo a reputação de ser selvagem?

Ele me deu um sorriso irônico.

— Porque este ministro não tem tanta certeza de que ainda está de acordo com seus irmãos.

— É por isso que você é simpático a Cedric? — perguntei, suavemente.

— Um pouco. Se as crenças de alguém não machucam os outros, não acredito que deva ser punido por isso. E... — Sua expressão mudou. — Você era amiga dela. Ela falou de você muitas vezes. Eu não pude ajudá-la, mas talvez... talvez eu possa te ajudar.

— Tamsin — falei. Lágrimas se formaram em meus olhos.

— Sinto muito. Fiz o que pude para encontrá-la, para descobrir o que aconteceu com ela naquela noite. — Ele parecia genuinamente perturbado, desfazendo a minha desconfiança anterior.

— Está tudo bem — falei. — Não há nada que qualquer um de nós pudesse ter feito. — Mas enquanto refletia sobre as inconsistências bizarras em torno da história de Warren sobre o que tinha acontecido a Tamsin, quis saber se aquilo era verdadeiro.

— Não sei se é verdade, mas terei que acabar aceitando isso mais tarde. — Ele afastou sua dor e se concentrou em mim novamente. — Por enquanto, me diga como eu posso ajudar.

Pensei a respeito.

— Você pode me conseguir um cavalo?

— Tenho um lá embaixo. Vim cavalgando de Wisteria Hollow.

— Bem, essa é a primeira coisa que dá certo para mim depois de tanto tempo. Me dê alguns minutos. — Eu o deixei e fui trocar o vestido pela saia dividida e a blusa. As roupas haviam sido lavadas e pareciam um pouco melhores. Como esperado, também encontrei várias armas escondidas na casa de Aiana e peguei outra faca. Depois, escrevi um bilhete e o dei a Gideon com instruções para entregá-lo a Nicholas Adelton.

— Ele é o advogado que vai ajudar? — perguntou.

— Talvez, sim — considerei. — Espero que sim.

Descemos as escadas e encontrei uma égua altiva amarrada na frente da taverna. Gideon deu um tapinha nela.

— Ela se chama Beth.

Não pude deixar de rir.

— Lizzie e Beth. Não posso escapar do meu passado.

— O quê?

— Nada. Apenas entregue essa carta para o senhor Adelton.

Gideon me olhou, nervoso.

— Você não vai fazer nada de perigoso, não é? Eu devo... devo ir com você?

— Não, vou ficar bem — falei, esperando que fosse verdade. — Só vou sair por um curto período.

Minha saída rápida era, na verdade, de duas horas para fora da cidade, até o contato de Walter, que guardava a minha pintura. O crepúsculo estava caindo, e eu saí com o chapéu puxado para baixo, esperando que não fosse óbvio que eu era uma mulher. Denham era uma colônia estabelecida e certamente não sem lei, mas tinha seu elemento sombrio como em qualquer outro lugar. E até que o mundo mudasse drasticamente, uma mulher cavalgando sozinha durante a noite estava em risco.

Mas, quando saí dos limites da cidade e desci pela estrada escura, não pude deixar de temer que as possíveis ameaças me atrasassem. O medo era só mais um inimigo, e eu tinha muitos outros com que me preocupar agora. A salvação de Cedric estava ao meu alcance, e eu não seria derrotada.

Mira havia me devolvido a folha com os nomes e endereços de Walter, e eu a carregava comigo. Eu também levava uma carta que ele havia escrito, autorizando seu contato a entregar a pintura. Era uma viagem de duas horas ao sul, depois de volta para a cidade, e depois, mais duas horas até ao norte para entregá-la ao comprador. Eu ficaria fora a noite toda e havia uma boa chance de que não pudesse chegar a tempo do começo do julgamento no dia seguinte. Exigiria muito de Beth, sabendo que estava arriscando esgotá-la.

Surpreendentemente, não encontrei quase ninguém na estrada. Aqueles por quem passei não me olharam duas vezes. Era tarde da noite quando cheguei a Idylwood, uma aldeia sonolenta que mostrava a promessa de, no futuro, florescer. O contato de Walter era o ferreiro da cidade, e achei sua casa com facilidade. Amarrei Beth perto de uma tina, e a deixei bebendo água.

O ferreiro ficou surpreso ao me ver, sobretudo por eu ser uma mulher. Ele leu a carta e a devolveu, encolhendo os ombros.

— Acho que Walter emprega todos os tipos agora. Venha comigo.

Ele me levou para um galpão fechado que, quando aberto, revelou principalmente um monte de lixo. Eu me preocupava com as condições em que a pintura estaria. Ele afastou as coisas e finalmente puxou um objeto retangular, envolto em um pano. Desenrolei-o e o examinei à luz da minha lanterna. Era a pintura, exatamente na mesma condição em que a vi pela última vez na adega de Wisteria Hollow.

— Satisfeita? — perguntou.

— Muito. Obrigada.

Eu a envolvi no tecido, e ele me ajudou a amarrá-la na parte traseira da sela de Beth. Não era o transporte ideal, mas me senti confiante de que a lona não rasgaria. Um pequeno salto não machucaria muito.

Beth e eu partimos para Cape Triumph. Uma lua minguante oferecia pouca orientação, e eu estava contente por ser uma estrada bem usada. Quando cheguei na entrada da cidade, acabei dando algumas voltas. Usar o tempo extra parecia uma escolha melhor do que ser reconhecida.

A estrada ao norte era mais estreita que a ao sul, cercada por espessos bosques que tornavam o caminho ainda mais escuro. Eu sabia que devia ir devagar para o caso de haver obstáculos invisíveis, mas estava ficando desconfortável com o tempo gasto. Já devia ter passado da meia-noite, e eu ainda tinha um longo caminho para percorrer – isso sem mencionar a papelada a resolver em Cape Triumph. Havia apenas mais algumas testemunhas no julgamento. Eu não sabia quando o tribunal decidiria. Era possível que a papelada pudesse derrubar uma sentença. Mas eu sabia que, às vezes, especialmente por heresia, a punição era decretada imediatamente. Eu não podia perder tempo.

Pedi à pobre e cansada Beth que continuasse em um duro galope. Apesar de toda minha boa conversa sobre ser uma grande amazona, o que eu estava fazendo era incrivelmente imprudente. Isso foi confirmado apenas alguns minutos depois quando Beth, de repente, tropeçou, quase atirando a mim e a pintura para fora de seu lombo. Ela conseguiu se reequilibrar a tempo, mas fez uma rápida parada, se recusando a ir mais longe. Desmontei e tentei ver o obstáculo em que ela tropeçara. No fim das contas, ela havia perdido uma ferradura.

— Droga — resmunguei na noite. Uma coruja respondeu. Um exame mais aprofundado mostrou que Beth não parecia ter machucado a pata ou o casco, mas de jeito algum eu conseguiria montá-la no ritmo anterior. E pela sua aparência exausta, ela provavelmente não me deixaria fazer isso por muito mais tempo, de qualquer maneira.

Mesmo em um trote mais leve, qualquer instrutor de equitação que eu já tivera me castigaria por aquilo. Ela corria o risco de ter mais lesões. Eu esperava que isso não acontecesse – assim como eu esperava que o comprador da pintura me vendesse um cavalo.

Mas Beth se recusou a continuar. Finalmente, fui forçada a ir a pé, conduzindo-a atrás de mim. Cada passo pela estrada era agonizante – não por causa da carga física, mas da mental. Eu estava cansada e frustrada. A lua estava subindo cada vez mais e tudo o que eu conseguia pensar era como o atraso colocava Cedric em risco. Pelo menos duas horas tinham se passado quando ouvi o barulho de cascos atrás de mim. Instantaneamente, me protegi, sem saber se aquilo seria uma ajuda ou obstáculo. À medida que os cavaleiros estavam se aproximando, não haveria chance de desviar para o bosque, então, simplesmente me movi para o lado e esperei o que estava por vir. Coloquei a mão na faca.

Cinco homens surgiram, diminuindo a marcha à medida que se aproximavam de mim. Um segurava uma lanterna. Todos tinham rostos queimados de sol e usavam roupas desgastadas, o que sugeria uma vida simples. Não reconheci nenhum deles. Mas eles me reconheceram.

— Condessa — disse um, alegremente. — Estamos aqui para escoltá-la de volta para Osfrid.

30

Dei um passo para trás, tentando acalmar minha respiração rápida e o coração acelerado.

— Você cometeu algum engano, senhor — falei. — Sou uma trabalhadora comum, fazendo uma entrega.

— Um pouco tarde para isso — disse um dos homens. — Para mim, parece mais que você está tentando fugir antes que as coisas explodam em Cape Triumph. Não tenho certeza se a culpo.

— Não vamos machucá-la — disse o primeiro homem. Ele desceu do cavalo, e outros seguiram o exemplo. — Só preciso levá-la de volta e receber o nosso pagamento. Venha conosco e torne isso mais fácil para todos.

Apertei a mão sobre a faca e dei outro passo para trás. Eu estava quase fora da estrada e me perguntei a que distância eu iria se corresse para o mato. Provavelmente, não muito longe. O terreno parecia irregular, e eu provavelmente cairia sobre algum tronco antes de me afastar três metros.

— Ela não vai facilitar. — O primeiro homem se aproximou, e eu puxei a faca, cortando sua camisa e ferindo superficialmente seu peito.

— Vadia! — gritou. — Peguem-na!

Os outros homens avançaram, e eu sabia que não conseguiria vencer aquela disputa. Assim como no ataque de Warren, me recusei a facilitar. Se esperavam que uma mulher fosse uma presa fácil, logo descobririam o contrário. Caí no chão quando me alcançaram, fazendo com que se chocassem. Afastei-me o máximo que pude, esfaqueando um deles na panturrilha. Tive a sensação de arrancar a faca e correr para longe enquanto ele caiu, gritando. Levantei-me e corri, mas rapidamente fui interrompida. Alguém agarrou meu cabelo e me puxou para trás. Eu caí, batendo a lateral da cabeça contra a estrada de terra.

— Não a machuque! — gritou o líder. — Precisamos dela intacta.

— Ela terá dois meses no mar para se curar — respondeu o homem mais próximo de mim. Ele tentou me agarrar, mas um balanço selvagem da lâmina o manteve afastado. Seus companheiros estavam se movendo e um deles, finalmente, conseguiu tirá-la da minha mão. Cercada, finalmente desacelerei e aceitei a derrota – por enquanto. Eles teriam que me levar de volta para Cape Triumph e depois para um navio. Havia muito tempo para escapar.

Percebendo a vitória, os homens pararam e aguardaram a próxima ordem. Esse momento de silêncio foi repentinamente preenchido pelo ruído de mais cascos. Todos se viraram para olhar para o outro lado da estrada, menos eu. Usei a distração para deslizar por entre dois homens e pegar minha faca.

Mas quando os cavaleiros apareceram, até mesmo eu fiquei surpresa. Um homem e uma mulher pararam diante de nós. Ambos montavam cavalos brancos e usavam máscaras negras nos olhos. O homem mais próximo de mim ofegou.

— Piratas!

— Tom Shortsleeves!

— E lady Aviel — disse outro. Ele falou o nome como o de um demônio, o que era irônico, já que ela usava o nome de um dos seis anjos gloriosos.

As palavras de Aiana voltaram para mim: *todas as histórias têm um pingo de verdade.*

Lendas vieram à vida. Eu realmente não acreditava nas histórias. Havia tantos rumores, e aquilo parecia particularmente estranho. Mas se aquelas figuras intimidadoras não eram realmente dois dos piratas mais famosos de Cape Triumph, as impressões que causavam eram tão boas que não importava. Eles combinavam com as descrições que eu havia escutado várias vezes em festas e, claro, de Mira, sua maior fã. As mangas de Tom eram de fato curtas, e eu conseguia distinguir a pena de pavão em seu chapéu. Cabelos dourados caíam nas costas de Aviel, sobre uma capa costurada com estrelas estilizadas. Os dois desembainharam espadas ao mesmo tempo, seus movimentos sincronizados e eficientes.

— Vocês têm algo que queremos — disse Tom, ou seja lá quem ele realmente fosse. — Deixem lady Witmore conosco e vão embora.

Dois dos homens, imediatamente, começaram a se retirar, os rostos cheios de medo. O líder da gangue enfrentou os cavaleiros.

— Ela e a recompensa nos pertencem. Saiam daqui antes que nós... Ahh!

Tom avançou, batendo o pomo da espada na cabeça do líder. Aviel se moveu muito rápido e foi atrás dos outros homens. Eles podiam estar em menor número, mas os cavalos lhes deram uma vantagem, já que os outros não estavam montados. O medo que os dois inspiravam era igualmente eficaz. Alguns dos invasores estavam tentando fugir, e aquele cuja perna eu havia machucado estava tendo problemas para se mover.

Levei tudo em consideração enquanto hesitava sobre o que fazer. Com a gangue em desordem, eu poderia facilmente usar a minha faca de forma eficaz. Mas enquanto eu assistia a Tom e Aviel balançarem ferozmente suas espadas, decidi que não queria correr o risco com esse elemento desconhecido. Estava na hora de correr.

Voltei para Beth. Com toda a agitação, ela estava muito mais disposta a me carregar. Partimos em um trote mediano – não tão rápido quanto eu gostaria, mas o suficiente para me levar embora. Meu plano era manter alguma distância da briga, então, desci e aproveitei minhas chances com o bosque. Aquilo significaria abandonar Beth e a pintura, mas era o momento de fazer escolhas difíceis.

Não cheguei tão longe quanto esperava. Na verdade, eu mal havia começado quando Tom e Aviel me alcançaram e bloquearam a estrada. Olhei para as novas ameaças e tentei não me envolver na mística de suas temíveis reputações, mas era difícil.

— Não precisa mais se preocupar com esses homens — disse Tom, quase com alegria.

— Estão mortos? — perguntei.

— Talvez — disse Aviel. — Ou fugiram. — Ela soou como se tivesse um sotaque belsiano. O de Tom certamente era colonial.

— Bem, não importa. Eu não ia com eles, e não vou com vocês. — A ousadia veio automaticamente, embora houvesse pouco que eu pudesse fazer contra eles. Eu voltaria ao meu plano de encontrar uma chance de fuga.

— Não queremos levá-la — respondeu Tom. — Onde quer que você vá, nós vamos ajudá-la a chegar com segurança. Somos seus acompanhantes esta noite.

Eu não podia ver suas expressões na escuridão, mas ele parecia sincero.

— Por quê? O que vocês querem?

— Nada com que você precise se preocupar. Nossos interesses são nossos. Tudo o que precisa saber é que está a salvo conosco.

Eu não confiava neles. Como poderia? Nada daquilo fazia sentido, mas também, depois de ter ouvido tantas histórias, era difícil adivinhar os motivos desses dois.

Quando não falei nada, Tom acrescentou:

— Seu cavalo está coxo?

— Ainda não — admiti. — Mas ela perdeu uma ferradura.

— Então teremos que levá-la no nosso.

Eu o vi olhar para Aviel. Algo se passou entre eles – algo um pouco tenso – e um momento depois, ela desceu.

— O meu não terá problemas para carregar duas pessoas — disse ele. — Você pode montar o dela.

Olhando para o grande cavalo de batalha de Tom, suspeitava que pudesse carregar até dez pessoas. A pequena égua parecia animada e energizada sob a luz da lanterna, e eu me senti encorajada pela ideia de ter meu próprio cavalo. Aumentava minhas chances de fuga.

— Ok — falei, caminhando para ela. — Vamos para Crawford.

Aviel se moveu para o corcel, hesitando apenas um momento antes de subir, sem esforço, com Tom. Amarrei Beth a uma árvore.

— Desculpe, garota. — Acariciei seu pescoço, me sentindo culpada por abandoná-la. — Espero que possamos levá-la de volta para Gideon. Ou talvez um novo dono lhe dê uma ferradura.

Prendi a pintura na nova montaria e seguimos em um ritmo vertiginoso. A velocidade era emocionante após a marcha lenta de Beth, e me permiti acreditar que aquilo pudesse funcionar. Mas eu sequer havia chegado ao meio caminho até Crawford, e o tempo ainda era meu inimigo.

Quando finalmente chegamos aos limites da cidade, Tom e Aviel diminuíram a velocidade.

— Você tem o endereço? — perguntou ele.

— Sim.

— Então, é melhor esperarmos aqui. Nos ver no meio da noite pode ser... alarmante para algumas pessoas.

Eu podia acreditar naquilo. Crawford era maior do que a última aldeia, e levei um tempo para encontrar o lugar certo. Quando achei, entendi por que o comprador poderia pagar pela pintura. Sua casa era, de longe, a maior da cidade. Uma bela mansão no lado oposto do centro verde. Lanternas pendiam do lado de fora, mas as janelas estavam escuras. Respirando fundo, peguei a pintura e bati na porta.

Dei mais duas batidas antes que alguém atendesse, um criado sonolento que me olhou desconfiado.

— Preciso ver o senhor Davenport.

— Senhora — disse o criado, o tom sugerindo que o título era generoso —, estamos no meio da noite.

— Isso não pode esperar. — Segurei a pintura embrulhada. — Tenho algo que ele está muito interessado em comprar. Uma pintura. Acho que ele ficaria chateado se soubesse que você me desviou e eu a vendi a outra pessoa. — A mudança de expressão do criado me disse que estava familiarizado com as negociações de quadros. Ele me permitiu entrar no vestíbulo e me avisou para não tocar em nada enquanto ia chamá-lo. Minutos depois, um cavalheiro de cabelos grisalhos entrou, usando um roupão. Seus olhos se arregalaram ao me ver.

— Você é... você está entregando o Thodoros?

— Se você ainda o quiser — falei. — Há uma senhora myrikosi em Cape Triumph que está muito interessada. — Eu o desenrolei, e ele correu para frente, se inclinando perto da tela.

— Magnífico. Vi isso há três semanas e não consegui tirar da cabeça. Vi um dos outros trabalhos desta série no continente. Na época, também fiquei impressionado. — Ele tocou a lona com suavidade. — Vê como o sol a ilumina? Thodoros conhece sua iluminação.

Uma pontada de culpa me atingiu. O homem era um legítimo aficionado, e eu o estava enganando. Mas era tão errado se poderia deixá-lo feliz e salvar uma vida?

Concluímos a transação e saí da casa com um pesado saco de ouro. Ocorreu-me, enquanto caminhava de volta para a estrada, que Tom e Aviel, de alguma forma, poderiam saber o que eu estava fazendo e planejariam tomar meu dinheiro. Eles saíram das sombras antes que eu pudesse considerar qualquer outra ação.

— Pronto? — Tom perguntou, sem fazer movimentos ameaçadores. — Então, vamos levar você de volta. O amanhecer está chegando. — Aviel permaneceu quieta. À luz das lanternas penduradas na cidade, seus cabelos brilhavam como ouro.

Nossa viagem de volta foi frenética enquanto tentávamos chegar antes do nascer do sol. Estávamos indo rápido demais para que eu conseguisse ver Beth, mas notei o ponto onde ocorrera a confusão. A lanterna ainda queimava na estrada, e dois homens estavam deitados. Eu não tinha certeza se estavam mortos ou inconscientes, e ninguém parou para descobrir.

A nossa velocidade era boa – mas não tanto. O sol estava tocando o horizonte quando chegamos aos arredores de Cape Triumph, e Tom e Aviel me deixaram ali.

— Nós desaparecemos com o amanhecer — disse ele, com um sorriso. — Mas espero que você possa lidar com as coisas a partir de agora.

Desci da égua. Minhas pernas estavam tão rígidas que quase caí.

— Obrigada pela ajuda. Eu não poderia ter feito isso sem vocês. — Olhei para Aviel. — Vocês dois.

— O prazer foi nosso — disse ele. Ela simplesmente balançou a cabeça em reconhecimento enquanto montava seu cavalo. Tom fez uma reverência da sela. — *Que Ariniel te proteja*, lady Witmore.

Não pude evitar um sorriso, tanto por ouvir um perfeito pirata dizer um velho provérbio lorandiano quanto por ter invocado Ariniel para me proteger. Na cripta dos meus pais, desprezei o anjo glorioso que auxiliava com passagens seguras, mas certamente poderia me valer de sua ajuda agora. Acenei para os piratas, e os cavalos logo sumiram de vista.

Entrei sozinha em Cape Triumph. Não sabia a hora exata, mas ver tantas lojas abertas não era um bom presságio. O julgamento estaria começando em breve. O que Cedric pensaria quando não me visse entre os espectadores? Que eu o havia abandonado. Não. Ele me conhecia muito bem. Ele saberia que eu estava trabalhando para salvá-lo. Eu só esperava conseguir de verdade.

Fui até a casa de Nicholas Adelton e o encontrei saindo. Ele me avaliou da cabeça aos pés.

— Estou atrasado e planejava ir ao tribunal, mas parece que você precisa mais de mim.

— Gideon Stewart falou com você?

— Sobre seu plano fraco? Sim. E não acho que poderia ser feito a tempo... especialmente a parte da mulher que não tem nada aparecer com quinhentos ouros.

Puxei o casaco e mostrei-lhe o saco.

Ele balançou a cabeça e riu.

— Nenhum momento é monótono com você.

— Você pode nos ajudar? Sei que é pedir muito depois de tudo que nós...

— Senhorita Bailey — ele interrompeu. — Vamos encontrar os representantes de Westhaven.

Eles estavam hospedados em uma pousada na cidade, uma das mais agradáveis. A sala comum era calma e ordenada, e Nicholas e eu nos sentamos em uma mesa enquanto o estalajadeiro buscava os representantes de Westhaven. Bocejei uma vez, e depois novamente.

— Você parece prestes a adormecer — disse Nicholas.

— Só preciso de uma pausa rápida — falei. — Assim, conseguirei dar uma respirada. Ou talvez, mais umas respiradas.

Eu podia ver que ele estava lutando para dizer o que veio a seguir.

— Adelaide... você não fez nada, hum... ilegal para conseguir esse dinheiro, não é?

— Não. — Reconsiderei. — Bem, não exatamente. Talvez um pouco. Não sei. Ninguém ficou ferido, se isso faz você se sentir melhor.

— Um pouco.

Um homem e uma mulher se aproximaram da nossa mesa. Eles pareciam respeitosamente de classe média e estavam vestidos de maneira diferente do que qualquer outra pessoa. Depois de ver os residentes de Grashond, eu não tinha certeza do que esperar daqueles que trabalham em uma colônia religiosamente tolerante.

— Sou Edwin Harrison, e esta é a minha esposa, Mary. — O homem olhou para nós, sem dúvida perplexo com o contraste extremo das nossas vestes. — Há algo em que possamos ajudá-lo?

— Gostaríamos de comprar uma participação em Westhaven — disse Nicholas.

Edwin se transformou instantaneamente.

— Absolutamente! Que maravilhoso. Estamos tão ansiosos para que mais pessoas se juntem ao nosso esforço. Querida, você pode buscar um dos contratos? — Ele se virou para nós enquanto ela subia as escadas. — Me contem mais sobre vocês, senhores.

Nicholas e eu trocamos olhares divertidos.

— Não é para nós — falei, embora eu fosse afetada se aquilo funcionasse. — É para outra pessoa.

Um pouco do entusiasmo de Edwin diminuiu.

— Isso é altamente irregular.

— O homem em questão está detido — explicou Nicholas. — Serei o seu procurador.

— *Altamente* irregular — repetiu Edwin. Mary voltou com vários pedaços de papel.

— Sou advogado dele — disse Nicholas. — E essa moça é sua...

— Esposa — terminei.

Nicholas hesitou quando ouviu isso, mas se recuperou rápido.

— E se o senhor Harrison duvidar disso, você poderia, claro, mostrar-lhe a prova.

— Está com um magistrado, em Hadisen — falei.

Aquilo era um grande segredo, mas, legalmente, eu deveria ter um grande poder para agir em nome de Cedric, especialmente com Nicholas como representante legal. Considerando o problema em que já estávamos, revelar nosso casamento não iria realmente piorar as coisas.

— Nunca um momento monótono — murmurou Nicholas com um meio sorriso. Ele se voltou para os Harrison. — Então, como podem ver, não há problemas em prosseguirmos com isso.

Edwin vacilou um pouco mais e concordou.

— Muito bem, então. Estamos ansiosos para começar nosso trabalho com aqueles apaixonados por nossa visão. — Ele e Nicholas começaram a repassar a papelada. Eu sabia um pouco sobre os termos através de Cedric, mas ouvi-los apresentados em detalhes era fascinante. A maioria das outras colônias foi fundada por ordens do rei, que então nomeou governadores e outros líderes proeminentes. A fundação de Westhaven também havia sido iniciada pela coroa, após os Icoris cederem a terra em outra trégua moralmente questionável. Ao contrário de outras colônias, a coroa operou aquela como um negócio em resposta àqueles que clamavam pela liberdade de praticar a sua fé. Os sacerdotes de Uros podiam querer caçar e perseguir hereges, mas o rei achou mais fácil simplesmente enviá-los para lá.

— Essencialmente, estamos comprando da coroa o direito de liderar Westhaven, apesar de ainda ser uma colônia real sob Osfrid — explicou Edwin. — Cada investimento ajuda a pagar esse preço. Estamos quase lá e podemos iniciar oficialmente a elaboração do contrato, embora já tenhamos começado alguns rascunhos. Aqueles que compram antecipadamente podem participar do planejamento. Deste grupo, vamos eleger quem preenche as posições importantes, e, no fim, todos os cidadãos participarão dessa eleição, mas isso será apenas mais adiante.

— E todas as crenças poderão ser cultuadas lá — falei.

Mary me deu um sorriso gentil.

— Sim, esse é o nosso principal objetivo.

Nicholas leu cada parte em detalhes, sugerindo alguns esclarecimentos que os Harrison não questionaram. Quando enfim ficou satisfeito, ele assinou em nome de Cedric, reafirmando um compromisso com Westhaven e suas leis. Assinou como procurador e depois olhou para cima, sua pena pairando sobre o papel.

— Eu, hum... sei que é um pouco irregular sugerir, mas gostaríamos de retroceder a data.

Edwin franziu o cenho.

— Para quando?

— Cerca de três semanas — eu disse.

— Alguns podem considerar isso como perjúrio — disse Edwin. — Algo que tenho certeza de que um homem da lei saberia.

— Se você não fizer isso, Cedric vai morrer — disse. — Ele está sendo julgado por heresia alanzana, e precisamos reivindicar a anistia de Westhaven.

O olhar perturbado nos olhos de Edwin não me tranquilizou, mas Mary colocou sua mão sobre a dele.

— Querido, não é esse o objetivo? Evitar esse tipo de atrocidade?

Edwin demorou mais alguns momentos e depois exalou.

— Dê uma data — disse ele a Nicholas. O advogado falou e Edwin assinou embaixo como testemunha, usando a mesma data. Ele pegou meu dinheiro recém-adquirido.

Senti vontade de chorar, mas talvez fosse porque estava com muito sono.

— Obrigada, obrigada! Você não faz ideia...

A porta da estalagem se abriu, e um trabalhador de olhos arregalados espreitou.

— Um enforcamento! Vai haver um enforcamento! Eles condenaram aquele diabo alanzano!

Nicholas gemeu, mas eu já estava de pé.

— Não, não! Não estamos tão atrasados. Não podemos estar. — Agarrei os papéis e corri para a porta. Nicholas me alcançou rapidamente.

— Espere por mim, a multidão adora uma execução. Vai ser uma loucura lá fora.

Ele estava certo. Nos juntamos a uma torrente de pessoas caminhando pela cidade, ansiosa por sangue. Queria que tivéssemos cavalos, mas eu não tinha certeza de que teria chegado longe no meio daquela multidão. Tentei focar minha cabeça no caminho, não pensando no que poderia acontecer com Cedric se não fizesse aquilo.

— Eu sabia que poderia ser breve — falei para Nicholas, por cima do barulho. — Mas esperava que não fosse *tão* breve.

— O governador faz a chamada quando a sentença é executada — disse Nicholas. — E este governador está bastante motivado para ver essa suposta justiça sendo feita. Tenho certeza de que eles vão atrasar o suficiente para conseguir uma boa multidão. Eles gostam de audiência. Isso assusta as pessoas para que se comportem.

O pensamento da execução de Cedric estava além da minha compreensão.

E se eles fizessem realmente aquilo? E eu não estivesse lá, em seus últimos momentos?

O tribunal entrou em cena. Já haviam colocado a forca, e algumas figuras sombrias estavam sobre ela. Um deles, eu tinha quase certeza, era Cedric. A multidão encolheu quando finalmente chegamos ao nosso destino. Todos queriam uma boa visão, mas não podiam chegar tão perto. Ninguém queria desistir do ponto pelo qual haviam lutado, então seguir adiante era difícil.

Perto dos fundos, avistei Aiana. Ela cobria os olhos com uma das mãos para se proteger contra o sol, e observava a multidão. Ela se apressou.

— Adelaide! Eu me perguntava onde você estava. Você já viu a Mira?

— Não, mas imaginei que ela estaria aqui. Eu tenho que passar — falei com urgência. — Tenho que chegar lá em cima.

Ela se juntou a nós, sem hesitar, e Nicholas perguntou:

— Warren Doyle foi exonerado?

Ela franziu o cenho e assentiu.

Aiana ajudou a abrir o caminho através da multidão. Fomos xingados, mas seguimos adiante. Ainda era lento, e estávamos apenas a meio caminho quando o governador Doyle se moveu para frente da forca. Eu podia ver Cedric claramente agora, seu braço bom amarrado atrás das costas. Meu coração afundou. Warren estava perto, com um carrasco encapuzado.

— Bons cidadãos de Denham — gritou o governador. — Estamos aqui para ver a justiça sendo feita. Para expulsar as forças do mal e ajudar a purificar nossa colônia.

A multidão havia se acalmado um pouco, e eu decidi aproveitar a chance.

— Governador Doyle! — gritei. — Governador Doyle!

Ele não ouviu, e alguns espectadores irritados me silenciaram. Tentei me aproximar.

— Hoje, lhes apresento um herege, não qualquer um, mas um dos malignos alanzanos. — Assovios soaram ao nosso redor. — Aquele que pratica artes sombrias e tem comunhão profana com os seis anjos rebeldes.

Cheguei mais perto e tentei novamente.

— Governador Doyle!

Mais uma vez ele não ouviu, mas aqueles na minha frente se viraram para ver o que estava acontecendo. Deixaram-me passar por curiosidade, e minha próxima tentativa foi ouvida:

— Governador Doyle!

Ele procurou pela voz e me viu.

— Lady Witmore. Você perdeu o julgamento.

A multidão se afastou, e chegar à frente foi fácil. Corri para a escada da forca, encarando Cedric. Alguns soldados começaram a me bloquear, mas Warren balançou a cabeça para eles.

— Deixe-a dizer adeus. — Não havia bondade em sua voz.

Segurei os papéis no ar.

— Você não pode executá-lo! Ele é um cidadão de Westhaven! Eu tenho a prova. Ele tem permissão para praticar lá, e você deve honrar isso aqui.

O olhar condescendente de Warren se transformou em um grunhido:

— Pegue seus documentos falsificados e saia daqui.

— Não são falsificações — falou Nicholas, de lá debaixo. Ele e Aiana haviam atravessado a multidão. — Sou advogado, e os completei com o representante principal de Westhaven. Está tudo em ordem. A cidadania do senhor Thorn estava intacta no dia em que foram encontrados os itens alanzanos.

— Que conveniente que isso tenha acabado de surgir — disse o governador. — Você deveria ter apresentado essa "evidência" antes do veredito. Este demônio será levado à justiça, e eu serei condenado se...

Ele parou quando seus olhos se ergueram para algo além de mim. Fiquei na ponta dos pés e tentei ver o que chamou sua atenção. Um grupo de cavaleiros estava correndo pela estrada, ignorando qualquer coisa em seu caminho. A multidão em pânico se separou, frenética para chegar em segurança.

— Governador! — gritou um dos homens quando não foi ouvido. — Os Icoris estão aqui! Um grupo enorme!

O governador Doyle reagiu como se o homem estivesse louco.

— Faz anos que os Icoris não aparecem na cidade, ou em qualquer lugar de Denham.

O homem apontou.

— Eles estão bem atrás de mim! Chame os soldados!

Mas, como eu havia notado antes, Cape Triumph não tinha uma grande presença militar. Não havia necessidade, agora que as ameaças dos Icoris e lorandianos eram inexistentes. A coroa havia desviado a maior parte do seu poderio para colônias mais vulneráveis, deixando o velho forte quase abandonado. Naquele dia, a organização da multidão estava sendo feita por milícias dispersas e alguns soldados restantes.

Também tive dificuldade em acreditar em uma invasão Icoris, mas então eu vi o que surgiu na estrada. Um bando de quase cinquenta cavalos se aproximou, cercado por uma nuvem de poeira. À medida que chegavam mais perto, vi as cores brilhantes da lã xadrez cobrindo os cavaleiros. A luz do sol brilhava nas cabeças de cabelos vermelhos e dourados. Igualmente visíveis eram as espadas e escudos.

O caos se seguiu. A multidão fugiu, gritando enquanto corria para o que eles esperavam ser um lugar seguro. O governador Doyle começou a gritar para que a milícia se reunisse, mas era quase impossível gerenciá-la naquela confusão. Acenei com urgência para que Nicholas subisse os degraus comigo.

Eu não sabia o que estava acontecendo, mas não deixaria Cedric amarrado quando uma batalha estava prestes a começar. Corri até ele e cortei suas cordas.

— Você está bem? Você está bem? — perguntei, observando meu amado.

— Sim, sim. — Ele tocou minha bochecha de forma breve e olhou ao redor, tendo o mesmo sentimento que eu. — Precisamos sair daqui. Para a estrada norte que leva ao bosque.

Nicholas assentiu:

— Podemos conseguir ajuda nas cidades de lá, talvez até na colônia de Archerwood. A milícia é maior, e ainda contam com algum exército.

Nos voltamos para as escadas da forca e encontramos Warren bloqueando o nosso caminho. Surpreendentemente, apenas uma hora depois de ter sido declarado inocente, ele pegou uma arma.

— Você não vai embora — disse ele. — Talvez todos nós morramos aqui, mas sou eu quem vai acabar com você.

Olhei desesperadamente para os Icoris que se aproximavam. Eles não tinham atacado, mas não havia necessidade, já que todos estavam fugindo. A milícia finalmente havia começado a se reunir, mas, até agora, havia apenas cerca de duas dúzias de homens.

— Pare com isso — falei a ele. — Este não é o momento para vingança. Você pode ir conosco. Vamos para o norte.

— Salve sua própria pele — acrescentou Cedric. — Você é bom nisso.

Não foi, talvez, o melhor comentário a ser usado quando tentávamos influenciar Warren para nos deixar ir embora, mas duvidei que qualquer um o influenciaria. De repente, uma voz soou:

— Onde está o governador?

Todos nos viramos. Os Icoris haviam chegado ao fundo da plataforma. Ainda não havia sinal de ataque. Eles pareciam muito calmos, embora aqueles na periferia do grupo observavam os colonos com cautela e seguravam suas armas com força.

Muitos estavam usando tecido azul, assim como os dois Icoris que eu havia encontrado na estrada, cobertos de símbolos que eu não conhecia. Mulheres guerreiras cavalgavam junto com os homens. Ornamentos de cobre e penas decoravam cavaleiros e cavalos, e seus *tartans* de lã criaram um mar de cor. Olhando de perto, eu conseguia ver um padrão. Vários usavam xadrez vermelho e branco. Outro grupo usava vermelho e azul.

O grupo da frente usava verde e preto, e era onde estava o homem que havia falado. Ele estava na frente de todos, seus músculos bronzeados e cabelos louros...

Era o Icori que havíamos encontrado na estrada para Hadisen.

— Onde está o governador? — Seu osfridiano ainda era claro.

O governador Doyle, hesitante, deu um passo à frente.

— Sou o governador. Vocês não têm nada o que fazer aqui. Saia antes que meu exército os derrube. — Era um blefe, já que a milícia tinha, no máximo, trinta homens. Provavelmente, vários fugiram.

— Temos, sim — disse o homem Icori. — Viemos buscar justiça, sua ajuda para corrigir um mal feito a nós. — Seus olhos se moveram em direção a Warren. — Me disseram que precisávamos de mais do que duas pessoas para que nossas demandas fossem ouvidas. Então, aqui estamos nós.

— Ninguém fez mal algum a vocês — disse o governador Doyle. — Todos concordamos com os tratados. Todos obedecemos. Vocês têm suas terras, nós temos a nossa.

— Os soldados estão avançando para nossas terras e atacando nossas aldeias, soldados do lugar que você chama de Lorandy. — O homem Icoris encontrou o olhar do governador sem um piscar de olhos. — E seu próprio povo está ajudando e os deixando atravessar seus territórios.

Isso provocou uma agitação nervosa entre os nossos colonos, mas o governador Doyle só ficou mais irritado.

— Impossível! Lorandianos atravessando suas terras significa que passam pelas nossas. Nenhum homem entre nós permitiria tal coisa.

— Seu próprio filho permitiria.

Uma nova voz surgiu dos Icoris, parando seu cavalo ao lado do homem.

E eu a conhecia.

Eu não havia reconhecido Tamsin de imediato. Seus cabelos ruivos haviam se misturado com os deles, e ela estava vestida como eles também, com um vestido verde até os joelhos, enrolada naquele xadrez. Seu cabelo estava preso em duas tranças compridas e entrelaçadas com pingentes de cobre. Fiquei surpresa quando a vi com os residentes de Grashond. Mas aquilo foi... suficiente para me fazer pensar que eu estava imaginando coisas.

Sua presença era calma e composta, muito diferente do comportamento selvagem e emocional que eu associava a ela.

— Seu filho e outros traidores estão trabalhando com os lorandianos para provocar a discórdia e tirar o exército de Osfrid das colônias centrais para que Hadisen e outros possam se rebelar contra a coroa.

Warren abaixou a arma e começou a falar ao nosso lado.

— É mentira, pai! Não há como dizer o que esses selvagens fizeram com a cabeça dessa garota para acreditar nisso. Que prova ela tem para esse absurdo?

— A prova de ter sido jogada de um barco no meio de uma tempestade quando descobri seus planos — Tamsim respondeu.

— Mentiras — disse Warren. Ele deu alguns passos para trás, o pânico enchendo seu rosto. — Essa menina está delirando!

De repente, um homem subiu as escadas. Warren se virou para enfrentar o recém-chegado. Era Grant Elliott, parecendo particularmente desalinhado, mas não perturbado por nada daquilo. Ele passou ao meu lado, fazendo parecer que um enforcamento interrompido, um exército Icori e traidores potenciais faziam parte de um dia comum para ele.

— Ela está dizendo a verdade — disse, encarando o governador, e não Warren, com uma expressão séria. O Grant grosseiro de que eu me lembrava da tempestade estava de volta. — Há várias correspondências. Além de testemunhas.

— Elliott? — Warren ficou boquiaberto. — De que diabos você está falando?

O olhar pesado de Grant caiu sobre Warren.

— Acho que você sabe. Sobre Courtemanche. Sobre os "mensageiros hereges".

Vi a mudança nos olhos de Warren, o momento em que ele realmente compreendeu o que aquelas palavras enigmáticas significavam. E eu sabia, antes que ele levantasse a arma para Grant, o que ia acontecer.

— Cuidado! — gritei, me jogando contra Grant. Eu não o derrubei, mas o empurrei para fora do caminho o suficiente para que ele pudesse escapar da bala que saiu da arma de Warren. Isso me colocou diretamente na frente dele para o segundo tiro. E eu podia dizer, pela sua expressão, que realmente não importava em quem ele atirasse naquele momento.

De repente, ouvi o som de *uma pancada forte,* e algo se moveu em minha visão periférica. A próxima coisa que vi era que Warren estava deitado no chão, agarrando a perna e gritando em agonia. Algo que parecia uma flecha estava saindo do seu joelho. Era a mesma perna que eu havia esfaqueado. Grant se ajoelhou para conter Warren, mas parecia desnecessário diante dos lamentos de dor.

Eu, como muitos outros, tentei descobrir de onde a flecha tinha vindo. Os Icoris e a frágil milícia pareciam igualmente desconcertados. Por fim, encontrei o que estava procurando.

E eu não podia dizer, naquele momento, o que era mais incrível: Tamsin estar entre os guerreiros Icoris...

...ou Mira, que estava de pé em uma carroça virada, empunhando um arco medieval.

31

Meu segundo casamento foi maior do que o primeiro.

E muito mais limpo.

Com certeza, ainda argumentaria que não havia necessidade de cerimônia ou pompa para declarar meu amor por Cedric. Um banho e roupas bonitas não mudariam a forma como eu me sentia. Mas não havia jeito de recusar.

Em Adoria, os casamentos ocorriam em escritórios de magistrados com mais frequência do que em Osfrid, então, escolher isso em vez de uma igreja de Uros não era incomum. Claro, com Cedric revelado como alanzano, ninguém ficou realmente surpreso. Fizemos a festa de casamento em Wisteria Hollow, convidando todos os nossos conhecidos e vários desconhecidos. Jasper aceitou nossa união de má vontade. Ele ainda não estava feliz com as escolhas do filho, mas havia cedido e aceitado o inevitável.

Passamos a noite de núpcias no chalé de um alanzano conhecido de Cedric que nos emprestou enquanto partiu para a cidade a negócios. Não tinha a grandiosidade da minha antiga casa – nem mesmo a de Blue Spring – mas era charmosa e limpa. E era nossa. Toda nossa por aquela noite. Sem medo de sermos descobertos. Sem temer condenação.

Parecia que não nos víamos há tempos. Como quase ninguém sabia que já estávamos casados, passamos as duas semanas entre o julgamento e o casamento oficial vivendo vidas castas e separadas. Quando voltamos para a casa depois de um longo dia de festividades, o fato de estarmos finalmente sozinhos era tão surreal que mal sabíamos o que fazer.

Mas descobrimos rapidamente.

Acordei na manhã seguinte com a luz do sol entrando pela janela do quarto. Cedric estava deitado de costas, seus braços envolvendo minha cintura. Passei os dedos pelos lençóis brancos, inalando o cheiro que era uma mistura do *patchouli* de Cedric, sabão e o perfume de violeta que Mira e Tamsin haviam me dado para o casamento.

— Posso ver que você está pensando — disse Cedric, pressionando sua bochecha contra minhas costas. — Pensando muito mais do que deveria estar.

— Estou tentando memorizar isso. Cada detalhe. A luz, os cheiros, a sensação. — Virei para que pudesse olhar para seu rosto. O sol da manhã iluminou seu cabelo, que estava inquestionavelmente despenteado. — Até você. Podemos acordar juntos pelo resto das nossas vidas a partir de agora, mas vai demorar muito para que as coisas se assemelhem a este quarto, esta cama.

Ele empurrou meu cabelo para trás e deslizou a mão ao longo do meu pescoço.

— Está mudando de ideia?

— Dificilmente, já que me casei com você duas vezes.

— Talvez possamos encontrar uma razão para ficar aqui mais tempo.

— E perder a ida para Westhaven com os membros fundadores? Isso não pegaria bem para um fundador e os chamados líderes da comunidade. Você também seria preso e possivelmente executado por heresia. E todos aqueles suprimentos que temos lá embaixo seriam desperdiçados.

— Essa lista está em uma ordem particular? Como da consequência mais banal para a mais séria?

— Eu... não sei. — A mão que estava em meu rosto escorregou para debaixo dos cobertores e agora deslizava sobre a minha perna nua. Eu estava tentando manter meu rosto e voz inexpressivos, mas o resto do meu corpo estava me traindo enquanto eu me aconchegava mais perto dele. — Você está fazendo com que seja difícil de me concentrar. E temos muito o que fazer.

— Sim. — Sua voz estava rouca quando ele moveu a boca para o meu pescoço. — Sim, temos mesmo.

— Não era isso que eu...

Ele era impossível de resistir. Ou talvez eu fosse irresistível para ele. Nos derretemos um contra o outro e me esqueci de tudo sobre Westhaven e as dificuldades pela frente. Pela próxima hora, meu mundo era um emaranhado de pele, cabelo e cama. Depois, pensei em me levantar, ainda que desanimada, para começar o dia. Isso logo foi abandonado. Desmoronei contra ele e adormeci novamente.

O som de batidas me acordou e, efetivamente, acabou com qualquer preguiça restante. Eu me movi bruscamente.

— Estão aqui para pegar nossas coisas! Que horas são?

Cedric abriu um olho e encarou a janela.

— Não está na hora. É muito cedo.

— Bem, alguém quer algo — falei, enquanto as batidas continuavam. Saí da cama e procurei ao redor até encontrar um manto longo e grosso. Eu o puxei, observando que meu vestido de noiva estava caído no chão no canto do quarto. Era um dos meus vestidos de diamante, um traje de seda branca e prata. — Como isso foi parar lá?

Cedric me observou me vestir, os dois olhos agora abertos, e deslizou o olhar para o canto.

— Você precisava de ajuda para sair dele. — Como se aquilo fosse algum tipo de resposta.

— Vamos falar com o Jasper. Tenho que devolvê-lo. — Fechei o manto e corri para a porta do quarto.

— Acho que você deveria chamá-lo de "pai" agora! — gritou Cedric. Fiz uma pausa por tempo suficiente para lhe jogar um pequeno travesseiro.

Lá embaixo, as batidas haviam aumentado e agora soavam impacientes. Então, talvez eu não devesse ter ficado surpresa ao descobrir que, na verdade, Jasper estava na varanda. Ele verificou o relógio de bolso com impaciência.

— Aí está você.

— Desculpe. Ainda estávamos... dormindo. Gostaria de entrar?

— Não tenho tempo. Estou saindo para encontrar um homem com quem eu poderia possivelmente fazer negócios.

— E ele tinha que marcar isso para durante a nossa partida, não é? — Cedric caminhou até a porta ao meu lado, bocejando. Tinha vestido as roupas do casamento, que estavam muito amassadas. — Ou talvez tenha agendado durante a festa?

Jasper não respondeu.

— Não há nada para o que você realmente precise de mim neste momento, embora eu precise do vestido de volta. Posso conseguir um bom dinheiro nisso. E se esse novo empreendimento funcionar, poderemos ter potencial para ainda mais. Estamos trabalhando em logística para encontros de longa distância, mais especificamente por correspondência e anúncios de classificados.

Enquanto Jasper divagava sobre os detalhes, voltei para cima para pegar o vestido. Demorou alguns minutos para arrumar tudo, com os vários componentes – vestido, anáguas, camisa, véu – que haviam ido parar, de forma inexplicável, em partes diferentes do quarto. Talvez eu tivesse bebido mais vinho do que me lembrava. Ou talvez estivesse ocupada demais para me importar. Várias contas brilhantes caíram do vestido quando o alisei, e eu estremeci, esperando que Jasper não notasse.

Quando voltei para baixo, o ouvi dizer:

— ... expandir este negócio mais do que jamais sonhamos, e você poderia ter tido uma parte disso. Riquezas além do imaginável. Mas não. Você tinha que se casar com uma trapaceira de sangue azul e ir embora para uma região selvagem com um culto. Espero que essa nova insanidade funcione para você.

— Pai, essa deve ser a melhor coisa que você já me disse.

Jasper franziu o cenho.

— Estou falando sério. Você fez algumas escolhas perigosas.

— Mas eu as fiz sozinho — disse Cedric. — E isso é o que importa.

Entreguei o vestido a Jasper. Pelo semicerrar dos seus olhos, acho que ele notou imediatamente as contas faltando.

— É vinho na barra do vestido? — perguntou.

— Obrigada por emprestá-lo — falei, com doçura. — Papai.

Cedric e eu ficamos na varanda quando ele saiu, observando até que estivesse fora de vista. Quando ficamos sozinhos, ele passou o braço ao meu redor.

— Pronta para a próxima aventura?

— Sempre.

A manhã voou enquanto nos preparávamos e víamos nossos suprimentos da viagem e poucas posses serem transportados para o trem de bagagens de Westhaven. Assim como na partida para Hadisen, havia uma grande multidão se reunindo nos limites da cidade, onde os vagões e cavalos estavam se preparando para a partida. Haveria famílias e amigos para se despedir, bem como desocupados e curiosos. Quando finalmente estávamos prontos, Cedric e eu lançamos um olhar carinhoso para o chalé e fomos nos juntar ao restante das pessoas. Estava tão cheio quanto eu esperava, talvez mais. Edwin Harrison nos viu de imediato e pediu para consultar Cedric sobre alguma coisa, me deixando sozinha para observar a multidão.

— Deve ser cansativo se casar. — Tamsin caminhou até mim. — Parece que não dormiu nada.

Sorri e lhe dei um rápido abraço.

— Eu dormi. Um pouco.

— Bem, tenho certeza de que você vai compensar isso com todo o sono que vai ter ao atravessar as terras selvagens. E qualquer cabana que você tiver em Westhaven, provavelmente, será muito tranquila também.

Pensei na cabana arruinada nas minas. Parecia que fazia uma vida.

— Nem temos uma ainda. Teremos que construí-la ou contratar alguém para fazer isso, levando em conta as habilidades de carpintaria de Cedric. Além do mais, olha só quem fala, depois de morar numa casa Icoris.

Ela sorriu com a piada, mas não fez nenhum comentário. Nas semanas que se passaram desde a queda de Warren, descobrimos muito mais sobre seu período com os Herdeiros de Uros de Grashond e os Icoris. Ela demorou muito para se abrir, e eu sabia que ainda havia coisas que ela não havia nos contado. Eu esperava que ela falasse quando estivesse pronta. Aiana havia encurralado Jasper, dizendo-lhe que Tamsin não poderia se casar logo após eventos tão traumáticos. Ela havia conseguido um indulto para minha amiga, e o contrato de Tamsin fora estendido.

Ela se virou e olhou vagamente para o mar de pessoas.

— Há algo, bem, isto é... há algo que preciso falar com você. Algo que tenho que lhe perguntar.

Sua expressão séria era surpreendente. Assustadora mesmo, já que eu havia pensado que o pior dos seus problemas estava acabado. Apertei sua mão.

— Claro.

— Talvez seja tarde demais... eu deveria ter mencionado isso antes... mas não queria sobrecarregá-la com todo o resto. Sei que você e Cedric ganharam muito dinheiro com a venda das terras de Hadisen, então pensei... isto é...

— Tamsin. — E nunca a ouvi gaguejar em todo o tempo que passamos juntas. — Você pode me dizer qualquer coisa. Vá em frente e pergunte o que precisa.

Assim, ela o fez.

Fiquei em silêncio por um longo tempo, tentando compreender melhor o que eu havia acabado de ouvir. Quanto mais eu me calava, mais ela ficava perturbada.

— Você acha que sou uma pessoa terrível, não é?

— O quê? Claro que não. — Eu a puxei novamente para mim. Lembrei-me de quando, há muito tempo, ela me disse que eu não fazia ideia do quanto ela tinha a perder. E ela tinha razão. — Só estou surpresa, mais nada. E é claro que vou ajudar.

Seus olhos castanhos brilharam com lágrimas.

— É pedir muito. E eu entendo se Cedric não quiser que você gaste o dinheiro. É direito dele...

— Cedric não se importaria. E não importa. Não preciso tocar no dinheiro de Hadisen.

Olhei para a multidão, esperando que Nicholas Adelton aparecesse. Não tive sorte. Legalmente, era provável que eu não precisasse da ajuda dele, mas ele, com certeza, deixaria as coisas mais claras. Depois de as provas substanciais terem condenado Warren a um navio de volta a Osfrid para responder por conspiração em vários níveis, um pesadelo legal se seguiu sobre suas terras em Hadisen. Em matéria de traição, uma terra como essa, geralmente, era revertida para a coroa. Mas ele possuía um grande número de arrendatários que trabalhavam lá e, em um gesto generoso, a corte havia determinado que essas pessoas as herdassem. Em vez de lidar com a escavação, Cedric vendeu as dele por um preço impressionante, nos dando os meios para pagar o meu contrato e juntar economias para Westhaven. Nicholas foi essencial para nos ajudar a organizar as coisas, então, imaginei que seu trabalho conosco estivesse finalizado. Olhei para um dos trabalhadores de Westhaven, que estava próximo, acompanhando o inventário. Pedi a ele caneta e um pedaço de papel emprestados. Ele foi um dos que ficaram assustados com a verdade sobre o meu passado e quando eu lhe agradeci, ele simplesmente balbuciou:

— Não há de que, mi... milady.

Ajoelhei-me para ter um apoio para o papel e comecei a escrever:

Eu, Elizabeth Thorn, cujo nome de solteira era Witmore...

Parei, sem saber o que escrever em seguida. Usar o meu primeiro nome legal não era o problema. O que veio a seguir, sim. Ou alguma coisa veio depois? Eu havia partido há mais de um ano. Meu primo, Peter, certamente carregaria o exaltado título de Rupert agora.

Eu, Elizabeth Thorn, cujo nome de solteira era Witmore, ex-condessa de Rothford, autorizo a liberação do dinheiro do meu dote para lady Alice Witmore, para ser gasto nos termos descritos abaixo.

Tamsin me observou escrever cada palavra, e eu tinha certeza de que ela não respirou por todo aquele tempo. Quando assinei e finalizei, ela voltou a ler, e então me olhou de forma esperançosa.

— Isso é tudo de que preciso?

— Deve ser. Esse dinheiro foi isolado de qualquer dívida da família por anos e é meu por direito, agora que sou casada. Não é muito e, se fosse, eu teria menos problemas. Mas é o suficiente para o que você precisa, e minha avó vai ver que tudo está correto. — Coloquei a mão no bolso da saia e peguei um pacote com mais papéis dobrados. Junto com uma cópia da minha certidão de casamento, havia uma carta há muito atrasada. — Vou apenas adicioná-la ao que já estou enviando. Silas Garrett deve entregá-la e garantir que me comparou com o retrato e me viu viva. Não tenho certeza de onde ele está.

Tamsin apontou.

— Ele está ali, falando com o terrível Grant Elliott. Ele parecia tão educado no início, mas tem uma arrogância, sabe.

Os dois ficaram afastados da multidão, tendo o que parecia ser uma conversa amigável. Eu ainda não sabia qual era a ligação deles, salvo que os dois haviam desempenhado um papel importante na prisão de Warren. Silas estava transportando Warren para Osfrid, para um julgamento de traição, enquanto Grant permaneceria nas colônias.

— Ele não pode ser tão terrível — falei a Tamsin enquanto caminhávamos em direção a eles.

— Dizem que ele era o responsável pelas provas que ligavam Warren aos lorandianos.

— Bem, estou feliz por ele finalmente ter se barbeado — disse ela. — Foi o que ele fez, não? A barba parece muito mais bonita do que o normal.

Silas acenou em saudação quando chegamos a eles.

— Senhora Thorn, fiquei imaginando quando a veria. Parabéns.

— Obrigada. — Entreguei o pacote de papéis para ele. — Deve ser fácil encontrar minha avó. Tenho certeza de que ela ainda estará em Osfro.

Silas colocou os papéis no bolso interno do casaco.

— Vou encontrá-la. Precisa que entregue algo mais?

Balancei a cabeça, mas Tamsin, hesitante, deu um passo à frente.

— Se não for problema, senhor Garrett... também tenho algumas cartas. O endereço é em Osfro. Posso pagar...

— Só me entregue antes que o navio parta — disse Silas.

— Como está seu prisioneiro? — perguntei.

— Miserável — respondeu Grant. Ele sorriu, e eu não podia dizer se deveria ser encantador ou terrível. — Ele está trancado no porão do navio, e eu o visito todos os dias apenas para ter certeza de que ele está infeliz.

Mira se juntou a nós, ouvindo o último comentário.

— Provavelmente, vai ser executado em Osfrid por traição. Não acho que você deva se preocupar com ele se sentir feliz tão cedo.

— Com a traição, esse cretino conivente quase começou uma guerra que teria atraído osfridianos, Icoris, lorandianos, balanquanos e sabe Uros quem mais. Teria devastado essa terra e custado inúmeras vidas. Então, eu realmente não acho que é um exagero me certificar de que ele esteja sofrendo. — Grant parou, quase eloquente. — Gosto de ser meticuloso.

Mira revirou os olhos e se virou para Tamsin e eu.

— Podemos conversar? — Nos despedimos dos homens e caminhamos juntas. Tamsin quase chorou depois de eu ter escrito a carta, me agradecendo profundamente, mas seu rosto estava em chamas, daquela maneira cativante e esperta.

— Você finalmente vai nos contar, Mira? — ela exigiu. — Certamente, não deixará a pobre Adelaide entrar em alguma terra abandonada sem lhe dizer o que vai fazer. Seria muito cruel. Ela vai passar o tempo todo preocupada.

Mira nos dissera recentemente que “tomara uma decisão” sobre seu futuro, mas não tínhamos ideia do que era. Talvez ela tivesse decidido se casar com o senhor idoso. Talvez tivesse decidido voltar para Osfrid e trabalhar. Nenhuma dessas opções parecia provável, porém, dado o sorriso que eu continuava vendo em seu rosto, mas, depois do seu espetacular ataque a Warren – o que descobri ter sido creditado ao treinamento de Aiana –, nada mais em Mira me surpreendia.

E parecia que o mistério continuaria um pouco mais.

— Sinto muito — disse ela. — Ainda não posso dizer. Mas em breve vocês saberão.

— Você é tão cruel — repetiu Tamsin.

Mira me deu um abraço apertado.

— Só queria vir me despedir. Parece que estamos sempre fazendo isso, não é?

Puxei Tamsin para nosso abraço.

— E sempre continuamos a nos reencontrar. Tenho certeza de que vou poder voltar a Cape Triumph de vez em quando. E espero que venham me visitar em Westhaven.

— Claro — disse Mira.

— Avise quando tiver uma casa de verdade e com camas suficientes, mas camas mesmo, não palha no chão, para todos — disse Tamsin. — E pode apostar que estaremos lá.

Rimos um pouco. E choramos também. Eu podia ver que a corte de Westhaven estava se preparando para partir, e a realidade do que estava prestes a acontecer me atingiu com força. Outra jornada. Outra grande emoção em minha vida.

— Aí está você, Adelaide. Imaginei que eu só precisava procurar onde as lágrimas não paravam de cair. Vocês duas não acreditariam na quantidade de choro que havia em sua casa quando nos conhecemos.

Cedric se aproximou por trás de mim, e eu me afastei de Tamsin e Mira para que pudesse abraçá-lo. Então, lhe dei um leve soco no braço.

— Foi ele quem causou a maioria dessas lágrimas.

— E você tem me machucado desde então.

Ele se virou quando alguém o chamou, e seu rosto ficou sério. Tamsin, Mira e eu choramos um pouco mais em despedida, e então ele segurou minha mão.

— Milady. Podemos?

Caminhamos até onde nossos cavalos estavam esperando – jovens e ativos. Não a pobre Lizzie. Cedric me ajudou a montar, e eu dei um último e carinhoso olhar para minhas amigas. À frente, a estrada se estendia para fora de Cape Triumph, e por caminhos desconhecidos. Enquanto a mesma visão a caminho de Hadisen tinha sido amaldiçoada, de repente, senti como se todas as possibilidades do mundo estivessem diante de mim.

Cedric se inclinou em minha direção.

— Sabe, espero que essa nova loucura funcione para nós.

— Acho que irá funcionar — disse a ele. — Afinal, a loucura anterior acabou incrivelmente bem.

E começamos a cavalgar.

Agradecimentos

A concepção desta série começou com algumas pequenas faíscas de inspiração e, uma vez que elas se juntaram, não consegui parar a chama que me atingiu enquanto corria para terminar este livro. Acima de tudo, devo muitos agradecimentos à minha família durante este processo, especialmente ao meu marido e aos meus filhos, que me perdoaram enquanto eu levava o *laptop* por toda parte e frequentemente saía do ar enquanto minha cabeça estava pensando no capítulo seguinte. Obrigada também ao meu agente, Jim McCarthy, e à equipe incomparável da Razorbill, que viram o potencial desta história ardendo dentro de mim e ajudaram a espalhar suas chamas.

Por fim, quero agradecer a todos que escolheram este livro e se juntaram a mim em Adoria. Para os meus leitores de longa data, vocês sempre aceitam os riscos ao me seguirem para novos mundos, e sou grata por isso. Aos meus novos leitores: bem-vindos à viagem. Existe uma grande aventura para todos nós.

Este livro foi composto em Adobe Garamond Pro e impresso pela RR Donnelley
para a Editora Planeta do Brasil em agosto de 2017.